Né en 197 [illegible] célèbre Mel Brooks (*L* [illegible] *Junior*…) et de l'actric [illegible] de l'équipe créative du « [illegible] ué dans plusieurs séries télévisées et prêté sa voix à des personnages d'animation (*Batman*, *Justice League*). Il vit aujourd'hui à Los Angeles.

Paru dans Le Livre de Poche :

GUIDE DE SURVIE EN TERRITOIRE ZOMBIE

MAX BROOKS

World War Z

Une histoire orale de la Guerre des Zombies

TRADUIT DE L'ANGLAIS PAR PATRICK IMBERT

CALMANN-LÉVY

Titre original

WORLD WAR Z

Première publication : Three Rivers Press, New York, 2006.

ISBN : 978-2-253-12990-5 – 1re publication LGF

Pour Henry Michael Brooks, qui m'a donné l'envie de changer le monde

Introduction

On lui a donné toutes sortes de noms : *la Crise, les Années noires, le Fléau rampant* ; et d'autres plus modernes ou plus branchés, comme *la Z[e] Guerre mondiale*, voire la *Première Guerre Z.* À titre personnel, je n'aime pas beaucoup cette dernière appellation, dans la mesure où elle implique une *Seconde* Guerre Z. Pour moi, cette tragédie reste avant tout la *Guerre des Zombies*, et si certains s'avisent à critiquer la rigueur scientifique de l'expression, je les mets au défi de trouver mieux pour désigner les créatures qui ont bien failli nous exterminer. *Zombie.* Un mot terrible, à la puissance d'évocation sans pareille, un mot capable de faire resurgir nos souvenirs les plus intimes, nos angoisses les plus profondes… Souvenirs et angoisses qui forment l'ossature du livre que vous tenez entre vos mains.

Cette somme historique consacrée à la plus grande guerre de tous les temps doit sa genèse à un *autre* genre de conflit – beaucoup moins important et bien plus personnel –, entre la responsable de la Commission post-traumatique des Nations unies (CPTNU) et moi-même. Mes études préparatoires pour ladite Commission avaient pourtant démarré sous les meilleurs auspices : salaire confortable, accréditations multiples, traducteurs nombreux et disponibles (électroniques ou humains), petit – mais inestimable – transcripteur à activation vocale (un cadeau *essentiel* pour le plus lent dactylo du monde), autant de signes qui montraient bien à quel point on estimait mon travail dans les hautes sphères. Inutile, donc, de vous décrire ma stupéfaction quand j'ai appris que le rapport final en sabrait près de la moitié.

« C'est beaucoup trop humain », m'a expliqué la responsable de la CPTNU lors d'une de nos nombreuses conversations « animées ». « Trop d'opinions personnelles, trop de sentimentalisme, tout ceci est hors sujet. Ce qu'il nous faut, ce sont des faits précis, des schémas clairs, débarrassés de tout pathos. » Et bien entendu, elle avait raison. Le document final devait compiler données brutes et explications détaillées, bref, un rapport officiel objectif qui permettrait aux générations futures d'étudier les événements de cette décennie apocalyptique sans s'encombrer de « pathos ». Mais n'est-ce justement pas le « pathos » – le facteur humain – qui nous relie si profondément au passé ? Les enfants de nos enfants préféreront-ils *vraiment* une chronologie statistique aride aux témoignages personnels et authentiques d'individus auxquels il est beaucoup plus facile de s'identifier ? En excluant le facteur humain, ne risque-t-on pas de prendre trop de recul par rapport à une histoire qui pourrait un jour – Dieu nous en préserve – se *répéter* ? Et, au final, n'est-ce pas précisément le facteur humain qui nous différencie de cet ennemi que nous appelons « mort-vivant » à défaut d'autre chose ? Autant d'arguments passionnés que j'ai avancés à ma responsable, peut-être moins professionnellement qu'il n'aurait fallu, avant de conclure par un déchirant « On ne va tout de même pas jeter tout ça aux oubliettes ! ». « Qui vous a demandé de tout jeter ? a-t-elle répliqué.

Faites-en un livre. Vous avez encore vos notes, non ? Et toute légitimité pour vous en servir. Qu'est-ce qui vous empêche de l'écrire, ce (juron effacé) de livre ? »

Certains critiques émettront sans doute des réserves sur le principe d'un document historique publié si tôt après l'arrêt des hostilités. Douze ans à peine nous séparent du VA Day aux États-Unis ; et à peine dix depuis que la dernière puissance mondiale a officiellement fêté sa libération, le Victory in China Day. Beaucoup de gens considérant le VC Day comme la fin officielle du conflit, comment pouvons-nous ne serait-ce qu'espérer avoir suffisamment de recul sur cette époque traumatisante ? Un collègue de l'ONU me faisait d'ailleurs remarquer que « la guerre avait duré plus longtemps que la paix ». Un point intéressant qui appelle une explication : pour toute une génération – ceux et celles qui se sont battus et à qui nous devons cette décennie de paix – le temps est un allié fidèle, mais c'est aussi le plus implacable des ennemis. Certes, l'avenir nous apportera forcément le recul indispensable pour interpréter les témoignages rassemblés ici avec le calme et la sagesse nécessaires, mais que nous restera-t-il après la disparition des protagonistes ? L'espérance de vie mondiale n'est plus que l'ombre des standards d'avant-guerre, tout le monde en a bien conscience. La réalité d'aujourd'hui n'est que malnutrition, pollution, résurgence de maladies qu'on croyait disparues, et ce même aux États-Unis, malgré la renaissance de notre économie et le retour d'une certaine forme de couverture sociale. Nous n'avons tout simplement *pas* les moyens de soigner correctement la totalité des victimes, tant d'un point de vue physique que psychologique. C'est donc à cause du temps, notre pire ennemi, que je me suis affranchi du luxe du recul et que j'ai pris la décision de publier ces documents *in extenso*. D'ici à quelques décennies, quelqu'un se chargera peut-être de consigner par écrit des récits de survivants plus mûrs et plus détachés. Peut-être même en ferai-je partie. Qui sait ?

Même si ce livre se compose essentiellement de souvenirs bruts, il inclut également nombre de données technologiques, sociales et économiques mentionnées dans le rapport original de la Commission, données qui concernent directement les personnes dont vous lirez les témoignages. Ce livre leur appartient plus qu'à moi, et j'ai essayé de rendre ma présence aussi invisible que possible. Les questions qui jalonnent le texte ne font qu'anticiper celles que les lecteurs pourraient eux-mêmes se poser. Je me suis efforcé d'éviter tout jugement ou tout commentaire superflu, et s'il reste un « facteur humain », c'est surtout le mien.

Premiers symptômes

RÉGION DU GRAND CHONGQING, FÉDÉRATION CHINOISE UNIE

[Avant la guerre, cette région comptait plus de trente-cinq millions d'habitants. Aujourd'hui, il en reste à peine cinquante mille. Le gouvernement privilégie les zones côtières plus peuplées, aussi les fonds levés pour la reconstruction ont-ils mis beaucoup de temps à atteindre cette partie du pays. De ce côté du fleuve Yang zi, il n'y a ni centrale électrique, ni eau courante, mais les rues sont propres et le « Conseil de sécurité » local prévient toute reprise de l'épidémie. Le responsable du Conseil s'appelle Kwang Jingshu, un médecin qui, malgré son grand âge et ses blessures de guerre, effectue toujours ses visites à domicile.]

Le premier cas dont j'ai été témoin s'est produit dans un village isolé dépourvu de tout nom officiel. Ses habitants l'appelaient « Nouveau-Dachang », sans doute plus par nostalgie qu'autre chose. Le « Vieux-Dachang », leur ancien village, existait depuis l'époque des Trois Royaumes, avec des fermes, des maisons et même des arbres qu'on disait centenaires. Quand on a achevé la construction du barrage des Trois-Gorges et que le niveau des eaux a commencé à monter, la quasi-totalité de Dachang avait déjà été reconstruite pierre par pierre un peu plus haut. Mais ce Nouveau-Dachang-là n'avait plus grand-chose à voir avec un village normal... On en avait fait un « monument historique national ». Triste ironie pour ces pauvres paysans qui ont d'abord vu leur ville sauvée des eaux avant de s'en faire ensuite interdire l'accès – sauf pour y faire du tourisme. C'est sans doute pour ça que certains d'entre eux ont choisi de baptiser leur refuge flambant neuf Nouveau-Dachang. Une façon comme une autre de garder un lien avec le passé. Personnellement, j'ignorais qu'un autre Nouveau-Dachang pouvait bien exister quelque part, alors imaginez ma surprise lorsqu'on m'a appelé.

Malgré le nombre toujours croissant d'accidents de la route dus à l'alcool dans la région, la nuit était calme et l'hôpital silencieux. Les motos avaient de plus en plus de succès. À l'époque, on disait même que vos Harley-Davidson tuaient plus de jeunes Chinois que la totalité des GI's pendant la guerre de Corée. Vous imaginez donc mon soulagement après cette garde sans histoire. J'étais fatigué, j'avais mal au dos, aux pieds, et je comptais bien m'offrir une cigarette pour saluer le lever du soleil quand on m'a bipé. Le réceptionniste de service était nouveau et il n'avait pas entièrement saisi le dialecte de son correspondant. Il y avait eu un genre d'accident, ou quelqu'un était malade. Seule certitude, c'était-urgent-et-pouvait-on-envoyer-quelqu'un-au-plus-vite-merci ?

Que pouvais-je faire ? Les jeunes docteurs sont encore des gamins ; pour eux la médecine est un moyen comme un autre de se remplir les poches, ils n'allaient certainement pas se déranger pour aider un *nongmin*. Je dois être resté révolutionnaire de cœur, je suppose. « Notre devoir est de nous sentir responsable envers le peuple[1]. » Ces mots conservent tout leur sens à mes yeux, vous savez… Et je me suis efforcé de ne pas les oublier alors que ma Deer[2] cahotait et crachotait sur ces routes épouvantables que le gouvernement promettait toujours de carrosser convenablement sans jamais les terminer.

J'ai eu toutes les peines du monde à trouver l'endroit. Le village n'avait aucune existence officielle, aucune carte ne le mentionnait. Je me suis égaré à plusieurs reprises et j'ai dû demander mon chemin à des paysans qui persistaient à vouloir m'indiquer la ville-musée. Hors de moi, j'ai quand même fini par atteindre un petit rassemblement de maisons en haut d'une colline. *Ils avaient vraiment intérêt à avoir une bonne raison de me déranger.* Une pensée que j'ai aussitôt regrettée quand j'ai vu leur visage.

Ils étaient sept, à peine conscients, tous allongés sur des matelas. Les villageois les avaient rassemblés dans leur salle de réunion communale flambant neuve. Les murs et le sol étaient en ciment brut ; l'atmosphère froide et humide. *Pas étonnant qu'ils soient malades*, ai-je immédiatement pensé. J'ai d'abord voulu savoir qui avait la charge de ces gens. Personne, m'ont répondu les villageois, trop « dangereux ». J'ai remarqué au passage qu'on avait verrouillé la porte de l'extérieur. Tout le monde était clairement terrifié. Certains marmonnaient et chuchotaient ; d'autres gardaient leurs distances ou priaient ostensiblement. Leur attitude m'a mis en colère ; pas directement contre eux,

---

1. Citation de notre guide Mao Zedong. Tirée à l'origine de « Notre nouvelle politique après la victoire contre le Japon », 13 août 1945.

2. Automobile d'avant-guerre assemblée en République populaire de Chine.

vous comprenez, plutôt pour ce que ça révélait sur la Chine en général. Après des siècles d'oppression étrangère, d'exploitation et d'humiliation, nous reprenions enfin notre place, celle qui revenait de droit au glorieux Empire du Milieu. Nous étions la superpuissance la plus riche du monde, la plus dynamique, nous maîtrisions l'espace comme le cyberespace… Cette nouvelle ère, l'humanité la nommerait un jour « le Siècle chinois », et malgré ça, nous continuions à vivre comme des paysans ignorants, incapables d'évoluer, aussi superstitieux que des *Yangshao* primitifs.

J'étais toujours perdu dans ces considérations sociologiques en m'agenouillant pour examiner la première patiente. Elle avait au moins quarante de fièvre et tremblait violemment. J'ai essayé de lui plier les membres, mais elle n'a poussé qu'un faible gémissement inaudible. Son avant-bras droit était blessé ; une morsure. La largeur de la mâchoire et la marque des dents accusaient un être humain. Petit, sans doute jeune. Voilà la cause de l'infection, me suis-je dit, mais la blessure restait étonnamment propre. Une fois de plus, j'ai demandé aux villageois qui avait soigné ces gens. Et une fois de plus, on m'a donné la même réponse. Personne. Je savais que c'était impossible ; la bouche humaine grouille de bactéries, bien plus que celle du plus sale des chiens errants. Si personne n'avait nettoyé cette morsure humaine, pourquoi n'était-elle pas infectée ?

J'ai ensuite examiné les six autres patients. Tous présentaient les mêmes symptômes, et tous portaient le même genre de blessures à différents endroits du corps. J'ai demandé au plus lucide d'entre eux qui les avait mordus. Il m'a répondu que c'était arrivé alors qu'ils tentaient de le maîtriser.

« Maîtriser qui ? »

Le *Patient Zéro* était enfermé dans une maison abandonnée à la périphérie du hameau. Il avait douze ans. On lui avait entravé les poignets et les pieds avec du film d'emballage plastique. Sa peau était écorchée au niveau des liens, mais il n'y avait aucune trace de sang. Ni sur les autres blessures, ni sur les entailles qui lui balafraient les cuisses, ni même sur ses moignons de doigts de pied. Un bâillon étouffait ses gémissements, mais il grognait clairement comme un animal.

Au début, les villageois ont essayé de me retenir. Ils m'ont supplié de ne pas le toucher, car il était soi-disant « maudit ». J'ai haussé les épaules, puis j'ai mis un masque et enfilé une paire de gants. La peau du garçon était aussi froide, aussi grise que le béton sur lequel on l'avait couché. Je n'ai trouvé ni pouls, ni rythme cardiaque. Il avait les yeux fous, écarquillés et profondément enfoncés dans leur orbite. Des yeux de prédateur, qui ne me lâchaient pas un instant. Il s'est montré incroyablement agressif pendant tout l'examen, essayant à plusieurs reprises de m'atteindre malgré ses mains entravées. Il a même tenté de me mordre.

Ses mouvements sont devenus si violents que j'ai dû faire appel à deux costauds du village pour m'aider à le maintenir. Ils tremblaient comme des lapins, et n'osaient même pas approcher. Je leur ai expliqué qu'ils ne risquaient rien avec leurs gants et leur masque, mais ils ont secoué à nouveau la tête ; j'ai donc fini par leur *ordonner* de m'aider, même si je n'avais pas l'autorité officielle pour le faire.

Ce fut suffisant. Ils se sont agenouillés à mes côtés. L'un tenait fermement les jambes du garçon et l'autre, ses bras. J'ai essayé de récupérer un échantillon de sang, mais je n'ai obtenu qu'une matière brune et visqueuse. Alors que je changeais d'aiguille, le garçon a commencé à se débattre un peu plus violemment.

L'un de mes « assistants » – celui qui s'occupait des bras – a changé de position pour les maintenir au sol avec ses genoux. Mais le garçon s'est débattu et j'ai distinctement entendu craquer l'os de son bras gauche, avant que les pointes crayeuses du radius et du cubitus ne percent sa chair grise. Ça a suffi pour faire déguerpir les deux villageois, malgré la totale absence de réaction du garçon qui semblait à peine avoir remarqué la blessure.

J'ai encore honte de l'admettre, mais j'ai instinctivement reculé de quelques pas ; pourtant, j'ai été médecin tout au long de ma vie d'adulte. L'Armée de libération populaire m'a entraîné et quasi… « élevé », pourrait-on dire. J'ai eu ma part de blessures de guerre et croyez-moi, j'ai regardé la mort en face en plusieurs occasions ; et voilà que j'avais peur, *vraiment peur*, d'un gamin maigrichon.

Le garçon s'est tordu dans ma direction et son poignet s'est déchiqueté. Chair et muscles se sont séparés en longs filaments, pour ne lui laisser qu'un moignon. Une fois son bras droit libre, mais toujours attaché à sa main gauche *arrachée*, il s'est mis à ramper.

Je me suis précipité dehors en claquant la porte derrière moi. Il fallait que je reprenne le contrôle de moi-même, que j'évacue la peur et la honte. Ma voix chevrotait toujours lorsque j'ai demandé une nouvelle fois aux habitants ce qui s'était passé avec ce garçon. Personne n'a répondu. On entendait des coups sourds à la porte, sans doute son poing qui cognait faiblement le bois. J'ai manqué de sursauter en réalisant ce que ça signifiait ; j'ai prié de toutes mes forces que personne ne remarque ma soudaine pâleur. Puis, autant de colère que de frustration, j'ai fini par hurler : quelqu'un devait bien *savoir* ce qu'il lui était arrivé.

Une jeune femme s'est alors avancée, la mère, sans doute. On voyait bien qu'elle pleurait depuis des jours ; ses yeux étaient secs et rougis. Elle a fini par avouer : c'était arrivé pendant que le garçon et son père pêchaient « à la lune », une expression locale pour désigner la recherche d'objets de valeur dans les villages engloutis par le barrage des Trois-Gorges. Avec plus de onze cents hameaux, villes et cités entières abandonnées, l'espoir de tomber sur un objet intéressant demeurait vif. C'était une pratique très courante, à l'époque, et parfaitement illégale. Elle m'expliqua qu'ils ne pillaient rien, qu'ils se contentaient de fouiller leur propre village – le Vieux-Dachang – pour retrouver ce qu'ils n'avaient pas eu le temps d'emporter avec eux. Elle l'a répété encore et encore jusqu'à ce que je lui promette de ne pas prévenir la police. Puis, elle a fini par me raconter que le garçon était rentré en pleurant avec une petite marque de morsure au pied. Il ne savait pas ce qui s'était produit, l'eau était trop vaseuse et trop sombre. On n'avait jamais revu son père.

J'ai sorti mon téléphone portable pour composer le numéro du docteur Gu Wei Kuei, un vieil ami rencontré à l'armée qui travaillait désormais à l'Institut des maladies infectieuses de l'université de Chongqing. Nous avons d'abord échangé des plaisanteries, discuté de notre santé et de nos petits-enfants, les politesses d'usage, en quelque sorte. Je lui ai ensuite raconté l'incident et il m'a répondu par quelques blagues sur les habitudes hygiéniques des culs-terreux. J'ai gloussé, bien sûr, mais j'ai fini par lâcher que le problème n'était pas si anodin. C'est presque avec répugnance qu'il s'est enquis des symptômes. Je ne lui ai rien épargné : les morsures, la fièvre, le garçon, le bras… Son visage s'est figé et son sourire a disparu.

Il a ensuite demandé à examiner une blessure de visu. Je suis retourné à la salle de réunion, où j'ai promené la caméra du portable devant chaque patient. Il a alors fallu que je me rapproche des plaies. Après m'être exécuté, j'ai ramené le portable en face de mon visage, mais on avait coupé la liaison vidéo.

« Ne bouge pas de là, a-t-il soupiré d'une voix lointaine et désincarnée. Prends les noms de tous ceux qui ont été en contact avec les malades. Isole immédiatement les infectés. Si certains tombent dans le coma, quitte les lieux et barricade les portes. » Sa voix était plate et mécanique, comme s'il récitait un speech appris par cœur. « Tu es armé ? » m'a-t-il demandé. « Pourquoi le serais-je ? » ai-je répliqué. Redevenu professionnel, il m'a signalé qu'il me rappellerait d'ici peu, qu'il avait d'abord quelques coups de fil à passer et que du « renfort » arriverait bientôt.

Il leur a fallu moins d'une heure ; cinquante hommes, dans un gros hélicoptère Z-8A, tous équipés de combinaisons NBC ; ils affirmaient dépendre du ministère de la Santé. J'ignore à qui ils espéraient faire gober ça. Avec leur démarche assurée et leur arrogance caractéristique, même le plus aveugle des ploucs aurait immédiatement reconnu le Guoanbu[1].

La salle de réunion passait en priorité. Les patients ont été évacués sur des brancards, membres enchaînés et bouches bâillonnées. Puis ça a été au tour du garçon, qu'ils ont fait sortir dans un sac. Ils ont alors réuni la mère encore gémissante et le reste du village pour un « examen ». On a noté leurs noms et on leur a prélevé plusieurs échantillons sanguins. Les uns après les

1. Guoka Anquan Bu : le ministère de la Sécurité intérieure.

autres, ils ont été déshabillés et photographiés. Une vieille femme toute flétrie est passée en dernier. Elle avait un corps filiforme et tordu, un visage creusé de rides et des pieds minuscules qu'on avait dû atrophier lorsqu'elle était encore enfant. Elle a rageusement agité son poing sous le nez des « docteurs ». « C'est votre châtiment ! a-t-elle braillé. La malédiction de Fengdu ! »

Elle faisait référence à la Cité des Spectres, dont les temples et les sanctuaires sont dédiés aux divinités souterraines. À l'instar du Vieux-Dachang, elle constituait un obstacle pour la politique du *Nouveau* Bond en Avant. On l'avait donc évacuée et démolie avant de la submerger presque entièrement. Je n'ai jamais été superstitieux et l'opium du peuple, je n'y suis guère sensible. Je suis un médecin avant tout, un scientifique, je crois ce que je vois et ce que je touche. Pour moi, Fengdu n'était qu'une imbécillité folklorique de plus. Bien entendu, les paroles de cette vieille bique ne m'ont fait aucun effet, mais son ton, sa colère... Elle avait dû en voir, des calamités : les seigneurs de la guerre, les Japonais, l'hystérie cauchemardesque de la Révolution culturelle... Et voilà qu'une autre tempête s'approchait, elle s'en rendait parfaitement compte, même si son manque d'éducation l'empêchait d'en saisir toutes les implications.

Mon collègue, le docteur Kuei, l'avait lui aussi parfaitement compris. Il avait pris un gros risque en m'avertissant du danger ; cela m'a donné suffisamment de temps pour prévenir les autres avant que le « ministère de la Santé » ne débarque. Une seule phrase lui avait suffi... Une phrase qu'il n'avait pas utilisée depuis bien longtemps, pas depuis les incidents « mineurs » à la frontière russe.

Ça remontait à 1969. Nous étions cantonnés dans un bunker enterré sur l'île d'Ussuri, à moins d'un kilomètre en aval de Chen Bao. Les Russes se préparaient à reprendre l'île et leur artillerie nous pilonnait.

Gu Wei et moi faisions notre possible pour retirer des éclats d'obus du ventre d'un soldat à peine plus jeune que nous. Les intestins du gamin étaient déchiquetés, son sang et ses excréments maculaient nos blouses. Toutes les sept secondes, un obus éclatait à proximité et nous devions nous pencher au-dessus du blessé pour le protéger des morceaux de plâtre qui retombaient en pluie. Et à chaque fois, on s'approchait de lui suffisamment pour l'entendre réclamer doucement sa mère. D'autres voix montaient du puits de ténèbres qui marquait l'entrée du bunker, des voix désespérées, haineuses, des voix qui n'avaient rien à faire de ce côté-ci de l'île. Deux sentinelles gardaient l'entrée de notre position. L'une d'elles avait crié « Spetsnaz ! » avant d'ouvrir le feu. D'autres tirs s'étaient aussitôt ajoutés au vacarme. Les nôtres ou les leurs ? Impossible à dire.

Un autre obus venait d'exploser, et nous nous étions tous deux recouchés sur le moribond pour le protéger. Le visage de Gu Wei ne se trouvait qu'à quelques centimètres du mien. Son front dégoulinait de sueur. Malgré la lueur misérable des lanternes à paraffine, je distinguais clairement sa pâleur et ses frissons. Il a regardé le blessé, puis la porte, avant de revenir à moi en disant « Ne t'inquiète pas, tout ira bien ». Cet homme n'avait jamais été un grand optimiste. Gu Wei était un chirurgien névrosé. S'il avait mal à la tête, c'était une tumeur cérébrale ; si le temps devenait pluvieux, toute la récolte allait y passer. C'était sa façon à lui de maîtriser la situation, sa méthode personnelle pour tenir le coup. Et maintenant que la réalité s'annonçait encore plus sombre que ses plus funestes prédictions, il n'avait pas d'autre choix que de tourner casaque et charger dans l'autre direction. « Ne t'inquiète pas, tout ira bien. » C'est la seule et unique fois que les événements lui ont donné raison. Les Russes n'ont jamais traversé la rivière et nous avons même réussi à sauver notre blessé.

Pendant des années, je me suis gentiment moqué de lui. Seule une catastrophe pouvait lui faire accepter l'existence d'un petit rayon de soleil. Et il martelait toujours la même réponse : seule une catastrophe bien pire le pousserait à redire la même chose. Nous étions vieux à présent, et quelque chose de pire n'allait pas tarder à se produire. Il venait de me demander si j'étais armé. « Non, avais-je répondu, pourquoi le serais-je ? » Il avait gardé le silence un court instant, achevant de me persuader que d'autres oreilles nous écoutaient. « Ne t'inquiète pas, tout ira bien. » C'est là que j'ai compris qu'il ne s'agissait pas d'un cas isolé. Après avoir raccroché, j'ai immédiatement appelé ma fille, à Guangzhou.

Son mari travaillait pour China Telecom et passait au moins une semaine par mois à l'étranger. Je lui ai dit qu'elle devrait songer à l'accompagner la prochaine fois, qu'elle ferait mieux d'emmener ma petite-fille et de rester là-bas aussi longtemps que possible. Je n'avais pas le temps de leur expliquer. La liaison a été brusquement coupée dès l'arrivée du premier hélicoptère. La dernière chose que j'ai réussi à lui dire, c'est : « Ne t'inquiète pas, tout ira bien. »

[Kwang Jingshu a été arrêté par le ministère de la Sécurité intérieure et incarcéré sans motif. Au moment de son évasion, l'épidémie dépassait déjà les frontières chinoises.]

LHASSA, RÉPUBLIQUE POPULAIRE DU TIBET

[La ville la plus peuplée du monde est en pleine effervescence électorale. Les sociaux-démocrates ont littéralement laminé le parti Lamiste et les rues sont encore pleines de fêtards. J'ai rendez-vous avec Nury Televaldy dans un café bondé au coin de la rue. Il nous faut hurler pour couvrir l'euphorie ambiante.]

Avant le début de l'épidémie, personne n'appréciait les passeurs. Maquiller des papiers, monter de fausses excursions en bus, dénicher les contacts et la protection adéquate de l'autre côté, tout ça demandait beaucoup d'argent. À l'époque, les deux seules routes *vraiment* lucratives passaient nécessairement par le Myanmar et la Thaïlande. Mais là où je vivais, à Kashi, nous n'avions que les Républiques de l'ex-Union soviétique sous la main. Personne ne voulait y aller, en fait, ce qui explique pourquoi je n'ai pas commencé tout de suite comme *shetou* [1]. Moi, je faisais de l'importation. Opium, diamants bruts, filles, garçons, tout ce qui avait un minimum de valeur dans ces pays

1. « Tête de serpent », le passeur de *renshe* (« serpent humain »), de réfugiés, de clandestins.

misérables. L'épidémie a tout changé. Tout d'un coup, on était submergé de demandes, et pas seulement des *lieudong renkou* [1], hein. Non, on avait aussi pas mal de membres de la haute société, comme vous dites… Des cadres de la ville, des fermiers indépendants et même quelques huiles du gouvernement, assez bas dans la hiérarchie, quand même. Tous ces gens avaient beaucoup à perdre et ils se fichaient de la destination. Tout ce qu'ils voulaient, c'était partir.

Et vous saviez ce qu'ils fuyaient ?

On avait entendu des rumeurs, oui. Il y a même eu une petite épidémie, à Kashi, très vite étouffée par le gouvernement. Mais bon, on se disait bien qu'il y avait un truc qui clochait.

Le gouvernement n'a pas essayé de vous arrêter ?

Officiellement, si. Ils ont durci les sanctions pour les affaires de clandestins et les garnisons stationnées aux postes frontières ont été renforcées les unes après les autres. Ils ont même exécuté publiquement un ou deux *shetou*, histoire de faire un exemple. Si on se contente de ça et qu'on ne sait pas comment ça se passe *vraiment*, alors oui, on peut dire que ces mesures ont été efficaces.

Mais elles ne l'étaient pas ?

Disons que j'ai enrichi tout un tas de gens : gardes-frontières, bureaucrates, flics, même des maires. On

1. La population chinoise « flottante », les travailleurs sans domicile fixe.

avait encore la belle vie en Chine. À l'époque, la meilleure façon de rendre hommage à notre cher guide Mao, c'était de caresser délicatement son visage en palpant des liasses de billets de cent yuans.

Les affaires étaient bonnes.

Kashi était en plein boum. Je crois que 90 % du transport routier en direction de l'ouest y transitait. Peut-être plus. Il restait même de la place pour le trafic aérien.

Le trafic aérien ?

Juste un peu. J'ai fait quelques passages de réfugiés par avion, des vols cargo de temps en temps, vers le Kazakhstan ou la Russie. Du boulot insignifiant. Pas comme à l'est. Dans le Guangdong et au Jiangsu, ils faisaient passer des milliers de personnes chaque semaine.

Vous pouvez nous en dire plus ?

Faire passer des réfugiés par avion, c'était ça qui rapportait le plus dans les provinces de l'Est. Leurs clients avaient les moyens. Ils pouvaient se permettre de réserver leur voyage à l'avance et d'obtenir des visas de touristes impeccables. Ceux-là, ils débarquaient à Londres, à Rome, parfois même à San Francisco, ils allaient à l'hôtel, faisaient une ou deux excursions, puis ils disparaissaient dans la nature. Ça représentait beaucoup d'argent. J'ai toujours voulu investir dans le transport aérien.

Et l'épidémie ? Vous ne risquiez pas d'être découverts ?

Pas avant l'histoire du vol 575. Au début, il n'y avait pas beaucoup de malades parmi les passagers. Et ils n'avaient pas dépassé les premiers stades. Les *shetou* restaient très vigilants. Si vous souffriez du moindre symptôme, ils ne s'approchaient pas de vous. Le business avant tout. La règle d'or, c'était qu'on ne pouvait pas espérer passer l'immigration et les douanes si on n'arrivait pas à tromper son *shetou*. Il fallait avoir l'air en parfaite santé, chaque heure comptait. Avant le vol 575, on m'avait raconté l'histoire d'un couple bien sous tous rapports, un homme d'affaires et sa femme. Il avait été mordu. Pas une morsure sérieuse, vous comprenez, plutôt le genre « mort lente », qui épargne les vaisseaux sanguins importants. Je suis sûr qu'ils espéraient vraiment guérir, en Occident. Beaucoup de malades le croyaient. À ce que j'ai entendu dire, ils venaient à peine d'entrer dans une chambre d'hôtel, à Paris, quand il s'est effondré. Sa femme a voulu appeler un docteur, mais il le lui a interdit. Il craignait qu'on les renvoie chez eux. Avant de s'évanouir, il lui a ordonné de l'abandonner et de s'enfuir. On m'a dit qu'elle avait obéi. Après deux jours de coups et de grognements, le staff de l'hôtel a décidé d'ignorer le panneau « Ne pas déranger » et de forcer la porte. J'ignore si c'est comme ça que l'épidémie a commencé à Paris, mais après tout, pourquoi pas ?

Vous dites qu'ils n'ont pas appelé de docteur, qu'ils avaient peur qu'on les renvoie chez eux. Mais dans ce cas, pourquoi aller en Occident ?

Vous ne pigez vraiment rien aux réfugiés, pas vrai ? Ces gens étaient désespérés. Coincés entre leur infection et la crainte d'être kidnappés et « soignés » par leur propre gouvernement. Si vous aimez profondément un malade, un membre de votre famille, votre propre enfant, et que vous entendez parler d'un espoir de guérison ailleurs, vous ne feriez pas l'impossible pour y aller ? Vous n'aimeriez pas un peu d'espoir ? Rien qu'un peu ?

Et vous dites que sa femme a disparu dans la nature, comme beaucoup d'autres **renshe** ***?***

Ça s'est toujours passé ainsi, même avant les épidémies. Certains ont de la famille, d'autres restent chez des amis. Les plus pauvres doivent travailler pour payer leur *bao* [1] aux mafias chinoises locales. La majorité d'entre eux disparaissent dans les bas-fonds du pays qui les accueille.

Les zones les plus pauvres ?

Si vous voulez. Il n'y a pas de meilleur endroit pour se cacher… Là où personne ne veut mettre son nez. Sinon, comment expliquer toutes les épidémies qui ont éclaté dans les ghettos des pays riches ?

Beaucoup de **shetou** ***colportaient la rumeur d'un remède miracle dans les autres pays.***

Certains, oui.

1. La dette que contractent bon nombre de clandestins pendant leur voyage.

Et vous ?

[Silence.]

Non.

[Nouveau silence.]

Et qu'est-ce que l'affaire du vol 575 a changé ?

Davantage de contrôles, mais seulement dans certains pays. Les *shetou* sont très prudents, et très malins. Et ils ont un dicton : « La demeure du riche a toujours une entrée de service. »

Ce qui veut dire ?

Si l'Europe occidentale renforce ses frontières, passez par l'Europe de l'Est. Si les États-Unis ne veulent pas de vous, allez au Mexique. Oh, les pays riches ont certainement dû se sentir en sécurité, même avec toutes ces épidémies qui se déclaraient à l'intérieur de leurs propres frontières. Mais je ne suis pas un expert, vous savez, j'ai commencé par faire du transport routier en Asie centrale.

C'était plus facile d'y entrer ?

Ils nous *suppliaient* de faire affaire avec eux. Ces pays nageaient en plein chaos économique, avec des dirigeants aussi rétrogrades que corrompus. Ils nous aidaient à nous procurer des papiers en échange d'un pourcentage sur nos recettes. On trouvait même des *shetou* – quel que soit le nom qu'ils leur donnent dans leurs dialectes de barbares – qui nous aidaient à faire passer les *renshe* le long des frontières de l'ex-Union soviétique vers des pays comme l'Inde, la Russie, parfois l'Iran. Mais je n'ai jamais demandé où ils les emmenaient vraiment. Ça ne me concernait pas : mon boulot se terminait à la frontière. Faire tamponner les papiers, marquer les véhicules, payer les gardes et récupérer mon pourcentage, c'est tout.

Vous avez vu des malades ?

Pas tout de suite. Les symptômes évoluaient trop vite. C'était très différent du transport aérien. Il fallait parfois plusieurs semaines pour atteindre Kashi, et d'après ce qu'on entendait, même la plus légère des blessures vous emportait en quelques jours. Les clients contaminés se réanimaient en cours de route. On les identifiait et la police s'en occupait. Plus tard, quand les cas se sont multipliés et que les autorités ont perdu le contrôle, j'en ai vu de plus en plus.

Ils étaient dangereux ?

Rarement. En général, leur famille les avait bâillonnés et attachés. Quelque chose remuait à l'arrière de la voiture. On entendait parfois un vague gémissement sous un tas de vêtements ou sous une couverture. Et des coups, parfois, des coups dans le coffre. Et puis on a commencé à voir de véritables niches aménagées à l'arrière des vans. Avec des petits trous pour respirer... Ils ne se rendaient *vraiment* pas compte de ce qui arrivait à leurs passagers.

Et vous ?

À ce moment-là, si, mais je savais parfaitement que ça ne servait à rien de leur expliquer. Je prenais juste l'argent et puis je les conduisais là où il fallait. J'ai eu de la chance. Je n'ai jamais eu le genre de problèmes auxquels les passeurs qui travaillent en mer étaient confrontés.

C'était plus difficile ?

Beaucoup plus dangereux, surtout. Sur la côte, mes associés vivaient dans la peur constante qu'un malade se libère de ses liens et contamine tout le monde à bord.

Et qu'est-ce qu'ils faisaient, dans ce cas ?

On m'a parlé de plusieurs types de « solutions ». Parfois, le bateau s'approchait d'une côte déserte – peu importait le pays, ça pouvait être n'importe où – et « débarquait » les *renshe* malades sur la plage. Il paraît que certains commandants de bord faisaient route vers le large avant de les balancer par-dessus bord. Ça pourrait expliquer les premiers cas de nageurs et de plongeurs disparus sans laisser de trace, et tous ces gens un peu partout qui disent en avoir vu un paquet sortir de l'eau. Moi, au moins, je n'ai jamais eu à gérer ce genre de truc.

Mais j'ai connu un problème similaire, un jour, un problème qui m'a décidé à arrêter ce boulot. J'avais croisé une camionnette-taxi, un vieux tacot tout défoncé. On entendait des gémissements dans la remorque. Et des poings qui tapaient contre l'aluminium. Si fort que le taxi se balançait carrément d'avant en arrière. Il transportait un riche banquier de Xi'an. Un type qui avait fait fortune en rachetant les crédits que les Américains contractent avec leurs cartes de paiement. Il avait assez d'argent pour faire passer toute sa famille. Son costume Armani était tout déchiré et froissé. Il avait des marques de griffures sur le visage, et ses yeux avaient cette lueur brûlante que je croisais de plus en plus souvent, hélas. Le chauffeur, lui, n'avait pas le même regard, non. Il sentait que l'argent n'allait bientôt plus servir à grand-chose. Je lui ai refilé un billet de cinquante en lui souhaitant bonne chance. C'était tout ce que je pouvais faire.

Et la camionnette allait où ?

Au Kirghizistan.

LES MÉTÉORES, GRÈCE

[Les célèbres monastères s'élèvent aux sommets d'énormes rochers, véritables colonnes minérales aussi inaccessibles qu'escarpées. Conçus à l'origine pour servir de refuges contre les invasions turco-ottomanes, ils ont fait preuve de la même efficacité contre les morts-vivants. Les escaliers d'après-guerre, en bois ou en métal – et tous facilement rétractables –, canalisent le flux sans cesse croissant des pèlerins et des touristes. Les Météores constituent désormais une destination très populaire. Certains viennent y chercher sagesse et lumière spirituelle, d'autres seulement la paix. C'est le cas de Stanley MacDonald. Vétéran de la quasi-totalité des campagnes menées par son Canada natal, il a rencontré son premier mort-vivant lors d'une autre guerre, très différente, quand le Troisième Bataillon d'Infanterie Légère Canadienne de la princesse Patricia participait à une opération antidrogue, au Kirghizistan.]

Merci de ne pas nous confondre avec les Alpha Teams américains. Ça s'est passé bien avant leur déploiement, bien avant la Grande Panique, bien avant la quarantaine israélienne… Avant même la première grosse épidémie du Cap, en fait. On en était au tout début, personne ne savait ce qui allait nous tomber dessus. Nous remplissions une mission tout ce qu'il y avait de conventionnelle : opium et cannabis, les deux plantations de base des terroristes du monde entier. On ne trouvait jamais rien d'autre dans ces bleds caillouteux. Des trafiquants, des bandits et leurs gardes du corps locaux. Et on ne s'attendait qu'à ça. On nous avait *formés* pour ça.

L'entrée de la grotte était facile à trouver. On l'avait repérée grâce aux traces de sang qui partaient de la caravane. D'entrée de jeu, on a su que quelque chose clochait. Il n'y avait aucun corps. Pourtant, les bandes rivales laissaient toujours leurs victimes bien en évidence – et mutilées – en guise d'avertissement. Il y avait du sang partout, du sang, des morceaux de viande pourrie et les cadavres des mules. Elles avaient manifestement été tuées par des animaux sauvages, pas à coups de fusil... Couvertes de morsures... Et éventrées. Sans doute une meute de chiens sauvages. C'est ce qu'on s'est dit, sur le moment. On en trouvait des centaines dans ces vallées, aussi vicieux et massifs que des loups.

Mais le plus surprenant, c'était la cargaison. Elle était encore là, bien accrochée aux selles ou éparpillée autour des carcasses. Pour une question de territoire, une simple histoire de vengeance religieuse ou tribale, *personne* n'abandonne comme ça cinquante kilos de Bad Brown [1] première qualité, *personne* ne laisse traîner des fusils d'assaut dernier cri ou des petits objets de valeur, montres, lecteurs minidisc ou GPS.

Les taches de sang s'étalaient tout le long du sentier de montagne depuis la zone du massacre, dans le *wadi*.

1. Surnom donné à cette variété d'opium fabriquée dans la province afghane du Badakchan.

Beaucoup de sang. Le type en avait perdu une quantité incroyable. *Jamais* il n'aurait dû se relever. Seulement voilà, il l'avait fait. Et personne ne l'avait soigné. Il n'y avait aucune autre trace. D'après ce qu'on pouvait voir, il avait couru un moment avant de tomber face contre terre – on distinguait encore son visage ensanglanté imprimé dans le sable. Il avait réussi à ne pas s'étouffer et à ne pas perdre tout son sang. Il était resté allongé quelque temps, puis il s'était remis debout et avait repris sa route. La nouvelle piste n'avait rien à voir avec la précédente. Plus lente, des enjambées plus courtes. Il avait le pied droit traînant – on a retrouvé une chaussure, une Nike haut de gamme tout abîmée. La piste était constellée de gouttes. Pas du sang, non, rien d'humain, de grosses gouttes d'une sorte de boue croûteuse qu'on n'a pas réussi à identifier. On les a suivies jusqu'à l'entrée de la grotte.

Personne ne nous a tiré dessus, aucune résistance, rien. L'entrée était dégagée et ouverte à tout vent. On a tout de suite repéré les cadavres, des hommes pris à leur propre piège. On aurait dit qu'ils avaient couru, ou tenté de fuir… vers la sortie.

Derrière eux, dans la première salle, on a trouvé les premières traces d'un combat manifestement inégal, vu qu'un seul mur de la grotte était constellé d'impacts de balles de petit calibre. Les tireurs s'étaient postés de l'autre côté. Tous déchiquetés. Leurs membres, leurs os… Arrachés et rongés… Certains cadavres tenaient encore leur arme. On est même tombé sur une main agrippée à un vieux Makarov. Avec un doigt en moins. Je l'ai trouvé un peu plus loin, avec un autre homme désarmé qui avait encaissé une bonne centaine de balles. Plusieurs coups lui avaient carrément cisaillé le haut de la tête. Et il avait encore le doigt coincé entre ses dents.

Même topo dans les autres salles. On a découvert des barricades défoncées et d'autres cadavres, souvent en morceaux. Les seuls encore intacts avaient pris une balle en pleine tête. On a trouvé de la viande à moitié mâchée, de la chair coincée dans leur bouche, leur gorge et leur estomac. D'après les traînées de sang, les douilles et les débris, on devinait que la bataille avait commencé à l'infirmerie.

Là, on a découvert plusieurs matelas ensanglantés. À l'autre bout de la pièce, il y avait un type décapité… Un docteur, je suppose. Il était allongé à même le sol, à côté d'un matelas aux draps souillés, avec une Nike dernier cri tout abîmée au pied gauche.

La dernière grotte s'était effondrée, sans doute à cause de l'explosion d'une grenade antichar. Une main dépassait des gravats. Elle remuait encore. J'ai réagi par instinct, je me suis précipité pour l'attraper. Cette poigne… De l'acier. Elle a failli me briser les doigts. J'ai essayé de reculer, de m'en débarrasser, mais elle ne me lâchait pas. J'ai tiré encore plus fort en plantant mes pieds solidement au sol. Le bras a commencé à se libérer, puis la tête, le visage ravagé, les yeux écarquillés et les lèvres toutes grises. Son autre main m'a agrippé le bras et a commencé à serrer. Ses épaules se sont dégagées. Je suis tombé en arrière, avec la moitié de cette chose accrochée à moi. Son bassin était encore coincé dans les débris, relié au torse par un long morceau d'intestin. Et il bougeait encore, il me serrait, il essayait de me bouffer le bras. J'ai sorti mon arme.

Le coup est parti d'en dessous, à bout portant, juste en dessous du menton… Sa cervelle a giclé jusqu'au plafond. J'étais seul dans la salle, à ce moment-là. Pas d'autre témoin… Évidemment.

« Exposition à un agent chimique inconnu », c'est ce qu'on m'a dit à mon retour à Edmonton. Ça, plus les effets secondaires d'un de nos propres traitements prophylactiques, paraît-il. Ils ont saupoudré le tout de SPT [1] pour faire bonne figure. Tout ce dont j'avais besoin, c'était de repos. De repos et d'une « évaluation à long terme »…

« Évaluation… » Quand on est du bon côté, sans doute. L'ennemi, lui, il appelle ça un « interrogatoire ». À l'armée, on apprend à résister à l'adversaire, à se protéger mentalement. Mais on ne nous apprend pas à résister à notre propre camp, surtout quand on entend nous « aider » à discerner la « vérité ». Ils ne m'ont pas fait craquer, moi, j'ai craqué tout seul. Je *voulais* les croire et je *voulais* qu'ils m'aident. J'étais un bon soldat, bien entraîné, expérimenté ; je savais ce que j'étais capable d'infliger à autrui, et ce que je pouvais moi-même supporter. Je me croyais prêt à tout. **[Ses yeux embrassent la vallée en contrebas, l'air absent.]** Mais quelle personne saine d'esprit aurait pu s'attendre à un truc pareil ?

1. Stress post-traumatique.

FORÊT AMAZONIENNE, BRÉSIL

[J'arrive les yeux bandés pour ne pas risquer de trahir l'endroit exact où mes « hôtes » me conduisent. Les habitants de la région les appellent les Yanomani, « le peuple féroce ». On ignore si c'est grâce à leur nature profondément guerrière ou parce que leur nouveau village est suspendu en haut des plus grands arbres de la jungle qu'ils ont aussi bien – voire mieux – traversé la crise que la plupart des nations industrialisées. Il s'avère difficile de déterminer si Fernando Oliveira, le Blanc émacié et toxicomane du « bout du monde », est leur mascotte, leur invité ou leur prisonnier.]

J'étais encore médecin, voilà ce que je me répétais. Encore et encore. D'accord, j'étais riche, et de plus en plus, même, mais bon ; après tout, mon succès, je le devais aux opérations que je pratiquais quotidiennement. Des opérations nécessaires, toujours justifiées. Je n'ai jamais charcuté de nez, moi, ni greffé un *pinto* de Soudanais sur la toute nouvelle diva pop hermaphrodite[1]. J'étais médecin, j'aidais les gens, et si les

1. Il a été prouvé qu'avant la guerre, les organes sexuels des Soudanais convaincus d'adultère étaient coupés avant d'être revendus au marché noir.

hypocrites des pays industrialisés considèrent ça comme « immoral », alors pourquoi leurs citoyens n'ont-ils *jamais* cessé de venir se faire soigner chez nous ?

Le colis est arrivé à l'aéroport une heure avant le patient, conservé dans une glacière de pique-nique. Les cœurs sont extrêmement rares. Contrairement aux foies, aux tissus épidermiques ou même aux reins – ceux-là, après la loi sur la « présomption de conservation », on les obtenait dans presque n'importe quelle morgue du pays.

Vous l'aviez contrôlé ?

Pour quoi faire ? Avant de faire des tests, il faut savoir ce qu'on cherche. On ignorait tout du Fléau Rampant, à l'époque. On vérifiait les infections conventionnelles – hépatites, HIV – et on n'avait pas le temps de checker le reste.

Pourquoi ?

Le vol avait déjà duré assez longtemps. On ne peut pas conserver un organe dans la glace indéfiniment. On tentait déjà le diable, avec celui-là.

D'où venait-il ?

De Chine, probablement. Mon fournisseur travaillait à Macao. On lui faisait confiance. Il avait un certain crédit, d'ailleurs. Il nous a certifié que le paquet était *clean*, et je l'ai cru sur parole. Il le fallait bien. Il connaissait les risques, le patient aussi. En plus de problèmes de cœur classiques, Herr Müller souffrait d'une forme particulièrement rare de dégénérescence génétique dextrocardiaque doublée d'un *situs inversus*. Ses organes étaient inversés ; le foie à gauche, le cœur légèrement sur la droite, etc. Vous imaginez la situation. On ne pouvait pas se contenter de retourner un cœur et de le transplanter. Ça ne marche pas comme ça. Il nous fallait un organe frais et sain, et un « donneur » présentant la même configuration. À part en Chine, on n'avait aucune chance de dénicher une pépite pareille.

C'était vraiment une question de « chance » ?

[Il sourit.] Et d'opportunisme politique. J'ai expliqué à mon fournisseur ce dont j'avais besoin, je lui ai donné toutes les caractéristiques de mon patient, et moins de trois semaines plus tard, j'ai reçu un e-mail qui disait simplement « bonne pêche ».

Et vous avez conduit l'opération vous-même.

Je n'étais qu'assistant. C'est le docteur Silva qui a réalisé la transplantation proprement dite. C'était un chirurgien prestigieux, qui traitait les cas délicats à l'hôpital israélien Albert Einstein de São Paulo. Un connard arrogant, oui, même pour un cardiologue. Ça me déprimait de travailler avec ce… sous les ordres… de cet abruti qui me traitait comme un étudiant de première année. Mais bon, qu'est-ce que j'y pouvais ? Herr Müller avait absolument besoin d'un cœur tout neuf et moi, d'un nouveau Jacuzzi.

Herr Müller ne s'est jamais réveillé. Alors qu'il était en réa, à peine quelques minutes après la suture, il a commencé à présenter des symptômes inquiétants. Température, pouls, saturation en oxygène… ça me préoccupait, ça aurait dû mettre la puce à l'oreille de mon collègue soi-disant plus « expérimenté ». Il m'a assuré que c'était l'un des effets secondaires des immunoinhibiteurs, voire une simple réaction physique normale pour un corps de soixante-sept ans en mauvaise santé, en surcharge pondérale, qui en plus venait juste de subir l'intervention chirurgicale la plus traumatisante de la médecine moderne. Ça m'a même surpris qu'il ne me tapote pas gentiment l'épaule, ce gros con. Il m'a conseillé de rentrer chez moi, de prendre une douche, de dormir un peu, d'appeler une ou deux filles et de me détendre. Il allait rester là pour surveiller l'évolution du patient et m'appellerait en cas de problème.

[Oliveira fait la moue et engloutit une autre poignée des mystérieuses feuilles posées à côté de lui.]

Qu'est-ce que j'y pouvais, moi ? Ça pouvait effectivement venir des médicaments, de l'OKT3. Peut-être que je m'inquiétais pour rien, après tout. C'était ma première transplantation cardiaque, qu'est-ce que j'y connaissais, hein ? Mais bon... Ça m'inquiétait quand même. Aussi j'ai fait ce que tout bon médecin fait quand un de ses patients vient de passer sur le billard. Je suis allé en ville, j'ai bu, j'ai dansé, des inconnues (ou des inconnus ?) m'ont fait subir toutes sortes de trucs salaces. Au début, je n'ai même pas réalisé que mon téléphone portable vibrait. Il m'a fallu au moins une heure pour que je me décide à répondre. Graziela, la réceptionniste, était dans tous ses états. Elle m'a dit que Herr Müller venait de tomber dans le coma. J'ai sauté dans ma voiture avant qu'elle ait fini sa phrase. Il fallait trente bonnes minutes pour rallier la clinique et je me suis maudit pendant tout le trajet. J'avais eu *raison* de m'inquiéter ! J'avais vu juste ! Faites-en une question d'ego si vous voulez. N'empêche qu'avoir raison allait m'exposer à de sacrés problèmes... et moi qui persistais à ne pas vouloir trop ternir la réputation de Silva.

J'ai fini par arriver, pour trouver Graziela au chevet d'une infirmière – Rosi – totalement hystérique. La pauvre fille était inconsolable. Je lui ai balancé une paire de claques – ça l'a bien calmée – avant de lui demander ce qui se passait. Pourquoi y avait-il du sang sur son uniforme ? Où se trouvait le docteur Silva ? Pourquoi certains patients étaient-ils sortis de leur chambre, et putain de merde, c'était quoi tout ce bordel ? Elle m'a répondu que le cœur de Herr Müller avait cessé de fonctionner, comme ça, sans prévenir. Ensuite, ils avaient essayé de le réanimer, mais Herr Müller avait brusquement ouvert les yeux et mordu le docteur Silva à la main. Ils s'étaient battus et Rosi avait failli se faire mordre elle aussi en intervenant. Elle avait abandonné Silva derrière elle et s'était enfuie après avoir fermé la porte.

J'ai failli éclater de rire. Superman s'était bel et bien planté dans le diagnostic, finalement. Herr Müller avait dû se réveiller d'un coup et, encore dans le brouillard, attraper le bras du docteur Silva pour garder l'équilibre. Il devait y avoir une explication raisonnable… Mais comment expliquer le sang sur la blouse de Rosi et les bruits étouffés provenant bel et bien de la chambre de Herr Müller ? Je suis donc quand même allé chercher mon arme dans la voiture, davantage pour calmer Graziela et Rosi qu'autre chose.

Vous aviez une arme ?

Je vivais à Rio. Qu'est-ce que vous croyez ? Que je me contentais de mon *pinto* ? Donc, je suis retourné devant la chambre de Herr Müller et j'ai frappé plusieurs fois à la porte. Rien. J'ai appelé. Toujours rien. Et là, j'ai remarqué que du sang coulait sous la porte. J'ai ouvert… Toute la pièce en était tapissée. Silva étendu dans un coin, Müller penché sur lui, avec son gros dos poilu tout blanc. Je ne sais plus comment j'ai attiré son attention. Je l'ai peut-être appelé, ou bien j'ai crié, je ne sais plus. Mais il s'est tourné vers moi, avec sa bouche ouverte maculée de sang et des morceaux de chair coincés entre les dents. J'ai eu le temps de voir que les points de suture avaient lâché et qu'un fluide gélatineux noirâtre s'écoulait de sa cicatrice. Il s'est relevé maladroitement et s'est approché de moi en traînant les pieds.

J'ai empoigné mon pistolet pour viser son cœur tout neuf. J'avais un Desert Eagle israélien, gros et massif. C'était pour ça que je l'avais acheté, d'ailleurs. Je ne m'en étais jamais servi auparavant, Dieu merci. Le recul m'a surpris. J'ai tiré n'importe comment et sa tête a littéralement explosé. Un vrai coup de bol. Et j'étais là, comme un con, avec mon pistolet tout chaud et un long filet d'urine qui me coulait le long de la jambe. Il a fallu que Graziela me colle quelques baffes pour que je reprenne mes esprits et que j'appelle la police.

On vous a arrêté ?

Ça va pas, non ? Je connaissais tous les flics du coin. Comment obtenir des organes, sinon ? Ils se sont montrés très coopératifs. On a expliqué aux autres patients qu'un fou hystérique s'était introduit dans la clinique, qu'il avait assassiné le docteur Silva et Herr Müller. Ils se sont débrouillés pour que tous les membres du personnel tiennent un discours similaire.

Et les corps ?

Celui de Silva a été étiqueté comme victime d'un « braquage à main armée ». Je ne sais pas ce qu'ils en ont fait. Ils ont dû le balancer dans un terrain vague de la Cité de Dieu, encore un deal de came qui tourne mal, ce genre de truc. En tout cas, j'espère qu'ils l'ont brûlé, ou enterré… bien profond.

Vous pensez qu'il a pu…

Je n'en sais rien. Son cerveau était intact quand il est mort. Si personne ne l'a mis dans un *body bag*, si le sol était trop meuble… En combien de temps il aurait pu sortir ?

[Il mâche encore une poignée de feuilles et m'en propose un peu. Je refuse poliment.]

Et ce M. Müller ?

Aucune explication officielle. Ni pour sa veuve, ni pour l'ambassade d'Autriche. Et un touriste de plus qui ne fait pas assez attention dans un pays exotique dangereux. J'ignore si Frau Müller a gobé ça, ou si elle a fait sa propre enquête. Elle n'a sans doute jamais réalisé à quel point elle a eu de la chance.

Pourquoi ça ?

Vous déconnez ? Et s'il ne s'était pas réanimé dans ma clinique ? Et s'il avait réussi à rentrer chez lui ? Juste avant que…

C'est envisageable ?

Mais bien sûr ! Réfléchissez. Le cœur était contaminé et le virus s'est directement propagé dans tout l'appareil circulatoire. Il lui a juste fallu quelques secondes avant d'atteindre le cerveau. Prenez n'importe quel autre organe, un foie, un rein, ou même un morceau de peau greffée. Dans ces cas-là, ça peut prendre beaucoup de temps, surtout avec une présence virale réduite.

Mais le donneur…

Pas besoin qu'il soit totalement réanimé. Et si l'infection vient de se produire ? Les organes n'en sont pas encore totalement saturés. Peut-être n'y avait-il qu'une trace infinitésimale du virus, après tout. Greffez un de ces organes dans un autre corps. Ça peut prendre plusieurs jours, des semaines, même, avant que la maladie atteigne les vaisseaux sanguins. À ce stade, le patient est déjà largement sur le chemin de la guérison, tout heureux, en parfaite santé, avec une vie normale.

Mais ceux qui ont prélevé l'organe…

… ne savaient sans doute pas à quoi ils avaient affaire. Tout comme moi. C'était le tout début, personne n'avait la moindre information. Et même si on avait su, comme ces types de l'armée chinoise… Vous voulez parler d'immoralité ? Attendez… Plusieurs années avant l'épidémie, les militaires se faisaient des *millions* en revendant les organes prélevés sur les dissidents exécutés. Vous croyez vraiment qu'un simple virus les empêcherait de continuer à exploiter la poule aux œufs d'or ?

Mais comment…

Il faut retirer le cœur juste après le décès de la victime… Parfois même avant sa mort… Ils n'ont jamais hésité, vous savez, ils retiraient les organes de types encore vivants pour s'assurer de leur fraîcheur… Avant de les flanquer dans la glace et de les expédier par avion à Rio… La Chine était le plus grand exportateur d'organes humains sur le marché international. Qui sait combien de cornées, combien d'hypophyses infectées… Sainte mère de Dieu, qui sait combien de reins infectés ils ont mis sur le marché ? Et encore, je ne vous parle que des organes ! Vous voulez qu'on discute des « dons » d'ovocytes des prisonniers politiques ? De leur sperme, de leur sang ? Qu'est-ce que vous croyez ? Que c'est l'immigration la seule responsable de la propagation de l'épidémie partout sur cette planète ? Les premiers foyers d'infection n'ont pas tous éclaté en Chine, hein. Comment vous justifiez cette recrudescence de décès inexpliqués ? Toutes les personnes qui se réaniment sans même avoir été mordues ? Pourquoi il y a eu autant d'épidémies dans les hôpitaux ? Les immigrés clandestins chinois ne vont pas à l'hôpital. Vous savez combien de milliers de personnes ont bénéficié d'une transplantation d'organe illégale les quelques années avant la Grande Panique ? Même si on ne compte que 10 % d'infectés… Même 1 %…

Vous avez des preuves pour étayer cette théorie ?

Non… Mais ça n'a aucune importance. Quand je pense à toutes les transplantations que j'ai faites, à tous ces patients européens, arabes, et à tous ces Américains si vertueux. Vous autres, les Ricains, vous n'étiez pas très nombreux à me demander l'origine de votre nouveau rein ou de votre pancréas flambant neuf. Que ce soit un gamin des rues de la Cité de Dieu ou un étudiant chinois malchanceux dans une prison politique, vous ne vouliez pas le savoir et vous n'en aviez rien à foutre. Non, tout ce que vous aviez à faire, c'était signer vos traveller's cheques, passer sur le billard, et rentrer à Miami ou à New York.

Vous avez essayé de suivre ces patients ? De les avertir ?

Non. Jamais. Je nageais en plein scandale, je devais soigner ma réputation, retrouver une clientèle, remplir mon compte en banque. Moi, je voulais surtout oublier tout ça, ne pas en savoir davantage. Quand j'ai compris la nature du danger, il grattait déjà à ma porte.

PORT DE BRIDGETOWN, LA BARBADE, FÉDÉRATION DES INDES DE L'OUEST

[On m'avait décrit un « grand voilier », mais les « voiles » du trimaran *IS Imfingo* renvoient en fait aux quatre éoliennes verticales qui saillent de sa coque brillante. Les rangées de PEM *(proton exchange membrane)* couplées aux réservoirs de carburant – une technologie qui tire l'électricité de l'eau de mer – viennent justifier le préfixe *IS* – pour *Infinity Ship*. Considéré partout comme l'avenir du transport maritime, ce genre de bateau navigue rarement sous pavillon non gouvernemental. Pourtant, l'*Imfingo* est bel et bien un navire privé. Jacob Nyathi en assume le commandement.]

Je suis né à peu près en même temps que la chute de l'Aparteid sud-africain. À cette époque euphorique, non seulement le gouvernement promettait une démocratie authentique reposant sur le principe *un homme, un vote*, mais aussi du travail et des logements pour toute la population. Pour mon père, cela signifiait forcément « tout de suite ». Il n'arrivait pas à comprendre qu'il fallait considérer ces déclarations politiques comme des projets à long terme, après des années – des générations, même – de dur labeur. Il croyait que si nous abandonnions nos terres ancestrales pour nous installer en ville, nous n'aurions qu'à tendre la main pour dégotter une maison toute neuve et un travail grassement payé. Mon père était un homme simple, un ouvrier. Je ne le blâme pas pour son manque d'éducation, il avait le droit de rêver d'une vie meilleure pour sa famille. Nous sommes allés nous installer à Khayelitsha, l'un des quatre plus grands bidonvilles du Cap. J'y ai mené une existence pauvre, humiliante et misérable, dénuée de tout espoir. Voilà à quoi a ressemblé mon enfance.

La nuit où c'est arrivé, je descendais du bus pour rentrer chez moi. Il devait être à peu près cinq heures du matin, et je venais de finir mon service au *TGI Friday's*, sur le quai Victoria. La nuit avait été bonne, les pourboires généreux, et les nouvelles du Tri-Nations Tournament donnaient à tous les Sud-Africains l'impression de mesurer trois mètres. Les Springboks n'avaient fait qu'une bouchée des All Blacks… Une fois de plus !

[Il sourit en évoquant ce souvenir.]

C'est peut-être ce qui m'a distrait, au début, ou alors l'épuisement, je ne sais plus… Mais mon corps, lui, a réagi instinctivement dès les premiers coups de feu. Les échanges de tir n'étaient pas rares, ça non, pas dans mon quartier, et pas à cette époque. *Un homme, un flingue*, voilà ce qui résumait la vie à Khayelitsha. Comme tous les vétérans, on finissait par développer une espèce d'instinct de survie, avec les réflexes qui vont avec. Et les miens étaient foudroyants. Je me suis jeté au sol et j'ai immédiatement essayé de déterminer d'où provenaient les tirs, tout en essayant de m'abriter quelque part. La plupart des maisons étaient en tôle, en planches de bois récupérées sur des chantiers, ou carrément construites avec des tuyaux PVC… Quant aux murs, c'étaient parfois de simples plaques de plastique collées à la hâte. Le feu ravageait des quartiers entiers au moins une fois par an, et les balles traversaient les murs comme du gruyère.

J'ai couru aussi vite que possible jusqu'à l'arrière d'une baraque de barbier construite à partir d'un container grand comme une voiture. Rien d'idéal, mais ça suffirait pendant quelques secondes, au moins le temps que la fusillade se calme. Sauf qu'elle ne s'est pas calmée. Pistolets, fusils de chasse, et ce « tak tak tak » qu'on n'oublie jamais, celui qui vous signale qu'un type s'amuse avec une kalachnikov. Tout ça durait depuis trop longtemps pour un simple affrontement entre gangs. Il y a eu des cris, des hurlements, et je sentais déjà l'odeur de la fumée quand j'ai entendu la rumeur d'une foule paniquée. J'ai jeté un œil dans la rue. Des dizaines de gens, la plupart en pyjama, tous à crier « Fuyez ! Tirez-vous ! Ils arrivent ! ». Les rayons lumineux des lampes de poche tournaient dans tous les sens et des visages émergeaient des baraques. « Qu'est-ce qui se passe ? *Qui* arrive ? » Ceux-là, c'étaient les plus jeunes. Les vieux avaient déjà fichu le camp. Eux, ils possédaient une autre forme d'instinct, un instinct qui remontait au temps où on les considérait encore comme des esclaves dans leur propre pays. À l'époque, tout le monde savait qui « ils » étaient. Et quand « ils » arrivaient, il ne vous restait plus qu'à courir… et à prier.

Vous avez fui ?

Je ne pouvais pas. Ma famille, ma mère et mes deux petites sœurs vivaient à quelques mètres des locaux de Radio Zibonele, précisément là d'où les gens arrivaient. Je n'ai pas réfléchi, j'ai agi comme un idiot, j'aurais dû contourner la zone, trouver une rue plus calme.

J'ai essayé de me frayer un chemin dans la foule. J'espérais parvenir à passer en restant sur le côté, mais j'ai été projeté dans une cabane, à travers l'un de ces fameux murs de plastique. Le plafond s'est immédiatement écroulé. J'étais coincé, presque incapable de respirer. Quelqu'un m'a enjambé et ma tête a violemment cogné le sol. Une fois que j'ai réussi à me libérer en me tortillant dans tous les sens, je me suis laissé rouler jusque dans la rue. J'étais encore à plat ventre quand je les ai aperçus. Dix ou quinze. On voyait leur silhouette se découper sur le rideau de flammes qui dévorait le quartier. Impossible de voir leur visage, mais je les ai entendus gémir. Ils avançaient maladroitement vers moi, les bras tendus.

Encore sonné, je me suis péniblement remis sur pied. J'avais mal partout. J'ai instinctivement commencé à reculer vers la porte d'entrée d'une des baraques les plus proches. Quelque chose m'a attrapé par-derrière et a déchiré mon col de chemise. J'ai fait un tour sur moi-même pour esquiver et frapper aussi fort que possible. Mon agresseur me dominait largement, il me rendait plusieurs kilos. Un fluide noir maculait sa chemise blanche. Le manche d'un couteau dépassait de sa poitrine… planté entre deux côtes et enfoncé jusqu'à la garde… Sa mâchoire s'est ouverte et il a craché un morceau de mon col. Puis il s'est jeté sur moi en grognant. J'ai essayé de l'éviter, mais il m'a attrapé le poignet. J'ai entendu un « crac », suivi d'une douleur atroce qui m'a immédiatement vrillé le corps. Je suis tombé à genou, j'ai essayé de rouler au sol pour lui échapper… et là, mes doigts ont rencontré une casserole en fonte que je lui ai immédiatement collée en pleine face. Encore. Et encore. Je lui ai écrasé le crâne jusqu'à ce qu'il éclate et que sa cervelle m'éclabousse les pieds. Il a fini par s'écrouler. Je me suis libéré au moment précis où d'autres apparaissaient dans l'encadrement de la porte. Le manque de solidité de la baraque a joué en ma faveur. J'ai donné plusieurs coups de pied dans le mur jusqu'à ce que tout s'écroule.

Ensuite, j'ai couru. Sans savoir où j'allais. Un vrai cauchemar… Partout des huttes en feu et des mains qui voulaient m'agripper. J'ai fini par atteindre une baraque dans laquelle une femme s'était réfugiée. Ses deux enfants hurlaient, accrochés à ses jambes. « Venez avec moi ! j'ai crié. Venez ! S'il vous plaît, il faut partir ! » Je lui ai tendu la main en me rapprochant, mais elle a tiré ses enfants vers elle en reculant, avant de brandir un tournevis aiguisé. Elle avait un regard de démente, terrifié. J'entendais des bruits, derrière moi… Ils pénétraient à l'intérieur des maisons et les défonçaient au passage. J'ai laissé tomber le xhosa pour l'anglais. « S'il vous plaît, l'ai-je suppliée, il faut partir ! » J'ai essayé de l'empoigner, mais elle m'a planté le tournevis dans la main. Je l'ai laissée là. Je ne savais pas quoi faire. Elle continue aujourd'hui encore à hanter mon sommeil dès que je ferme les yeux. Parfois, ma mère la remplace, et les deux enfants qui pleurent sont mes sœurs.

J'ai aperçu un peu plus haut une violente lumière qui brillait entre les baraques. J'ai couru aussi vite que possible. Je voulais les appeler, mais mon souffle était trop court pour ça. J'ai traversé le mur d'une hutte et tout d'un coup, je me suis retrouvé à découvert. Les lumières m'aveuglaient. J'ai senti quelque chose me percuter l'épaule. Je crois bien que je me suis évanoui avant même de toucher le sol.

Je me suis réveillé dans un lit, à l'hôpital de Groote Schuur. Je n'avais jamais vu l'intérieur de ce genre de bâtiment. Tout était si blanc, si propre. J'ai bien cru que j'étais mort. Les médicaments, j'imagine. Je n'avais jamais pris de drogue de ma vie, ni même bu une seule goutte d'alcool. Aucune envie de finir comme les types de mon quartier, ou comme mon père… Toute ma vie, j'avais lutté pour rester *clean*, et voilà qu'à présent…

La morphine – ou quel que soit le truc qu'on m'avait injecté –, je trouvais ça délicieux. Je me fichais de tout. Je n'ai eu aucune réaction quand ils m'ont dit que la police m'avait logé une balle dans l'épaule. J'ai vu l'homme allongé dans le lit à côté du mien évacué en urgence dès qu'il a cessé de respirer. Je n'ai même pas réagi quand je les ai entendus parler de l'épidémie de « rage » qui sévissait en ville. Je ne sais pas. Comme je vous l'ai dit, j'étais vraiment dans les vapes. Je me souviens d'éclats de voix dans le couloir, de gens en colère qui se criaient dessus. « Ce n'est *pas* la rage ! hurlait l'un d'eux. Les symptômes n'ont rien à voir avec la rage, la rage ne fait pas *ça* aux gens ! » Et plus tard… quelqu'un d'autre… « Bon, et tu proposes quoi, bordel ? On en a quinze comme ça, en bas ! » C'est bizarre, j'entends toujours cette conversation dans ma tête. Tout ce que j'aurais dû faire, penser, sentir. Il m'a fallu pas mal de temps pour dégriser. Et quand j'ai fini par me réveiller, c'était un vrai cauchemar.

TEL-AVIV, ISRAËL

[Jurgen Warmbrunn cultive une vraie passion pour la cuisine éthiopienne, d'où notre rendez-vous dans ce restaurant falasha. Avec sa peau toute rose et ses sourcils broussailleux d'un blanc neigeux qui concurrencent ses cheveux à la Einstein, il ressemble à un savant fou ou à un professeur d'université. Il n'est ni l'un ni l'autre. Et bien qu'il n'ait jamais cité le nom de l'officine gouvernementale pour laquelle il travaillait – et travaille peut-être encore –, il accepte volontiers le titre d'« espion ».]

En général, les catastrophes, personne n'y croit. Jusqu'à ce qu'elles se produisent pour de bon. Ça n'a rien à voir avec de la bêtise ou de la faiblesse, non, c'est une simple question de nature humaine. Je n'en veux à personne de ne pas y avoir « cru » à temps. Je ne suis pas particulièrement intelligent et je ne vaux certainement pas mieux que les autres. Les hasards de la naissance, quoi. Il se trouve que j'appartiens à un peuple qui vit depuis toujours sous la menace constante de l'extinction. Cela fait partie de notre identité, de notre façon de voir les choses. Notre histoire est pleine de procès horribles et d'erreurs tragiques… elle nous a appris à ne *jamais* baisser la garde.

Les premiers à nous avertir du fléau furent nos amis taïwanais – nos clients, plutôt. Ils se plaignaient de notre nouveau logiciel de cryptage. Apparemment, le soft n'arrivait pas à lire certains e-mails provenant de plusieurs sources PRC ; il les décodait tellement mal qu'ils n'obtenaient qu'une vague bouillie illisible. J'ai d'abord pensé que le problème ne venait pas du logiciel, mais des textes eux-mêmes. Les rouges du continent… Oh, ils n'étaient déjà plus très rouges, à l'époque, mais bon… Qu'est-ce qu'on peut reprocher à un vieil homme, hein ? Les rouges ont la sale habitude d'utiliser toutes sortes d'ordinateurs, peu importe leur génération ou leur origine.

Juste avant d'exposer cette théorie à Taipei, je me suis dit que ce n'était pas forcément une mauvaise idée de jeter un œil moi-même sur les messages incriminés. Surprise, les caractères étaient parfaitement décodés. Mais le texte en lui-même, par contre… Il parlait d'une sorte d'épidémie virale inédite qui commençait d'abord par tuer les malades, puis les réanimait pour les transformer ensuite en tueurs psychopathes. Évidemment, je n'en ai pas cru une ligne, et puis la crise du détroit de Taïwan a éclaté quelques semaines plus tard et les messages qui parlaient de corps réanimés ont tous brusquement cessé. En fait, j'ai immédiatement suspecté un second niveau de code, un code dans le code, si vous préférez. C'est une procédure assez standard, on l'utilise depuis les tout débuts du cryptage. Les rouges ne parlaient pas de vrais cadavres. Il s'agissait certainement d'une arme secrète ou d'une nouvelle stratégie militaire. J'ai mis ça de côté pour passer à autre chose. Mais quand même, comme le dit l'une de vos icônes nationales : « Mon sens d'araignée me picotait… »

Peu après, lors du mariage de ma fille, je me suis retrouvé à discuter avec l'un des professeurs de mon gendre, un type de l'Université hébraïque. Un gars très bavard, qui avait déjà bu un ou deux verres de trop. Il ruminait l'histoire d'un de ses cousins qui travaillait en Afrique du Sud et qui lui avait raconté des histoires de golems. Vous connaissez les golems ? La vieille légende du rabbin qui insuffle la vie à une statue de glaise ? Mary Shelley nous a piqué l'idée pour son *Frankenstein*. Au début je n'ai rien dit, je me contentais d'écouter. Le type déblatérait à propos de golems d'un genre nouveau, pas à base d'argile et tout sauf dociles. Dès qu'il a mentionné des cadavres réanimés, je lui ai demandé le numéro de téléphone de son cousin. En fait, le cousin en question avait participé à une excursion au Cap, un de ces *adrenaline tours*, vous savez ? Un *shark feeding*, je crois.

[Il lève les yeux au ciel.]

Eh bien apparemment il en avait eu pour son argent. Un requin lui avait bouffé le tuchus, d'où sa présence à l'hôpital de Groote Schuur quand on y a transféré les premières victimes du bidonville de Khayelitsha. Il n'avait pas vu directement les malades, mais le staff lui en avait suffisamment raconté pour rassasier mon vieux Dictaphone. À ce moment-là, j'ai exposé son histoire à mes supérieurs, accompagnée des e-mails chinois décryptés.

Et c'est là que le contexte géopolitique de mon pays a joué en ma faveur… En octobre 73, quand l'attaque surprise des Arabes a bien failli nous balancer à la mer, nous étions au courant de tout. Tous les signaux étaient au rouge, mais nous avions quand même « baissé la garde ». En fait, nous n'avions jamais envisagé la possibilité d'une attaque générale coordonnée, émanant de plusieurs nations, et certainement pas pendant une fête religieuse. Immobilisme, rigidité, comportement de mouton, appelez ça comme vous voulez. Imaginez des gens occupés à écrire quelque chose sur un mur. Des gens qui passent leur temps à se féliciter de lire correctement ce qu'ils écrivent. Et derrière eux, il y a un miroir dont l'image révèle la vraie nature du message. Personne ne regarde le miroir. Personne ne prend la peine de le faire. Eh bien, après avoir failli laisser les Arabes terminer le boulot de Hitler, on a compris que non seulement il *fallait* regarder le miroir, mais qu'on devait en faire une question de *priorité* nationale. Et donc, depuis 1973, quand neuf analystes sur dix arrivent aux mêmes conclusions, le dixième a le *devoir* de ne pas être d'accord. Même si sa théorie paraît improbable ou invraisemblable, ça vaut toujours le coup de creuser. Si la centrale électrique d'un de nos voisins peut servir de point de départ à la fabrication d'ogives nucléaires, on creuse. Si un dictateur quelconque clame à qui veut l'entendre qu'il possède un énorme canon capable d'envoyer des obus à l'anthrax n'importe où, on creuse. Et s'il existe la moindre chance que des cadavres se réaniment et se transforment en machines à tuer cannibales, on creuse aussi. On creuse, on creuse et on continue à creuser jusqu'à découvrir la vérité.

C'est exactement ce que j'ai fait. Mais ça n'a pas été facile. Avec la Chine hors jeu… la crise taïwanaise qui empêchait toute collecte d'informations… seules quelques sources fonctionnaient encore. Et encore, la plupart racontaient n'importe quoi, surtout sur le Web. Les zombies de l'espace, les zombies de la zone 51… C'est quoi d'ailleurs tout ce bordel, là, ce fétichisme autour de la zone 51, chez vous ? Enfin bon, après quelque temps, j'ai commencé à rassembler des données plus utiles. Des cas de « rage » similaires à ceux du Cap. Ce n'est que bien plus tard qu'on a appelé l'épidémie la « Rage Africaine ». J'ai récupéré les rapports psychologiques de plusieurs soldats canadiens tout juste rentrés du Kirghizistan. Je suis même tombé sur le blog d'une infirmière brésilienne qui racontait à ses amis le meurtre d'un chirurgien cardiaque.

La majorité de mes informations provenaient de l'Organisation mondiale de la santé. Ah, l'ONU... Un vrai chef-d'œuvre de bureaucratie. Vous n'avez pas idée du nombre de pépites qu'on trouve bien planquées sous des montagnes de rapports jamais lus par personne. J'ai retrouvé la trace d'incidents similaires partout dans le monde, tous expliqués de la façon la plus « plausible » qui soit. Tout ça m'a permis de bâtir une sorte de mosaïque cohérente pour mieux cerner la nature exacte de la menace. Les sujets étaient bel et bien morts, ils étaient hostiles, et ils se *reproduisaient*. J'en ai aussi profité pour faire une découverte très utile : la meilleure façon de les éliminer.

Le cerveau...

[Il glousse.] Aujourd'hui, on en parle comme si c'était quelque chose de magique, je ne sais pas, moi, un peu comme les balles en argent ou l'eau bénite. Oh mon Dieu oh mon Dieu, mais *pourquoi* est-ce la seule façon de tuer ces créatures ? Mais c'est pareil pour nous. Vous connaissez une meilleure façon de nous éliminer ?

Vous parlez des êtres humains ?

[Il acquiesce.] C'est bien ce que nous sommes, non ? Un simple cerveau maintenu en vie par une machinerie complexe et vulnérable qu'on appelle un corps. Le cerveau ne survit pas longtemps si un morceau de la machine se détraque, si des éléments fondamentaux comme la nourriture et l'oxygène viennent à manquer. *Voilà* la seule différence entre nous et les « morts-vivants ». Leur cerveau à eux n'a pas *besoin* de cette machine pour survivre. *Ergo*, ça ne sert à rien de s'attaquer à elle. **[Il lève sa main droite et la porte à sa tempe en mimant un pistolet.]** La solution était simple, mais encore fallait-il qu'on admette le problème ! Étant donné la rapidité de propagation de l'épidémie, j'ai pensé qu'il serait plus prudent de confronter mes théories aux services de renseignements étrangers.

Paul Knight était l'un de mes plus vieux copains, ça devait remonter à Entebbe. L'idée de la deuxième Mercedes, c'était lui… Paul avait pris sa retraite juste avant qu'on « réforme » son agence et travaillait dans le privé comme consultant pour une société basée dans le Maryland. Quand je lui ai rendu visite, j'ai constaté avec stupeur que non seulement il travaillait à son compte sur la même affaire, mais que ses dossiers étaient presque aussi épais que les miens. On a passé toute une nuit à lire nos découvertes respectives, chacun de notre côté. Le monde aurait pu s'écrouler, tout ce qui comptait, c'était ces pages et ces pages de texte, là, sous nos yeux. On a fini quasiment en même temps, juste au moment où le ciel commençait à s'éclaircir à l'est.

Paul a tourné la dernière page, puis il m'a regardé et il m'a dit d'un ton léger : « Ça craint, hein ? » J'ai acquiescé. Lui aussi. Et il a enchaîné par : « Et maintenant, on fait quoi ? »

Et c'est comme ça que vous avez écrit le rapport Warmbrunn-Knight ?

J'aimerais bien qu'on cesse de l'appeler comme ça. Il y avait quinze autres noms sur la première page, quand même. Des virologues, des agents infiltrés, des analystes militaires, des journalistes et même un observateur de l'ONU qui surveillait les élections à Jakarta au moment de la première épidémie indonésienne. De sacrés experts, dans leur domaine… Et tous étaient arrivés aux mêmes conclusions avant même qu'on les contacte. Notre rapport faisait à peine cent pages. Il était concis, parfaitement clair, bref, idéal pour s'assurer que ces foyers épidémiques ne prennent jamais les proportions d'une pandémie. Je sais qu'on a dit beaucoup de bien du plan opérationnel sud-africain, et à raison. Mais si davantage de gens avaient lu notre rapport et fait en sorte que ces recommandations soient appliquées à la lettre, ce plan n'aurait même pas eu besoin d'exister.

Mais certaines personnes l'ont lu, tout de même. Votre propre gouvernement…

Ils l'ont à peine regardé. Seulement ce qu'il coûtait.

BETHLÉEM, PALESTINE

[Avec son front buriné et son charisme à toute épreuve, Saladin Kader pourrait facilement devenir star de cinéma. Chaleureux, mais jamais obséquieux, sûr de lui, mais jamais arrogant, il enseigne la planification urbaine à l'université Khalil Gibran et fait se pâmer la quasi-totalité de ses étudiantes. Nous sommes assis sous la statue de l'homme qui a donné son nom à l'institution. Le bronze brille au soleil, comme tous les bâtiments de cette opulente cité du Moyen-Orient.]

Je suis né et j'ai été élevé à Koweït City. Ma famille faisait partie des « chanceux » qui avaient échappé aux expulsions de 1991, quand Arafat s'est rangé aux côtés de Saddam contre le reste du monde. Nous n'étions pas riches, mais nous ne manquions de rien. Tout allait bien pour moi, je peux même dire qu'on me « choyait »… Et Seigneur, ça se sentait dans chacun de mes actes…

Je regardais la chaîne Al Jazeera, accoudé au comptoir du Starbuck où je travaillais après les cours. C'était le coup de feu de l'après-midi et le café était plein à craquer. Vous auriez dû entendre la rumeur, les cris de joie et les sifflets. Je suis sûr qu'on a fait autant de bruit que l'Assemblée générale de l'ONU.

On a tous pensé qu'il s'agissait d'un nouveau mensonge des sionistes, bien sûr. Quand l'ambassadeur israélien a annoncé au monde entier que son pays appliquerait désormais une politique stricte de « quarantaine volontaire », qu'est-ce que j'étais censé croire ? Je devais gober cette histoire invraisemblable de « Rage Africaine » ? Un nouveau fléau qui transformait les morts en monstres assoiffés de sang ? Comment croire une connerie pareille ? Surtout quand elle sort de la bouche de votre ennemi juré !

Je n'ai même pas écouté la seconde partie du discours de ce gros porc, celle où il offrait un asile sans conditions à tout Juif né à l'étranger, à tout étranger né de parents israéliens et à chaque Palestinien vivant dans les territoires occupés au sein des frontières d'Israël. Cela s'appliquait pourtant à ma famille, réfugiée de l'agression sioniste de 67. Sur les injonctions des chefs de l'OLP, nous avions abandonné nos villages en croyant qu'on y reviendrait dès que nos frères égyptiens et syriens auraient noyé tous les Juifs dans la Méditerranée. Je n'avais jamais mis les pieds en Israël, ces terres qui deviendraient bientôt la Nouvelle Palestine unifiée.

Et que cachait cette soi-disant ruse israélienne, d'après vous ?

Voilà mon raisonnement : les sionistes viennent tout juste d'abandonner les territoires occupés. En tout cas, c'est ce qu'ils disent. Mais comme au Liban, ou plus récemment dans la bande de Gaza, en réalité, c'est *nous* qui les avons fichus dehors. Et ils savent très bien que le prochain coup va tout simplement *détruire* l'horreur qu'ils osent appeler pays. Et donc, pour s'y préparer correctement, il leur faut recruter autant de

Juifs que possible comme chair à canon et… et – j'étais si fier d'avoir trouvé ça tout seul – *kidnapper* autant de Palestiniens que possible pour leur servir de boucliers humains ! J'avais réponse à tout. Comme tous les gamins de dix-sept ans…

Mon père, lui, n'était pas vraiment convaincu par mes brillantes conclusions géopolitiques. Il travaillait comme portier à l'hôpital Amiri, et il était de service le premier jour de l'épidémie de « Rage Africaine ». Il n'avait pas assisté directement à la réanimation des cadavres, ni au carnage qui s'était ensuivi, mais il en avait vu assez pour comprendre qu'il serait suicidaire de rester au Koweït. Il a décidé de quitter le pays le jour même où Israël a fait sa déclaration.

Ça n'a pas dû être facile à entendre.

C'était du blasphème ! J'ai tout fait pour tenter de le raisonner, de le convaincre avec ma logique d'adolescent. Je lui ai montré les images d'Al Jazeera en provenance du nouvel État palestinien de la rive Ouest. Les célébrations, les manifestations. Tout le monde savait que la libération était enfin à portée de main. Les Israéliens s'étaient retirés des territoires occupés et se préparaient à évacuer Al Quds, la ville qu'ils persistaient à appeler Jérusalem ! Tous ces combats fratricides, ces violences entre différentes organisations de résistance, tout ça disparaîtrait après l'unification, quand on donnerait le coup de grâce aux Juifs. Pourquoi mon père n'ouvrait-il pas les yeux ? Pourquoi ne comprenait-il pas que dans quelques années, quelques mois, même, nous allions vraiment *rentrer* chez nous, et cette fois en libérateurs, pas comme des réfugiés.

Comment s'est terminée la discussion ?

« Terminée » est un doux euphémisme. Ça s'est passé après la deuxième épidémie, celle d'Al Jahrah. Mon père venait de démissionner après avoir vidé son compte en banque… C'était comme ça… Les bagages étaient prêts… Les billets d'avion confirmés. La télé beuglait que la police antiémeute avait investi tout un quartier. Les déclarations officielles stigmatisaient la violence des soi-disant « extrémistes pro-Occidentaux ». Et comme d'habitude, je me disputais avec mon père. Il essayait de me convaincre en me racontant ce qu'il avait vu à l'hôpital. Le temps que nos leaders admettent le danger, il serait déjà trop tard.

Et moi, bien sûr, je me suis moqué de son ignorance, de sa lâcheté, de son envie d'abandonner « la lutte ». Qu'est-ce que je pouvais attendre de la part d'un homme qui avait passé sa vie à nettoyer les chiottes d'un pays qui traitait mon peuple à peine mieux que ses ouvriers philippins ? Il n'avait aucun sens politique, aucune fierté. Les sionistes lui promettaient une vie meilleure, et lui se jetait dessus comme un rat sur des croûtes de fromage.

Avec toute la patience dont il était capable, mon père a essayé de me faire comprendre qu'il n'aimait pas plus Israël que les martyrs d'Al Aqsa, mais qu'il s'agissait apparemment du *seul* pays à se préparer au pire, et le *seul* à pouvoir offrir asile à notre famille.

Je lui ai ri au nez. Et puis j'ai fini par la lâcher, ma bombe… Je lui ai dit que j'avais contacté le site Web des Enfants de Yassin [1] et qu'un recruteur qui opérait à

1. Les Enfants de Yassin : organisation de très jeunes terroristes dont le nom provient du dernier cheik, Yassin. Les martyrs

Koweït City devait m'envoyer un e-mail d'ici peu. J'ai dit à mon père qu'il pouvait s'enfuir s'il le voulait, qu'il pouvait aller faire la pute chez les youpins si ça lui chantait, mais que la prochaine fois qu'on se verrait, je serais en train de le libérer du camp de prisonniers. J'étais tout fier de ma phrase, elle sonnait très bien, très héroïque. Ensuite, j'ai pris mon air le plus méprisant et je me suis levé de table pour préparer ma sortie : « Aux yeux d'Allah, les plus laides des créatures sont les sceptiques [1]. »

Le silence est tombé comme un couperet dans la salle à manger. Ma mère a baissé la tête, mes sœurs ont échangé un regard. On n'entendait que la télé, la voix épileptique d'un reporter qui criait à tout le monde de rester calme. J'étais déjà plus grand que mon père à l'époque, et *jamais* il ne s'était montré violent à mon égard. Je ne crois pas l'avoir jamais entendu lever la voix sur quiconque. Mais là, quelque chose a terni son regard, quelque chose que je n'avais jamais vu… Il m'est tombé dessus en un éclair et m'a balancé une claque magistrale qui m'a envoyé valdinguer contre le mur… J'ai vu trente-six chandelles, ça oui. « Tu VIENS avec nous », il a hurlé en me cognant plusieurs fois contre le mur en plâtre. « Je SUIS ton père, tu m'OBÉIS ! » La claque qui a suivi m'a quasiment aveuglé. « SOIT TU VIENS AVEC NOUS, SOIS TU NE SORS PAS VIVANT D'ICI ! » J'ai encore eu droit à quelques coups, je me suis fait secouer comme un prunier et engueuler comme du poisson pourri.

---

n'avaient pas plus de dix-huit ans et obéissaient à des règles très strictes.

1. « Aux yeux d'Allah, les plus laides des créatures sont les sceptiques, car ils n'ont pas la foi. » Le Coran, huitième partie, sourate 55.

Impossible de comprendre d'où sortait cet homme. Un lion venait de remplacer le type docile et faible qui me servait de père. Un lion qui protégeait son petit. Il avait parfaitement compris qu'il ne lui restait que la peur pour me sauver la vie, et que si le fléau ne m'effrayait pas, eh bien j'allais foutrement avoir peur de lui !

Et ça a marché ?

[Il éclate de rire.] J'aurais vraiment fait un piètre martyr… Je crois que j'ai pleuré pendant tout le trajet jusqu'au Caire.

Le Caire ?

Il n'y avait plus aucun vol direct pour Israël depuis Koweït City, pas même depuis l'Égypte, à cause des restrictions migratoires imposées par la Ligue arabe. Il fallait d'abord prendre un vol Koweït City-Le Caire, puis traverser le désert du Sinaï en bus jusqu'au poste frontière de Taba.

Alors qu'on s'approchait de la frontière, j'ai vu le Mur pour la première fois. Il n'était pas encore terminé, on voyait des tiges d'acier saillir du béton par endroits. Bien sûr, j'avais déjà entendu parler de leur soi-disant « périmètre de sécurité » – contrairement à bon nombre de citoyens du monde arabe –, mais je croyais qu'il ne concernait que la rive ouest et la bande de Gaza. Planté comme ça, là, au beau milieu de nulle part, il confirmait ma théorie. Les Israéliens s'attendaient à une attaque générale sur tous les fronts. *Excellent*, ai-je pensé. *Les Égyptiens ont retrouvé leurs couilles, on dirait.*

À Taba, on nous a fait sortir du bus et ordonné de passer en file indienne devant des cages remplies d'énormes chiens à l'œil mauvais. On s'est avancé les uns après les autres. Ensuite, un garde-frontière, un Noir tout maigre – j'ignorais qu'il existait des Juifs noirs [1] –, a levé la main en criant « Attendez ici ! » dans un arabe méconnaissable. Puis « Allez-y, allez ! » L'homme qui me précédait était assez âgé. Il portait une longue barbe blanche et il s'aidait d'une canne pour marcher. Les chiens sont devenus fous quand il est passé devant eux. Tous à hurler, à baver, à mordre les barreaux de leur cage et à se jeter contre la grille. En un instant, deux énormes types en civil ont entouré le type. Ils lui ont murmuré quelque chose à l'oreille avant de l'emmener. Je voyais bien qu'il était blessé. Sa dishdasha était trouée à la hanche et maculée de sang séché. Ces deux hommes étaient tout sauf des docteurs, et la camionnette noire banalisée vers laquelle ils ont escorté le vieillard ne ressemblait pas franchement à une ambulance. *Les salopards*, ai-je pensé alors que sa famille l'appelait en gémissant. *Ils éliminent les vieux, ou ceux qui sont trop malades pour être utiles.* Puis, on a dû passer nous aussi devant les cages. Les chiens n'ont eu aucune réaction, ni avec moi, ni pour le reste de ma famille. Je crois même que l'un d'eux a remué la queue quand ma sœur a fait un petit geste de la main. Mais l'homme qui nous suivait, par contre… De nouveau les aboiements, les grognements, et encore les deux civils. Je me suis retourné. Surprise : il s'agissait d'un Blanc. Sans doute un Américain, ou un Canadien, peut-être… Non, il devait être américain, son accent était trop fort. « Hé, mec, tout va bien », il a crié en essayant de se dégager. « Putain,

---

1. À l'époque, le gouvernement israélien venait de terminer l'opération Moïse 2 qui planifiait le rapatriement des derniers Éthiopiens falashas.

c'est quoi ce bordel ? » Il était bien habillé, costume-cravate, avec un attaché-case qui a valdingué sur le sable quand il a commencé à se battre avec les deux Israéliens. « Lâche-moi, connard, merde, je suis avec vous ! » Les boutons de sa chemise ont volé et ont révélé un bandage gluant de sang tout autour de sa poitrine. Il a continué à se débattre et à hurler jusqu'à ce qu'ils le balancent à l'arrière du van. Sur le coup, je n'ai rien compris. Pourquoi lui ? Apparemment, ça n'avait rien à voir avec le fait d'être arabe ou blessé. J'ai vu plusieurs réfugiés avec de sales entailles passer devant les chiens sans encombre. Les gardes les ont escortés vers des ambulances, des vraies, cette fois, pas des camionnettes noires. Je voyais bien que ça avait un rapport avec les chiens. Est-ce qu'ils pouvaient *sentir* la « Rage » ? C'était ce qui me paraissait le plus logique, alors j'ai décidé d'y croire pendant notre internement à la périphérie de Yeroham.

Le camp de relocalisation ?

Relocalisation *et* quarantaine. Mais moi, je voyais ça comme une prison. C'était exactement ce à quoi je m'attendais. Des tentes, des gens entassés partout, des gardes, des barbelés et le soleil impitoyable du désert du Néguev. On se sentait prisonnier, on *était* prisonnier, et même si je n'ai jamais trouvé le courage de dire à mon père « Tu vois, je te l'avais bien dit », mon regard suffisait amplement.

Ce qui m'a surpris, par contre, c'était les examens médicaux. Quotidiennement, une armée de docteurs et d'infirmiers nous rendaient visite. Échantillons de sang, de peau, de cheveux, de salive, même d'urine ou de selles[1]… Aussi épuisant qu'humiliant. La seule chose qui rendait tout ça supportable – et qui limitait probablement les risques de révolte parmi les détenus musulmans –, c'était la nationalité palestinienne de la plupart des médecins et des infirmières. La femme qui s'occupait de ma mère et de mes sœurs venait des États-Unis, un endroit appelé Jersey City. L'homme qui nous examinait, lui, il venait de Jabaliya, à Gaza, et il était lui aussi passé par le même centre de rétention quelques mois plus tôt. Il n'arrêtait pas de nous dire : « Vous avez pris la bonne décision en venant ici. Vous verrez. Je sais que c'est dur, mais vous comprendrez un jour qu'on n'avait pas le choix. » Il nous assurait que tout était vrai. Tout ce que disaient les Israéliens. Je n'arrivais toujours pas à y croire, même si une partie de moi-même s'y employait chaque jour un peu plus.

Nous sommes restés à Yeroham pendant trois semaines, jusqu'à ce qu'on régularise nos papiers et que nos analyses médicales soient validées. Et vous savez quoi ? Ils ont à peine regardé nos passeports. Mon père s'était donné beaucoup de mal pour que tous nos documents officiels soient en ordre, et eux, ils s'en foutaient complètement. Tout ce qui comptait, c'était une fiche médicale au-dessus de tout soupçon. Sauf si on figurait sur les listes de l'armée israélienne, à cause d'anciennes activités pas vraiment casher…

Le ministère des Affaires sociales nous a fourni des tickets pour nous loger. Ça et l'éducation gratuite, avec en prime un boulot pour mon père suffisamment bien payé pour subvenir aux besoins de toute la famille. *C'est trop beau pour être vrai*, j'ai pensé pendant qu'on grimpait à bord du bus qui nous emmenait à

1. On ignorait encore à l'époque si le virus pouvait survivre dans les déjections humaines.

Tel-Aviv. *Le couperet ne devrait plus tarder à tomber, maintenant.*

Ça s'est produit juste au moment où nous entrions dans la ville de Beersheba. Je dormais si profondément que je n'ai même pas entendu les premiers coups de feu ni vu le pare-brise voler en éclats. Le conducteur a perdu le contrôle du bus, et j'ai été violemment projeté sur le côté. On a fini contre un immeuble. Les gens se sont mis à hurler, il y avait du verre et du sang partout. On n'était pas loin de la sortie de secours. Mon père a débloqué la porte et nous a poussés vers l'extérieur.

On nous tirait dessus depuis les fenêtres, les portes, partout ; et là d'où je me tenais, j'ai vu qu'il s'agissait d'une bataille entre soldats et civils, des civils armés de fusils et de bombes artisanales. *Ça y est !* ai-je immédiatement pensé. J'avais l'impression que mon cœur allait éclater ! *L'heure de la libération avait sonné !* Mais avant que je fasse quoi que ce soit, avant que je puisse rejoindre mes camarades dans leur lutte sacrée, quelqu'un m'avait attrapé la chemise et me traînait à l'intérieur d'un Starbuck.

On m'a jeté par terre auprès de ma famille, mes sœurs hurlaient et ma mère essayait de faire un barrage avec son corps. Mon père avait pris une balle dans l'épaule. Un soldat IDF m'a maintenu au sol et m'a empêché de voir par la fenêtre. J'étais fou de rage ; j'ai aussitôt regardé autour de moi pour trouver une arme, quelque chose, un éclat de verre, n'importe quoi, à enfoncer dans la gorge de ce sale youpin.

Soudain, la porte de service du Starbuck s'est ouverte. Le soldat s'est immédiatement retourné afin d'ouvrir le feu. Un cadavre ensanglanté s'est effondré juste à côté de nous, et une grenade échappée de ses doigts a roulé au sol. Le soldat l'a aussitôt attrapée pour la balancer par la fenêtre. Elle a explosé à mi-parcours. Son corps nous a protégés du choc, lui s'est écroulé à côté du type qu'il venait d'abattre. Un camarade… Un martyr… Sauf qu'il n'était pas arabe. En séchant mes larmes, j'ai remarqué qu'il portait des *payess*, un *yarmulke*, et que des *tzitzit* tachés de sang pendaient de son pantalon détrempé. C'était un *Juif*. Les rebelles armés dans les rues étaient *juifs* ! La bataille qui faisait rage autour de nous n'avait rien à voir avec une révolte palestinienne. On nageait en pleine *guerre civile* israélienne.

Et d'après vous, quelles étaient les causes de cette guerre ?

Oh, multiples, je pense. Je savais que le rapatriement des Palestiniens heurtait l'opinion publique, tout comme le retrait israélien de la rive ouest. Et je suis sûr que le programme de Relocalisation stratégique en a radicalisé plus d'un. Quantité d'Israéliens avaient assisté à la destruction de leur maison par les bulldozers pour faire place à des logements fortifiés autosuffisants. Et puis Al Quds, bien sûr… C'est la goutte d'eau qui a fait déborder le vase. La coalition au pouvoir avait décrété qu'il s'agissait d'un point faible stratégique… Trop grand pour le contrôler efficacement… Une vraie autoroute, droit vers Israël. Ils ne se sont pas contentés de faire évacuer la ville, non, ils ont *vidé* Nablus et la totalité du couloir d'Hébron au passage. Ils considéraient la construction d'un mur plus petit le long de la frontière de 1967 comme la seule façon de limiter les risques, et tant pis pour le tollé que ça ne manquerait pas de provoquer. Tout ça, je l'ai appris plus tard, vous savez… Ça et pour quelle raison l'IDF avait fini par gagner la partie. La majorité des rebelles venaient des milieux ultraorthodoxes et ils n'avaient jamais fait leur service militaire. Vous le saviez, ça ? Moi pas. En fait, j'ai fini par réaliser que je ne savais pratiquement *rien* du peuple que j'avais passé ma vie à détester. Tout ce que je tenais pour acquis était parti en fumée en moins d'une après-midi. Et le visage du *véritable* ennemi m'est enfin apparu.

J'étais en train de courir avec ma famille vers l'arrière d'un tank israélien [1] quand j'ai aperçu l'une de ces camionnettes noires tourner au coin de la rue. Une roquette l'a touchée de plein fouet. Le van a littéralement sauté en l'air et s'est retourné avant d'exploser en mille morceaux dans une boule de feu aveuglante. Il me restait encore quelques mètres à faire avant d'atteindre les portes du tank. Juste assez pour apercevoir ce qui a suivi : des silhouettes ont émergé de la carcasse brûlante, des torches humaines aux vêtements et à la peau luisante d'essence. Tout autour de nous, les soldats ont ouvert le feu. J'ai entendu distinctement les petits « pop ! » que faisaient les balles en traversant leur poitrine, sans le moindre effet. Le chef de section à côté de moi a hurlé *« B'rosh ! Yoreh B'rosh ! »* et les soldats ont ajusté leurs tirs. Les silhouettes… Leur tête a explosé. L'essence finissait tout juste de brûler quand ils se sont écroulés au sol. Des corps noircis, sans tête. Tout d'un coup, j'ai compris ce que mon père essayait de me dire depuis si longtemps, j'ai compris que les Israéliens tentaient d'avertir le monde entier de l'horreur imminente. Par contre, il y avait un truc que je n'arrivais pas à comprendre : pourquoi *personne* ne les écoutait ?

---

1. Contrairement à la plupart des tanks, les Merkava israéliens disposent d'une écoutille arrière pour le déploiement des troupes.

La faute

LANGLEY, VIRGINIE, ÉTATS-UNIS

[Le bureau du directeur de la CIA ressemble à celui de n'importe quel médecin de province : ouvrages de référence sagement alignés sur l'étagère, diplômes et photos soigneusement accrochés au mur et, sur la table, une balle de base-ball dédicacée par Johnny Bench, le receveur des Cincinnati Reds. Bob Archer se rend bien compte que je ne m'attendais pas à ça. Et je le soupçonne d'avoir choisi volontairement cet endroit pour l'interview.]

Dès qu'on évoque la CIA, on pense tout de suite à deux choses. Deux mythes aussi populaires que tenaces. Un, que notre mission consiste à parcourir la planète de long en large pour y déceler toutes les menaces possibles et imaginables qui pèsent sur les États-Unis. Deux, que nous en avons les moyens. Tout cela découle directement de la nature même de l'organisation : le secret. Le secret, ça fonctionne comme un trou sans fond ; et il y a toujours des paranoïaques pour essayer de le combler avec leurs élucubrations. « Vous savez qui a tué Machin et Machine ? Il paraît que c'est la CIA. Et ce coup d'État dans cette République bananière, là ? Encore un coup de la CIA. Faites gaffe quand vous surfez sur Internet, hein, la CIA garde une trace de *tous* les sites Web consultés par les citoyens américains. »

Voilà l'image que la plupart des gens avaient de nous avant la guerre, une image qu'on faisait tout pour encourager. On *voulait* que nos ennemis deviennent paranos, qu'ils nous craignent et qu'ils y réfléchissent à deux fois avant de tenter quoi que ce soit contre la population américaine. L'image de la pieuvre omnisciente, c'était bien pratique. Le seul souci, c'est que nos propres citoyens finissaient par y croire eux aussi. Et à votre avis, qui portait le chapeau dès qu'une catastrophe totalement inattendue survenait quelque part ? « Ce pays de tarés, là, où s'est-il procuré ses missiles ? Qu'est-ce qu'ils foutent, à la CIA ? Pourquoi tous ces gens ont-ils été massacrés par des fanatiques ? Qu'est-ce qu'ils branlent, à la CIA ? Et pourquoi on ne nous a pas dit que les morts ressuscitaient avant qu'ils se mettent à gratter à nos portes, hein, pourquoi ? Putain de merde, quels guignols, à la CIA ! »

La vérité, c'est que ni la CIA, ni aucune des officines gouvernementales et paragouvernementales n'ont jamais été omniscientes. D'abord, on a toujours manqué d'argent – toujours. Même pendant la guerre froide, à la glorieuse époque des chèques en blanc. Impossible d'avoir des yeux et des oreilles *vraiment* opérationnels dans toutes les arrière-salles, les bureaux, les rues, les caves, les bordels, les bunkers, les domiciles, les voitures et les Cocotte-Minute de cette foutue planète. Comprenez-moi bien, on n'était pas non plus complètement impuissant, et on peut légitimement assumer certaines des opérations que nos fans et nos détracteurs nous collent sur le dos depuis des années. Mais si vous gobez toutes les théories du complot à la con, de Pearl Harbor [1] jusqu'à la Grande

1. Baptisée à l'origine OSS, la CIA a été créée en juin 1942, six mois après l'attaque des Japonais sur Pearl Harbor.

Panique, vous obtenez une organisation beaucoup plus puissante que les États-Unis eux-mêmes, voire que tous les gouvernements de la terre réunis.

Non, nous ne sommes pas une superpuissance de l'ombre, gardienne de secrets immémoriaux ou détentrice de je ne sais quelle technologie extraterrestre. Nous avons des limites bien réelles et des buts extrêmement précis. Alors pourquoi perdre notre temps à étudier chaque danger potentiel ? Ce qui nous ramène au second mythe, le *véritable* rôle d'une agence de renseignements. On ne peut pas se permettre d'envoyer nos agents un peu partout dans le monde, dans l'espoir qu'ils démasquent je ne sais quel nouveau complot. Au contraire, on doit se focaliser sur les dangers existants. Si notre voisin soviétique essaie de foutre le feu chez nous, on n'aura pas le temps de se préoccuper de l'Arabe du coin. Si ensuite on tombe nez à nez avec ce même Arabe dans le jardin, on aura pas davantage le temps de s'occuper de la République populaire de Chine, et si un jour les Chinois sonnent à la porte avec un avis d'expulsion dans une main et un cocktail Molotov dans l'autre, la dernière chose qu'on va faire, c'est regarder derrière nous pour vérifier si un mort-vivant ne se balade pas dans le coin.

Mais le fléau trouve son origine en Chine, pourtant…

En effet, tout comme l'un des plus grands Maskirovkas de l'histoire de l'espionnage moderne.

Pardon ?

C'était un leurre, un canular. Les Chinois savaient pertinemment qu'on les surveillait constamment. Et ils se savaient incapables de nous cacher leurs purges « sanitaires ». Ils ont compris que la meilleure façon de cacher leurs exactions restait encore de les commettre au vu et au su de tout le monde. Plutôt que de mentir sur les purges elles-mêmes, ils ont menti sur le pourquoi desdites purges.

La révolte des dissidents ?

Plus grave encore, la crise du détroit de Taïwan. La victoire électorale du Taïwan National Independance Party, l'assassinat du ministre chinois de la Défense, les complots, les menaces, les manifestations et les émeutes qui ont suivi, c'était piloté en sous-main par le ministère de la Sécurité nationale, tout ça pour détourner l'attention, pour que personne ne se rende compte de ce qui se passait *vraiment* en Chine. Et le pire, c'est que ça a marché ! Tous les renseignements qu'on obtenait sur la Chine, les disparitions inexpliquées, les exécutions de masse, les couvre-feux, le rappel des réservistes – on collait ça sur le dos des procédures standard chinoises. En fait, ça a trop bien marché. Après la crise du détroit de Taïwan, on redoutait tellement que la Troisième Guerre mondiale nous tombe dessus qu'on a réduit l'activité de nos agences au strict minimum dans les pays qui commençaient à subir eux aussi leurs premières épidémies de morts-vivants.

Les Chinois étaient à ce point efficaces ?

Et nous avons été très mauvais. Ce n'est pas franchement glorieux pour l'agence. Mais on se focalisait sur nos propres purges…

Vous voulez dire, les réformes ?

Non, non, les purges. Parce que c'était exactement cela. Quand Staline *himself* a fait fusiller ou déporter ses meilleurs stratèges militaires, il a fait moins de dégâts à la sécurité intérieure de son pays que le gouvernement des États-Unis avec toutes ses « réformes ». Notre dernier « microconflit » en date tournait à la débâcle, et qui a dû payer les pots cassés, à votre avis ? On nous avait ordonné de *justifier* une décision politique par tous les moyens, et quand cette politique s'est avérée désastreuse, ceux-là mêmes qui nous commandaient ont rejoint la meute et se sont mis à nous montrer du doigt en beuglant : « Mais *qui* vous a demandé de faire la guerre ? *Qui* est responsable de tout ce bordel ? *La CIA !* » Impossible de les envoyer chier sans violer le secret défense, bien sûr. Tout ce qu'on pouvait faire, c'était s'asseoir et encaisser bien sagement, en silence. Et pour quel résultat, au final ? La fuite des cerveaux. Pourquoi serrer les dents et accepter de jouer les victimes quand on peut se tirer dans le privé ? Pourquoi, hein ? Ça paie mieux, les horaires sont convenables, il arrive même que les gens pour qui vous vous démenez jour et nuit finissent par avoir un peu de *respect* et de *considération* pour vous. On a perdu quantité d'excellents éléments, comme ça. Des types d'une expérience inestimable, de l'initiative et des capacités d'analyse sans pareilles. Tout ce qui restait après ça, c'était une bande de flemmards, de myopes et d'eunuques.

Mais il restait encore quelques personnes compétentes, non ?

Oui, bien sûr que oui. Certains sont restés tout simplement parce qu'ils croyaient en ce qu'ils faisaient. Ils n'étaient pas là pour l'argent, et ils se foutaient des conditions de travail ou des petites primes. Ils étaient là parce qu'ils voulaient servir leur pays. Ils voulaient protéger leurs concitoyens. Mais même avec un idéal en béton, il arrive forcément un moment où on finit par constater que toute cette énergie, tout ce temps passé à suer sang et eau, tout ce qu'on a fait, eh bien tout cela n'a servi à rien.

Et vous saviez ce qui était en train de se produire ?

Non… non… Rien de précis. Aucune information fiable ne confirmait que…

Mais vous aviez des doutes ?

Je… je sentais quelque chose, oui.

Vous pouvez préciser ?

Non, je suis désolé. Mais j'ai abordé le sujet plusieurs fois avec mes collègues, ça au moins, je peux vous le dire.

Et ?

Toujours la même réponse : « On viendra à ton enterrement, promis. »

C'est ce qui s'est passé ?

[Il hoche la tête.] J'ai fini par parler à quelqu'un qui… Disons qu'il avait un certain pouvoir… Juste un entretien de cinq minutes, histoire de lui faire part de mes inquiétudes. Il m'a remercié d'être venu le trouver et il m'a assuré qu'il y jetterait un œil immédiatement. Le lendemain, j'ai été muté. À Buenos Aires. Immédiatement. Vous voyez.

Vous aviez entendu parler du rapport Warmbrunn-Knight ?

Plus tard, oui, mais à l'époque… L'exemplaire que Paul Knight a délivré en mains propres au directeur de l'agence… Eh bien, on l'a retrouvé dans le tiroir d'une employée du FBI de San Antonio, plus de trois ans après la Grande Panique. Mais bon, de toute façon, ça n'aurait servi à rien. Juste après ma mutation, Israël a fait sa déclaration publique de « quarantaine volontaire ». Tout d'un coup, on n'avait plus le temps de voir venir. On connaissait les faits. Il fallait juste trouver quelqu'un pour les croire.

VAALAJARVI, FINLANDE

[Le printemps annonce le début de la « saison de la chasse ». Avec les premiers rayons de soleil, les nombreux zombies encore bloqués dans les glaces dégèlent peu à peu et les agents de la N-For *(North Force)* de l'ONU débarquent pour le « grand nettoyage » annuel. Le nombre de morts-vivants diminue chaque année. À ce rythme-là, on espère que la zone sera totalement sécurisée d'ici à une dizaine d'années. Travis D'Ambrosia, le commandant suprême des Forces européennes unies, supervise lui-même l'opération. Il y a de la douceur dans la voix du vieux général. De la tristesse, aussi. Pendant tout l'entretien, il lutte pour soutenir mon regard.]

Pas question de minimiser nos erreurs. Notre préparation laissait à désirer, je ne l'ai jamais nié. Et je suis le premier à reconnaître qu'on a purement et simplement laissé tomber les Américains. Mais je veux que nos concitoyens comprennent pourquoi.

« Et s'ils avaient raison ? » Voilà la première phrase prononcée par notre représentant à l'ONU, juste après la déclaration israélienne à l'Assemblée générale. « Non pas qu'ils aient *nécessairement* raison, a-t-il ajouté pour bien marquer le coup, tout ce que je dis, c'est : *et si c'était vrai ?* » Il voulait notre avis, le fond de notre pensée, pas une opinion formatée. Il fonctionnait de cette façon, notre représentant à l'ONU. Il maintenait toujours la conversation sur le terrain de l'hypothèse, une posture d'intellectuel qui s'autorise à divaguer, comme ça, pour la beauté du geste. Après tout, si le reste du monde n'était pas encore prêt à admettre quelque chose d'aussi invraisemblable, les hommes et les femmes assis dans cette pièce non plus, n'est-ce pas ?

On a continué sur cette lancée aussi longtemps qu'on a pu, le sourire aux lèvres, toujours prêt à lancer une petite remarque cynique… Je ne sais plus à quel moment l'ambiance a basculé… Très subtil… Je crois que personne ne s'en est vraiment rendu compte. Soudain, on avait toute une salle de réunion remplie de hauts gradés cumulant de nombreuses années d'expérience sur le terrain, tous dotés de bagages universitaires à faire pâlir d'envie le plus doué des neurologues, et tous à évoquer le plus naturellement du monde la possibilité d'une pandémie de morts-vivants. C'était comme… comme un barrage qui cédait. Le tabou venait de sauter et la vérité engloutissait tout… C'était… C'était libérateur.

Vous vous en doutiez dès le départ, non ?

Depuis plusieurs mois, en fait, avant la déclaration israélienne. Et notre représentant aussi. Tous les gens présents avaient entendu parler de cette histoire. Et tous flairaient le danger.

Certains d'entre vous avaient lu le rapport Warmbrunn-Knight ?

Non, personne. Je le connaissais de nom, mais j'ignorais tout de son contenu. Pour tout dire, j'ai fini par en obtenir une copie dans les deux ans après la Grande Panique. La plupart des mesures militaires préconisées dans le rapport étaient identiques aux nôtres.

Les vôtres ?

Les recommandations que nous avons aussitôt envoyées à la Maison-Blanche. Nous avions développé un programme complet, non seulement pour éradiquer toute menace aux États-Unis, mais aussi pour la contenir dans le reste du monde.

Et ?

La Maison-Blanche a beaucoup aimé la phase un. C'était rapide, bon marché et 100 % garanti, pour peu qu'on agisse vite. Ladite phase un prévoyait le déploiement des forces spéciales dans les zones contaminées. Elles avaient ordre d'investir les lieux, d'identifier l'ennemi et de l'éliminer.

L'éliminer ?

Le plus *rapidement* possible.

Les fameuses Alpha Teams ?

Exactement, oui, et croyez-moi, ils ont fait du super-boulot. En principe, le rapport officiel doit rester sous scellés pendant encore cent quarante ans, mais ça restera dans les annales de l'histoire, vous pouvez me croire… Les meilleures unités d'élite de tous les États-Unis.

Mais alors, pourquoi ça a mal tourné ?

Ça n'a *pas* mal tourné, du moins la phase un. Les Alpha Teams étaient censées confiner le problème, point. Leur mission n'a *jamais* été d'éradiquer la menace. Ils devaient juste la contenir suffisamment longtemps pour nous permettre de lancer la phase deux.

Mais la phase deux n'a jamais été mise en œuvre.

Non. Pas même initiée. Voilà pourquoi l'armée américaine a été prise par surprise à ce point.

La phase deux impliquait la nationalisation de toutes les ressources, le genre de mesure jamais vues depuis les heures les plus sombres de la Seconde Guerre mondiale. Pareil effort suppose une quantité astronomique d'argent et de sacrifices, ainsi que la collaboration pleine et entière de tous les citoyens. Et à l'époque, cela manquait cruellement... Le peuple américain sortait tout juste d'un long conflit sanglant, et il n'en pouvait plus. Il en avait assez. Un peu comme dans les années 70... Le pendule est directement passé de la contestation militante au ressentiment le plus amer.

Dans les régimes totalitaires – communisme, fascisme, fondamentalisme religieux, tout ce que vous voulez –, l'accord du peuple va de soi. On peut déclarer la guerre, la prolonger autant qu'on veut, on peut enrôler n'importe qui n'importe quand, sans jamais craindre le moindre retour de bâton. Dans une démocratie, c'est exactement l'inverse. La légitimité dépend du peuple, et elle a ses limites, qui se confondent avec les caisses de l'État. Il faut dépenser intelligemment, avec circonspection, et espérer un sacré retour sur investissement. La guerre reste un sujet extrêmement sensible, en Amérique, le peuple commence à gronder au moindre sentiment de défaite imminente. Je dis « sentiment », parce que la société américaine s'est construite sur le principe du *quitte ou double.* On y aime les triomphes, les gros coups, les K-O au premier round. On aime que la victoire soit non seulement incontestable, mais dévastatrice. Et on aime que les autres le sachent. Sinon... eh bien... Souvenez-vous de la situation avant la Grande Panique. Pourtant, on ne l'avait pas perdu, ce « microconflit », loin de là. En fait, on avait réussi à accomplir notre mission avec des moyens très limités, et dans des conditions extrêmement difficiles. On a gagné, mais le public ne l'a pas entendu de cette oreille parce que ça n'avait rien à voir avec le *Blitzkrieg* habituel auquel aspire notre culture nationale. Cela durait depuis trop longtemps. Ça avait coûté beaucoup trop cher. Trop de victimes, trop de morts, trop de blessés. Non seulement on avait perdu tout soutien public, mais on se retrouvait carrément dans le rouge.

Prenez la question financière, dans la phase deux. Vous savez combien ça coûte de donner un uniforme à un jeune citoyen américain ? Et je ne parle pas du temps qu'il passe *effectivement* dans cet uniforme, non, mais de l'entraînement, de l'équipement, de la nourriture, du logement, du transport, des soins médicaux... Je vous parle de ce que ça coûte à la nation, sur le long terme, je vous parle de ce que les contribuables sont obligés de payer à cette personne pendant le reste de sa vie. C'est un véritable fardeau pour les finances publiques, et, à l'époque, nous avions à peine assez pour maintenir le *statu quo*.

Et même avec des coffres pleins, même si nous avions eu tout l'argent et tout l'équipement nécessaires pour lancer la phase deux, qui aurions-nous dû escroquer pour les remplir à nouveau, hein ? Les Américains éprouvent une méfiance naturelle à l'égard de la guerre. Comme si les horreurs « habituelles » ne suffisaient pas – les morts, les mutilés, les défigurés, et tous ceux que les combats avaient détruits psychologiquement –, voilà que nous avions une catastrophe inédite à gérer, les « trahis ». Nous avions une armée motivée, et regardez ce qui nous est arrivé. Combien de soldats ont vu leurs contrats subitement prolongés, comme ça, sans préavis ? Ou ces réservistes que l'Oncle Sam rappelait tout d'un coup sous les drapeaux, après dix ans de vie paisible ? Combien de guerriers du dimanche ont ainsi perdu leur maison, leur boulot ? À leur retour, combien n'ont trouvé que des ruines à la place de leur ancienne vie ? Pire, combien ne sont pas revenus du tout ? Nous autres Américains, nous sommes un peuple honnête. On s'attend à ce que tout le monde respecte les termes du contrat. Je sais que beaucoup de gens issus d'autres cultures prennent ça pour de la naïveté, ou de la puérilité, mais pour nous, ça reste un principe sacré. Voir l'Oncle Sam renier sa parole, détruire la vie des gens, museler leur *liberté*…

Après le Vietnam, quand j'étais encore tout jeune commandant en Allemagne de l'Ouest, il avait fallu développer des programmes intensifs de *motivation* uniquement pour empêcher nos soldats de foutre le camp. Et après la dernière guerre, plus personne ne réussissait à engager qui que ce soit. Rien n'y faisait. Ni les primes, ni les aménagements de contrat, ni ces outils de recrutement en ligne déguisés en jeux vidéo [1].

1. Avant la guerre, un jeu de tir en ligne baptisé « America's Army » a été développé et distribué gratuitement par le gouvernement américain. Certains y ont vu une opération de recrutement déguisée.

Cette génération-là en avait juste ras le bol. Voilà pourquoi nous étions trop faibles pour repousser les zombies quand ils ont commencé à bouffer notre pays.

Je ne blâme pas le gouvernement civil, et je ne prétends pas davantage que les militaires auraient dû gérer la crise eux-mêmes. Notre système politique fonctionne mieux que partout ailleurs. Mais il faut le protéger, le défendre. Plus personne ne doit nous mentir à ce point. Plus jamais.

VOSTOK STATION, ANTARCTIQUE

[Avant la guerre, on considérait cette station comme le point le plus isolé du globe. Située tout près du pôle Sud magnétique et construite à même le lac Vostok, là où l'épaisseur de la glace dépasse les quatre kilomètres, la station y enregistre régulièrement des températures de moins quatre-vingt-neuf degrés Celsius. Les jours les plus chauds, le mercure monte rarement au-dessus de moins vingt-deux. C'est ce froid extrême, en plus de la durée du voyage (plus de trente jours pour atteindre le site), qui a décidé Breckinridge « Breck » Scott à s'installer ici.]

Vous comprenez quelque chose à l'économie, vous ? Je veux dire, le bon gros capitalisme d'avant-guerre ? Vous avez pigé comment ça marchait ? Moi pas. Et ceux qui affirment le contraire racontent des conneries. Il n'y a rien d'absolu là-dedans, aucune grande loi scientifique, rien du tout. Tu gagnes, tu perds, tout ça, c'est de la merde. La seule règle qui signifie quelque chose pour moi, c'est un prof d'histoire qui me l'a apprise, à Wharton. Pas d'économie, hein, d'histoire. « La peur, il disait, c'est la peur la plus précieuse matière première de l'univers. » Ça m'a calmé tout net. « Allumez la télévision, qu'est-ce que vous voyez ? Des gens qui vendent leurs produits ? Non. Des gens qui vendent la peur que vous éprouvez à l'idée de ne pas les avoir. » Putain que c'était bien vu ! Peur de la vieillesse, peur de la solitude, peur de la pauvreté… La peur, c'est l'émotion la plus primitive qui soit. Primaire, presque. C'est devenu comme un mantra pour moi. « La peur fait vendre. »

Quand j'ai entendu parler des épidémies pour la première fois, on appelait encore ça la « Rage Africaine ». J'ai tout de suite flairé le coup du siècle. Je n'oublierai jamais ce reportage, là, celui sur l'épidémie du Cap. À peine dix minutes de film et une heure entière de spéculations sur ce qui se passerait si le virus se propageait en Amérique. Loué soit le journal télévisé ! Trente secondes plus tard, j'étais au téléphone.

J'ai appelé la crème, les meilleurs des meilleurs. Ils avaient tous vu le même reportage. C'est moi qui ai eu l'idée du vaccin en premier. Un vaccin, un vrai vaccin antirabique. Dieu merci, il n'existe aucun médicament contre la rage. Un médicament, les gens l'achètent quand ils se croient malades, mais un vaccin… Un vaccin, c'est préventif ! Les gens allaient en prendre tant qu'ils continueraient à flipper.

On avait plein de contacts au sein de l'industrie pharmaceutique, et encore plus à l'université d'Hill & Penn. On pouvait obtenir un échantillon convaincant en moins d'un mois et une proposition écrite en deux jours. Trois semaines plus tard, on serrait des mains dans tous les sens.

Et la FDA [1] ?

---

1. Food and Drug Administration.

Merde, vous déconnez, là ! À l'époque, la FDA était l'une des organisations les plus mal financées du pays. Ils en étaient encore à interdire le Red nº 2 dans les M&M's [1]. Et puis la FDA adore le business, plus que toute autre agence gouvernementale aux États-Unis. Nous, on a fait comme Rockefeller, on a tapé directement à la Maison-Blanche. Le Président ou rien. Son staff ne s'est même pas donné la peine de lire notre plan de financement. Ils étaient clairement à l'affût de la potion magique. Ils l'ont fait approuver par la FDA en moins de deux mois. Vous vous souvenez du speech du Président au Congrès, comme quoi le vaccin avait déjà été testé en Europe et que seule notre « bureaucratie démentielle » l'empêchait d'atteindre notre beau pays ? Vous vous rappelez ? « Les gens ne veulent pas d'un grand-gouvernement-plein-de-beaux-principes, ils veulent être protégés efficacement, et ils veulent l'être maintenant. » Nom de Dieu, au moins la moitié du pays a mouillé son pantalon en entendant ça. À combien elle est montée, la cote de popularité du Président, cette nuit-là ? 60, 70 % ? En tout cas, ça a boosté nos ventes d'IPO de 389 % dès le premier jour ! Dans ton cul, baidu.com !

Mais vous n'aviez aucun recul sur l'efficacité du vaccin ?

On savait que ça marchait contre la rage. C'était bien comme ça qu'ils l'avaient appelée, cette maladie, pas vrai ? Une sorte de rage bizarre et exotique.

1. Un simple mythe. Même si les M&M's rouges ont été retirés de la vente entre 1976 et 1985, jamais le fabricant n'a utilisé le colorant Red nº 2.

Qui ça ?

Eh bien, « eux », vous savez, l'ONU… Ou quelqu'un d'autre. En tout cas c'est comme ça que tout le monde l'appelait, non ? La « Rage Africaine ».

Et vous l'aviez testé sur un malade ?

Pour quoi faire ? Les gens prennent des tas de trucs pour un oui ou pour un non sans savoir de quoi il retourne. En quoi c'était différent ?

Mais les symptômes, les lésions…

Qui aurait cru que ça irait jusque-là ? Vous savez à quel point les gens flippent en pensant aux nouvelles maladies… Nom de Dieu, à les entendre, on croirait que la Mort Noire déferle sur le monde tous les trois mois… Ebola, SRAS, grippe aviaire. Vous avez une idée du nombre de personnes qui se font du blé en exploitant cette peur ? Et merde, moi j'ai empoché mon premier million en vendant des pilules antiradiations parfaitement inutiles à l'époque de la grande peur des « bombes sales ».

Mais si quelqu'un avait découvert que…

Découvert quoi ? On n'a *jamais* menti, vous saisissez ? Ils nous ont dit que c'était la rage, alors on leur a vendu un vaccin contre la rage. On a dit que le produit avait été testé en Europe, et la molécule principale avait effectivement subi toute une batterie de tests en Europe. Techniquement, on est blanc comme neige. Techniquement, on n'a rien fait de mal.

Mais si quelqu'un avait découvert que la rage n'avait rien à voir avec ça ?

Et qui aurait tiré le signal d'alarme ? Le monde médical ? Mon cul, ouais. On s'est débrouillé pour rendre notre médicament prescriptible. Les docteurs avaient autant à perdre que nous. Qui d'autre ? La FDA ? Ils venaient de l'autoriser. Le Congrès ? Il venait juste de le valider. Le ministère de la Santé ? La Maison-Blanche ? Personne n'avait le choix. Tout le monde devait agir en héros et empocher un maximum de blé au passage, ça peut aider. Six mois après l'arrivée du Phalanx sur le marché, on a fait des promotions sur les produits dérivés. Et ça s'est vendu par palettes entières, tout comme le reste, les purificateurs d'air et *tutti quanti*.

Mais le virus ne se transmet pas par voie aérienne...

Et alors ? C'était la même marque ! « Par les fabricants de... » Tout ce qu'on avait à écrire, c'était « Peut contribuer à la prévention de *certaines* infections virales ». C'est tout ! Aujourd'hui, je comprends mieux pourquoi on interdit de crier « Au feu » dans une salle de théâtre. Les gens ne se disent jamais *Ah tiens, c'est curieux, je ne sens pas la fumée, il y a vraiment un incendie ?* Non, ils pensent plutôt *Putain de merde, au feu ! FUYEZ !* **[Rires.]** Je me suis fait un paquet de fric avec les purificateurs d'air, les modèles domestiques, les modèles pour voiture. Le petit machin qu'on s'accrochait au cou quand on voyageait en avion, j'en ai vendu des tonnes. Je ne suis pas bien sûr que ça aurait filtré un sac de gravier, mais c'est parti comme des petits pains.

Tout allait comme sur des roulettes. J'ai commencé à monter des opérations financières, vous savez, avec des plans pour construire des usines à travers tout le pays. Les produits financiers se sont vendus aussi bien que le vrai. Tout le monde se foutait de la sécurité, c'était *l'idée* de sécurité qui comptait ! Vous vous rappelez les premiers cas aux États-Unis ? Ce type qui vivait en Floride et qui a clamé partout qu'il avait survécu à sa morsure grâce au Phalanx ? Oh, bordel ! **[Il se lève et mime fébrilement l'acte sexuel.]** Putain de merde, que Dieu bénisse ce connard !

Et ça n'avait évidemment rien à voir avec le Phalanx. Votre médicament ne protégeait pas les gens.

Il les protégeait de leurs peurs. Je n'ai jamais vendu autre chose. Et merde, grâce au Phalanx, le marché pharmaceutique a tourné à plein régime, il a entraîné la Bourse avec lui, ce qui a donné l'impression d'une reprise de la croissance, ce qui a redonné confiance aux consommateurs… Qui ont relancé la croissance ! Le Phalanx a mis un terme à la récession économique… Je… *j'ai* mis un terme à la récession économique !

Et ensuite ? Quand les épidémies se sont multipliées et que la presse a fini par admettre qu'il n'existait aucun remède miracle ?

Exactement ! C'est cette pute, là, qu'on devrait descendre. Comment elle s'appelait, déjà, la connasse qui a lâché le truc dans la presse ? Regardez ce qu'elle a fait ! Elle a balancé les preuves à tout le monde, comme ça ! C'est à cause d'elle que tout a dégénéré ! La Grande Panique, c'est de sa faute à elle !

Vous en rejetez la responsabilité ?

Quelle responsabilité ? Celle de m'être fait un peu de blé ? Oui, bon, enfin, pas qu'un peu… **[Il glousse.]** Je n'ai fait que suivre le glorieux exemple des pionniers américains. J'ai réalisé mon rêve et j'ai eu ma part du gâteau. Vous tenez vraiment à accuser quelqu'un ? Accusez celui qui a parlé en premier de « rage ». Accusez celui qui savait parfaitement que ça n'avait rien à voir avec ça, mais qui nous a quand même donné le feu vert. Et merde, vous y tenez vraiment ? Accusez donc tous ces médecins à la con qui ont tous joyeusement palpé sans se donner la peine de mener la moindre étude un tant soit peu sérieuse. Je ne les ai jamais menacés avec un flingue, moi. Ils ont fait leur choix tout seuls, comme des grands. C'est eux, les méchants, pas moi. Je n'ai jamais fait de mal à personne, moi, du moins pas directement. Et si quelqu'un est assez demeuré pour se faire du mal tout seul… Hou là là, mon Dieu comme c'est mal ! Des conneries, ouais… Bon, bien sûr… Si l'enfer existe… **[Il glousse à nouveau.]** Je préfère ne pas trop penser à tous les braves cons qui m'y attendent… J'espère juste qu'ils ne voudront pas que je les rembourse.

AMARILLO, TEXAS, ÉTATS-UNIS

[Grover Carlson est chargé de la collecte du combustible – du fumier – pour la centrale expérimentale de bioconversion. J'accompagne l'ancien chef de cabinet de la Maison-Blanche alors qu'il pousse sa brouette à travers champs.]

Bien sûr qu'on a reçu un exemplaire du rapport Knight-Warnmachin, vous nous prenez pour qui ? La CIA ? On l'avait lu trois mois avant la déclaration israélienne à l'ONU. C'était mon boulot de briefer le Président avant que le Pentagone ne s'affole. Il a organisé toute une réunion dessus.

Et le rapport disait quoi ?

Laissez tout tomber, focalisez vos efforts… Ce genre de conneries alarmistes. Des rapports de ce genre, on en recevait quinze par semaine. C'était pareil dans toutes les grandes administrations, et tous racontaient la même chose. Il y avait toujours un nouveau Père Fouettard, chaque fois « la pire menace qu'ait jamais connue l'humanité ». Ben voyons ! Vous imaginez ce que seraient devenus les États-Unis si on avait paniqué chaque fois qu'un taré hurlait au loup, au réchauffement climatique ou au mort-vivant ? Soyons sérieux. On a fait ce que chaque Président a toujours fait depuis George Washington, on a réglé le problème. Avec des mesures appropriées.

Et vous avez créé les Alpha Teams.

Entre autres, oui. Vu que le conseiller à la Sécurité nationale se contrefoutait de cette histoire, je trouve qu'on s'en est plutôt bien sorti. On a produit un film éducatif à l'intention des forces de police locales pour leur expliquer ce qu'il convenait de faire en cas d'épidémie. Le ministère de la Santé a rajouté plusieurs pages sur son site Web pour détailler la marche à suivre en cas de contamination d'un proche. Sans oublier d'accélérer quelque peu la procédure pour que la FDA valide le Phalanx rapidement.

Mais le Phalanx n'avait aucun effet.

Ouais. Et vous avez une idée du temps qu'il aurait fallu pour trouver un remède efficace ? Et le cancer ? Et le sida ? Vous vous rendez compte du temps qu'on y consacre et des sommes d'argent englouties chaque année ? Vous avez vraiment envie d'être celui qui annonce au pays tout entier qu'on va arrêter la recherche sur ces maladies-là pour consacrer la totalité du budget de l'État et toute notre énergie à un truc dont personne n'a jamais entendu parler ? Regardez tout ce qu'on a investi *pendant* et *après* la guerre. Et on n'a *toujours pas* trouvé le moindre foutu vaccin. Et je ne vous parle même pas d'un éventuel remède, hein. On savait très bien que le Phalanx n'était qu'un placebo, et ça nous convenait parfaitement. Ça a calmé la population et on a enfin pu se mettre au boulot.

Quoi ? Vous auriez préféré qu'on leur dise la vérité ? Que ça n'avait rien à voir avec la rage, que c'était une sorte de super-virus qui réanimait les morts ? Vous imaginez la panique ? Vous imaginez tous ces foutus sénateurs faire dans leur froc et bloquer toute action gouvernementale un tant soit peu efficace en votant un *« Zombie Protection Act »* exhaustif et totalement inutile ? Vous imaginez la perte de crédibilité politique pour le pouvoir en place ? En plus, on débutait une année électorale, et pas la plus facile, hein, un vrai corps à corps. Nous, on « nettoyait », on réparait toutes les conneries que le gouvernement précédent avait accumulées, et croyez-moi, les huit années qui venaient de s'écouler en avaient brassé, de la merde ! Si on avait réussi à revenir aux affaires, c'était grâce à notre gentil pigeon qui n'avait pas arrêté de promettre un retour à « la paix et à la prospérité ». C'était tout ce que demandait le peuple américain. Jamais la population n'aurait accepté un autre programme. Les gens vivaient une sale époque, et depuis déjà pas mal de temps. Il aurait été suicidaire de leur avouer que le pire était à venir.

Et vous n'avez jamais essayé de résoudre le problème ?

Oh, réveillez-vous. Faites un effort, là. Vous savez comment « résoudre » la pauvreté ? Vous savez comment « résoudre » la criminalité ? « Résoudre » les maladies, le chômage, la guerre et tous les autres furoncles qui infectent notre belle société ? Bien sûr que non. Tout ce que vous pouvez espérer, c'est rendre l'ensemble suffisamment supportable pour que les gens n'aient pas envie de changer leurs habitudes. Et ne me parlez pas de cynisme, c'est juste de la lucidité.

On ne peut pas arrêter la pluie. Mais on peut construire un toit qui ne fuit pas – pas sur les gens qui vont voter pour vous, en tout cas.

Ça veut dire quoi ?

Oh, ça va, hein.

Sérieusement, qu'est-ce que ça veut dire ?

OK, comme vous voudrez. « Monsieur Smith nique le Sénat », vous comprenez l'expression ? En politique, il faut se concentrer sur les besoins de votre base électorale. Arrangez-vous pour qu'ils soient heureux et vous conserverez votre poste.

C'est pour ça qu'on a négligé certaines épidémies ?

Nom de Dieu, vous sous-entendez qu'on les a oubliées.

Est-ce que les décrets locaux impliquaient des renforts fédéraux ?

Vous avez déjà vu les flics *ne pas* demander davantage de personnel, de matériel, d'entraînement ou tout un « plan de financement national » ? Ces pédés sont aussi chiants que les militaires, toujours à gémir parce qu'ils n'ont jamais « ce dont ils ont besoin », mais est-ce qu'ils risquent leur place en levant de nouveaux impôts, eux ? Est-ce qu'ils doivent expliquer à Peter-le-Riche pourquoi on lui pique son pognon pour le refiler à Paul-le-Pauvre ?

Et vous ne craigniez pas d'éventuelles révélations publiques ?

De qui ?

La presse, les médias ?

Les médias ? Vous déconnez ? Vous voulez parler des filiales des plus grandes multinationales ? Celles-là mêmes qui auraient explosé en plein vol si la panique s'était emparée de la population ? Ces médias-là ? C'est ça dont vous parlez ?

Donc, vous niez avoir maquillé la vérité ?

On n'en a pas eu besoin. Ils l'ont maquillée tout seuls. Ils avaient autant à perdre que nous, sinon plus. En plus, ils avaient déjà largement couvert l'affaire l'année d'avant, quand on avait identifié les premiers cas aux États-Unis. Puis l'hiver est arrivé, le Phalanx a envahi les rayons des magasins et le nombre de cas a commencé à baisser. Oui, peut-être qu'ils ont « calmé » un ou deux jeunes reporters tout fringants, mais la vérité est beaucoup plus simple. Un mois après, c'était déjà de l'histoire ancienne. Ça devenait « gérable ». Les gens avaient déjà appris à vivre avec et ils voulaient passer à autre chose. L'info, c'est du business, et il vaut mieux en avoir de la fraîche si on veut rester sur le marché.

Mais il existait d'autres médias, alternatifs ou indépendants.

Oh, bien sûr, mais qui les écoutait ? Des tapettes je-sais-tout surdiplômées, et ceux-là, vous savez qui les écoute ? Personne ! Qui va s'inquiéter de ce que pense une minorité d'intellos totalement déconnectés de la réalité ? Plus ces têtes d'œuf élitistes hurlaient « Les morts sont parmi nous », plus les vrais Américains s'en détournaient.

Bon, voyons si j'ai bien compris votre point de vue…

Le point de vue du gouvernement.

Le point de vue du gouvernement. En résumé, vous avez traité ce problème de la même façon que les autres, en n'y accordant que le temps et l'argent « nécessaires » ?

Voilà, oui.

Tout ça parce que le gouvernement n'avait pas que ça à faire, et que – surtout à l'époque – une nouvelle menace était la dernière chose dont le public voulait entendre parler ?

Ouaip.

Et donc, vous avez estimé que le problème était « gérable » par les Alpha Teams, en plus de quelques consignes supplémentaires données aux forces de police locales.

C'est ça.

Et pourtant, vous disposiez d'assez de données pour comprendre que le problème ne pouvait que s'intensifier et qu'on courait à la catastrophe…

[M. Carlson s'arrête, me lance un regard noir et jette une nouvelle pelletée de « carburant » dans sa brouette.]

Il va falloir grandir, un jour.

TROIE, MONTANA, ÉTATS-UNIS

[D'après la brochure qui lui est consacrée, ce quartier incarne « une communauté nouvelle pour une Amérique toute neuve ». Au premier regard, on se rend compte que le lotissement – conçu sur le modèle des *masada* israéliens – a été construit dans un but bien précis : chaque maison est montée sur des pilotis suffisamment élevés pour permettre aux habitants d'embrasser du regard la totalité du mur d'enceinte, haut de six mètres. On accède aux habitations *via* un escalier rétractable. Un système similaire permet de passer à la maison voisine. Les panneaux solaires sur les toits, les puits protégés, les jardins, les tours de guet et l'épaisse porte d'entrée coulissante en acier trempé, tout cela explique le succès de Troie auprès de ses nouveaux habitants. À tel point que les responsables du projet ont reçu plusieurs autres commandes dans tous les États-Unis. Mary Jo Miller est la conceptrice initiale du projet Troie. Elle en est aussi le maire et l'architecte.]

Bien sûr que j'étais inquiète. Pour tout. Pour mon crédit automobile, pour le prêt bancaire de l'entreprise de Tim, pour la fissure dans la piscine et pour le filtre à chlore qui laissait toujours un dépôt d'algues… Je m'inquiétais pour notre portefeuille boursier, même si mon e-coursier m'assurait que c'était juste la trouille du premier investissement et que ça rapporterait beaucoup plus qu'un 401(k) standard. Aiden avait besoin d'un prof particulier pour ses cours de maths, Jenna voulait des chaussures à crampons Jamie Lynn Spears pour le foot et les parents de Tim envisageaient de venir nous voir à Noël. Mon frère retournait en cure de désintoxication pour la énième fois, Finley avait des vers et un des poissons rouges avait une sorte de gros champignon qui lui poussait sur l'œil gauche. Voilà, mes problèmes, c'était ça mes problèmes, ma vie ; je n'avais vraiment pas le temps de m'ennuyer.

Vous ne regardiez pas les informations télévisées ?

Ouais ouais, à peu près cinq minutes par jour. Les infos locales, les sports, les derniers potins people… Pourquoi déprimer devant la télé nationale ? Je n'avais qu'à sortir de chez moi, pour ça.

Et les autres médias, la radio, par exemple ?

Les infos du matin ? C'était mon heure Zen. Dès que les gamins avaient décampé, j'écoutais **[nom retiré pour des raisons légales]**. Ses blagues m'accompagnaient toute la journée.

Internet ?

Internet ? Pour moi, c'était pour le shopping. Pour Jenna, les devoirs. Pour Tim, c'était… Les trucs qu'il me jurait de ne jamais consulter, jamais jamais, promis. Les infos, c'était juste les pop-up dès que je me connectais à ma boîte AOL.

Mais à votre travail, les gens ont dû en parler…

Oh oui, au début. C'était plutôt flippant, d'ailleurs, bizarre quoi. « Vous savez quoi ? J'ai entendu dire que ce n'était pas la rage, en fait », des trucs comme ça. Mais bon, on s'habitue à tout, vous savez, et puis de toute façon, c'était beaucoup plus intéressant de parler du dernier épisode de *Celebrity Fat Camp* ou de médire des autres collègues.

Un jour, vers mars ou avril, en arrivant au boulot j'ai vu Mme Ruiz vider son bureau. J'ai cru qu'on l'avait renvoyée ou qu'on allait sous-traiter son service, vous savez, quoi, le genre de truc dont on a *vraiment* peur. Elle m'a expliqué que c'était à cause d'« eux ». C'est comme ça qu'elle en parlait. « Eux » ou « tout ce qui arrive ». Elle m'a dit que sa famille avait déjà vendu la maison et qu'ils s'achetaient un chalet près de fort Yukon, en Alaska. C'était l'histoire la plus ridicule que j'avais jamais entendue dans la bouche d'Iñez. Elle était tout sauf conne, Iñez, elle faisait partie de ce que j'appelais les « Mexicains propres ». Désolé d'utiliser ce terme, mais c'était comme ça que je voyais les choses, à l'époque. J'étais comme ça.

Votre mari ne s'est jamais inquiété, lui ?

Non, mais les enfants, si. Pas verbalement ni consciemment, je crois. Jenna a commencé à se battre à l'école. Aiden ne voulait plus dormir sans la lumière allumée. Des petits détails comme ça. Je ne pense pas qu'ils regardaient les informations plus que Tim ou moi, mais ils n'avaient pas tous ces soucis d'adultes qui les accaparaient, eux.

Et comment avez-vous réagi, vous et votre mari ?

Zoloft et Ritalin SR pour Aiden, Adderall XR pour Jenna. Ça a fait l'affaire pendant quelque temps. Le seul truc qui m'emmerdait, c'était que l'assurance ne remboursait rien, soi-disant parce que les gamins étaient déjà sous Phalanx.

Depuis combien de temps ?

Depuis le début. On en prenait tous. « Un peu de Phalanx, un peu de calme. » C'est comme ça qu'on s'est préparé… Et Tim a acheté un pistolet. Il promettait toujours de m'emmener au club pour m'apprendre à tirer. « Dimanche, il disait, on y va dimanche prochain. » Je savais bien qu'il me racontait des conneries. Les dimanches, il les réservait pour sa maîtresse, cette salope à gros seins qui lui pompait tout son amour. À vrai dire, je m'en foutais. On avait nos pilules, et au moins il savait se servir du Glock. C'était la vie, quoi, un peu comme les détecteurs de fumée et les airbags. Parfois, on y réfléchit juste une seconde, et c'est toujours… « au cas où ». En plus, honnêtement, il y avait tellement d'autres motifs d'inquiétude, dans ce pays. Tous les jours, un nouveau prétexte pour se ronger les ongles. Comment ne pas perdre le fil ? Et comment savoir ce qui était vrai, dans tout ça ?

Comment l'avez-vous appris, au final ?

La nuit venait tout juste de tomber. La télé était en marche. Tim buvait une Corona dans son bureau. Aiden jouait dans le salon avec ses Ultimate Soldiers. Jenna faisait ses devoirs dans sa chambre. J'étais en train de vider la machine, je n'ai donc pas entendu Finley aboyer. Enfin, peut-être que si, c'est possible, mais je n'y ai pas accordé d'importance particulière.

Notre maison se trouvait dans la dernière rue de la ville, juste au pied des collines. Nous vivions dans un coin tranquille à North County, près de San Diego. On voyait souvent des lapins à côté de la clôture, parfois des daims, même, et Finley gueulait comme un putois. Je me souviens d'avoir jeté un coup d'œil sur les Post-it pour me rappeler de lui acheter un collier à la citronnelle antiaboiements. Je ne sais plus quand les autres chiens se sont mis à aboyer à leur tour, ni quand l'alarme d'une voiture garée un peu plus loin s'est déclenchée. Puis j'ai entendu quelque chose qui ressemblait à un coup de feu et je suis allée chercher Tim dans son antre. Il n'avait rien entendu. Le volume de la chaîne était bien trop fort. Je lui disais sans arrêt de se faire examiner les oreilles. On ne passe pas son adolescence entière à jouer dans un groupe de *grindcore* sans… **[Elle soupire.]** Aiden, lui, il avait entendu quelque chose. Il m'a demandé ce que c'était. J'allais lui répondre que je n'en avais aucune idée quand j'ai vu ses yeux s'écarquiller. Il regardait derrière moi, à travers la baie vitrée qui donnait sur le jardin. Je me suis retournée juste à temps pour la voir exploser.

Il devait faire dans les un mètre soixante, râblé, ramassé, des épaules étroites et un ventre tout gonflé. Il n'avait pas de chemise et sa chair grisâtre était toute lacérée. Et il avait une odeur… d'eau salée… Une odeur de plage, un peu comme des algues pourries. Aiden a bondi et s'est planqué derrière moi. Tim a sauté de sa chaise pour se placer entre cette chose et moi. C'était comme si toute une vie de mensonges s'écroulait en un instant. Tim a regardé frénétiquement autour de lui dans l'espoir de trouver quelque chose susceptible de lui servir d'arme, mais la chose s'est jetée sur lui. Ils sont tombés sur le tapis et ils ont commencé à se battre. Il m'a hurlé de monter dans la chambre et de lui rapporter son pistolet. Nous étions dans l'entrée quand j'ai entendu Jenna crier. J'ai couru jusqu'à sa chambre et ouvert la porte aussi vite que possible. Un autre, un grand, cette fois. Au moins un mètre quatre-vingt-dix avec des épaules de géant et des bras musclés. La fenêtre était cassée et il tenait Jenna par les cheveux. Elle hurlait : « Mamanmamanmaman-maman ! »

Qu'est-ce que vous avez fait ?

Je… Je ne me souviens plus très bien. Quand j'essaie de me souvenir, tout s'accélère. Je lui ai agrippé le cou. Il avait la bouche grande ouverte et il allait mordre Jenna. J'ai serré de toutes mes forces et j'ai tiré d'un coup en arrière. Les gamins jurent que je lui ai arraché la tête, que je la lui ai arrachée comme ça, avec la chair, la peau, et tous ces trucs qui pendouillent, là, un peu partout, vous savez. Mais j'ai du mal à y croire, ça me paraît impossible. Peut-être que c'était l'adrénaline… Ou alors les gosses ont tout inventé et l'histoire s'est embellie au fil des années. Je serais devenue une sorte de Miss Hulk. Je n'en sais rien. En tout cas, j'ai sauvé Jenna, ça je m'en souviens bien. Juste après, Tim entrait dans la chambre, la chemise entièrement recouverte d'une sorte de bave noirâtre. Il tenait le pistolet d'une main et la laisse de Finley dans l'autre. Il m'a lancé les clés de voiture et m'a ordonné d'emmener les gamins au centre-ville. Puis il est parti en courant vers le jardin. J'ai entendu plusieurs détonations avant de démarrer.

La Grande Panique

BASE AÉRIENNE DE PARNELL, MEMPHIS, TENNESSEE, ÉTATS-UNIS

[Gavin Blaire pilote le tout nouveau fleuron de la défense aérienne américaine, un dirigeable de combat D-17. Ce travail lui convient parfaitement. Dans la vie civile, il pilotait un dirigeable publicitaire Fujifilm.]

Il y en avait partout. À perte de vue. Des berlines, des 4 × 4, des bus, des SUV, n'importe quoi, pourvu que ça roule. Des tracteurs, une bétonneuse, même un camion publicitaire avec un énorme panneau « Gentlemen's club » à l'arrière, je vous jure. Et des gens assis dessus, bien sûr. Ils grimpaient sur n'importe quoi, les toits, les galeries à bagages… Ça ressemblait à ces vieilles photos de trains en Inde, vous savez, avec tous ces gens accrochés par grappes, comme des singes.

La route était jonchée de trucs abandonnés – valises, cartons, meubles, tout un bric-à-brac. J'ai même aperçu un piano à queue, un vrai piano à queue, sans déconner, là, éclaté en mille morceaux comme si on l'avait balancé d'un camion en cours de route. Et puis il y avait beaucoup de voitures abandonnées. Certaines sur le bas-côté, d'autres en plein milieu de la chaussée et désossées. Quelques-unes avaient brûlé.

Beaucoup de gens marchaient dans les prés voisins ou le long de la route. Certains tapaient aux carreaux des véhicules en agitant toutes sortes de trucs. Certaines femmes s'exhibaient. Elles cherchaient sans doute à refourguer de l'essence. En tout cas, elles ne faisaient pas d'auto-stop, les piétons allaient plus vite que les voitures. Ça n'aurait eu aucun sens, mais bon… **[Il hausse les épaules.]**

Plus loin sur la route, à une cinquantaine de kilomètres, le trafic se décongestionnait un peu. Ça aurait dû calmer tout le monde, en principe, mais en fait c'était tout le contraire. Les gens faisaient des appels de phares, se rentraient dedans, sortaient de leur voiture et se battaient. J'en ai vu plusieurs allongés sur le bas-côté. Certains bougeaient à peine, d'autres plus du tout. Les gens passaient à côté d'eux en transportant toutes sortes de trucs, des sacs, des enfants… Et puis j'en ai repéré quelques-uns qui couraient les mains vides, tous dans la même direction. J'ai compris pourquoi un peu plus loin.

Ces créatures, elles grouillaient parmi les véhicules… Les conducteurs essayaient de faire demi-tour et s'embourbaient sur le bas-côté, coinçant les autres files et empêchant quiconque de bouger. Quasiment personne n'arrivait à ouvrir ses portières, les voitures étaient trop proches les unes des autres. Et j'ai vu ces choses s'approcher lentement des fenêtres ouvertes, en faire sortir les gens ou y entrer elles-mêmes. Beaucoup de conducteurs étaient coincés. Portes fermées et verrouillées, fenêtres remontées, j'imagine. C'était du verre Securit. Les morts ne pouvaient pas entrer, mais les vivants ne pouvaient pas sortir non plus. J'ai vu plusieurs personnes paniquer et tirer à travers leur pare-brise… Leur seule protection. Des idiots. Ils auraient pu gagner du temps en restant tranquilles à l'intérieur, peut-être même qu'ils auraient fini par s'enfuir. Si ça se trouve, personne n'en aurait réchappé de toute façon... Tout ce qu'on pouvait espérer, c'était une fin rapide. Il y avait une remorque à chevaux accrochée à un gros 4 × 4 sur la file du milieu. Elle remuait dans tous les sens. Les chevaux étaient encore à l'intérieur.

Les morts se sont éparpillés entre les voitures, en dévorant littéralement tout sur leur passage, tous ces pauvres types qui ne cherchaient qu'à fuir. C'est ça qui me hante le plus, en fin de compte : tous ces gens qui n'allaient nulle part. C'était la I-80, une portion de route entre Lincoln et North Platte. Ces deux villes étaient déjà largement contaminées, tout comme les villages voisins. Où pensaient-ils aller, tous ? Qui avait organisé cet exode ? Quelqu'un était responsable de tout ça ? Pourquoi les gens avaient-ils rejoint la file des voitures sans se poser de question ? J'ai du mal à imaginer ce qu'ils ont dû vivre. Les gosses qui hurlent, les chiens qui aboient, les bagnoles au cul à cul, à espérer que quelqu'un dans la file sache où il va... tout en priant pour que ce qui les poursuit quelques kilomètres derrière ne les rattrape jamais.

Vous avez déjà entendu parler de l'expérience de ce journaliste américain à Moscou dans les années 70 ? Il s'est posté près d'une porte, comme ça, et il a commencé à attendre. Au bout de quelques minutes, une personne est venue attendre derrière lui. Puis deux autres. Et encore d'autres. En moins d'une demi-heure, la queue s'allongeait jusqu'au coin de la rue. Personne ne s'est demandé *pourquoi* ils faisaient la queue. Tout le monde s'est dit que ça valait sûrement le coup. Je ne sais pas si cette histoire est vraie. Si ça se trouve, c'est encore une de ces légendes urbaines, ou de la propagande à la sauce guerre froide. Qui sait ?

ALANG, INDE

[J'arpente le rivage en compagnie d'Ajay Shah et nous contemplons les restes rouillés de ce qui fut un jour un navire flambant neuf. Le gouvernement n'a pas les moyens de faire enlever toutes les épaves qui jalonnent la plage, et l'érosion a rendu leur acier quasi irrécupérable. Les bateaux gardent le silence, témoins muets du carnage qui s'est un jour déroulé ici même.]

On m'a dit que ce qui s'est passé ici n'avait rien d'exceptionnel. Partout, sur toutes les côtes du monde, des milliers de gens ont désespérément cherché à embarquer sur tout ce qui flottait pour tenter leur chance en mer.

Je ne savais même pas à quoi ressemblait Alang. J'avais pourtant passé toute ma vie dans la ville voisine de Bhavnagar. J'y travaillais comme chef de bureau depuis que j'avais quitté l'université. Une sorte de col blanc jovial, un boute-en-train professionnel. Mon seul travail manuel consistait à taper sur un clavier, et pas tant que ça d'ailleurs, la plupart de nos ordinateurs disposant de la reconnaissance vocale… Sachant qu'il y avait un chantier naval à Alang, j'ai tout de suite essayé de m'y rendre. Je m'attendais à un port plein de bateaux embarquant les réfugiés les uns après les autres pour les évacuer. Mais c'était le contraire, en fait. On ne construisait *pas* de bateaux, à Alang, on les *désossait*. Avant la guerre, c'était le plus grand atelier de ferraillage au monde. Les compagnies de récupération indiennes achetaient des épaves aux nations du monde entier pour les échouer sur la plage et les découper les unes après les autres jusqu'au dernier boulon. Les rares bateaux disponibles n'étaient que des coques vides alignées au hasard et condamnées à disparaître. Tout sauf des navires en état de marche.

Il n'y avait ni cale sèche, ni cale de lancement. Pour tout dire, Alang ressemblait davantage à une simple bande de sable qu'à un véritable chantier naval. La procédure normale consistait à échouer les navires sur la plage comme des grosses baleines métalliques. Mon seul espoir résidait manifestement dans la demi-douzaine de navires tout juste arrivés et encore ancrés dans la baie. Il devait bien y avoir un équipage, même réduit au strict minimum, ou encore un peu de gas-oil dans les réservoirs. Un de ces bateaux, le *Veronique Delmas*, essayait d'en tirer un autre vers le large. Des bouts et des chaînes étaient arrimés à la poupe de l'*APL Tulip*, un porte-containers battant pavillon singapourien, déjà partiellement désossé. Je suis arrivé juste au moment où le *Delmas* lançait ses machines en arrière toute. On voyait distinctement la ligne d'écume grossir et les bouts se tendre à craquer. J'ai entendu comme des coups de feu quand les plus faibles ont lâché.

Mais les chaînes les plus solides… Elles ont mieux résisté que la poupe. La quille du *Tulip* avait dû se briser quand on l'avait échoué. Quand le *Delmas* a reculé, j'ai entendu un grincement métallique atroce et le *Tulip* s'est littéralement cassé en deux. La proue est restée sur le sable et la poupe a été entraînée au large.

On n'a rien pu faire. Le *Delmas* était à pleine vitesse et la poupe du *Tulip* a chaviré aussitôt avant de couler à pic. Il devait y avoir au moins un millier de personnes à bord, agglutinées dans toutes les cabines disponibles, toutes les coursives, sur tous les ponts, partout… Il n'y avait pas un centimètre carré de libre. Le gigantesque bouillonnement a couvert leurs hurlements.

Pourquoi les réfugiés ne se sont-ils pas contentés de grimper à bord des épaves échouées et de retirer les échelles pour les rendre inaccessibles ?

Vous considérez tout ça avec du recul. Mais vous n'étiez pas sur cette plage, cette nuit-là. Les quais *grouillaient* de monde, il y en avait partout, une foule terrorisée, la mort aux trousses. Des centaines de gens nageaient vers les bateaux. Et les vagues s'alourdissaient des corps de ceux qui n'avaient pas réussi à les atteindre.

Des douzaines de petits bateaux faisaient la navette et embarquaient des gens vers les plus gros navires. « Je veux tout votre argent, disaient certains, tout ce que vous avez sur vous, et je vous emmène. »

L'argent valait encore quelque chose ?

À leurs yeux, oui. Argent, nourriture… L'équipage d'un des bateaux n'acceptait que les femmes, jeunes de préférence. Un autre n'embarquait que les réfugiés à la peau claire. Ces salauds passaient une torche devant les visages de chaque candidat pour repérer les noirauds comme moi. J'ai même vu un capitaine debout sur le pont avec un pistolet dans les mains qui hurlait : « Pas de sous-castes ! On ne prend aucun intouchable ! »

Intouchables ? Castes ? Bordel, mais qui peut encore penser comme ça aujourd'hui ? Et le pire, c'est que certains des réfugiés sont sortis de la queue ! Les plus vieux, en fait. Vous vous rendez compte ?

Bon, bien sûr, ce sont les exemples les plus frappants, vous comprenez. Pour un seul profiteur ou un seul psychopathe, il y avait dix personnes charitables et saines d'esprit au karma indubitablement pur. Parmi les pêcheurs et propriétaires de petits bateaux, beaucoup auraient pu se contenter de prendre la mer avec leur famille, et pourtant ils ont décidé de faire demi-tour malgré le danger. Quand on pense aux risques qu'ils ont pris. Se faire assassiner par tous ceux qui en avaient après leur bateau, ou bien se faire attaquer par toutes les goules immergées.

Il y en avait déjà quelques-unes. De nombreux réfugiés malades avaient essayé de rejoindre les bateaux à la nage et s'étaient réanimés sous l'eau après leur noyade. C'était la marée basse, suffisamment profond pour qu'un homme se noie mais pas assez pour qu'une goule ne puisse atteindre sa proie. J'ai vu beaucoup de nageurs disparaître d'un coup sous la surface, et même des bateaux entiers chavirer, leurs passagers littéralement avalés par l'océan. Et malgré ça, des sauveteurs continuaient à arriver, certains même se jetaient à l'eau pour essayer d'aider les autres.

C'est comme ça qu'on m'a tiré de là, moi. J'essayais tant bien que mal de nager. De la plage, les bateaux semblaient bien plus proches qu'ils ne l'étaient en réalité. J'étais un excellent nageur, mais après avoir marché depuis Bhavnagar et m'être férocement battu pour survivre pendant toute une journée, j'avais tout juste assez d'énergie pour faire la planche et flotter. Au moment d'atteindre mon but, je n'avais même plus assez d'air dans les poumons pour appeler à l'aide. Il n'y avait aucun moyen de s'accrocher à la coque. Les parois d'acier n'offraient aucune prise. J'ai rassemblé mes dernières forces et j'ai frappé sur la coque.

Tout en coulant, j'ai senti un bras puissant s'enrouler autour de ma poitrine. *Et voilà*, ai-je pensé. D'ici à une seconde, j'allais sentir une mâchoire me ronger la chair. Mais au lieu de m'entraîner au fond, le bras m'a ramené à la surface. J'ai atterri sur le pont du *Sir Wilfried Grenfell*, une ancienne vedette des gardes-côtes canadiens. J'ai essayé de parler, de m'excuser de ne pas avoir d'argent, je leur ai dit que je travaillerais pour payer mon billet, que je ferais n'importe quoi pour eux. Le marin m'a juste souri. « Tenez bon, a-t-il dit. Nous n'allons pas tarder à partir. » Je sentais déjà les vibrations du moteur sur le pont, puis le navire a tourné sur lui-même et s'est dirigé vers le large.

Le plus affreux, c'était de voir ce qui se passait à bord des autres navires à mesure que nous les dépassions. Certains des réfugiés s'étaient déjà réanimés. Plusieurs bateaux s'étaient transformés en abattoirs, d'autres brûlaient au mouillage. Les gens sautaient par-dessus bord. Beaucoup ne sont jamais remontés à la surface.

TOPEKA, KANSAS, ÉTATS-UNIS

[Sharon serait considérée comme belle selon n'importe quel standard esthétique ou culturel – longs cheveux roux, yeux vert clair et corps de danseuse professionnelle ou de top model d'avant-guerre. Elle a malheureusement l'âge mental d'une petite fille de quatre ans.

Nous sommes au Centre Rothman de soins pour les enfants à problème. Le docteur Roberta Kelner, la praticienne qui s'occupe de Sharon, estime que la jeune fille a « beaucoup de chance ». « Elle est capable de parler et son processus de pensée reste cohérent, explique-t-elle. Rudimentaire, certes, mais parfaitement opérationnel. » Le docteur Kelner est ravie de cette interview. Pas le docteur Sommers, le directeur du Centre Rothman. Le financement de la clinique a toujours été aléatoire, et le nouveau gouvernement menace de la fermer purement et simplement.

Sharon s'avère timide au premier abord. Elle refuse de me serrer la main et de me regarder dans les yeux. On l'a trouvée dans les ruines de Wichita et il n'y a aucun moyen de savoir ce qui lui est vraiment arrivé.]

Maman et moi, on était à l'église. Papa nous avait dit qu'il allait venir nous chercher. Papa avait quelque chose à faire. On devait l'attendre à l'intérieur de l'église. Tout le monde était là. Ils avaient apporté plein de choses. Ils avaient des céréales, de l'eau, des jus de fruits, des sacs de couchage, des lampes de poche et… **[Elle mime un fusil.]** Mme Randolph, elle en avait un. Elle n'avait pas le droit. C'est dangereux. Elle m'a dit que c'était dangereux. C'était la maman d'Ashley. Ashley, c'était ma copine. Je lui ai demandé où était Ashley, alors elle a pleuré. Maman m'a demandé de ne pas parler d'Ashley. Elle a dit à Mme Randolph qu'elle était désolée. Mme Randolph était toute sale, il y avait du rouge et du marron partout sur sa robe. Elle était grosse. Elle avait des gros bras tout doux.

Il y avait d'autres enfants, Jill et Abbie, et les autres. C'était Mme McGraw qui les gardait. Ils avaient des crayons. Ils dessinaient sur le mur. Maman m'a dit d'aller jouer avec eux. Elle m'a dit qu'on avait le droit. Elle m'a dit que le pasteur Dan avait dit qu'on avait le droit.

Le pasteur Dan, il était là aussi. Il voulait que les gens l'écoutent. « Écoutez-moi, tous, s'il vous plaît, écoutez-moi… » **[Elle prend une voix grave.]** « S'il vous plaît, restez calmes, les secours arrivent. Restez calmes et attendez-les. » Personne ne l'écoutait. Tout le monde parlait en même temps. Personne n'était assis. Les gens essayaient de parler à leur jouet **[elle mime un téléphone mobile]**, ils étaient fâchés et ils les jetaient par terre et ils disaient des gros mots. J'étais triste pour le pasteur Dan. **[Elle imite le bruit d'une sirène.]** Dehors. **[Elle recommence, d'abord doucement, puis de plus en plus fort, puis de plus de plus doucement. La scène se répète plusieurs fois.]**

Maman parlait à Mme Cormode et aux autres mamans. Elles se disputaient. Maman était très en colère. Mme Cormode n'arrêtait pas de dire **[voix agacée]** : « Et alors ? Qu'est-ce qu'on peut faire ? » Maman secouait la tête. Mme Cormode parlait avec ses mains. Je n'aimais pas Mme Cormode. C'était la femme du pasteur Dan. Elle grondait tout le monde et elle était méchante.

Quelqu'un a crié… « Ils arrivent ! » Maman est arrivée et elle m'a prise dans ses bras. Ils ont porté un banc jusque devant la porte. Ils ont mis tous les bancs devant la porte. « Vite ! » « Bloquez la porte ! » **[Elle prend plusieurs voix différentes.]** « J'ai besoin d'un marteau ! » « Des clous ! » « Ils sont dans le parking ! » « Ils arrivent ! » **[Elle se tourne vers le docteur Kelner.]** Je peux ?

[Le docteur Sommers hésite. Le docteur Kelner sourit et acquiesce. Je comprends enfin pourquoi la pièce est insonorisée.

Sharon reproduit le gémissement d'un zombie – l'imitation la plus réaliste que j'ai jamais entendue. À en juger par leurs mines décomposées, Sommers et Kelner sont de mon avis.]

Ils sont arrivés. Ils étaient plein. **[Elle recommence à gémir, puis abat son poing sur la table.]** Ils voulaient entrer. **[Ses coups sont puissants et mécaniques.]** Les gens criaient. Maman m'a serrée très fort. « Tout va bien » **[Elle se caresse doucement les cheveux et sa voix s'adoucit.]** « Je ne vais pas les laisser te faire du mal. Chuuuuuuut… »

[Elle tape des deux poings sur la table, ses coups deviennent moins réguliers, comme si elle imitait les coups portés par plusieurs goules en même temps.]

« Barricadez la porte ! » « Tenez bon ! Tenez bon ! » **[Elle émet un bruit de verre brisé.]** La fenêtre s'est cassée, la fenêtre à côté de la porte d'entrée. Tout est devenu noir. Les adultes, ils ont commencé à avoir peur, ils criaient.

[Sa voix reprend l'intonation de sa mère.] « Chuuuut, mon bébé, je ne vais pas les laisser te faire du mal. » **[Ses mains passent de ses cheveux à son visage, ses doigts caressent doucement son front et ses joues. Sharon prend un air interrogatif et regarde le docteur Kelner. Cette dernière hoche la tête. Sharon imite alors le bruit de quelque chose qui se brise d'un coup, un raclement qui vient du fin fond de sa gorge.]** « Ils arrivent ! Tirez ! Tirez ! » **[Elle simule plusieurs coups de feu et puis...]** « Je ne vais pas les laisser te faire du mal ! Je ne vais pas les laisser te faire du mal ! » **[Le regard de Sharon se perd au-delà de mon épaule, cherchant quelque chose d'invisible.]** « Les enfants ! Les enfants ! Sauvez les enfants ! » C'était Mme Cormode qui criait « Sauvez les enfants ! Sauvez les enfants ! ». **[Sharon imite encore quelques bruits d'explosion. Elle lève ses poings et les abat sur une silhouette invisible.]** Les enfants, ils commençaient à pleurer. **[Elle mime plusieurs coups, des crochets, des directs, puis un couteau qui s'abat encore et encore.]** Abbie pleurait très fort. Mme Cormode l'a prise dans ses bras. **[Elle fait mine de soulever quelque chose et de le lancer contre le mur.]** Abbie n'a plus rien dit ensuite. **[Elle recommence à se caresser le visage, la voix de sa mère devient plus dure.]** « Chuuuut... Tout va bien, mon bébé, tout va bien... » **[Ses mains passent de son visage à sa gorge et la serrent tout d'un coup.]** « Je ne les laisserai pas ! Ils ne t'auront pas ! ILS NE T'AURONT PAS ! »

[Sharon a du mal à respirer. Le docteur Sommers s'avance légèrement. Kelner lève la main. Sharon cesse aussitôt et imite un coup de feu.]

C'est chaud et mouillé, c'est amer dans ma bouche, ça me pique les yeux. On m'a soulevée et puis on m'a emmenée. **[Elle se lève et mime un rugbyman tenant un ballon.]** Ils m'ont amenée au parking. « Cours, Sharon ! Ne t'arrête pas ! » **[C'est une voix différente, cette fois, pas celle de sa mère.]** « Cours, cours, cours, cours ! » On m'a enlevée de ses bras. Elle m'a laissée partir. Elle avait des gros bras tout doux.

KHUZHIR, ÎLE D'OLKHON, LAC BAÏKAL, SAINT EMPIRE RUSSE

[La pièce est vide, à l'exception d'une table, de deux chaises, ainsi que d'un grand miroir qui a tout du miroir sans tain. Assis en face de mon interlocutrice, j'écris sur un pad que l'on m'a préalablement fourni (mon transcripteur m'a été temporairement confisqué « pour raisons de sécurité »). Maria Zhuganova a un visage fatigué, des cheveux grisâtres et un ventre arrondi qui met à rude épreuve les coutures de l'uniforme râpé qu'elle a tenu à porter pendant l'entretien. D'un point de vue technique, nous sommes seuls, mais je sens que d'autres yeux nous regardent à travers la vitre teintée.]

On ne savait rien de la Grande Panique, on était beaucoup trop isolé pour ça. Environ un mois avant que tout commence, à peu près en même temps que les révélations de la fameuse journaliste dans la presse, notre caserne observait déjà un black-out complet. Toutes les télévisions avaient été saisies et retirées des chambrées, tout comme les radios personnelles et les téléphones portables. Moi, j'avais un téléphone avec une carte de cinq minutes prépayées, c'était tout ce que mes parents pouvaient se permettre. J'étais censée m'en servir pour les appeler le jour de mon anniversaire, le premier que je passerais loin de chez eux. On était stationné en Ossétie du Nord, l'Alania, une de nos Républiques, au sud, aussi indisciplinée que les autres. Notre tâche officielle relevait du « maintien de la paix » et consistait à empêcher les affrontements interethniques entre Ossètes et minorité ingouche. Notre mission tombait pile poil au moment où ils nous ont coupés du monde. Question de « sécurité nationale », ils ont dit.

Qui ça, « ils » ?

Eux, tous. Les officiers, la police militaire, et même un type en civil sorti de nulle part. Un sale petit sournois, avec une face de rat. C'est comme ça qu'on l'appelait, d'ailleurs, « Face de Rat ».

Vous n'avez jamais su précisément de qui il s'agissait ?

Qui ? Moi ? Non, jamais. Personne, d'ailleurs. Oh, on a râlé. Les soldats râlent toujours. Mais on n'a pas vraiment eu le temps de se plaindre. Juste après le black out, on nous a mis en état d'alerte maximale. Jusque-là, on était tranquille – c'était monotone et ennuyeux, une routine rompue de temps en temps par les patrouilles en montagne. Et voilà qu'on nous demandait de patrouiller dans ces mêmes montagnes, mais en tenue de combat intégrale, avec armes, munitions, tout ça. On fouillait chaque village, chaque maison. On interrogeait chaque paysan, chaque voyageur et chaque… je ne sais pas, moi… chaque chèvre qu'on rencontrait.

Vous les interrogiez ? Pourquoi ?

Je n'en savais rien. « Personne ne manque à l'appel dans votre famille ? » « Personne n'a disparu ? » « Quelqu'un a-t-il été attaqué par un animal ou par un homme enragé ? » C'était cette question qui m'étonnait le plus. La rage ? Chez les animaux, d'accord, mais un homme ? On faisait beaucoup d'inspections, aussi. On déshabillait tous ces gens et les médecins examinaient chaque centimètre carré de leur peau à la recherche de… quelque chose… Personne ne nous a dit quoi.

Ça n'avait aucun sens. Ça ne correspondait à rien. Une fois, on est tombé sur une cache d'armes, des 74, quelques vieux 47 et quantité de munitions. Elles avaient probablement été achetées à un gars de notre propre bataillon, d'ailleurs, un de ces opportunistes corrompus comme il en existe partout. On ignorait à qui les armes appartenaient. Trafiquants de drogue, gangsters locaux, peut-être même les « brigades de libération » contre lesquelles on nous avait déployés au départ. Et qu'est-ce qu'on a fait ? Rien. On a tout laissé en plan. Le petit civil, « Face de Rat », il a discuté en privé avec les plus vieux des villageois. Je ne sais pas ce qu'il leur a dit, mais je peux vous dire qu'ils étaient terrorisés. Ils se sont signés puis ils ont murmuré des prières.

Nous, on ne comprenait rien. On était énervé, perdu. On ne pigeait vraiment pas ce qu'on était venu foutre ici. On avait un vieux vétéran, Baburin, dans notre bataillon. Il avait fait l'Afghanistan et deux fois la Tchétchénie. On disait qu'à l'époque du putsch, d'Eltsine, tout ça, c'était son BMP [1] qui avait tiré en premier sur la Douma. On aimait bien l'entendre raconter

---

1. Transporteur de troupes blindé utilisé autrefois par l'armée soviétique, aujourd'hui par l'armée russe.

ses histoires. Il était toujours de bonne humeur, toujours bourré… Tant qu'il pensait pouvoir s'en sortir. Il a changé du tout au tout juste après la découverte de la cache d'armes. Plus de sourires et plus d'anecdotes. Je crois même qu'il n'a plus touché une goutte d'alcool après ça, et quand il parlait, ce qui était plutôt rare, c'était toujours pour dire : « C'est pas bon. Il va se passer un truc. » Chaque fois que je voulais en savoir un peu plus, il haussait les épaules et s'éloignait. Après ça, notre moral a sérieusement baissé. Les gens étaient suspicieux, tendus. Face de Rat était partout, tapi dans l'ombre, toujours à écouter, à observer, à murmurer à l'oreille des officiers.

Il était avec nous le jour où on a investi un village qui n'avait même pas de nom, un truc primitif, le trou du cul du monde, quoi. On a conduit les interrogatoires habituels avec toutes les précautions d'usage. Mais au moment où on allait lever le camp, il y a eu cette fille, cette gamine, elle est arrivée en courant par la route principale. Elle était terrorisée et pleurait en appelant ses parents… Si seulement j'avais pris le temps d'apprendre leur langue… Elle montrait l'horizon du doigt. Il y avait une autre silhouette, encore une petite fille qui avançait en trébuchant dans la boue. Le lieutenant Tikhonov a empoigné sa paire de jumelles et son visage a brusquement pâli pendant qu'il regardait. Face de Rat s'est approché de lui, il a regardé avec ses propres jumelles, puis a murmuré quelque chose à l'oreille du lieutenant. Petrenko, le tireur d'élite du bataillon, a reçu l'ordre de pointer la fille. Ce qu'il a fait. « Vous l'avez ? » « Je l'ai. » « Feu. » C'est comme ça que ça s'est passé, je crois. Je me souviens qu'il y a eu un moment de silence. Petrenko a regardé le lieutenant et lui a demandé de répéter son ordre. « Vous m'avez entendu », a répondu l'officier d'un ton agacé. Je me trouvais un peu plus loin que Petrenko mais j'avais clairement entendu l'ordre. « Je vous ai dit d'abattre la cible, *maintenant* ! » Je voyais bien que le bout de son fusil tremblait. C'était un type assez maigrichon. Certainement pas le plus courageux d'entre nous, ni le plus fort. Mais tout d'un coup, il a baissé son fusil et il a refusé d'obéir. Comme ça. « Non, monsieur. » J'ai bien cru que le soleil venait de geler sur place, dans le ciel. Personne ne savait quoi faire, et certainement pas le lieutenant Tikhonov. Tout le monde se jetait des regards en coin, puis on a tous regardé le champ.

Face de Rat s'éloignait d'un pas tranquille, presque guilleret. La petite fille était maintenant suffisamment proche pour qu'on distingue son visage. Elle avait des yeux démesurés, fixés sur Face de Rat. Ses bras étaient tendus et j'ai distinctement entendu un gémissement aigu. Il l'a rejointe vers la moitié du champ. C'était fini avant même qu'on comprenne ce qui s'était passé. D'un seul mouvement souple, Face de Rat a dégainé un pistolet, lui a tiré entre les deux yeux, puis il est revenu tranquillement vers nous. Une femme s'est brusquement mise à pleurer, probablement la mère de la petite. Elle est tombée à genoux, elle nous a maudits et nous a insultés. Face de Rat n'a pas eu l'air de la remarquer, ni même de s'en préoccuper. Il a murmuré quelque chose au lieutenant Tikhonov et il est remonté dans le BMP comme s'il prenait un taxi à Moscou.

Cette nuit-là… je n'ai pas dormi. J'ai essayé de ne pas penser à ce qui venait de se produire. De ne pas penser au fait que les MP avaient embarqué Petrenko et qu'on nous avait confisqué nos armes. Je savais que j'aurais dû me sentir mal pour cette gamine, que j'aurais dû être en colère, avoir envie de me venger de Face de Rat, et je me sentais peut-être aussi un peu coupable de ne pas avoir levé le petit doigt pour l'en empêcher. Voilà le genre d'émotions que j'aurais dû ressentir. Mais la seule chose que je ressentais, c'était la peur. Je n'arrêtais pas de penser à ce qu'avait dit Baburin, que quelque chose allait se passer. Je voulais rentrer chez moi, je voulais voir mes parents. Et s'il y avait eu une attaque terroriste ? Et s'il y avait la guerre ? Ma famille vivait à Bikin, presque en Chine. Il fallait absolument que je leur parle, que je sache s'ils allaient bien. J'étais tellement inquiète que j'ai commencé à vomir. On m'a conduite à l'infirmerie, je n'ai pas participé à la patrouille du lendemain, c'est pour ça que j'étais encore alitée quand ils sont revenus dans l'après-midi.

J'étais dans mon lit, à lire un vieil exemplaire de *Semnadstat*[1] quand j'ai entendu du bruit, le rugissement d'un moteur et des éclats de voix. Il y avait déjà du monde dans la cour de rassemblement. Je me suis frayé un passage pour voir Arkady debout au milieu des autres. C'était le mitrailleur de la section, un vrai ours. On était copain parce qu'il tenait les autres gars éloignés de moi, si vous voyez ce que je veux dire. Il disait que je lui faisais penser à sa sœur. **[Elle sourit tristement.]** Je l'aimais bien.

Il y avait quelqu'un qui rampait à ses pieds. On aurait dit une vieille, mais elle avait son *burlap* sur la tête et une chaîne autour du cou. Sa robe était déchirée et ses jambes tout écorchées. Elle ne saignait pas, juste une sorte de pus noirâtre. Arkady était en train de hurler « Assez de mensonges ! Fini, les civils abattus à

1. Ancien magazine russe destiné aux adolescentes. Son nom, « Dix-sept », est la copie conforme – et illégale – d'une publication américaine.

vue ! C'est pour ça que j'ai descendu le petit Zhopoliz… ».

J'ai cherché le lieutenant Tikhonov mais il n'était nulle part. Une boule glacée m'a vrillé l'estomac.

« … Parce que je voulais vous montrer, vous montrer à tous ! » Arkady a tiré sur la chaîne puis a relevé la vieille babouchka. Il a arraché son foulard. Son visage était gris, tout comme le reste de son corps. Elle avait des yeux démesurément agrandis et un air féroce. Elle a grogné comme un loup en essayant d'agripper Arkady. Il l'a saisie à la gorge d'une main puissante et l'a maintenue à distance.

« Je veux que vous sachiez tous pourquoi on est là ! » Il a sorti son couteau et l'a plongé dans le cœur de la femme. J'en ai eu le souffle coupé. Tout le monde, en fait. La lame était enfoncée jusqu'au manche et la vieille continuait à s'agiter en gémissant. « Vous voyez ? » a crié Arkady en la poignardant à plusieurs reprises. « Vous voyez ? C'est ça, qu'ils ne veulent pas nous dire ! C'est pour ça qu'on se casse le cul, c'est ce qu'ils veulent pas qu'on découvre ! » Plusieurs têtes ont acquiescé et des grognements sont montés de la foule. Arkady a continué à parler : « Et s'il y en a partout ? Et s'il y en a chez nous ? Vous avez pensé à vos familles ? » Il regardait les soldats les uns après les autres, et il n'a pas fait assez attention à la vieille. Sa poigne s'est desserrée et la vieille en a profité pour le mordre à la main. Arkady a poussé un hurlement. Son poing s'est écrasé sur le visage de la femme. Elle s'est écroulée en crachant cette espèce de bile noirâtre. Il l'a finie à coups de botte. On a tous entendu son crâne se briser.

Le sang dégoulinait de la blessure d'Arkady. Il a secoué dans tous les sens, et ses veines du cou se sont gonflées d'un coup quand il a martelé : « On veut rentrer chez nous ! On veut protéger nos familles ! On est dans un pays libre ! En démocratie ! Vous n'avez pas le droit de nous en empêcher. » Je criais moi aussi, tout le monde criait. Cette vieille, cette… créature… qui pouvait se prendre un couteau en plein dans le cœur sans mourir… Et s'il y en avait partout ? Et s'ils menaçaient déjà nos proches ? Mes parents ? Toute cette peur, tous ces doutes, toutes ces angoisses retenues depuis si longtemps, tout ça s'est transformé en explosion de rage. « On veut rentrer chez nous ! On veut rentrer chez nous ! » Tout le monde reprenait ce refrain en chœur et puis… une balle m'a sifflé à l'oreille et l'œil gauche d'Arkady a explosé. Je ne me rappelle pas avoir couru ni inhalé le gaz lacrymogène. Je ne sais plus à quel moment les commandos Spetsnaz sont arrivés, mais soudain, ils étaient partout, ils nous ont matraqués, ils nous ont enchaînés les uns aux autres, l'un d'eux m'a écrasé la poitrine d'un coup de botte, si fort que j'ai bien cru que j'allais crever sur place.

C'était la Décimation ?

Non, ce n'était que le début. Nous n'étions pas la seule unité à nous révolter. En fait, ça avait commencé juste après le bouclage de la base par les MP. Au moment où on organisait notre petite « manifestation », le gouvernement avait déjà décidé de régler la question.

[Elle ajuste son uniforme et se redresse avant de poursuivre.]

« Décimer… » Je croyais que ça voulait dire « éliminer », commettre un carnage, tout détruire… En fait, ça signifie tuer 10 % de la population. Une personne sur dix qui meurt… Et c'est exactement ce qu'ils nous ont fait.

Les Spetsnaz nous ont tous rassemblés dans la cour en uniforme de parade. Notre nouveau commandant nous a fait un discours sur le devoir et la responsabilité, sur notre serment de protéger la patrie, sur notre lâcheté et sur le déshonneur qui nous entachait d'avoir manqué à notre parole. Je n'avais jamais rien entendu de pareil. Le « devoir » ? La « responsabilité » ? La Russie, *ma* Russie, n'était plus qu'un immense bordel apolitique. Nous vivions en plein chaos, tout le monde était corrompu, et on essayait juste de survivre au jour le jour. Même l'armée n'avait plus rien à voir avec le patriotisme. C'était un moyen comme un autre d'être logé et nourri, d'apprendre quelques trucs, et parfois d'envoyer un peu d'argent à la maison quand le gouvernement décidait qu'il était temps de payer ses soldats. Le « serment de protéger la patrie » ? Ma génération s'en foutait. Ça, c'était l'affaire des Vieux Patriotes, nos Héroïques Vétérans, ces tarés qui squattaient la place Rouge avec leurs drapeaux soviétiques rapiécés et leurs rangées de médailles épinglées sur leurs uniformes moisis. Le devoir envers la patrie, quelle blague. Mais ça ne me faisait pas rire. Je savais qu'ils allaient en exécuter quelques-uns. Avec tous ces types armés qui nous encerclaient, les tireurs postés en haut des miradors, je me sentais résignée. J'attendais la balle, chaque muscle de mon corps tendu à l'extrême. Et puis j'ai entendu cette phrase…

« Vous êtes des enfants gâtés. Vous voyez la démocratie comme un droit inaliénable. C'est ce que vous pensez, hein ? Ça vous semble normal ? Eh bien maintenant, vous allez passer aux travaux pratiques. »

C'est exactement ce qu'il a dit. Chaque mot est imprimé à jamais dans ma tête.

Qu'est-ce qu'il voulait dire ?

Que *nous* devions désigner ceux qui allaient être punis. Ils nous rassembleraient par groupes de dix et on choisirait celui qu'on exécuterait. Et alors, nous… les soldats… nous serions personnellement responsables du meurtre de nos amis. Ils ont fait rouler des petits chariots jusqu'à nous. J'entends encore leurs roues grincer. Ils étaient remplis de cailloux à peu près gros comme la main, lourds et tranchants. Certains se sont mis à pleurer, à supplier, à chialer comme des enfants. D'autres, comme Baburin, se sont simplement agenouillés. Il me regardait droit dans les yeux quand je lui ai écrasé la pierre en plein visage.

[Elle soupire doucement et regarde derrière elle.]

C'était diabolique. Foutrement diabolique. De simples exécutions auraient renforcé la discipline et restauré l'ordre, bien sûr. Mais en nous impliquant dans ces assassinats, ils nous tenaient à la fois par la peur et la culpabilité. On aurait pu dire non, refuser d'obéir et se faire abattre immédiatement, mais on n'a rien dit. On l'a fait. On a tous choisi en notre âme et conscience, et le prix était déjà bien assez élevé. Je ne crois pas que quiconque ait eu envie de recommencer. Ce jour-là, nous avons renoncé à la liberté, et avec le sourire en plus. Ce jour-là, on a compris ce qu'était la vraie liberté : celle de désigner quelqu'un du doigt et de dire : « Il m'a ordonné de le faire. C'est de sa faute, pas la mienne ! » Que Dieu nous vienne en aide… La liberté de dire : « Je n'ai fait qu'obéir aux ordres. »

BRIDGETOWN, LA BARBADE, FÉDÉRATION DES INDES DE L'OUEST

[Le *Trevor's Tavern* est l'exemple parfait du bar louche des Indes de l'Ouest. De l'ouest du *pecos*, pour tout dire, ou plus précisément, de la « zone économique spéciale » propre à chaque île de l'archipel. Pas vraiment le genre d'endroit auquel on pense quand on évoque la tranquillité et le calme des Caraïbes d'après-guerre. Ce n'est pas le but. Séparées du reste des îles par des clôtures barbelées et entièrement dédiées à une certaine culture de la débauche et de la violence, les zones économiques spéciales sont justement conçues pour soulager les visiteurs de leur argent. Je suis mal à l'aise, à la grande satisfaction de T. Sean Collins. L'immense Texan fait glisser un verre de « Kill Devil » dans ma direction, puis pose ses deux énormes bottes sur la table.]

Ils n'ont toujours pas trouvé de nom pour le genre de boulot que je faisais. Rien d'officiel, en tout cas. « Prestataire indépendant », ça fait penser aux types qui repeignent les murs ou qui abattent des cloisons. « Sécurité privée », c'est bon pour les abrutis qui jouent les vigiles dans les centres commerciaux. « Mercenaire », oui, c'est ce qu'il y a de plus proche, je suppose, mais en même temps ça n'a rien à voir. « Mercenaire », ça fait penser à tous ces tarés, là, les anciens du Vietnam, tout fripés, avec des uniformes à la con, toujours en train de ramper dans la boue au fin fond d'une jungle quelconque, tout ça parce qu'ils n'arrivent pas à s'adapter à la réalité. Rien à voir avec moi, ça non. Ouais, je suis un vétéran, OK. Et cette expérience m'a aidé à gagner du fric, d'accord…

Le truc marrant avec l'armée, c'est qu'ils promettent de vous apprendre toutes sortes de « compétences utiles », mais qu'ils ne vous disent jamais que la seule susceptible de vous faire gagner du blé, c'est de savoir descendre des gens tout en restant en vie.

OK, j'étais peut-être un mercenaire, mais vous n'en auriez jamais rien su si je ne vous l'avais pas dit. J'étais propre sur moi, j'avais une chouette maison, et même une femme de ménage qui venait une fois par semaine. J'avais plein d'amis, des perspectives de mariage et mon handicap au Country Club était presque aussi bon que celui d'un pro. Je travaillais pour une entreprise normale avant la guerre. Rien ne se faisait sous le manteau, pas d'enveloppes de cash, pas d'entourloupes. J'avais des jours de congé, la Sécurité sociale, et même une mutuelle pour les soins dentaires et l'hôpital. Je payais mes impôts, trop, d'ailleurs. Je payais ma caisse de retraite. J'aurais pu bosser à l'étranger. Dieu sait qu'on ne manquait pas de demandes, mais après avoir entendu mes copains me raconter leur dernier « microconflit », j'ai lâché l'affaire. Autant jouer au garde du corps pour un P-DG bien gras ou une quelconque célébrité de merde. Voilà où j'en étais au moment de la Grande Panique.

Ça ne vous dérange pas, si j'évite de donner les noms ? OK. Certains sont toujours en vie ou gèrent des sociétés encore actives et… croyez-le ou non, ils me menacent encore d'aller en justice. Après tout ce bordel… Bon, OK, je ne cite aucun nom ni aucun endroit, mais imaginez une île… Une île assez grande, une île *longue* pas très loin de Manhattan. Ils ne peuvent pas m'attaquer pour ça, pas vrai ?

Je ne savais même pas ce que faisait mon client. Un truc dans le divertissement, ou bien la haute finance. Vous voyez le genre. Si ça se trouve, il siégeait au conseil d'administration de ma propre société, comme gros actionnaire. Mais peu importe, il avait du fric, et il vivait dans une baraque incroyable sur la plage.

Mon client aimait bien fréquenter les gens connus. Son idée, c'était d'assurer la sécurité de ceux qui contribuaient à l'amélioration de son image pendant et après la guerre, un genre de Moïse pour célébrités flippées, quoi. Et vous savez quoi ? Ils sont tous venus. Les acteurs, les chanteurs, les rappeurs, les sportifs professionnels, et puis tous les autres, ceux qu'on voit dans les talk-shows et les reality-shows, il y avait même la pétasse, là, vous savez, la petite pute pourrie gâtée, célèbre pour son rôle de petite pute pourrie gâtée.

Il y avait aussi ce nabab avec ses grosses boucles d'oreilles en diamants. Il avait un AK rutilant, avec lanceur de grenades intégré. Il adorait répéter que c'était la réplique exacte de celui qu'on voyait dans *Scarface*. Je n'avais pas le cœur de lui dire que le señor Montana se servait d'un M16 A-1.

Il y avait aussi cet humoriste, là, vous savez ? Celui qui avait son émission. Il n'arrêtait pas d'éternuer entre les deux airbags de sa strip-teaseuse thaïe tout en crachant des conneries comme quoi tout ça, c'était simplement une histoire de vivants contre les morts, et que ça secouerait la société à tous les niveaux. Social, économique, politique et même environnemental. Il pensait aussi qu'inconsciemment, on connaissait tous la vérité pendant le « Grand Mensonge », ça expliquait pourquoi on avait déraillé à ce point quand l'affaire avait enfin fait la une des médias. Ça se tenait, tout ça, jusqu'à ce qu'il se mette à déblatérer sur le sirop de fructose et la féminisation de l'Amérique.

Ça a l'air dingue, je sais, mais on s'attendait à trouver tous ces types ici. Moi, en tout cas, je m'y attendais. Ce qui m'a surpris, par contre, c'était leur « personnel ». Tous autant qu'ils étaient, il leur fallait je ne sais combien de stylistes, d'attachés de presse et d'assistants. Certains, je crois, étaient plutôt cool, ils bossaient pour le fric, ou parce qu'ils s'imaginaient en sécurité ici. Des jeunes qui essayaient de s'en sortir. Je ne peux pas les en blâmer. Mais les autres, par contre... De vrais connards imbus de leur propre merde. Mal élevés, autoritaires, toujours à donner des ordres à tout le monde. Je me souviens de ce type, par exemple, il avait une casquette de base-ball avec « Au boulot ! » écrit dessus. Si je ne m'abuse, c'était le premier assistant du gros porc de l'émission découvreuse de stars. Ce mec traînait toujours au moins quinze personnes derrière lui. Dès le départ, j'ai su qu'on ne pourrait pas tous leur assurer une protection efficace, mais j'ai réalisé que mon boss avait déjà tout planifié.

Il avait transformé sa baraque en fantasme survivaliste, avec assez de nourriture lyophilisée pour nourrir une armée pendant des années et un désalinisateur qui puisait l'eau directement dans l'océan. Il y avait des éoliennes, des panneaux solaires et des générateurs de secours avec des réservoirs géants enterrés sous la cour intérieure. Et assez de systèmes de sécurité pour tenir les zombies éloignés à jamais : hauts murs d'enceinte, détecteurs de mouvement, armes, oh oui, des armes. Ouais, pas de doute, le patron avait bien fait ses devoirs, mais sa plus grande fierté, c'était le câblage réseau qui webcastait chaque pièce de la maison vingt-quatre heures sur vingt-quatre et sept jours sur sept. C'était ça, la vraie raison de la présence de ses « chers amis ». Il ne comptait pas seulement passer l'hiver à l'abri, il voulait que *tout le monde* le sache. Sous l'angle « célébrité ». Voilà pour la meilleure méthode d'exposition.

Et il n'y avait pas que des webcams dans toute la maison, vous aviez aussi tous les journalistes, tous ceux qu'on trouve habituellement sur le tapis rouge des Oscars. Honnêtement, je n'avais jamais réalisé à quel point le journalisme people brassait de monde. J'en ai croisé plusieurs dizaines, de tous les magazines et de tous les shows télévisés. « Comment vous sentez-vous ? » Putain, combien de fois j'ai entendu ça ? « À votre avis, que va-t-il se passer maintenant ? » J'en ai même entendu un demander : « Vous comptez porter quoi ? » Je vous jure.

Mais pour moi, le moment le plus surréaliste, c'était dans la cuisine, avec quelques membres du staff et les autres gardes du corps. On regardait aux infos… devinez quoi, nous ! Les caméras filmaient l'autre pièce et montraient nos « stars » allongées sur des matelas en train de regarder un autre journal télévisé. Les images arrivaient tout droit de l'Upper East Side. Les morts-vivants venaient d'envahir la 3e Avenue et les gens se battaient au corps à corps, à mains nues, avec des marteaux, des barres à mine ; le gérant d'un magasin de sport refilait des battes de base-ball à tout le monde en gueulant : « La tête ! Visez la tête ! » Il y avait un mec en rollers avec une crosse de hockey sur laquelle il avait fixé un hachoir de boucher. Il devait bien rouler à cinquante kilomètres-heure, et à cette vitesse, il aurait facilement pu se faire un ou deux cous.

La caméra n'a rien loupé. Le bras pourri qui jaillit de la bouche d'égout juste devant lui, le pauvre type qui fait un vol plané et se mange le bitume en pleine face, avant d'être entraîné en hurlant par sa queue-de-cheval dans la bouche d'égout béante. À ce moment précis, la caméra installée dans la pièce a fait un demi-tour pour filmer les réactions des célébrités horrifiées. Plusieurs étaient sincèrement stupéfaites, d'autres jouaient la comédie. Je dois le reconnaître, j'avais moins de respect pour ceux qui versaient des larmes de crocodile que pour la pute pourrie gâtée qui avait traité le mec de « crétin ». Au moins, elle était honnête. Je me tenais à côté d'un type, Sergei, un putain de géant avec un visage tout triste. Ses histoires à propos de son enfance en Russie m'avaient convaincu que les pires trous du tiers-monde ne se trouvent pas forcément sous les tropiques. Quand la caméra a capté les réactions de nos *« beautiful people »*, il a grommelé un truc en russe. Le seul mot que j'ai capté, c'était *« romanovs »*, et j'allais lui demander ce que ça voulait dire quand l'alarme s'est mise à gueuler.

Quelque chose avait déclenché les capteurs de pression positionnés plusieurs kilomètres autour de l'enceinte. Ces petits machins étaient suffisamment sensibles pour détecter un seul zombie, et voilà qu'ils n'arrêtaient plus de sonner. La radio crachait : « Contact, contact, coin sud-ouest… Putain de merde, y en a des centaines ! » Cette foutue maison était vraiment énorme ; il m'a fallu plusieurs minutes avant d'atteindre ma position de tir. Au début, je n'ai pas compris pourquoi le garde était si nerveux. Des centaines de zombies ? Et après ? Jamais ils ne pourraient escalader les murs. Puis je l'ai entendu crier : « Nom de Dieu, ils sont rapides, ces enculés ! » Des zombies rapides ? Ça m'a retourné l'estomac. S'ils pouvaient courir, ils pouvaient grimper. S'ils pouvaient grimper, sans doute qu'ils pouvaient réfléchir... Je flippais grave. Je me souviens que tous les copains de notre boss sprintaient vers l'armurerie et tournaient en rond comme les figurants d'un vieux film d'action des années 80. J'ai fini par rejoindre la fenêtre de la chambre d'amis du troisième étage.

J'ai ôté la sécurité de mon arme et je me suis mis en position. J'avais une lunette de dernière génération, amplification de lumière et imagerie thermique. Pas besoin du thermique, en tout cas, notre ami Zack n'irradie aucune chaleur. Quand j'ai vu plusieurs centaines de silhouettes bien vertes courir vers nous, ma gorge s'est serrée. Ce n'étaient *pas* des morts-vivants.

« C'est là ! » je les ai entendus crier. « La maison qu'on a vue à la télé ! » Ils trimballaient des échelles, des armes, des enfants. Deux d'entre eux avaient même leur cartable sur le dos. Et tous s'agglutinaient devant l'entrée, une porte en acier massif censée arrêter plusieurs centaines de goules. L'explosion a fait sauter toutes les charnières et les a envoyées valdinguer dans la maison comme des shurikens géants. « Feu ! gueulait le boss à la radio, descendez-les ! Tuez-les ! Tuez-les-tuez-les-tuez-les-tuez-les ! »

Les « assaillants » – je ne sais pas comment les appeler autrement – se sont rués à l'intérieur. La cour intérieure était pleine de véhicules bien garés, des voitures de sport, des Hummers et même un *monster truck* qui appartenait à une huile de la NFL [1]. Tout a cramé. Tout. Certaines bagnoles ont carrément explosé, les autres ont brûlé sur place, asphyxiant tout le monde avec l'épaisse fumée huileuse des pneus. Tout ce qu'on entendait, c'était des coups de feu, les leurs et ceux de

1. National Football League. *(N.d.T.)*

notre petite équipe. Pas seulement, d'ailleurs. Les rares gros bonnets qui ne s'étaient pas encore chié dessus se sont mis en tête de jouer les héros. Peut-être qu'ils ne pensaient qu'à sauver leur réputation devant leurs mignons, j'en sais rien après tout. Beaucoup d'entre eux ont demandé à leur entourage de les protéger. Certains ont obéi. Ces pauvres types d'à peine vingt ans qui n'avaient jamais tiré un coup de feu de toute leur vie… Ils n'ont pas tenu longtemps. Mais quelques braves *peones* se sont tout de même retournés contre leurs maîtres pour rejoindre les agresseurs. J'ai vu un pédé de coiffeur tout gentil planter un coupe-papier dans la bouche d'une actrice. Ironie de l'histoire, j'ai aussi vu « M. Au Boulot » ramasser une grenade pour sauver son patron juste avant qu'elle ne lui saute à la gueule.

C'était un vrai asile de fous. Exactement l'idée qu'on se fait de l'enfer. La moitié de la maison cramait, il y avait du sang partout, des cadavres – parfois en morceaux – éparpillés sur tous ces trucs coûteux. J'ai croisé le clebs de la petite pute en allant vers la porte de derrière. Il m'a regardé, je l'ai regardé. Si on avait pu se parler, ça aurait ressemblé à ça : « Et ton maître ? » « Et le tien ? » « Qu'ils aillent tous se faire foutre ! » C'était l'attitude la plus répandue parmi les gardes du corps, et c'est d'ailleurs pour ça que je ne me suis pas servi une seule fois de mon arme, cette nuit-là. On nous payait pour protéger les riches des zombies, pas pour dégommer des pauvres gars qui cherchaient juste un endroit sûr où se réfugier. On les entendait distinctement crier dans l'entrée. Pas des trucs genre « Piquez tout ce qui a de la valeur et violez-moi toutes ces putes », non, plutôt « Éteignez le feu, faites monter les femmes et les enfants aux étages » !

J'ai marché sur Mister Humoriste Politique en sortant sur la plage. Lui et sa blonde, cette vieille peau que je prenais pour son ennemie jurée, ils baisaient comme des malades, comme si demain n'existait pas. Et d'ailleurs c'était peut-être vrai, à la réflexion. Sur le sable, je suis tombé sur une planche de surf qui devait coûter plus de fric à elle seule que la maison dans laquelle j'avais grandi. Ensuite, j'ai pagayé doucement vers les lumières, à l'horizon. Il y avait plein de bateaux ce soir-là, les gens se tiraient de chez eux. J'espérais que l'un d'eux me prendrait en stop jusqu'au port de New York. Avec un peu de bol, j'arriverais bien à leur refiler la paire de boucles d'oreilles en diamants pour les dédommager.

[Il termine son verre de rhum et en commande un autre.]

Parfois, je me demande pourquoi ils n'ont tout simplement pas fermé leur gueule, vous saisissez ? Pas seulement mon boss, mais tous ces parasites poudrés. Ils avaient largement les moyens d'être peinards, pourquoi ils ne l'ont pas fait ? Je ne sais pas, moi, aller en Antarctique, au Groenland, ou même rester chez eux, mais putain, loin des regards indiscrets. Mais non. Peut-être qu'ils n'y arrivent tout simplement pas. Comme un interrupteur qu'on ne peut pas tourner. C'est peut-être pour ça qu'ils sont allés dans cette maison… Mais qu'est-ce que j'en sais, après tout, hein ?

[Le barman pose un autre verre de rhum sur la table et T. Sean lui refile une pièce.]

« Plus t'en as, plus t'en veux. »

ICE CITY, GROENLAND

[De la surface, on distingue à peine les cheminées, ces schnorkels massifs sculptés avec soin qui apportent de l'air frais – voire *très frais* – aux trois cents kilomètres de galeries souterraines. Parmi les deux cent cinquante millions de personnes qui ont un jour habité cette merveille de conception urbaine, seules quelques-unes sont restées. Certaines tentent d'y développer une petite, mais prometteuse, industrie touristique. D'autres jouent les conservateurs et vivent de la subvention attribuée par l'UNESCO dans le cadre du nouveau programme du Patrimoine mondial de l'humanité. D'autres encore, comme Ahmed Farahnakian, ex-major de l'armée de l'air iranienne des Gardiens de la révolution islamique, n'ont tout simplement nulle part où aller.]

L'Inde et le Pakistan… Un peu comme la Corée du Sud et la Corée du Nord, ou l'OTAN et les pays de l'ancien Pacte de Varsovie. Si deux États devaient absolument se battre à grands coups d'ogive nucléaire, c'était forcément l'Inde et le Pakistan, pas vrai ? Tout le monde le savait, tout le monde s'y attendait, et pourtant, c'est très exactement ce qui ne s'est *pas* produit. Vous vous rendez compte… Une menace pareille… tellement omniprésente… Tout était en place pour qu'on évite le pire. Depuis des années. Liaison téléphonique directe entre les deux capitales, les ambassadeurs qui s'appelaient par leur prénom... Tous les généraux, les politiciens, ceux qui s'impliquaient d'une manière ou d'une autre dans la gestion des crises potentielles, on les formait justement pour que l'apocalypse n'arrive jamais. Personne n'aurait imaginé que les événements prendraient cette tournure – et certainement pas moi.

L'épidémie ne nous a pas autant affectés que les autres pays. La région est très montagneuse, vous savez. Les transports posaient encore beaucoup de problèmes, à l'époque. Et puis il n'y avait pas beaucoup de monde, de toute façon. Vu la taille du pays, on comprend mieux l'optimisme de nos dirigeants, d'autant qu'il suffisait de quelques unités militaires pour isoler la plupart des villes.

Non, le problème, c'était les réfugiés. Il en venait de l'est par millions. Des millions ! Ils arrivaient par le Baloutchistan et ils ont fichu tous nos plans par terre. De nombreuses zones étaient déjà contaminées, et voilà que des troupeaux entiers de morts-vivants convergeaient vers nos villes. Nos garde-frontières étaient débordés, des casernes entières disparaissaient sous une marée de goules. On ne pouvait tout simplement pas fermer les frontières et espérer maîtriser les épidémies de l'intérieur.

On a demandé aux Pakistanais de contrôler leur flux migratoire. Ils nous ont dit qu'ils faisaient ce qu'ils pouvaient. On savait très bien qu'ils mentaient.

La majorité des réfugiés arrivaient d'Inde. Ils avaient traversé le Pakistan dans l'espoir de trouver un endroit sûr. Le pouvoir à Islamabad était plutôt satisfait de les voir partir. Autant refiler le problème à un autre pays plutôt qu'avoir à tout gérer soi-même, hein ?

Peut-être que si nous avions pu coordonner nos forces, établir un plan commun de défense à un endroit donné… On planchait sur cette idée, je le savais. Les montagnes du sud du Pakistan : le Pab, le Kirthar, la chaîne Brahui centrale. On aurait pu arrêter tout le monde, les réfugiés comme les morts-vivants. Mais le plan a été rejeté. Un des attachés militaires de leur ambassade nous a avertis que tout déplacement de troupes sur leur sol national serait considéré comme une déclaration de guerre. Un paranoïaque. Je ne suis même pas sûr que notre proposition soit remontée jusqu'à leur président. Nos leaders ne lui parlaient jamais directement. Vous comprenez maintenant pourquoi j'évoquais l'Inde et le Pakistan ? Nous n'avions pas ce genre de relations, nous. La machine diplomatique n'était pas encore fonctionnelle. Pour autant qu'on le sache, ce petit colonel de merde a peut-être averti son gouvernement que nous nous préparions à annexer les provinces de l'Ouest !

Mais qu'est-ce qu'on pouvait faire d'autre ? Tous les jours, des centaines de milliers de personnes passaient la frontière, et parmi eux, des milliers de malades ! Il fallait qu'on agisse. Et qu'on agisse vite. Pour nous protéger !

Il y a une route qui sépare nos deux pays. Toute petite, d'après vos standards ; elle n'est même pas entièrement bitumée. Mais ça restait l'artère principale du Sud-Baloutchistan. Il suffisait de la couper en un seul endroit – le pont de la rivière Ketch – pour réduire le trafic d'environ 60 %. J'ai assumé le commandement de la mission aérienne, avec une sérieuse escorte. On n'avait même pas besoin d'intensificateurs de lumière… On voyait les lueurs sur des kilomètres. Un long fil blanc dans les ténèbres. J'arrivais même à distinguer les petits éclairs des armes à feu. La zone était fortement contaminée. J'ai visé les fondations du pont, histoire de compliquer un peu plus sa reconstruction. Les bombes ont suivi une trajectoire impeccable. C'était de l'explosif conventionnel, juste assez pour faire du bon boulot. Et un avion américain – nos très opportunistes alliés, à l'époque –, un avion américain utilisé pour détruire un pont construit avec l'aide économique américaine… Ils ont beaucoup apprécié l'ironie de la situation, à l'état-major. À titre personnel, je m'en fichais totalement. Dès que j'ai senti mon Phantom s'alléger, j'ai mis les gaz et j'ai attendu le rapport visuel de l'officier de veille en priant très fort pour que les Pakistanais ne répliquent pas.

Bien sûr, mes prières n'ont pas été entendues. Trois heures plus tard, leur garnison de Qila Safed a déferlé sur l'un de nos postes frontières. Aujourd'hui, je sais que notre président et notre ayatollah comptaient en rester là. Nous, on avait eu ce qu'on voulait, eux ils avaient leur revanche, tout allait pour le mieux dans le meilleur des mondes. Mais qui allait leur dire ? Et comment ? À Téhéran, leur ambassade avait déjà détruit tous les codes et toutes les radios. Cet enfoiré de colonel avait préféré se coller une balle dans la tête plutôt que de révéler des « secrets d'État ». On n'avait aucune liaison téléphonique, aucun canal diplomatique, rien. On ne savait même pas comment contacter le président pakistanais. Et d'ailleurs, existait-il encore un gouvernement pakistanais ? Il y avait une belle pagaille, la confusion tournait à la colère, et la colère visait nos voisins… Le conflit dégénérait d'heure en heure. Incidents de frontières, frappes aériennes. Tout ça s'est passé si vite… Trois jours de guerre conventionnelle, et pas le moindre objectif clair des deux côtés de la frontière… Juste de la colère… et de la panique.

[Il hausse les épaules.]

On avait créé un monstre, une horreur nucléaire que personne ne pourrait maîtriser… Téhéran, Islamabad, Qom, Lahore, Bandar Abbas, Ormara, Imam Khomeyni, Faisalabad. On ignore le bilan initial, et personne ne sait combien mourront d'irradiation, au final… Les nuages radioactifs se sont étendus sur nos deux pays, sur l'Inde, l'Asie du Sud-Est, le Pacifique, et même l'Amérique.

Personne ne croyait que ça pouvait arriver. Et surtout pas entre ces deux pays. Merde, c'est eux qui nous ont aidés à lancer notre programme nucléaire, depuis le début ! Ils nous ont fourni le matériel, la technologie, ils ont joué les intermédiaires avec la Corée du Nord et la mafia russe… Jamais nous n'aurions rejoint le club des puissances nucléaires sans nos frères musulmans. Personne ne s'attendait à un truc pareil. Mais bon, personne ne s'attendait non plus à ce que les morts se relèvent de leur tombe, n'est-ce pas ? Un seul aurait pu le prévoir, un seul. Mais je ne crois plus en lui.

DENVER, COLORADO, ÉTATS-UNIS

[Mon train a du retard. Le pont à bascule est encore en phase de test. Apparemment, ça ne gêne pas Todd Wainio, qui m'attend tranquillement sur le quai. Nous nous serrons la main juste en dessous de l'énorme fresque murale sur laquelle on peut lire « Victoire », sans doute l'image la plus célèbre de la guerre aux États-Unis. Tirée à l'origine d'une photographie, la fresque montre une escouade de soldats sur la rive ouest de l'Hudson, le regard tourné vers l'aube qui pointe au-dessus de Manhattan. Mon hôte a l'air bien petit et bien frêle à côté de ces icônes démesurées. Comme beaucoup d'hommes de sa génération, Todd Wainio a vieilli avant l'heure. Avec son ventre proéminent, ses cheveux gris clairsemés et les trois cicatrices parallèles qui lui creusent la joue droite, cet ex-fantassin en est encore au début de sa vie. On a du mal à le croire.]

Le ciel était rouge, ce jour-là. La fumée, tous ces trucs qui avaient brûlé pendant l'été, ça donnait à la lumière une coloration orangée. On avait l'impression de regarder le monde à travers le genre de verre que les gosses peignent à la main, à l'école. Voilà la première image que j'ai eue de Yonkers, une banlieue pauvre comme les autres au nord de New York. Personne n'en avait jamais entendu parler, dans la section. Certainement pas moi, en tout cas. Et maintenant, ce bled est aussi célèbre que… Je ne sais pas, moi, Pearl Harbor ? Non, pas Pearl Harbor… Ça, c'était une attaque surprise. Disons plutôt Little Big Horn, là où on savait que… enfin… Bref, les gens au pouvoir, à l'époque, *eux*, au moins, ils savaient ce qui se préparait, ou du moins ils auraient dû. Le truc, c'est que ce n'était pas vraiment une surprise… La guerre, l'état d'urgence, la crise, appelez ça comme vous voulez… Ça avait commencé depuis longtemps. La Grande Panique, ça datait de quand, déjà ? Trois mois ?

Vous vous rappelez comment c'était ? Tous ces mecs qui pétaient les plombs, qui se barricadaient chez eux, qui pillaient les supermarchés et les armureries… Et ceux qui tiraient sur tout ce qui bougeait… Entre les Rambo du dimanche, les accidents, les incendies, et tout ce… tout ce gigantesque bordel qu'on a baptisé « la Grande Panique »… Ça a tué plus de monde que notre ami Zack, du moins au début.

Maintenant, je comprends mieux pourquoi l'état-major a privilégié la solution d'une bataille rangée. Ils voulaient montrer à la population qu'ils avaient la situation bien en main, ils voulaient calmer les gens histoire de pouvoir gérer ensuite le vrai problème tranquillement. Et comme il fallait frapper fort côté propagande, j'ai fini à Yonkers.

Honnêtement, ce n'était pas le pire des endroits pour organiser la bataille. Une partie de la ville s'étendait le long de la petite vallée, et juste en face des collines, là, à l'ouest, il y avait l'Hudson River. La route de Saw Mill River passait exactement au centre de notre ligne défensive, et tous les réfugiés qui circulaient sur la voie rapide attiraient les morts-vivants dans notre direction.

Un vrai goulet d'étranglement naturel, et une vraie bonne idée… La seule bonne idée de la journée.

[Todd s'allume une nouvelle « Q », la cigarette locale baptisée ainsi en raison du quart de tabac qu'elle contient.]

Pourquoi ils ne nous ont pas positionnés sur les toits, hein ? Il y avait un centre commercial, un ou deux garages et quelques grands immeubles avec des bons toits bien plats. Assez de place pour toute une compagnie juste au-dessus de l'A&P. De là, on aurait embrassé toute la vallée sans courir le moindre risque. Il y avait une tour, aussi, de quoi, vingt étages ? Je crois bien, oui… Les baies vitrées de chaque appartement donnaient sur la route. Pourquoi n'avaient-ils pas posté une équipe de tireurs à chaque fenêtre, bordel ?

Vous savez où ils nous ont placés ? Au sol, comme des rats, derrière des sacs de sable. On en a perdu, de l'énergie et du temps, à ériger ces positions de tir si merveilleusement élaborées. « Une bonne couverture et un bon camouflage », qu'ils disaient. Couverture et camouflage ? « Couverture », ça veut dire protection conventionnelle, physique, contre les armes de petits calibres et les tirs aériens. Ça ressemblait à ce que nous préparait l'ennemi, ça ? Zack donnait dans l'attaque aérienne, maintenant ? Et pourquoi on se faisait chier à se camoufler alors qu'on voulait justement qu'ils rappliquent tout droit en nous voyant ? Tous des cons, ces gradés, tous !

En tout cas, je suis sûr que le responsable de tout ce bordel devait être le dernier des planqués de Fulda, vous savez, ces généraux qui attendaient la retraite en organisant des manœuvres pour défendre l'Allemagne de l'Ouest contre les cocos. Un cul serré, oui, sans aucune vision d'ensemble… Probablement tout excité après dès années passées à gérer des microconflits. Ce type venait de Fulda, à coup sûr, parce que tout ce qu'on faisait puait la guerre froide à plein nez. Vous savez quoi ? Ils ont même essayé de creuser des tranchées pour les tanks ! Les ingés militaires ont fait intégralement sauter le parking de l'A&P pour ça. N'importe quoi.

Vous aviez des tanks ?

Vous nous prenez pour qui ? On avait tout, mec. Des tanks, des Humvees, et tous les calibres possibles et imaginables, du 50 au mortier lourd Vasilek. Ça, au moins, ça *aurait pu* servir. On avait des missiles Stinger sol-air Avenger montés sur des Humvees, et même un pont mobile AVLB, super-pratique pour enjamber le filet d'eau de cinq centimètres qui coulait sur la route… Et puis on avait aussi tout un tas de véhicules XM5 conçus pour la guerre électronique, bardés de radars et de systèmes de brouillage radio, et puis… et… et puis… Et ouais, on avait même des latrines géantes portables, plantées là, au milieu de nulle part. *Pourquoi ?* Alors que l'eau courante fonctionnait parfaitement et qu'il y avait des chiottes en état de marche dans chaque appartement du quartier ? La vache, on en avait vraiment besoin, pas vrai ? Toutes ces merdes qui bloquaient la circulation pour faire joli. En fait, je crois que c'est exactement ce qu'ils voulaient. Faire joli.

Une opération médiatique.

Putain, ouais. Il y avait au moins deux journalistes par soldat [1]. À pied, en camionnette, et je ne sais même pas combien il y avait de motos de presse… Avec tous ces véhicules, je ne sais pas, moi, ils auraient au moins pu en réquisitionner quelques-uns pour sauver un maximum de gens à Manhattan… Mais non, c'était juste une putain d'opération médiatique, histoire d'exhiber notre magnifique puissance de feu… Et notre bronzage, aussi… Certains rentraient tout juste du désert, on n'avait encore rien repeint. Tout ça c'était de la comédie, pas seulement le matériel, hein, nous aussi. On avait eu droit au MOPP4, mon pote, *Misson oriented protective posture*, version 4, de gros uniformes renforcés avec des masques censés nous protéger contre n'importe quelle attaque NBC.

Vos supérieurs craignaient que le virus se transmette par la voie des airs ?

Alors pourquoi ne pas avoir filé de masques aux journaleux, si c'était le cas ? Et pourquoi ils n'en portaient pas, nos « supérieurs » ? Et ceux qui tenaient la deuxième ligne ? Eux, ils étaient peinards, en tenue standard, pendant que nous, on crevait de chaud sous plusieurs couches de caoutchouc et de filtres à charbon actif. Sans parler de l'armure. C'est qui, le petit génie qui a eu l'idée de l'armure ? Et pour quoi faire ? Parce que la presse se plaignait qu'on ne les avait pas assez utilisées pendant la dernière guerre ? Mais bordel de merde, à quoi ça sert, un casque, quand on se bat contre un mort-vivant ? C'est plutôt eux qui ont besoin de

1. Même s'il s'agit évidemment d'une exagération, les rapports officiels stipulent que la bataille de Yonkers affichait le ratio militaire-journaliste le plus élevé de l'histoire.

casques, pas nous ! Et puis il y avait aussi le câblage réseau Land Warrior… Le système intégré à chaque uniforme. Un truc électronique qui nous relie les uns aux autres, et à nos supérieurs. *Via* le viseur tête-haute, on peut uploader des cartes, des données GPS, des images satellites en temps réel. On voit sa position exacte sur le champ de bataille, celle des gentils, celle des méchants… On peut même voir les images de la microcaméra montée sur le canon de notre flingue, ou celles de n'importe quel autre… On voit dans les coins, derrière les murs, partout. Le Land Warrior, ça permet à chaque soldat d'avoir quasiment les mêmes infos que le centre opérationnel. Et eux, ils commandent toute l'unité comme un seul soldat. « Netrocentrique », c'est ce que les officiers n'ont pas arrêté de raconter devant les caméras. « Netrocentrique » et « hyperguerre », des mots très cool, quoi, mais qui signifient que dalle quand on se casse le cul à essayer de creuser un trou avec l'équipement MOPP, l'armure de combat, le Land Warrior et l'équipement standard en plus, et tout ça le jour le plus chaud de l'année, évidemment. J'avais du bol de tenir encore debout quand Zack a montré le bout de son nez.

Au début, il n'y en avait pas beaucoup, à peine quelques-uns. Ils titubaient entre les carcasses de voitures abandonnées sur la voie rapide. Au moins, les réfugiés avaient été évacués. OK, ça aussi, ils l'ont fait correctement. Choisir le bon goulet d'encombrement et évacuer les civils, super-boulot, rien à dire. Le reste, par contre…

Zack a fini par dépasser la première ligne de tir, celle qu'on avait désignée en priorité pour les MLRS. Je n'ai même pas entendu partir les roquettes, tellement ma cagoule étouffait les bruits, mais je les ai clairement vues filer droit vers leurs cibles. J'ai pu admirer leur descente et la séparation de la coque qui laisse la place à des myriades de petites bombes aux ailerons en plastique. À peine la taille d'une simple grenade à main, un explosif antipersonnel avec des capacités perforantes assez limitées sur les blindages. Elles se sont éparpillées sur les G [1] et ont explosé en touchant la route ou les épaves de voitures. Les réservoirs encore à moitié pleins ont sauté comme des petits volcans, crachant de véritables geysers de flammes et de débris. Ça a renforcé l'effet « pluie d'acier ». Honnêtement, c'était trop la fête, tout le monde hurlait de joie dans les micros et moi avec pendant que les goules cramaient. Il devait y en avoir, je ne sais pas… Quelque chose comme une trentaine, peut-être quarante, cinquante zombies, sur huit cents mètres de voie rapide. Le bombardement en a bousillé au moins les trois quarts.

Seulement les trois quarts.

[Todd termine sa cigarette en une seule longue bouffée rageuse, puis s'en rallume immédiatement une autre.]

Ouais, et c'est peut-être ça qui aurait dû commencer à nous inquiéter. « La pluie d'acier » les a tous touchés, le shrapnel les a mis en pièces. Putain, il y avait des morceaux partout sur la route, ils perdaient littéralement leurs membres en avançant vers nous… Mais les tirs à la tête… C'était le cerveau qu'il fallait bousiller, pas le corps. Et tant que leur matière grise fonctionnait encore et qu'il leur restait un peu de mobilité… certains continuaient à marcher. Et ceux qui ne pouvaient plus, ils rampaient. Ouais, tu m'étonnes qu'on aurait

1. Pour « goules ». *(N.d.T.)*

dû se poser des questions, mais voilà, pas de bol, on n'avait pas le temps.

De quelques zombies, on était passé à toute une flopée. Beaucoup plus nombreux. Par douzaines, maintenant, et collés les uns aux autres entre les bagnoles qui brûlaient. Le truc marrant, avec Zack… c'est qu'on s'attend toujours à ce qu'il porte son plus beau costume. C'est comme ça que les médias les décrivent, tous sapés comme des princes. Des G en costard-cravate ou en robe, genre soirée caritative, mais morts. Tu parles. Ils ne ressemblaient pas du tout à ça. La majorité des infectés, je veux dire les premiers, ceux qui ont fait partie de la première vague, ils sont morts à l'hosto ou chez eux, dans leur lit. La plupart d'entre eux avaient seulement une blouse d'hôpital, un pyjama ou une chemise de nuit, ou… carrément à poil, même. On voyait très bien leurs plaies toutes séchées, les cicatrices des escarres, toutes ces marques, là, ça nous faisait frissonner, même engoncés comme on l'était dans nos armures surchauffées.

La seconde « pluie d'acier » n'a pas eu la moitié des effets de la précédente. Les réservoirs avaient déjà tous sauté et maintenant, les G s'agglutinaient les uns aux autres, ce qui limitait les éventuelles blessures à la tête… Je n'avais pas peur, pas encore. OK, je n'avais vraiment plus de jus, mais j'étais sûr que ça reviendrait à la seconde même où Zack poserait le pied sur la deuxième limite de tir.

Une fois de plus, je n'ai rien entendu quand ils ont tiré les Paladins, mais les obus, putain, oui, je les ai entendus quand ils sont tombés. C'était des HE 155 standard, tête explosive avec chambre à fragmentation. Et ils ont causé encore moins de dommages que les roquettes !

Pourquoi ?

Pas d'effet ballon. Quand une bombe explose à côté de vous, ça fait bouillir tous les fluides internes et ça vous fait littéralement gonfler, comme un ballon. Mais ça ne marche pas comme ça avec Zack, sans doute parce qu'il n'a plus de fluides du tout, c'est presque du gel, en fait. J'en sais rien, mais en tout cas, ça sert à que dalle. Même chose pour le SNT.

Le SNT ?

Sudden nerve trauma, traumatisme nerveux instantané, je crois. Un autre effet des explosions rapprochées. Parfois, le traumatisme est si fort que tous les organes, le cœur, le cerveau, tout ça se déconnecte d'un coup comme si Dieu décidait personnellement de vous niquer en appuyant sur l'interrupteur. Une histoire d'impulsions électriques, vous voyez le genre, mais j'en sais rien, moi, je ne suis pas docteur, merde.

Et pas de SNT, donc ?

Non, pas une seule fois ! Je veux dire… Attention, hein, je ne dis pas que Zack a traversé l'orage tranquille, sans s'inquiéter. J'ai vu des G se faire littéralement désintégrer, j'en ai vu sauter en l'air et retomber en morceaux ; j'ai vu des têtes, des têtes *vivantes* avec les yeux grands ouverts et la mâchoire béante filer comme des feux d'artifice… On les dézinguait, ça c'est sûr, mais pas assez vite !

Le flot des zombies ne s'est pas ralenti, bien au contraire, un vrai fleuve, un torrent de cadavres qui boitaient, qui gémissaient, qui se piétinaient les uns les autres en avançant vers nous au ralenti comme une grosse vague bien compacte.

La seconde zone de tir, c'était l'affaire des armes lourdes et des blindés. Les canons de 120 des tanks, les mitrailleuses des Bradleys et les missiles FOTT. Les Humvees sont passés à l'action, eux aussi, avec leurs mortiers, leurs missiles et les Mark-19, un genre de fusil-mitrailleur, mais qui tire des grenades. Les hélicoptères Comanche nous sont passés à quelques mètres au-dessus de la tête, avec leurs mitrailleuses et leurs roquettes Hydra.

C'était un vrai cauchemar de végétarien, un abattoir géant. Une espèce de nuage de chair s'éparpillait au-dessus de la horde.

Rien ne peut survivre à ça, je me rappelle avoir pensé, et pendant un bon moment, ça a été le cas… Jusqu'au moment où les tirs ont cessé.

Cessé ?

Ils ont crachoté encore un peu, puis plus rien…

[Il garde le silence quelques instants, puis revient à lui. Son regard se durcit.]

Personne n'y avait pensé. Personne ! Et ne venez pas me raconter de conneries sur les coupes budgétaires et les problèmes d'approvisionnement. Le seul truc dont on manquait, c'était d'intelligence, putain de merde. Pas un seul de tous ces connards de West Point et des écoles de guerre, pas un parmi ces enfoirés médaillés jusqu'au cul ne s'est dit : « Hé, t'as vu, on a plein d'armes super, vous avez tout prévu, question munitions, au fait ? » Personne n'a réfléchi à la quantité d'obus dont l'artillerie allait avoir besoin pour maintenir un feu nourri, combien de roquettes, de missiles pour les MLRS, de canisters… Les tanks se servent de ces trucs, là, qu'on appelle canisters… Une sorte d'obus géant. Ils crachent des petites boules de tungstène… Pas fin, vous saisissez, du genre à gâcher une centaine de balles par zombie, mais merde, mec, ça au moins ça marchait ! Et chaque Abraham n'en avait que trois ! Trois ! Trois sur quarante en tout ! Le reste, c'était de l'obus standard, du HEAT ou du SABOT. Vous savez ce que ça fait à des zombies, une « Silver Bullet », ces fléchettes antiblindage à la pointe en uranium enrichi ? Rien, mon pote ! Que dalle ! Vous savez ce que ça fait quand on voit un énorme tank de soixante tonnes tirer dans le tas sans le moindre résultat ? Trois canisters, trois ! Et les fléchettes ? Ça c'était l'arme dont on entendait le plus parler à l'époque. Des petits dards en acier massif qui transformaient n'importe quel canon en désintégrateur. Tout le monde en parlait comme si c'était une invention récente, mais on s'en servait depuis la guerre de Corée. On les utilisait avec les roquettes Hydra et les Mark-19. Imaginez un peu, un seul 19 qui crache trois cent cinquante balles minute, et chaque balle qui renferme, quoi, une centaine [1] de fléchettes ? Peut-être que ça, ça nous aurait sauvé la mise… Mais non… Putain de merde !

Les tirs cessaient, Zack continuait à avancer… Et la peur… Tout le monde l'a sentie venir, dans les ordres des chefs de section, dans les mouvements des autres, à côté… Vous savez, cette petite voix dans un coin de la tête qui n'arrête pas de murmurer « Oh merde, oh merde, oh meeeeeerde ».

---

1. Le calibre standard d'avant-guerre – 40 millimètres – contenait 115 fléchettes.

Nous, on était la dernière ligne de défense, ceux qui devaient finir le boulot. On était censé dégommer les rares G qui échapperaient aux coups de massue. Honnêtement, seuls quelques-uns parmi nous pensaient avoir l'occasion de se servir de leurs armes. Un sur trois, maxi. Et un sur dix à espérer en dégommer personnellement un.

Il en restait des milliers. Ils avaient envahi toute la route et se répandaient dans les rues, autour des maisons, à l'intérieur, partout… Il y en avait tellement… Ils gémissaient si fort qu'on les entendait à travers nos cagoules.

On a tous ôté nos sécurités, pointé les cibles… Et puis l'ordre d'ouvrir le feu est tombé…

Moi, je tirais avec une SAW [1], une mitrailleuse légère qu'on est censé utiliser calmement, avec des tirs brefs, juste le temps de gueuler comme un malade « Crève, enfoiré, crève ». Mes premières balles étaient trop basses. J'en ai chopé un en pleine poitrine. Il a fait un bond en arrière et s'est écrasé sur l'asphalte comme un pantin… mais il s'est relevé comme si de rien n'était… Et merde, mec, quand ils se relevaient…

[Sa cigarette s'est consumée entre ses doigts. Il la jette par terre et l'écrase sans rien remarquer.]

J'ai fait de mon mieux pour contrôler mes tirs. Et mes sphincters, aussi. « Vise la tête, vise la tête », je n'arrêtais pas de me répéter ça. « Calme-toi, vise la tête », et pendant ce temps-là, ma SAW déblatérait du « Crève, enfoiré, crève ».

---

1. *Squad automatic weapon*, mitrailleuse légère. (*Saw* pour « scier », en anglais. *N.d.T.*)

On aurait pu les arrêter. On aurait dû, même. Un mec, un fusil, on n'a besoin de rien d'autre, pas vrai ? Des soldats professionnels, bien entraînés… Comment ils auraient pu s'en tirer, les zombies, hein ? Eh bien ils se le demandent encore, les professeurs, les analystes, les Patton en culottes courtes, tous ces types, merde, ils n'étaient pas là, eux, ce jour-là. Qu'est-ce que vous croyez ? Que c'est simple ? C'est simple d'avoir été entraîné toute sa carrière militaire à viser le centre du corps pour changer du tout au tout et viser la tête, comme ça, d'un coup ? Vous croyez que c'est facile de recharger son arme ou de la débloquer quand elle s'enraye, avec cet uniforme trop serré et cette putain de cagoule qui vous empêche de respirer ? Vous croyez qu'après avoir vu toutes les merveilles de la technologie militaire moderne servir à que dalle, après avoir assisté à trois mois de Grande Panique et avoir vu tout ce que vous considériez comme normal se faire bouffer sur place par un ennemi qui n'était même pas censé *exister*, c'est facile de garder la tête froide et d'appuyer tranquillement sur la détente sans s'affoler ?

[Il claque des doigts devant moi.]

Eh bien c'est pourtant ce qu'on a fait ! On a quand même *fait* notre boulot et on lui a fait payer chaque centimètre, à cette ordure de Zack ! Peut-être que si on avait eu davantage d'hommes, plus de munitions, peut-être que si on nous avait laissés nous concentrer sur le boulot…

[Il serre les poings.]

Land Warrior, high-tech, hyperguerre, netrocentrique, mes couilles, le Land Warrior. Déjà que le spectacle n'était pas beau à voir, mais avec en plus toutes ces images qui nous montraient tous ces zombies… En face de nous, il y en avait plusieurs milliers, mais derrière… Derrière… Des millions ! Faut dire qu'on s'attaquait à un gros morceau, hein, l'épidémie de New York ! Ça, c'était seulement la tête d'un long serpent mort-vivant dont la queue gigotait à Time Square ! Et ça, sans déconner, on n'avait vraiment pas besoin de le savoir. En tout cas *moi*, je n'avais pas besoin de le savoir ! Et la petite voix apeurée qui criait dans un coin de ma tête, ben elle faisait de plus en plus de bruit. « Oh merde ! OH MERDE ! » Et soudain, cette voix n'était plus dans ma tête. Elle couinait dans mon oreillette. Chaque fois qu'un de ces connards oubliait de se contrôler, le Land Warrior le faisait gentiment savoir à tout le monde. « Ils sont trop nombreux ! » « Bordel, faut qu'on décroche ! » Un type d'une autre section, je ne me souviens plus de son nom, a commencé à pleurnicher : « Je lui ai collé une balle en plein front et il n'est pas mort ! Ils meurent pas quand on leur tire dans la tête ! » Je suis sûr qu'il avait juste loupé le cerveau. Ça arrive, parfois, la balle reste coincée dans l'os ou ne fait que l'effleurer… Peut-être qu'il l'aurait pigé tout seul s'il avait gardé son calme et réfléchi deux secondes. Mais la panique, c'est plus contagieux que les germes des G. Et la magnifique technologie des Land Warriors transportait ces germes par la voie des airs. « Quoi ? Ils meurent pas ? » « Qui a dit ça ? » « Tu lui as tiré en pleine tête ? » « Nom de Dieu ! Ils sont indestructibles ! » On entendait ce genre de trucs sur tout le réseau, ça encombrait nos merveilleuses autoroutes de l'information.

« Vos gueules, tout le monde ! » a crié quelqu'un. « Libérez la ligne ! Tout le monde dégage du réseau ! » Une autre voix, plus vieille, ça s'entendait, mais tout d'un coup, des hurlements l'ont couverte et mon viseur s'est rempli d'une image tremblotante qui montrait du sang jaillir d'une bouche aux dents brisées. Mon viseur et celui de tous les autres. Le film venait de la caméra d'un gars posté dans le jardin d'une des maisons, derrière nous. Les propriétaires avaient dû laisser quelques membres de leur famille derrière eux avant de prendre le large. Peut-être que les vibrations des explosions avaient affaibli la porte, je ne sais pas, mais ils sont sortis comme des rats et ils se sont jetés sur ce pauvre type. La caméra a filmé toute la scène avec un angle idéal. Ils étaient cinq, un homme, une femme, trois gamins. Ils l'avaient épinglé sur le dos, l'homme était sur sa poitrine, les gamins sur les bras, tous à essayer de le mordre à travers la combinaison. La femme lui a arraché son masque, on a tous vu la terreur dans ses yeux. Je n'oublierai jamais le hurlement qu'il a poussé quand elle lui a arraché la lèvre inférieure d'un coup de dents. « Ils sont derrière nous ! » a gueulé quelqu'un. « Il y en a partout dans les maisons ! » « On est baisé ! » « Ils sont partout ! » Soudain, l'image est devenue noire, coupée de l'extérieur, et la voix, la voix plus vieille est revenue… « Libérez le réseau ! » a ordonné l'officier en faisant un bel effort pour ne pas qu'on l'entende chevroter. Puis le réseau a été coupé.

Ça a dû prendre plus de temps que ça, forcément, même s'ils nous surveillaient tous plus ou moins, mais on a eu l'impression que juste après le black-out des communications, le ciel s'est rempli de JSF[1]. Je ne les ai même pas vu larguer leurs bombes. J'étais au fond de mon trou à insulter l'armée, Dieu et la terre entière parce que je n'arrivais pas à creuser plus vite. Le sol a

1. *Joint strike fighter*. Chasseur bombardier.

tremblé, le ciel est devenu sombre. Il y avait des débris partout, de la terre, des cendres et des trucs brûlants qui volaient en tous sens. J'ai senti quelque chose s'écraser entre mes deux omoplates, un truc souple et mou. Je me suis retourné comme un dingue, c'était une tête encore attachée à son torse, toute noircie et encore fumante. Et elle essayait de me mordre ! Je lui ai balancé un coup de pied et je me suis tiré vite fait de mon trou quelques secondes avant que la dernière bombe ne s'écrase au sol.

Je me suis retrouvé en plein milieu d'un nuage de fumée noire, pile là où il y avait encore des milliers de zombies quelques instants auparavant. Je me rappelle vaguement avoir vu d'autres types sortir de leur trou, des trappes s'ouvrir sur les tanks et les Bradleys, et tous ces mecs avec des yeux effarés dans les ténèbres. Un silence ! Une paix, un calme ! Dans ma tête, ça a duré des heures.

Et puis ils sont arrivés, ils sont sortis de la fumée comme un foutu cauchemar de môme… Certains fumaient, d'autres brûlaient encore… Quelques-uns marchaient, rampaient… Rampaient sur leur ventre arraché… Il en restait à peu près un sur vingt encore capable de bouger, ce qui faisait… Merde ! Encore quelques milliers ! Et derrière eux, implacables, tenaces, réguliers, les millions que la frappe aérienne n'avait même pas touchés !

C'est là que la ligne s'est rompue. Je ne m'en souviens pas exactement. J'ai des flashes. Des gens qui courent. Des troufions, des journaleux. Un journaliste avec une énorme moustache a essayé de sortir un Beretta de sous sa veste et trois G tout chauds lui sont tombés dessus… J'ai vu un mec forcer la portière d'une des camionnettes de la télé, s'installer au volant, foutre dehors une belle blonde et tenter de prendre la fuite avant qu'un tank ne les écrase tous les deux. Deux motos se sont rentrées dedans. Leurs débris ont fait une super-« pluie d'acier ». Très réussie, bravo. Un pilote de Comanche… Courageux de sa part, pauvre type… Il a tourné son rotor vers les Z qui s'approchaient. La pale a emporté un morceau de bitume avant de se planter dans une bagnole et l'hélico s'est fracassé contre l'immeuble A&P. Des coups de feu… Partout des coups de feu. J'ai pris une balle en plein sternum. La plaque Kevlar de ma combinaison l'a encaissée. J'ai cru que je venais de me manger un mur. Je n'ai pas reculé d'un centimètre, mais je me suis retrouvé le cul par terre, le souffle coupé, et là, un sombre crétin a allumé une fusée de détresse juste devant moi.

Le monde est devenu tout blanc, j'avais les oreilles qui bourdonnaient. Je me suis figé… Des mains s'agrippaient à moi, me saisissaient aux bras. J'ai frappé au hasard, je me suis débattu, j'ai senti mes couilles se recouvrir d'un liquide chaud. J'ai hurlé, mais je n'entendais même plus ma propre voix. Encore d'autres mains. Plus fortes, cette fois. Quelqu'un essayait de me soulever. Et je hurlais, et je me débattais, et j'insultais la terre entière, je pleurais… Un poing s'est écrasé sur ma mâchoire. Ça ne m'a pas mis K-O, mais ça m'a calmé tout net. Ces types étaient du bon côté. Zack ne donne pas de coups de poing. Ils m'ont traîné jusqu'au Bradley le plus proche. Ma vision s'est éclaircie juste assez pour voir le rai de lumière avant qu'ils referment la trappe.

[Il sort une autre Q, puis la remet en place.]

Je sais très bien que les historiens « professionnels » parlent de Yonkers comme d'un « échec catastrophique de l'appareil militaire moderne », et que tout ça prouve à quel point le vieil adage est vrai : l'armée maîtrise l'art de la guerre… juste à temps pour la suivante. Pour moi, tout ça, c'est de la merde. Bien sûr qu'on n'était pas assez préparé. Le matos, l'entraînement, tout ce dont je vous ai parlé, du top niveau, cinq étoiles, de la merde plaquée or, ouais. Vous savez ce qui nous a vraiment laminés ? C'est vieux comme… comme la guerre, je suppose. C'est la peur, mon pote. Rien que la peur. Pas besoin de se la jouer Sun Tse pour savoir que la guerre, ça ne consiste pas à tuer ou à blesser le mec d'en face. Ce qu'il faut, c'est lui foutre les jetons. Il faut lui casser le moral, à l'ennemi, c'est ce que font toutes les armées du monde si elles veulent gagner la partie, des tatouages tribaux au *Blitzkrieg* en passant par le… Comment ils ont appelé le premier round de la deuxième guerre du Golfe, déjà ? « Frappe et intimidation » ? Un nom idéal. Mais qu'est-ce qu'on fait si l'ennemi ne *peut pas* être intimidé ? Je veux dire, d'un point de vue *biologique* ? C'est exactement ce qui s'est passé, ce jour-là, à New York, cette bataille a bien failli nous la faire perdre, cette foutue guerre. Le fait qu'on ne *pouvait pas* frapper et intimider Zack nous est revenu en pleine gueule. C'est *lui* qui nous a *frappés et intimidés*. Ils n'ont peur de rien ! Quoi qu'on fasse, même si on les tue par millions, ils n'ont peur de rien ! Jamais !

Yonkers était censé incarner le jour où l'Amérique allait reprendre confiance en elle, au lieu de quoi on a eu droit à une sacrée raclée. Et s'il y a bien un truc dont je suis certain aujourd'hui, c'est que sans le plan sud-africain, on serait tous en train de gémir et de grogner en ce moment.

La dernière chose dont je me souviens, c'est d'un Bradley aplati comme une bagnole de stock-car. Je ne sais pas d'où le coup est parti, mais ça n'est pas passé loin. Si je m'étais trouvé debout au moment de l'impact, je ne serais pas là aujourd'hui.

Vous savez ce que ça produit, comme effet, une charge thermobarique ? Demandez à ces types qui se promènent avec des étoiles aux épaules. Je vous parie une couille qu'ils ne vous avoueront jamais tous les détails. On vous dira des trucs sur la pression, la chaleur, la boule de feu qui n'en finit pas de grossir, qui crame et qui bousille littéralement tout sur son passage. Chaleur et pression, c'est ça, une arme thermobarique. Ça donne envie, hein ? Alors imaginez ce qui se produit immédiatement *après*, le vide créé dès que la boule de feu se contracte tout d'un coup… Ceux qui survivent ont les poumons instantanément vidés, voire même – et ça, ils ne l'admettront *jamais* en public – tout simplement *arrachés.* Par la bouche, oui oui. En tout cas, ce genre d'horreur, personne ne survit assez longtemps pour le raconter. Voilà pourquoi le Pentagone n'a pas trop de mal à maquiller la réalité. Mais si un jour vous voyez une photo de Z, ou même un vrai spécimen en chair et en os avec les poumons encore attachés à la trachée et qui pendent, dehors, comme ça, n'hésitez pas à lui filer mon numéro de téléphone. Je suis toujours partant quand il s'agit de rencontrer un vétéran de Yonkers.

Retournement de situation

ROBBEN ISLAND, PROVINCE DES ÉTATS-UNIS D'AFRIQUE DU SUD

[Xolelwa Azania me reçoit dans son bureau et me propose d'échanger nos places pour que je profite de la fraîcheur de la fenêtre. Il s'excuse du « désordre » et insiste pour ranger ses papiers avant que nous commencions l'entretien. M. Azania a écrit environ la moitié du troisième volume de *L'Afrique du Sud en guerre : la Frappe Arc-en-ciel.* Ce tome traite justement de ce que nous nous apprêtons à évoquer ensemble, le retournement de situation, le moment où son pays a remporté les premières victoires contre les morts-vivants.]

Dépassionné, voilà un qualificatif bien banal pour l'un des personnages les plus controversés de l'histoire. Certains le considèrent comme un sauveur, d'autres comme un monstre, mais si vous aviez rencontré Paul Redecker en chair et en os, discuté avec lui du monde et de ses problèmes ou, plus important, des *solutions* aux fléaux qui minaient la planète, c'est probablement ce mot que vous auriez employé pour caractériser l'impression qu'il donnait, *dépassionné.*

Paul a toujours cru, bon, peut-être pas toujours, mais au moins tout au long de sa vie d'adulte, que l'émotivité était le défaut principal de l'humanité. Il avait coutume de dire que le cœur pompait du sang pour l'acheminer vers le cerveau et que le reste n'était qu'une perte de temps et d'énergie. Ce sont ses articles universitaires – qui traitaient tous de « solutions » alternatives aux dilemmes sociaux et historiques – qui ont attiré l'attention du gouvernement d'apartheid, à l'époque. Bon nombre de psychobiographes ont essayé de l'étiqueter comme raciste, mais pour reprendre ses propres mots, « le racisme n'est qu'une conséquence regrettable de l'émotion ». Certains ont d'ailleurs remarqué que pour qu'un raciste haïsse une quelconque catégorie de gens, il fallait aussi qu'il en aime une autre. Redecker, lui, estimait que l'amour et la haine n'avaient tout simplement rien à voir avec la question. Pour lui, ces sentiments étaient « inhérents à la condition humaine » et, pour reprendre encore ses propres termes, « imaginez ce que pourrait accomplir l'espèce humaine si elle consentait un instant à mettre de côté son humanité ». Le mal ? D'accord, beaucoup le définissent de cette façon. Mais pour d'autres, et plus particulièrement ceux qui naviguaient dans les cercles du pouvoir à Pretoria, il s'agissait plutôt d'une « preuve inestimable de liberté intellectuelle ».

Nous étions au tout début des années 80, une période critique pour l'apartheid. Le pays dormait sur un lit de clous. Il y avait l'ANC, l'Inkhata Freedom Party et même des extrémistes, des membres de la droite afrikaner qui rêvaient d'une révolte ouverte pour régler définitivement la question raciale. L'Afrique du Sud était cernée de nations hostiles, l'Angola faisait face à une guerre civile appuyée par Moscou dans le plus pur style cubain. Ajoutez à cela un isolement croissant vis-à-vis des démocraties occidentales (avec un embargo sur les armes plus que problématique), et on ne peut guère s'étonner que la question de la survie ne soit jamais très éloignée des têtes pensantes, à Pretoria.

C'est pour ça qu'ils ont sollicité l'aide de M. Redecker, pour revoir le « plan Orange » gouvernemental top secret. « Orange » existait depuis le premier gouvernement d'apartheid, en 1948. C'était le scénario catastrophe pour la minorité blanche, qui envisageait la rébellion générale des populations indigènes. Avec les années, on l'avait amélioré pour mieux intégrer les changements géopolitiques dans la région. Décennie après décennie, la situation devenait de plus en plus sinistre. Avec l'indépendance successive des pays limitrophes et l'augmentation du nombre de gens réclamant plus de liberté un peu partout dans le pays, Pretoria a fini par comprendre qu'une confrontation directe et totale n'entraînerait pas seulement la fin du gouvernement afrikaner, mais celle des Afrikaners tout court.

Et c'est là que Redecker entre en jeu. Son plan Orange revu et corrigé – achevé en 1984, clin d'œil de l'histoire – est devenu le plan de survie ultime pour l'ensemble du peuple afrikaner. Aucune variable n'a été ignorée. Populations, terrain, ressources, logistique… Redecker ne s'est pas contenté de réviser le plan en y incluant les récentes armes chimiques cubaines et la toute nouvelle bombe atomique sud-africaine, il a aussi quantifié le nombre d'Afrikaners qui seraient sauvés et ceux qu'il faudrait sacrifier. C'est ça qui a rendu « Orange 84 » si célèbre.

Sacrifier ?

Redecker pensait qu'il coûterait trop cher de protéger tout le monde. Au final, cela condamnerait toute la population. Il comparait la situation aux survivants d'un naufrage qui font chavirer leur radeau parce qu'ils sont trop nombreux. Redecker avait même calculé le nombre de ceux qu'il fallait « embarquer ». Il a tenu compte des revenus, du QI, de la fertilité et de toute une liste de « qualités souhaitables », y compris la position géographique du sujet dans une éventuelle zone de crise. « La première victime du conflit doit être notre sentimentalisme, voilà comment se termine son rapport, le contraire provoquerait notre perte. »

Orange 84 était un plan idéal. Clair, logique, efficace. Il a fait de Paul Redecker l'un des hommes les plus haïs d'Afrique du Sud. Ses premiers détracteurs se trouvaient dans les rangs des Afrikaners les plus radicaux et les plus fondamentalistes, les idéologues racistes et les ultrareligieux. Plus tard, après la chute de l'apartheid, son nom a commencé à circuler. On l'a évidemment invité aux débats « Vérité et Réconciliation », et il a évidemment refusé. « Je ne vais pas prétendre que j'ai un cœur pour sauver ma peau », a-t-il déclaré publiquement, avant d'ajouter : « De toute façon, quoi que je fasse, ils s'occuperont de moi tôt ou tard. »

Et ils l'ont fait, même si ça n'avait probablement pas grand-chose à voir avec ce que Redecker avait imaginé. C'était notre propre Grande Panique à nous… Elle avait commencé quelques semaines avant la vôtre. Redecker s'était retranché dans un bungalow acheté avec ses économies de consultant, dans le Drakensberg. Il aimait les affaires, vous savez, « Un objectif, zéro état d'âme », avait-il coutume de dire. Il n'a guère été surpris quand la porte a sauté de ses gonds et que des agents de la National Intelligence Agency ont envahi son living. Ils ont vérifié son nom, son identité, ses activités passées. Ils lui ont demandé s'il était l'auteur d'Orange 84. Naturellement, il leur a répondu sans trahir la moindre émotion. Cette soudaine intrusion vengeresse de dernière minute, il s'y attendait et il l'acceptait. La fin du monde était proche, de toute façon, alors pourquoi ne pas descendre quelques « monstres proapartheid » avant, juste pour le plaisir ? Ce qu'il n'avait pas prévu, par contre, c'était qu'ils baissent leur arme et qu'ils enlèvent leurs masques à gaz. Ils étaient de toutes les couleurs. Des Noirs, des Asiatiques, et même un grand Afrikaner blanc qui s'est avancé vers lui sans lui donner son nom ou son grade. Il lui a lancé abruptement : « Vous aviez prévu un truc comme ça, pas vrai ? »

En fait, Redecker travaillait déjà de son côté sur la question des épidémies de zombies. Qu'est-ce qu'il pouvait faire d'autre, dans sa planque isolée ? Un simple exercice intellectuel ; il ne croyait même pas qu'il resterait des survivants pour lire son rapport. Le plan n'avait même pas de nom, d'ailleurs ; par la suite, Redecker a expliqué pourquoi : « Les noms servent à désigner quelque chose, rien d'autre. » Jusque-là, il n'existait aucun autre plan de ce genre. Une fois de plus, Redecker avait tenu compte de tous les paramètres possibles et imaginables, non seulement la situation militaire du pays, mais également la physiologie, le comportement et la « doctrine de combat » des morts-vivants. Vous trouverez les détails du « plan Redecker » dans toutes les bonnes bibliothèques, mais voici quelques-uns des points fondamentaux.

Tout d'abord, impossible de sauver tout le monde. L'épidémie était bien trop importante pour ça. Les forces armées avaient déjà subi de lourdes pertes en essayant d'isoler la menace et les unités étaient trop disséminées pour agir efficacement. Il fallait consolider nos forces, nous retirer dans une « zone sécurisée » spéciale, si possible entourée d'obstacles naturels ; des montagnes, des rivières, voire une île au large. Une fois concentrées dans cette zone, les forces armées éradiqueraient d'abord toute menace dans le périmètre immédiat puis utiliseraient les ressources disponibles pour empêcher la reprise de l'épidémie. C'était la première partie du plan. Elle correspondait à peu près à une retraite militaire conventionnelle.

La seconde partie traitait de l'évacuation des civils, et personne d'autre que Redecker n'aurait pu la concevoir. Pour lui, seule une petite partie de la population pouvait être évacuée vers la zone sécurisée. Il fallait sauver ces gens non seulement pour maintenir une main-d'œuvre suffisante pour restaurer une économie de guerre, mais également pour préserver la légitimité et la stabilité du gouvernement, pour leur montrer que leurs leaders ne les « laissaient pas tomber ».

Cette évacuation partielle avait une autre raison, une raison si affreusement logique et si insidieusement morbide que beaucoup pensent qu'elle vaudra à Redecker une statue en enfer. Ceux qui resteraient derrière devaient gagner des zones isolées bien précises. Ils serviraient d'« appâts humains » et empêcheraient ainsi les zombies de suivre les soldats jusqu'à la zone sécurisée. Redecker avait même précisé que ces réfugiés isolés pas encore infectés devaient être maintenus en vie, bien défendus et, si possible, régulièrement ravitaillés pour ancrer fermement les zombies dans les environs. Vous mesurez l'étendue de son génie ? De sa folie ? Garder des gens prisonniers pour que « tous les zombies qui assiégeront les réfugiés ne s'attaquent pas à nous ». C'est le moment qu'a choisi l'agent afrikaner pour regarder Redecker dans les yeux, se signer et lâcher : « Que Dieu te vienne en aide, mon gars. » « Qu'Il nous vienne tous en aide », a conclu un autre. C'était le Noir, sans doute le responsable de toute l'opération. « Et maintenant, on le sort de là. »

Quelques minutes plus tard, ils se trouvaient à bord d'un hélicoptère en route vers Kimberley, la base souterraine dans laquelle Redecker avait écrit Orange 84. On l'a invité à rejoindre une réunion qui rassemblait les survivants du cabinet présidentiel, réunion au cours de laquelle son rapport a été lu à voix haute devant tout le monde. Vous auriez dû entendre leurs hurlements, surtout ceux du ministre de la Défense. Un Zoulou, un homme féroce qui aurait largement préféré combattre à mains nues plutôt que se terrer dans un bunker.

Le vice-Président se préoccupait davantage des relations publiques. Il ne voulait même pas penser à ce que vaudrait son poste si la population venait un jour à connaître l'existence de ce plan.

Quant au Président lui-même, il a considéré le plan Redecker comme une insulte personnelle. Il a attrapé son ministre de l'Intérieur par le col et lui a demandé au nom de quoi il avait eu l'idée à la con de lui présenter ce criminel de guerre raciste et complètement malade.

Le ministre a répliqué qu'il ne comprenait pas la colère du président, d'autant que l'ordre de retrouver Redecker émanait directement de lui.

Le Président a levé les bras au ciel et a hurlé qu'il n'avait jamais donné un ordre pareil, puis dans la pièce, une petite voix a déclaré : « C'est moi. »

Assis dans le fond pendant les débats, il venait de se lever, courbé par l'âge et appuyé sur ses cannes, l'esprit aussi fort et alerte que jamais. Le vieil homme d'État, le père de notre nouvelle démocratie, celui qu'on appelait Rolihlahla, ce qu'on peut traduire par « le fouteur de merde ». Lui debout, tous les autres se sont assis, tous sauf Paul Redecker. Le vieil homme l'a regardé droit dans les yeux, puis il a eu cette expression souriante, célèbre dans le monde entier, avant de déclarer : *« Molo, mhlobo wam. »* « Bienvenue, homme de mon pays. » Il s'est dirigé lentement vers Paul, il s'est retourné vers ce qui restait du gouvernement sud-africain, il a ôté les feuilles de la main de l'Afrikaner et a déclaré d'une voix soudain jeune et ferme : « Ce plan va sauver notre peuple. » Puis, désignant Paul, il a ajouté : « Cet *homme* va sauver notre peuple. » Vint ensuite le moment où – et les historiens continueront sans doute à en débattre bien après notre disparition – le vieil homme a embrassé l'Afrikaner blanc. Tout le monde y voyait sa simple signature d'ours mal embouché, mais Paul Redecker, lui…

Je sais bien que la majorité des biographes le dépeignent comme un homme sans états d'âme. C'est un trait communément admis. Paul Redecker : ni sentiments, ni compassion, ni cœur, rien. Et pourtant, l'un de nos auteurs les plus respectés, l'ami personnel et le biographe de Biko, a décrit Redecker comme un homme d'une profonde sensibilité, trop sensible, même, pour l'Afrique du Sud de l'apartheid. À ses yeux, le long jihad personnel de Redecker contre toute émotion n'était qu'une façon de se protéger de la haine et de la violence qu'il subissait quotidiennement. On sait peu de choses sur l'enfance de Redecker. On ignore tout de ses parents, on ne sait pas s'il est orphelin, s'il a eu des amis ou même si quelqu'un l'a jamais aimé. Ceux qui ont travaillé avec lui ne l'ont jamais vu avoir de relations sociales avec qui que ce soit, sans parler de gestes affectueux. L'accolade du père de la nation, cette sincère émotion pénétrant cette coque blindée…

Vous trouvez ça trop sentimental ? Peut-être. Pour autant qu'on le sache, c'était un monstre sans cœur et le geste du vieil homme n'a pas eu le moindre effet. Mais c'est la dernière fois qu'on a entendu parler de Paul Redecker, croyez-moi. Même aujourd'hui, on ignore ce qu'il est devenu. C'est là que j'interviens, en plein chaos, pendant les semaines dramatiques qui ont vu l'application du plan Redecker au niveau national. Il a fallu les convaincre, vous vous en doutez, mais quand je leur ai dit que j'avais travaillé de nombreuses années avec Paul Redecker et que je connaissais sa façon de raisonner mieux que quiconque en Afrique du Sud, comment auraient-ils pu refuser ? J'ai planché sur la retraite et sur ses conséquences, j'ai continué à travailler pendant les premiers mois de consolidation, jusqu'à la fin de la guerre en fait. Au moins ont-ils apprécié mes services, sinon pourquoi m'auraient-ils logé aussi somptueusement ? **[Il sourit.]** Paul Redecker, un ange et un démon. Certains le haïssent, d'autres le vénèrent. Moi, je me contente de le plaindre. S'il est encore en vie, où que ce soit, j'espère sincèrement qu'il a trouvé la paix.

[Après une dernière accolade avec mon hôte, on me conduit jusqu'au ferry pour le continent. Les consignes de sécurité restent drastiques jusqu'à ce que j'aie signé mon bon de sortie. Le grand garde afrikaner me photographie à nouveau. « On n'est jamais trop prudent, mon vieux, dit-il en me tendant un crayon. Pas mal de types aimeraient bien le voir pourrir en enfer. » Je signe dans la case à côté de mon nom, juste sous le logo de l'hôpital psychiatrique de Robben Island. NOM DU PATIENT VISITÉ : PAUL REDECKER.]

ARMAGH, IRLANDE

[Bien qu'athée, Philip Adler a suivi consciencieusement les colonnes de touristes en visite au refuge du pape pendant la guerre. « Ma femme est bavaroise, explique-t-il au bar de l'hôtel où nous résidons tous les deux. Elle tenait absolument à faire le pèlerinage à la cathédrale Saint-Patrick. » C'est la première fois qu'il quitte l'Allemagne depuis la fin du conflit. Notre rencontre est purement accidentelle. Il n'émet aucune objection quand je sors mon Dictaphone.]

Hambourg était sérieusement contaminée. Ils étaient partout. Dans les rues, dans les immeubles, jusque dans le Neuer Elbtunnel. On avait essayé de le barricader avec les véhicules civils abandonnés, mais ils s'infiltraient dans la moindre anfractuosité comme de gros vers sanguinolents. Les réfugiés étaient partout, eux aussi. Certains venaient de loin, parfois même de Saxe, et tous croyaient qu'ils pourraient fuir par la mer. Ça faisait longtemps qu'il n'y avait plus le moindre bateau. Quant au port, quel bordel… On avait plus de trois mille civils coincés à l'usine d'aluminium Reynolds, et au moins le triple au terminal Eurokai. Sans nourriture, sans eau courante, sans rien, tous à attendre de l'aide alors que les zombies grouillaient dehors, sans parler des malades déjà installés à l'intérieur.

Le port était jonché de cadavres, le genre à toujours bouger. On les flanquait à la baille avec les canons à eau antiémeutes. Comme ça, on économisait les munitions et on maintenait les rues à peu près propres. Une super-idée, du moins jusqu'à ce que la pression baisse tout d'un coup et que les citernes se vident totalement. On avait perdu notre officier deux jours plus tôt... Une histoire de fou. L'un de nos hommes avait descendu un zombie qui lui sautait dessus. La balle avait littéralement traversé la tête de la créature, emportant avec elle des débris de tissus cervicaux avant de toucher l'épaule du colonel. Dingue, non ? Il m'a confié le commandement du secteur avant d'y passer. En tant qu'officier, c'est moi qui ai dû l'abattre.

J'ai donné l'ordre d'installer le poste de commandement au *Renaissance Hôtel*. Un endroit relativement bien placé, avec pas mal d'angles de tir et suffisamment d'espace pour abriter quelques centaines de réfugiés en plus de notre unité. Mes soldats, du moins ceux qui ne surveillaient pas nos positions, tentaient d'appliquer la même stratégie dans les autres bâtiments. Avec les routes encombrées et les trains bloqués dans les gares, l'idée de garder à l'abri autant de civils que possible me semblait plutôt bonne. Les secours n'allaient pas tarder à arriver, c'était juste une question de temps.

J'étais sur le point d'envoyer une section à la recherche de tout ce qui pourrait nous servir d'armes – on manquait de munitions – quand on nous a donné l'ordre de nous retirer. Rien d'inhabituel, d'ailleurs. Notre unité reculait régulièrement depuis le début de la Grande Panique. Non, le truc *vraiment* bizarre, cette fois, c'était le point de ralliement. L'état-major nous indiquait des coordonnées géodésiques sécurisées, et ce pour la première fois depuis le début du conflit. Jusque-là, ils se contentaient des dénominations habituelles sur des fréquences radio accessibles à n'importe qui, justement pour que les réfugiés sachent où aller. Et voilà qu'on nous balançait un message dont le code n'avait jamais servi depuis la fin de la guerre froide. Il a fallu que je vérifie les coordonnées trois fois avant de confirmer la réception de l'ordre. Ils nous envoyaient à Schafstedt, un peu au nord. Une idée à la con ! Ça aurait aussi bien pu être au Danemark.

Nos ordres précisaient aussi de *ne pas* évacuer les civils. Pire, on nous demandait de ne pas les *avertir* de notre départ ! Tout ça n'avait aucun sens. Aller jusqu'au Schleswig-Holstein et abandonner les réfugiés derrière nous ? Tout laisser en plan ? Non, c'était forcément une erreur.

J'ai demandé confirmation. Je l'ai reçue. J'ai redemandé. Ils avaient dû se tromper de carte, ou s'embrouiller dans les codes sans s'en rendre compte (ça ne serait pas la première, ni la dernière fois).

Tout d'un coup, je me suis retrouvé avec le général Lang au bout du fil, le commandant de tout le front nord. Sa voix tremblait. On l'entendait clairement, malgré les tirs sporadiques. Il m'a confirmé qu'il ne s'agissait pas d'une erreur, que je devais rassembler les restes de la garnison de Hambourg et partir immédiatement vers le nord. *Non*, me suis-je dit, *ce n'est pas possible*… Marrant, hein ? Le reste, je pouvais l'accepter. Le fait que des cadavres se réaniment pour dévaster le monde, pas de problème, mais ça… Obéir à un ordre qui entraînerait indirectement la mort de milliers de gens…

Bon, d'accord, je suis un bon soldat, comme on dit, mais je suis aussi un bon Ouest-Allemand. Vous saisissez la différence ? À l'Est, on n'a pas cessé de leur marteler qu'ils n'étaient pas responsables des atrocités de la Seconde Guerre mondiale et qu'en bons communistes, eux aussi avaient subi le joug de Hitler, au moins autant que les autres. Vous comprenez pourquoi il y avait autant de skinheads et de protofascistes à l'Est ? Eux, ils ne se sentaient pas responsables du passé, alors que nous, à l'Ouest… Dès l'enfance, on nous collait le fardeau de la honte sur le dos, la Grande Faute de nos grands-parents, tout ça. On nous apprenait que si, un jour, nous devions porter l'uniforme, notre *premier* devoir serait d'obéir à notre conscience, qu'elle qu'en soient les conséquences. C'est comme ça qu'on m'a éduqué, et comme ça que j'ai répondu. J'ai dit à Lang qu'en mon âme et conscience, il m'était impossible d'obéir à cet ordre, que je ne pouvais tout simplement pas abandonner tous ces gens. Là, il a explosé. Il m'a ordonné d'*obéir* aux ordres, sinon, moi – et plus grave, mes hommes – passerions en cour martiale pour haute trahison avec un zèle tout « soviétique ». *Voilà où nous en sommes*, ai-je pensé. On connaissait déjà la situation, en Russie… Les mutineries, les émeutes, les « décimations ». J'ai regardé les soldats autour de moi. Des gamins de dix-huit, dix-neuf ans, des mômes fatigués, effrayés, qui luttaient pour leur vie. Je ne pouvais pas leur faire ça. J'ai donné l'ordre de battre en retraite.

Comment ont-ils réagi ?

Ils n'ont fait aucun commentaire. Pas à moi, en tout cas. Il y a bien eu quelques altercations entre eux. J'ai fait celui qui ne voyait rien. Ils ont obéi aux ordres.

Et les civils ?

[Silence.] On a eu ce qu'on méritait. « Où allez-vous ? » ont-ils crié depuis les bâtiments avoisinants. « Revenez, lâches ! » J'ai essayé de répondre. « Non, on va revenir vous chercher, on revient demain avec des renforts. Restez où vous êtes, ne bougez pas, on revient demain. » Ils ne m'ont pas cru, évidemment. « Salauds ! Menteurs ! » J'ai entendu une femme hurler : « Vous allez laisser crever mon bébé ! »

La plupart d'entre eux n'ont pas essayé de nous suivre. Trop effrayés par les zombies dans les rues. Quelques types plus courageux se sont accrochés à nos transports de troupes blindés et ont tenté d'y pénétrer. On les a fait dégager. Ensuite, il a fallu fermer toutes les écoutilles quand les gens coincés dans les immeubles ont commencé à nous balancer toutes sortes de trucs dessus, des lampes, des meubles… Un de mes hommes a reçu un seau de pisse sur la tête. J'ai même entendu une balle ricocher contre le blindage de mon Marder.

En nous dirigeant vers le nord, on a croisé ce qui restait de nos unités de déploiement rapide. Ils avaient salement morflé la semaine précédente. Je n'étais pas encore au courant, mais ils faisaient partie des sections considérées comme « sacrifiables ». Ils avaient ordre de couvrir notre retraite, d'empêcher les zombies et les réfugiés de nous suivre… De tenir « jusqu'au bout », quoi.

Leur commandant se tenait sur la tourelle de son Léopard. Je le connaissais. On avait servi ensemble en Bosnie dans l'IFOR de l'OTAN. Ça fait très mélodramatique de dire un truc pareil, je sais, mais un soir, il avait encaissé une balle qui m'était destinée et ça m'avait sauvé la mise. La dernière fois que je l'avais vu, il était à l'hôpital de Sarajevo et il plaisantait en parlant de cet asile de fous nommé Bosnie, un asile qu'il n'allait pas tarder à quitter. Et maintenant, on était là, sur les *Autobahnen* ravagées de notre propre pays. On s'est regardé droit dans les yeux, on s'est salué. Je suis revenu dans l'APC [1], faire semblant d'étudier la carte pour que le chauffeur ne remarque pas mes larmes. *Quand on arrivera*, ai-je pensé, *je vais buter ce fils de pute.*

Le général Lang.

J'avais tout planifié. Je comptais dissimuler ma colère pour ne pas l'alarmer. Je lui ferais mon rapport et lui présenterais mes excuses pour mon comportement. Il s'embarquerait alors dans une conversation un peu forcée, histoire de m'expliquer ou de justifier la retraite générale. Parfait. J'allais l'écouter patiemment, le mettre à l'aise. Et puis au moment de nous serrer la main, je sortirais mon arme et je lui ferais sauter sa putain de cervelle d'Allemand de l'Est, histoire d'éclabousser la carte de l'Allemagne avec. Son état-major assisterait sans doute à la scène, tous ces premiers de la classe qui « suivaient les ordres ». Je les aurais descendus eux aussi avant qu'ils réalisent ce qui se passait. Tout serait parfait. Je n'irais pas en enfer comme un nazillon, je lui montrerais, à lui, à tous, comment un véritable soldat allemand doit se comporter.

1. *Armoured personnal carrier*, véhicule de transport blindé. *(N.d.T.)*

Mais ça ne s'est pas passé comme ça.

Non. Pourtant j'ai réussi à pénétrer dans le bureau de Lang. Nous étions la dernière unité à rentrer. Ils nous avaient attendus. Dès qu'on lui a signalé notre arrivée, il s'est assis à son bureau, il a signé quelques ordres, écrit une lettre à sa famille, puis il s'est tiré une balle dans la tête.

Salaud. Je le hais encore plus maintenant. Plus que pendant tout le trajet depuis Hambourg.

Pourquoi ça ?

Parce que, aujourd'hui, je comprends pourquoi nous avons agi ainsi, le plan Prochnow [1].

Et ça ne vous le rend pas plus sympathique ?

Vous plaisantez ? C'est justement pour ça que je le déteste ! Il savait parfaitement que ce n'était que la première étape d'une guerre qui durerait des années et qu'on allait avoir besoin de types comme lui pour nous aider à la gagner. Sale trouillard. Vous vous souvenez de ce que je vous disais tout à l'heure ? Ce sentiment d'être liés à notre conscience ? On ne peut blâmer personne. Ni le plan de l'Architecte, ni nos officiers, personne. Personne d'autre que nous. On doit faire des choix et vivre ensuite chaque jour en mesurant pleinement l'étendue des conséquences de ces choix. Il le savait. C'est pour ça qu'il nous a abandonnés comme il a abandonné tous ces gens. Il savait quelle route nous allions emprunter, une route sinueuse, dangereuse et

1. La version allemande du plan Redecker.

abrupte, une route de montagne. On allait tous la grimper, cette route, et on allait tous devoir y pousser notre rocher. Lui, il n'a pas pu. Le fardeau était trop lourd.

SANATORIUM DES VÉTÉRANS YEVCHENKO, ODESSA, UKRAINE

[La pièce est dépourvue de fenêtres. Des ampoules fluorescentes faiblardes éclairent les murs de béton nu et les matelas souillés. Ici, les patients souffrent généralement de désordres respiratoires, maladies sans doute aggravées par le manque de médicaments appropriés. Il n'y a pas de docteurs, seulement un staff d'infirmières en sous-effectif livrées à elles-mêmes qui font ce qu'elles peuvent pour réconforter les malades. Mais la pièce est vaste et bien chauffée. Et dans ce pays, en plein cœur de l'hiver, c'est déjà un luxe inouï. Bohdan Taras Kondratiuk se tient assis bien droit sur son matelas au fond de la pièce. En tant que héros de la guerre, il a hérité d'un rideau qui lui procure un peu d'intimité. Il tousse dans son mouchoir avant de parler.]

Le chaos. Je ne vois pas comment le décrire autrement. L'effondrement total de l'organisation, de l'ordre, de la loi. On venait tout juste d'en finir après plusieurs combats acharnés : Loutsk, Rivne, Novograd et Jytomyr. Saloperie de Jytomyr. Mes hommes étaient épuisés, vous comprenez. Tout ce qu'ils avaient traversé, tout ce qu'ils avaient vu, tout ce qui restait à faire… Toujours serrer les rangs, se repositionner, courir. Chaque jour, on apprenait qu'une autre ville était tombée, qu'une autre route avait été coupée, une autre unité bouffée.

Kiev était censée se trouver à l'abri, loin derrière le front. Cette ville devait devenir le cœur de notre toute nouvelle zone pacifiée, bien armée, bien équipée, bien ravitaillée, calme. Et quand on y arrive, devinez quoi ? Est-ce qu'on me donne l'ordre de me reposer et de souffler un peu ? Réparer mes véhicules, reconstituer mon unité, soigner mes blessés ? Non, bien sûr que non. Pourquoi tout devrait marcher comme sur des roulettes, hein ? Ce n'est jamais le cas, de toute façon, pas vrai ?

La zone sécurisée a de nouveau été déplacée, en Crimée cette fois. Quant au gouvernement, il était déjà parti… Enfin, il avait fui… À Sébastopol. La paix civile n'était plus qu'un souvenir. On évacuait intégralement Kiev. Un boulot de militaires, ou de ce qu'il en restait.

Notre compagnie a reçu l'ordre de surveiller le pont Patona. C'était le premier pont soudé de l'histoire, de nombreux étrangers le comparaient à la tour Eiffel. La ville avait prévu un vaste plan de restauration, un rêve de gloire perdue. Mais comme toujours dans notre pays, le rêve ne s'est jamais réalisé. Même avant la guerre, le pont étouffait littéralement sous les embouteillages. Et à présent, il grouillait de réfugiés. En principe on l'avait interdit au trafic routier, mais où étaient les barrières métalliques qu'on nous avait promises, hein ? Le béton, l'acier qui nous auraient permis d'empêcher toute tentative de passage forcé ? Il y avait des voitures partout, des petites Lags, des vieilles Zhigs, quelques Mercedes et un énorme camion gazier renversé en plein milieu, comme ça ! On a essayé de le déplacer, on a fixé des chaînes autour de l'axe et des roues, on s'est même servi d'un tank pour le faire basculer. En vain. Qu'est-ce qu'on pouvait faire d'autre ?

Nous, on était une division blindée, vous comprenez ? Des tankistes, pas une unité de police militaire. Les MP, d'ailleurs, on ne les a jamais vus. On nous avait assuré qu'ils seraient là, mais on n'en a jamais aperçu un seul. *Idem* pour toutes les autres « unités » stationnées à chaque pont. « Unités », rien que le nom m'amuse. C'était surtout un tas de types en uniforme, des employés de bureau, des cuistots. Quiconque avait un vague rapport avec l'armée se retrouvait tout d'un coup chargé de contrôler le trafic. Aucune formation, aucune préparation, aucun équipement… Où étaient les équipements antiémeutes qu'on nous avait promis ? Les boucliers, les uniformes renforcés ? Les canons à eau ? Nos ordres stipulaient que nous devions nous « occuper des réfugiés ». Vous saisissez le vrai sens de « nous occuper » ? Nous assurer que personne n'était contaminé. Mais où ils étaient, ces foutus chiens, alors ? Comment on fait sans chien pour vérifier si un type est infecté ? Qu'est-ce qu'on est censé faire ? Inspecter les réfugiés visuellement un à un ? Mais oui ! Exactement ! C'est ce qu'on nous a demandé de faire. **[Il secoue la tête.]** Ils croyaient vraiment que tous ces gens terrifiés, tous ces pauvres diables à moitié fous de peur allaient gentiment former une ligne bien droite et nous laisser leur examiner chaque centimètre carré du corps les uns après les autres alors que le salut – un salut bien trompeur – se trouvait à quelques mètres devant eux ? Ils espéraient *vraiment* qu'aucun homme ne cillerait quand on se mettrait à examiner leurs filles et leurs femmes ? Non mais vous vous rendez compte ? Et le pire, c'est qu'on a essayé. Qu'est-ce qu'on pouvait faire d'autre, de toute façon ? Il fallait bien qu'on les identifie, si on voulait que les autres survivent. À quoi bon évacuer des gens s'ils emportent la maladie avec eux ?

[Il secoue la tête et ricane amèrement.] Une vraie catastrophe ! Certains ont tout simplement refusé. D'autres ont essayé de courir et même de sauter dans la rivière. Des bagarres ont éclaté un peu partout. Plusieurs de mes hommes ont été salement tabassés. Trois ont été poignardés. Il y en a même un qui s'est fait descendre par un grand-père terrorisé armé d'un vieux Tokarev poussiéreux. Il est mort avant même de tomber à l'eau.

Mais moi, je n'étais pas là, vous comprenez ? J'étais pendu à la radio et je réclamais des renforts ! « Ils arrivent, me répondait-on. Tenez bon, ne désespérez pas, les renforts arrivent. »

Au-delà du Dniepr, Kiev brûlait. Des colonnes de fumée noire s'élevaient du centre-ville. Nous étions sous le vent, la puanteur était insupportable. Le bois, le plastique et la chair brûlée. On ne savait même pas à quelle distance ils étaient, désormais. Un kilomètre, peut-être moins. Tout en haut de la colline, le feu dévastait déjà le monastère. Une vraie tragédie, merde. Avec ses hauts murs et sa position stratégique, on aurait pu s'y réfugier. Même un bleu aurait réussi à en faire une forteresse imprenable – ravitailler le sous-sol, sceller les portes, poster des snipers sur les tours. Merde, on aurait pu tenir une éternité !

J'ai cru entendre un truc, un bruit en provenance de la rive d'en face… Ce bruit, vous savez, quand ils sont tous ensemble, quand ils sont si près… Ce bruit… Malgré les cris, les jurons, les Klaxons, les tirs sporadiques… je n'ai pas besoin de vous faire un dessin.

[Il essaie d'imiter le gémissement d'un zombie mais une toux incontrôlée l'en empêche. Il tient son

mouchoir devant sa bouche… Et l'en retire taché de sang.]

C'est ce bruit qui m'a fait lâcher la radio. J'ai regardé vers la ville. Quelque chose a attiré mon attention, quelque chose qui volait au-dessus des toits et qui se rapprochait à toute vitesse.

Les jets nous ont survolés à hauteur d'arbre. Il y en avait quatre, des Sukhoi 25 – on les surnommait « les Corbeaux » – suffisamment bas pour qu'on les identifie à l'œil nu. *Nom de Dieu*, j'ai pensé, *qu'est-ce qu'ils viennent foutre ici ? Couvrir l'approche du pont ? Bombarder la zone juste derrière ?* Ça avait marché, à Rivne, au moins quelques minutes. Les Corbeaux ont fait demi-tour, comme pour ajuster leur cible, puis ils ont plongé et se sont dirigés droit vers nous ! *Putain de merde*, je me suis dit, *ils vont faire sauter le pont !* Ils avaient abandonné l'idée d'une évacuation et ils s'apprêtaient à tuer tout le monde !

« Dégagez du pont ! j'ai hurlé. Tout le monde dégage ! » La panique s'est emparée de la foule. Elle se propageait comme une onde, un vrai courant électrique. Les gens ont commencé à crier, à se pousser les uns les autres, dans toutes les directions. Ils se sont jetés dans le fleuve par dizaines, certains avec leurs chaussures et des vêtements trop lourds, beaucoup trop lourds pour nager.

Je me suis frayé un passage en hurlant aux gens de fuir. J'ai vu les bombes tomber, je pensais avoir le temps de plonger au dernier moment pour me protéger de l'explosion. Les parachutes se sont déployés, et là, j'ai compris. Je me suis relevé en moins d'une seconde et je me suis mis à courir comme un lapin. « Aux abris ! j'ai beuglé, AUX ABRIS ! » J'ai sauté dans le premier tank, j'ai refermé la trappe et ordonné aux soldats de sceller les ouvertures. C'était un vieux char T-72. Impossible de savoir si le système de surpression fonctionnait encore. Ça devait faire des années qu'on n'avait pas vérifié. Tout ce qu'on pouvait faire, c'était espérer et prier très fort à l'intérieur de ce cercueil d'acier. Le canonnier sanglotait, le pilote ne bougeait plus d'un pouce, le commandant, un jeune sergent d'à peine vingt ans, était recroquevillé au sol et serrait la petite croix qu'il avait autour du cou. J'ai posé mes mains sur sa tête et je lui ai promis que tout irait bien, sans quitter des yeux le périscope.

Le RVX ne se déploie pas comme du gaz, vous savez. Ça commence comme une pluie. Des petites gouttes huileuses qui s'accrochent à tout ce qu'elles touchent. Ça pénètre dans les pores de la peau, dans les poumons, dans les yeux. À un dosage suffisant, les effets sont instantanés. On voyait les membres des réfugiés commencer à trembler, leurs bras pendre le long du corps à mesure que l'agent se frayait un chemin à travers le système nerveux. Ils se frottaient les yeux, ils luttaient pour parler, bouger, respirer. J'étais content de ne pas respirer l'odeur de leurs sous-vêtements ; les intestins et les vessies qui se vidaient tout d'un coup… Tout ça.

Pourquoi avaient-ils décidé de faire une chose pareille ? Je n'arrivais pas à comprendre. Comment l'état-major pouvait-il ignorer que les armes biologiques n'avaient aucun effet sur les morts-vivants ? Jytomyr ne leur avait rien appris ?

Le premier corps à remuer fut celui d'une femme, à peine quelques secondes avant les autres, la main tordue agrippée au dos d'un homme qui semblait avoir voulu la protéger. Elle l'a fait basculer en se relevant sur ses genoux encore mal assurés. Son visage était sillonné de veines noirâtres. Je crois qu'elle m'a vu, ou bien notre tank. Sa mâchoire s'est ouverte, elle a tendu les bras. On commençait à voir les autres se lever. Environ un sur cinquante, tous ceux qui avaient déjà été mordus et qui avaient espéré le cacher.

Et puis j'ai compris. Bien sûr qu'ils avaient tiré les leçons de Jytomyr. À présent, ils avaient une excuse pour se servir de leurs vieux stocks de la guerre froide. Comment identifier efficacement les infectés ? Comment empêcher les réfugiés de répandre la maladie au-delà des lignes ? C'était une méthode comme une autre.

Ils commençaient à se réanimer complètement, maintenant, ils marchaient à nouveau, et traversaient lentement le pont dans notre direction. J'ai appelé le canonnier. Il pouvait à peine me répondre. Je l'ai frappé dans le dos et je lui ai aboyé de se préparer à tirer. Ça lui a pris quelques secondes mais il a ajusté son viseur sur la première femme et il a pressé la détente. J'ai bouché mes oreilles au moment où le canon s'est mis à cracher. Tous les autres chars nous ont imités.

Vingt minutes plus tard, c'était terminé. Je sais que j'aurais dû attendre les ordres, ou bien faire un rapport sur les résultats de la frappe aérienne. On apercevait au moins six autres Corbeaux dans le ciel. Cinq se dirigeaient vers le prochain pont, le dernier vers le centre-ville. J'ai ordonné à notre compagnie de quitter les lieux, de se diriger vers le sud-ouest jusqu'à nouvel ordre. Il y avait plein de cadavres autour de nous, les corps de tous ceux qui avaient réussi à atteindre l'autre rive avant que le gaz ne les tue. Ils ont éclaté sous nos chenilles.

Vous n'êtes jamais allé au musée de la Grande Guerre ? C'était l'un des immeubles les plus impressionnants de Kiev. La cour était remplie de vieilleries :

des tanks, des armes, de tous genres et de toutes tailles, de la révolution à nos jours. Deux chars se faisaient face à l'entrée du musée. On les avait décorés avec des couleurs chatoyantes et les gamins avaient même le droit d'y grimper pour jouer. Il y avait aussi une croix de Fer, énorme, d'au moins un mètre, fondue avec toutes les vraies croix de Fer prises sur les cadavres des nazis. Et la fresque murale, bien sûr, du sol au plafond, toute une bataille… Nos soldats, en rangs serrés, qui déferlaient sur les Allemands comme une seule et même immense vague de courage et de force pour les chasser du sol sacré de la Mère Patrie. Tous ces symboles de notre glorieuse Défense nationale… Le plus spectaculaire, c'était la statue de *Rodina Mat (« La Patrie »)*. La construction la plus élevée de la ville, un vrai chef-d'œuvre d'acier inoxydable qui culminait à soixante mètres au-dessus du pavé. C'est la dernière chose que j'ai vue de Kiev. Son bouclier et son épée levée dans un geste de triomphe éternel, ses yeux froids et brillants… Ses yeux fixés sur nous pendant qu'on foutait le camp.

PARC NATIONAL DE SAND LAKE PROVINCIAL, MANITOBA, CANADA

[Jesika Hendricks me désigne de la main la plaine subarctique. La ruine a remplacé la splendeur naturelle du paysage : véhicules abandonnés, débris et cadavres humains encore à moitié congelés dans la glace grisâtre. Originaire de Waukesha, dans le Wisconsin, et récemment naturalisée canadienne, Jesika participe activement au Wilderness Restoration Project. Comme plusieurs centaines d'autres bénévoles, elle vient ici tous les étés depuis l'arrêt officiel des hostilités. Même si le WRP annonce des progrès substantiels, force est de constater qu'il est difficile d'en voir la fin.]

Oh, je ne leur en veux pas. Le gouvernement, tous ces gens censés nous protéger… Objectivement, j'arrive à comprendre. Tout le monde ne pouvait pas accompagner l'armée à l'ouest des Rocheuses, je m'en rends bien compte. Comment auraient-ils fait pour nous nourrir, nous canaliser, et comment empêcher les hordes de morts-vivants de nous suivre ? Aujourd'hui, je comprends mieux pourquoi ils ont tout fait pour qu'un maximum de réfugiés se dirige vers le nord. Qu'est-ce qu'ils pouvaient faire d'autre, de toute façon ? Utiliser la force pour nous empêcher de passer ? Ou bien nous gazer comme les Ukrainiens ? Au moins, au nord, on avait une petite chance. Avec la chute des températures et les zombies qui n'allaient pas tarder à geler, certains d'entre nous auraient réussi à survivre. C'était la même situation partout dans le monde, des gens fuyant vers le nord en espérant rester en vie jusqu'à l'hiver. Non, je ne leur en veux pas de nous avoir fait ça, je leur pardonne, même… Mais leur irresponsabilité, le manque d'informations vitales qui auraient pu sauver tellement de monde… Ça, je ne leur pardonnerai jamais.

On était en août, deux semaines après Yonkers et à peine trois jours après la fuite du gouvernement à l'ouest. On n'avait pas eu trop de cas, dans mon quartier. Je n'en avais vu qu'un seul, en fait. Un groupe de six, ils dévoraient un SDF. Les flics les avaient abattus rapidement. Ça s'était produit à trois pâtés de maisons de chez moi et c'est ce jour-là que mon père a décidé de partir.

Nous étions tous dans le salon. Mon père s'entraînait à charger son nouveau fusil pendant que maman achevait de clouer les fenêtres. Impossible de trouver une chaîne qui ne parle *pas* des zombies. Images en direct, rediffusion de Yonkers, il n'y avait que ça. Avec le recul, je reste stupéfaite par la totale incompétence des médias. De l'action, du choc, et aucun fait précis. Et tous ces types qui déblatéraient pendant des heures, ces soi-disant « experts », tous à se contredire, tous à jouer au plus « provocateur », au plus « sérieux »… C'était très perturbant, personne ne semblait savoir quoi faire. Le seul truc sur lequel ils étaient tous d'accord, c'était que chaque citoyen devait « s'enfuir vers le nord. Les morts-vivants gèlent sur place dès que la température tombe sous zéro, c'est notre seule chance de survie ». Et c'était tout. Aucune instruction sur *l'endroit* où aller dans le Nord, rien sur la meilleure façon de survivre, ni sur le matériel à emporter. Non, seulement des discours verbeux servis par toutes ces marionnettes cravatées, et la télé qui n'en finissait pas de ressasser « le nord, le nord, fuyez vers le nord ».

« Ça suffit, a lâché mon père, on s'en va ce soir et on file vers le nord. » Il a essayé de se la jouer déterminé en serrant son fusil. C'était la première fois qu'il touchait une arme de sa vie. Un vrai gentleman, au sens propre, un homme *gentil*. Petit, chauve, un visage grassouillet qui rougissait quand il riait, il était le roi des mauvaises blagues et des bons mots. Il avait toujours une attention spéciale pour les autres. Un compliment, un sourire, ou bien un petit égard pour moi, quelque chose que maman n'était pas censée savoir. Le gentil flic, dans la famille, c'était lui. Toutes les décisions importantes retombaient sur maman.

Et maintenant, maman essayait de parlementer, de le ramener à la raison. Nous vivions déjà largement au nord. On avait tout ce dont on pouvait avoir besoin. Pourquoi foncer vers l'inconnu alors qu'il suffisait de nous ravitailler correctement, de fortifier la maison et d'attendre les premières gelées ? Papa n'a rien voulu entendre. « On sera mort à l'automne, la semaine prochaine, même ! » Il était obnubilé par la Grande Panique. Il nous a dit de prendre ça comme des vacances, du camping. On vivrait de hamburgers à l'élan et de mûres sauvages. Il m'a promis de m'emmener pêcher et m'a même demandé comment je comptais appeler mon lapin de compagnie dès qu'on l'aurait attrapé. Il vivait à Waukesha depuis tout petit et il n'avait jamais campé de sa vie.

[Elle montre quelque chose dans la glace. Un tas de DVD craquelés.]

Voilà exactement ce que les gens emportaient avec eux : des sèche-cheveux, des consoles de jeu, des ordinateurs portables par dizaines. Je ne peux pas croire qu'ils étaient assez bêtes pour espérer pouvoir s'en servir. Bon, d'accord, certains, peut-être. Mais les autres, à mon avis, ils avaient juste peur de les perdre, de revenir six mois plus tard et de retrouver leur maison pillée. Nous, on a essayé de réfléchir. Des vêtements chauds, des ustensiles de cuisine, une trousse à pharmacie et toutes les conserves qu'on a trouvées. On aurait juré avoir assez à manger pour plusieurs années. Mais on en a dévoré plus de la moitié rien qu'à l'aller. Moi, ça ne m'inquiétait pas... C'était l'aventure, une rando vers le Grand Nord.

On n'a rien su de toutes ces histoires d'embuscades sur les routes, de toute cette violence. On faisait partie de la première vague. Les seuls à nous précéder, c'étaient les Canadiens, et ça faisait longtemps qu'ils étaient partis. Il y avait encore pas mal de trafic sur les routes, plus de voitures que je n'en avais jamais vu, mais l'ensemble restait assez fluide et les embouteillages se limitaient aux routes secondaires et aux parkings.

Les parkings ?

Oui, vous savez, les terrains de camping avec parking pour caravanes, ou même les parkings tout court, n'importe quel endroit que les gens estimaient suffisamment au nord. Papa avait tendance à les regarder de haut. D'après lui, ils ne voyaient pas plus loin que le bout de leur nez, ils étaient irrationnels. Papa disait aussi qu'on se trouvait encore trop près des grands centres urbains et que la seule façon de s'en sortir consistait à aller aussi loin au nord que possible. Et maman d'ajouter que ça n'était pas leur faute, que la plupart d'entre eux étaient simplement tombés en panne d'essence. « Et ça, c'est la faute à qui ? » surenchérissait mon père. On avait attaché plusieurs jerricans d'essence sur le toit du minivan. Papa faisait des réserves depuis le tout début de la Grande Panique. On a dépassé pas mal d'embouteillages à hauteur des différentes stations-service le long de la route, et presque toutes arboraient des panneaux géants « PLUS D'ESSENCE ». Papa les doublait à toute vitesse. Il doublait tout le monde très vite, les voitures en panne sur le bas-côté, les auto-stoppeurs. Ils étaient nombreux, ceux-là. Parfois, ils marchaient à la queue leu leu sur le bord de la route, ressemblant très exactement à l'image qu'on se fait des colonnes de réfugiés. De temps en temps, une voiture s'arrêtait et en ramassait quelques-uns. « Vous voyez dans quel pétrin ils se sont mis. » Papa. Encore lui.

On a pris une femme, une fois. Elle marchait toute seule en tirant une de ces valises à roulettes qu'on voit souvent dans les aéroports. Elle avait l'air inoffensive, comme ça, seule sous la pluie. C'est sans doute pour ça que maman a poussé papa à s'arrêter. Elle s'appelait Patty et venait de Winnipeg. Elle ne nous a pas dit comment elle s'était retrouvée là, et on ne lui a pas demandé. En tout cas elle s'est montrée vraiment reconnaissante. Elle voulait donner tout son argent à mes parents. Maman a refusé tout net et lui a promis de l'emmener aussi loin que possible. Elle s'est mise à pleurer en nous remerciant. Moi, j'étais fière de mes parents, du moins jusqu'à ce qu'elle éternue et qu'elle sorte un mouchoir de son manteau. Sa main gauche était restée dans sa poche depuis qu'on l'avait prise en stop. On a tout de suite vu qu'elle avait un bandage taché de traînées noirâtres qui ressemblaient à du sang. Elle a remarqué qu'on la regardait, et ça l'a rendue nerveuse. Elle nous a dit de ne pas nous inquiéter, qu'elle s'était juste coupée par accident. Papa a jeté un coup d'œil à maman et ils n'ont pas dit un mot. Ils ne m'ont pas regardée, ils n'ont rien dit du tout. Pendant la nuit, je me suis réveillée et j'ai entendu claquer la porte passager. Je n'ai rien remarqué de particulier. On s'arrêtait sans cesse pour faire pipi. Ils me réveillaient toujours au cas où j'aurais eu envie, mais pas cette fois. Je n'ai pas compris ce qui se passait jusqu'à ce que le minivan reparte. J'ai cherché Patty du regard, mais elle avait disparu. J'ai demandé à mes parents où elle était et ils m'ont répondu qu'elle leur avait demandé de la déposer ici. J'ai regardé à travers la vitre arrière en espérant l'apercevoir une dernière fois, et je l'ai vue, là, qui devenait de plus en plus petite. On aurait dit qu'elle nous courait après, mais j'étais si fatiguée que je ne voyais pas très bien. Je n'ai pas vraiment voulu savoir, sans doute. J'ai fermé les yeux sur beaucoup de choses pendant ce voyage vers le nord.

Quoi, par exemple ?

Les autres « auto-stoppeurs », ceux qu'on ne prenait jamais. Il n'y en avait pas beaucoup, souvenez-vous, nous n'en étions qu'à la première vague. On en a rencontré une petite demi-douzaine, pas plus. Ils erraient au milieu de la route et ils levaient les bras quand on s'approchait. Papa les évitait et maman m'ordonnait de baisser la tête. Je ne les ai jamais vraiment vus de près. J'enfonçais la tête dans les sièges en fermant les yeux. Je ne voulais pas les voir. Je pensais très fort aux hamburgers d'élan et aux mûres sauvages. C'était comme arriver en terre promise. Je savais qu'une fois suffisamment au nord, tout irait bien.

Et ce fut le cas pendant quelque temps, d'ailleurs. On s'était installé dans un super-camping en bord de lac, il n'y avait pas encore beaucoup de monde, mais suffisamment pour qu'on se sente « en sécurité », au cas où des morts-vivants approcheraient. Tout le monde était vraiment sympa, on sentait comme un soulagement général. Au début, c'était presque la fête. Le soir, on faisait des grands barbecues, des grands brasiers dans lesquels tout le monde déposait ce qu'il avait chassé ou pêché, surtout pêché. Des types jetaient un bâton de dynamite dans l'eau, il y avait un énorme boum et des dizaines de poissons apparaissaient à la surface. Je n'oublierai jamais ces bruits. Les explosions, les tronçonneuses dont ils se servaient pour couper les arbres, la musique qui sortait des autoradios et les instruments que certaines familles avaient apportés avec elles. On chantait tous autour du feu, d'énormes feux dans lesquels on jetait d'énormes bûches, soir après soir.

On avait encore des arbres à disposition, à l'époque. C'était avant les deuxième et troisième vagues, quand les gens n'avaient plus que des feuilles mortes et des souches pour le feu. À la fin, ils brûlaient n'importe quoi. L'odeur de plastique fondu est vraiment persistante, vous savez, dans la bouche, les cheveux… À ce moment-là, il n'y avait plus de poissons depuis longtemps, et plus rien à chasser. Personne n'avait l'air de s'inquiéter outre mesure. Tout le monde attendait que l'hiver gèle les morts-vivants.

Mais une fois les zombies gelés, comment comptiez-vous passer l'hiver ?

Exactement. Bonne question, hein ? Je ne crois pas que les gens envisageaient les choses à moyen terme. Ils pensaient peut-être que les « autorités » viendraient nous sauver et qu'il suffirait ensuite de faire nos bagages et de rentrer chez nous. D'ailleurs, la plupart d'entre nous vivaient au jour le jour, j'en suis certaine. Ils étaient déjà bien contents de s'en être tirés. « On rentrera tous chez nous, très bientôt. » Tout le monde répétait ça, sans arrêt. « Tout sera terminé à Noël. »

[Elle attire mon attention sur un autre objet conservé dans la glace. Un sac de couchage Bob l'Éponge. Tout petit et taché de sang séché.]

À quoi ça pouvait bien servir, un truc pareil, d'après vous ? Un camping en plein été à la belle étoile ? Un accessoire de matelas chauffant ? Les magasins de rando ont tous été dévalisés, mais on a du mal à se rendre compte à *quel point* ces gens étaient ignorants. La plupart venaient des États de la *Sunbelt*, certains même du Nouveau-Mexique. On en voyait qui dormaient avec leurs chaussures dans leur sac de couchage, sans savoir que ça leur coupait la circulation. D'autres buvaient de l'alcool pour se réchauffer, alors que ça fait encore chuter un peu plus la température interne. Certains portaient des manteaux énormes pardessus un simple tee-shirt. Dès qu'ils avaient la moindre activité un tant soit peu physique, ils crevaient tout de suite de chaud et se déshabillaient. Et évidemment, leurs vêtements en coton trempés gardaient l'humidité. Et le vent se levait... Beaucoup sont tombés malades dès septembre. Des rhumes, la grippe. Ils l'ont passée aux autres.

Au début, tout le monde était correct. On coopérait. On faisait du troc, parfois on achetait aux autres familles ce dont on avait besoin. L'argent avait encore de la valeur. Tout le monde pensait que les banques ne tarderaient pas à rouvrir. Dès que maman et papa partaient chercher à manger, ils me confiaient toujours à un voisin. J'avais une petite radio de survie, le genre à dynamo manuelle, on écoutait les informations tous les soirs. Ils ne parlaient que de la retraite, de l'armée qui abandonnait les civils encerclés. On écoutait les émissions devant la carte routière des États-Unis, on pointait les villes dont la radio parlait. J'étais assise sur les genoux de papa. « Vous voyez, il disait, ils ne se sont pas enfuis à temps. Ils n'ont pas été aussi malins que nous. » Il se forçait ensuite à sourire. J'ai cru assez longtemps qu'il avait raison.

Mais au bout d'un mois, quand la nourriture a commencé à manquer, que le froid est devenu plus vif et que les jours ont commencé à raccourcir, les gens sont devenus méchants. On ne faisait plus de feux, plus de fêtes, et on avait arrêté de chanter tous ensemble. Le campement est devenu sale. Plus personne ne prenait la peine de ramasser ses ordures. Plus personne ne les enterrait.

On ne me confiait plus aux voisins, désormais, mes parents ne faisaient plus confiance à personne. Les choses ont encore empiré, des bagarres ont éclaté. J'ai vu deux femmes se battre pour un manteau de fourrure et le déchirer en deux. J'ai vu un type attraper un voleur par le cou et le frapper à la tête avec un démonte-pneu. Ça se passait surtout la nuit, il y avait des cris, des bruits de lutte. De temps en temps, un coup de feu claquait et quelqu'un poussait un cri. Un soir, on a entendu quelque chose bouger à côté de la bâche qu'on posait sur le minivan toutes les nuits. Maman m'a ordonné de baisser la tête et de me boucher les oreilles. Papa est sorti. J'ai entendu des éclats de voix, malgré mes oreilles bouchées. Papa s'est servi de son arme. Quelqu'un a hurlé. Papa est rentré juste après. Il était tout blanc. Je ne lui ai jamais demandé ce qui s'était passé.

Les seules fois où tout le monde se retrouvait, c'était quand un mort-vivant débarquait. Ils suivaient la troisième vague. Quelqu'un donnait l'alerte et tout le monde sortait pour abattre le zombie. Et quand c'était fini, on recommençait à s'engueuler.

Quand il a fait assez froid pour que le lac gèle, quand le dernier mort-vivant a été tué, beaucoup de gens ont cru qu'ils pourraient enfin rentrer chez eux, à pied.

À pied ?

Plus d'essence depuis longtemps. Tout le monde s'en était servi pour faire la cuisine ou pour faire tourner le radiateur de leur véhicule. Tous les jours, il y avait dc nouveaux groupes de gens dépenaillés à moitié morts de faim qui partaient. Ils trimballaient tous les trucs inutiles qu'ils avaient apportés avec eux, pleins d'espoir en dépit des circonstances.

« Où est-ce qu'ils pensent aller ? disait papa. Ils ne savent pas qu'il ne fait pas encore assez froid au sud ? Ils ne savent pas ce qui les attend, là-bas ? » Il était convaincu qu'en s'accrochant suffisamment longtemps, les choses finiraient par s'améliorer. On était en octobre, et j'avais encore apparence humaine. À peu près.

[Nous tombons sur un tas d'os – trop nombreux pour qu'on les compte – dans un trou, recouvert de glace.]

J'étais assez grosse, comme gamine. Je ne faisais jamais de sport et je ne me nourrissais que de fast-food et de snacks. J'étais un tout petit peu plus maigre quand on avait débarqué, en août. Mais en novembre, j'avais l'air d'un squelette. Maman et papa n'avaient pas meilleure mine. Papa avait perdu son ventre, maman avait les pommettes creuses. Ils se disputaient beaucoup, sous n'importe quel prétexte. C'était surtout d'eux, dont j'avais peur. À la maison, ils ne haussaient jamais le ton. C'était des profs, des « progressistes ». De temps en temps, il y avait un dîner un peu plus « tendu » que les autres, mais rien à voir avec ça. Ils n'arrêtaient pas de se chercher. Un jour, vers Thanksgiving… Je n'ai pas pu sortir de mon sac de couchage. J'avais le ventre gonflé et des taches rouges sur la bouche et sur le nez. Les voisins cuisinaient quelque chose, de la viande, l'odeur était délicieuse. Papa et maman se disputaient dehors. Maman disait que c'était la seule solution. Je ne savais pas de quoi ils parlaient. Elle disait que « ça » n'était pas si grave, après tout c'était les voisins qui « l'avaient fait ». Papa répondait qu'on n'était pas encore tombé aussi bas et qu'elle aurait dû avoir honte. Maman hurlait pour de vrai sur papa, lui crachant à la figure que c'était de sa faute si on était coincé ici, si j'étais en train de mourir. Maman a rajouté qu'un vrai mec saurait quoi faire. Elle l'a traité de pédé, elle savait qu'il attendait qu'on crève pour vivre tranquille sa vie de tapette de merde. Papa lui a dit de fermer sa gueule. Papa ne jurait *jamais*. J'ai entendu quelque chose dehors, comme un bruit sec. Maman est rentrée en tenant une petite boule de neige contre son œil. Papa l'a suivie. Il n'a pas dit un mot. Il avait un de ces regards... comme je n'en avais jamais vu avant, comme s'il était soudainement devenu quelqu'un d'autre. Il a attrapé ma radio de survie, la radio que les gens avaient tous essayé d'acheter... ou de voler, et il est parti chez les voisins. Il est revenu dix minutes plus tard, sans la radio, avec une pleine casserole de ragoût. C'était tellement bon ! Maman m'a dit de faire attention à ne pas manger trop vite. Elle m'a nourrie à la petite cuillère. Elle avait l'air soulagée. Elle pleurait un peu. Papa avait toujours ce regard. Le regard que j'ai fini par avoir moi aussi, quand maman et papa sont tombés malades et que j'ai dû les nourrir à mon tour.

[Elle s'agenouille pour examiner les os. Tous ont été brisés et la moelle a disparu.]

L'hiver nous est vraiment tombé dessus en décembre. Des tonnes de neige. Littéralement. Des montagnes de neige épaisse, toute grise de pollution. Le camp est devenu silencieux. Plus de bagarres, plus d'imprécations. À Noël, il y avait plein de nourriture.

[Elle attrape ce qui ressemble à un fémur miniature. On l'a nettoyé avec un couteau.]

On dit que plus de onze millions de personnes sont mortes cet hiver, rien qu'au Canada. Sans compter les autres. Le Groenland, l'Islande, la Scandinavie. Je préfère ne pas penser à la Sibérie et à tous ces réfugiés chinois, à tous ces Japonais qui n'avaient jamais mis les pieds en dehors de la ville, et tous ces pauvres Indiens. C'était le premier Hiver Gris, quand la pollution planétaire a changé le climat. On dit qu'une partie de cette pollution provient des cendres humaines. Je ne sais pas dans quelle proportion.

[Elle plante un marqueur au-dessus du trou.]

Ça a pris beaucoup de temps, mais le soleil a fini par revenir. La température a commencé à remonter et la neige à fondre. À la mi-juillet, le printemps est enfin arrivé. Et avec lui, les morts-vivants.

[Un des autres membres de l'équipe nous appelle. Un zombie gît dans la glace, à moitié enterré, les jambes encore coincées par le gel. Mais sa tête, son torse et ses bras sont parfaitement fonctionnels. Il gigote en gémissant et il essaie de nous mordre.]

Pourquoi est-ce qu'ils résistent aussi bien à la congélation ? Les cellules humaines contiennent de l'eau, pas vrai ? Et quand cette eau gèle, son volume augmente et les membranes cellulaires éclatent. C'est pour ça qu'on ne peut tout simplement pas congeler les gens, « l'animation suspendue », tout ça. Alors pourquoi est-ce que ça marche pour les morts-vivants ?

[Le zombie fait un mouvement dans notre direction. Son bassin gelé commence à se déchirer. Jesika lève son arme – un long pied-de-biche en acier – et lui fracasse le crâne d'un air désinvolte.]

UDAIPUR LAKE PALACE, LAC PICHOLA, RAJASTHAN, INDE

[Fondée sur l'île de Jagniwas pour des raisons aujourd'hui oubliées, cette construction idyllique tient plus du conte de fées qu'autre chose. Le palais a d'abord servi de résidence d'été à un maharadjah, puis d'hôtel de luxe, avant d'accueillir plusieurs centaines de réfugiés, hélas tous morts du choléra. L'hôtel, le lac et la ville voisine renaissent doucement de leurs cendres sous la supervision du chef de projet Sardar Khan. Pendant toute la durée de l'entretien, M. Khan oublie un peu son côté « ingénieur civil de bonne famille endurci par la guerre » et redevient le jeune caporal terrifié qu'il était jadis, alors qu'il empruntait cette route montagneuse pour la première fois.]

Je me souviens surtout des singes. Des centaines de singes. Ils grimpaient partout, sur les véhicules, parfois même sur la tête des gens. On les voyait depuis Chandigarh, des bandes entières, à sauter de toit en toit, de balcon en balcon alors que les morts-vivants envahissaient les rues. Ils couraient dans toutes les directions en hurlant et renversaient même les cabines téléphoniques pour échapper aux zombies. Certains n'attendaient pas d'être attaqués. Ils savaient. Et maintenant ils étaient là, partout, sur ce chemin étroit, en plein Himalaya. On appelait ça une route, à l'époque, mais même en temps de paix, cet endroit était célèbre pour sa dangerosité. Des milliers de réfugiés l'avaient envahie et escaladaient les nombreuses épaves de voitures abandonnées un peu partout. Les gens persistaient à transporter leurs valises, leurs cartons, toutes sortes d'objets… J'ai vu un homme qui tenait fermement un écran d'ordinateur. Un singe lui a sauté sur la tête avant d'essayer de bondir à nouveau, mais l'homme marchait juste au bord du précipice. Il a trébuché et ils ont disparu tous les deux dans le vide. Des gens tombaient régulièrement. Il y avait trop de monde, tout simplement. Et même pas de rambarde. J'ai vu un bus se renverser. Je ne sais toujours pas pourquoi, il ne bougeait même pas. Les passagers ont essayé de sortir par les fenêtres, mais les portes avaient été enfoncées et bloquées par tous ceux qui avaient déjà marché dessus. Une femme était à moitié sortie quand le bus a basculé dans le vide. Elle tenait quelque chose dans ses bras, quelque chose qu'elle serrait de toutes ses forces. J'essaie encore de me persuader que ça ne pleurait pas, que ça ne bougeait pas, que c'était juste un paquet de vêtements. Il y avait beaucoup de monde à portée de bras quand le bus a disparu. Personne n'a essayé de l'aider. Personne ne l'a regardée. Tout le monde s'est contenté d'avancer. Quand il m'arrive de rêver de cette scène, je ne fais jamais la différence entre eux et les singes.

Je n'étais même pas censé être ici, je n'étais pas ingénieur militaire opérationnel. Je travaillais à la GORF [1]. Mon boulot, c'était de construire des routes, pas de les faire sauter. J'avais juste fait un tour à la

1. Gestion et organisation des routes frontalières.

caserne de Shimla pour tenter de retrouver mon unité quand un ingénieur, le sergent Mukherjee, m'avait agrippé le bras en me demandant : « Toi, soldat ! Tu sais conduire ? »

J'ai dû bafouiller une réponse affirmative et une seconde plus tard, il me jetait sur le siège d'une Jeep avant de s'asseoir à mes côtés avec un machin qui ressemblait à une radio sur les genoux. « Fonce vers la passe ! Allez ! Allez ! » J'ai démarré en trombe en faisant hurler les pneus, tout en essayant désespérément de lui expliquer que je ne savais piloter que les engins de chantier, et encore. Mukherjee ne m'écoutait pas. Il était bien trop occupé à manipuler l'engin qu'il avait apporté avec lui. « Les charges ont déjà été fixées, m'a-t-il expliqué, on n'a plus qu'à attendre les ordres.

– Quelles charges ? ai-je demandé. Quels ordres ?

– Faire sauter la passe, évidemment, pauvre con ! il a crié en me montrant le détonateur sur ses genoux. Comment on va faire pour les arrêter, sinon ? »

J'étais vaguement au courant d'un plan global de retraite vers l'Himalaya. Il était aussi question de fermer toutes les passes pour empêcher les morts-vivants de progresser. Mais jamais je n'aurais rêvé y participer ! Par simple souci de politesse, je ne répéterai pas ici ce que j'ai dit à Mukherjee, ni sa propre réaction quand nous sommes arrivés à la passe et qu'il a découvert qu'elle grouillait encore de réfugiés.

« Elle était censée être dégagée ! hurlait-il. Plus le moindre réfugié ! »

Nous avons repéré un soldat de la garnison de Rashtriya. L'équipement censé fermer l'entrée de la route gisait sur le bas-côté, juste à côté de notre Jeep. Mukherjee a sauté au sol et s'est jeté sur le soldat. « C'est quoi, ce bordel ? » a-t-il crié. Mukherjee était très grand, un type dur et massif. « Vous deviez empêcher les gens de passer ! » L'autre type était aussi énervé et effrayé que lui. « Vous voulez descendre votre grand-mère ? Pas de problème, allez-y ! » Il a poussé le sergent avant de rejoindre la foule sur la route.

Mukherjee a sorti sa radio pour signaler que la route était encore active. La voix suraiguë d'un jeune officier lui a beuglé que ses ordres étaient de faire sauter la route, peu importe le nombre de gens qui s'y trouvaient. Mukherjee a répondu d'un ton exaspéré qu'il fallait attendre qu'elle soit déserte. S'il la faisait sauter maintenant, il tuerait des dizaines de personnes et en piégerait plusieurs milliers de l'autre côté. La voix lui a crié que la route ne serait *jamais* déserte, et que derrière tous ces gens il y avait une horde de Dieu seul savait combien de *millions* de zombies. Mukherjee a insisté, précisant qu'il la ferait sauter quand les zombies arriveraient, pas avant. Pas question de commettre un crime de guerre, et tant pis pour un petit lieutenant de merde dont il n'avait rien à foutre…

Mais Mukherjee s'est brusquement tu en regardant quelque chose derrière moi. Je me suis retourné pour tomber nez à nez avec le général Raj-Singh ! D'où sortait-il ? Mystère, mais il était bel et bien là… Encore aujourd'hui, personne ne me croit. Pas sur la présence du général, non, sur le fait que *moi*, j'y étais. Le général se tenait à quelques centimètres de moi. Le Tigre de Delhi ! J'ai lu quelque part qu'on a tendance à exagérer la taille de ceux qu'on admire quand on les voit pour la première fois. Dans mon esprit, il m'est apparu comme une sorte de géant. Même avec son uniforme déchiré, son turban taché de sang, son bandeau sur l'œil et son nez gonflé (un de ses hommes l'avait frappé en plein visage pour l'embarquer de force dans le dernier hélicoptère qui décollait du parc Gandhi). Le général Raj-Singh…

[Khan prend une grande inspiration, la poitrine visiblement gonflée de fierté.]

« Messieurs », a-t-il dit… Il nous a appelés « messieurs » et nous a clairement expliqué qu'il *fallait* détruire immédiatement cette route. L'armée de l'air suivait ses propres objectifs pour la fermeture des autres cols. En ce moment même, un chasseur bombardier Shamesher survolait notre position. S'il nous était impossible d'obéir aux ordres ou si nous refusions, le pilote du Jaguar s'assurerait lui-même d'accomplir la « colère de Shiva ». « Vous comprenez ce que ça implique ? » demanda Raj-Singh. Il pensait sans doute que j'étais trop jeune pour comprendre, ou peut-être qu'il avait deviné ma confession musulmane, mais même si j'ignorais tout à propos de cette divinité indienne malfaisante, le simple fait de porter l'uniforme m'avait fait prêter l'oreille aux rumeurs relatives au nom de code « secret » qui désignait l'arme nucléaire.

Mais ça aurait totalement détruit la passe, non ?

Oui, et la moitié de la montagne avec ! En lieu et place d'un goulet d'étranglement cerné de falaises, on aurait obtenu une immense pente douce vitrifiée. Or, il fallait justement détruire la route pour que la géographie naturelle de l'endroit empêche les morts-vivants de passer. Et voilà qu'un quelconque général de l'armée de l'air tout excité à l'idée de faire joujou avec ses bombes atomiques allait leur offrir la plus belle porte d'entrée vers la zone sécurisée !

Mukherjee a avalé sa salive, manifestement hésitant quant à la marche à suivre, jusqu'à ce que le Tigre lui ôte le détonateur des mains. Fidèle à lui-même, le héros acceptait le fardeau d'un crime de guerre. Au bord des larmes, le sergent n'a pas bougé d'un pouce. Le général Raj-Singh l'a remercié, il nous a remerciés tous les deux, en fait, puis il a murmuré une courte prière et il a enfoncé ses deux pouces sur les boutons. Rien. Il a essayé à nouveau. Toujours rien. Il a vérifié les batteries et toutes les connexions avant de faire une troisième tentative. En vain. Le problème ne venait pas du détonateur. Quelque chose était arrivé aux charges enterrées cinq cents mètres derrière nous, au beau milieu des colonnes de réfugiés.

Et voilà, c'est fini, ai-je pensé. *Nous allons tous mourir*. J'étais paralysé. Je ne pensais plus qu'à m'enfuir aussi loin et aussi vite que possible pour tenter d'échapper à l'explosion atomique. Quand j'y repense, j'en ai encore honte… N'avoir pensé qu'à moi à ce moment-là.

Dieu merci pour le général Raj-Singh. Il a réagi… Exactement comme on peut s'y attendre de la part d'une véritable légende vivante. Il nous a ordonné de déguerpir au plus vite, de sauver notre peau et de rejoindre Shimla, puis il a tourné les talons et s'est fondu dans la foule. Mukherjee et moi nous sommes regardés, sans beaucoup d'hésitation, je suis heureux de vous le dire, et nous l'avons suivi comme un seul homme.

Voilà que nous voulions nous aussi jouer les héros, pour protéger notre général de la foule. Quelle blague. On n'a même pas réussi à l'apercevoir dans toute cette masse humaine, si dense qu'on n'y voyait plus rien. J'ai été poussé et bousculé en tous sens. Je ne sais même plus qui ni quand on m'a frappé en plein dans l'œil. Je hurlais à tout le monde que je devais passer, que c'était un ordre militaire prioritaire. Personne n'écoutait. J'ai tiré plusieurs fois en l'air. Personne n'a semblé le remarquer. J'ai alors envisagé de tirer dans la foule. J'étais aussi désespéré qu'eux. Du coin de l'œil, j'ai aperçu Mukherjee basculer dans le vide en luttant contre un homme qui voulait lui arracher son fusil. Je me suis retourné pour avertir le général Raj-Singh, mais comment le repérer dans la multitude ? Je l'ai appelé par son nom en essayant de le repérer parmi toutes les têtes. J'ai même grimpé sur le toit d'un minibus pour faire le point. Et puis le vent s'est levé. Il charriait leur puanteur et leurs gémissements dans toute la vallée. Devant moi, à environ cinq cents mètres, les gens ont commencé à courir. J'ai focalisé mon regard et... Les morts arrivaient. Lents, méthodiques et presque aussi nombreux que les réfugiés qu'ils dévoraient aussitôt.

Le minibus a tremblé et je suis tombé. L'espace d'une seconde, j'ai flotté sur une marée humaine avant de m'écraser lourdement au sol, immédiatement piétiné par des centaines de gens. Mes côtes se sont brisées et ma bouche s'est remplie de sang. Je me suis traîné sous le minibus. Tout mon corps me brûlait et j'étais à peine capable de proférer un son ou de voir quoi que ce soit. J'entendais les plaintes des zombies se rapprocher. J'en ai déduit qu'ils ne devaient pas être à plus de cent cinquante mètres. J'avais juré de ne pas finir comme tant d'autres, tous ces gens mis en pièces, ou cette vache dégoulinante de sang aperçue un jour sur les rives de la rivière Sutluj, à Rupnagar. J'ai pris appui sur mes avant-bras, mais mes mains refusaient de bouger. J'ai juré, j'ai maudit les dieux, j'ai hurlé. J'avais toujours cru qu'au moment de mourir, toutes nos pensées se tournaient vers la religion, mais moi, j'ai simplement commencé à me frapper le crâne contre le van. J'espérais le cogner suffisamment fort pour le briser. Soudain, il y a eu comme un gigantesque coup de tonnerre et le sol s'est littéralement soulevé sous moi. Puis, une vague de hurlements et de gémissements mêlés à un souffle puissant, à la poussière chaude. Mon visage s'est écrasé contre le fond du van et j'ai immédiatement perdu connaissance.

La première chose que j'ai entendue en reprenant conscience, c'était un son très léger. Au début, j'ai cru que c'était de l'eau. Ça ressemblait à une fuite… « Plic plic plic », comme ça. Le « plic » est devenu un peu plus clair, et j'ai remarqué deux autres bruits. D'abord le grésillement de ma radio – aujourd'hui encore, je me demande comment j'ai fait pour ne pas la casser –, puis le gémissement continu des morts-vivants. J'ai rampé vers l'extérieur. Au moins, mes jambes fonctionnaient encore assez bien pour que je me tienne à peu près debout. J'ai réalisé que j'étais tout seul. Plus de général Raj-Singh, plus de réfugiés. Je me tenais au beau milieu d'un chemin de montagne jonché d'objets abandonnés par la foule. En face de moi, l'abîme. Et de l'autre côté, la route. Coupée en deux, comme prévu.

C'est de là que les gémissements provenaient. Les morts-vivants cherchaient à m'atteindre. Yeux écarquillés et bras tendus, ils tombaient par paquets dans le précipice. C'était ça, ce que j'avais pris pour une fuite d'eau, les corps des zombies qui s'écrasaient au fond de la vallée, en contrebas.

Le Tigre avait finalement réussi à les faire sauter, ces fichues charges. J'en ai déduit qu'il avait dû les atteindre à peu près au même moment que les morts-vivants. J'espère qu'ils n'ont pas eu le temps de le dévorer avant l'explosion. Et j'espère aussi qu'il est fier de sa statue… Elle surplombe aujourd'hui la toute nouvelle autoroute quatre voies qui enjambe cette vallée. Sur le moment, je n'ai pas vraiment réfléchi à son sacrifice. Pour tout dire, je n'étais même pas sûr de ne pas délirer. Je contemplais cette véritable cascade de zombies tout en entendant la radio transmettre les rapports des autres unités.

« Vikasnagar. Sécurisée. »

« Bilaspur. Sécurisée. »

« Jawala Mukhi. Sécurisée. »

« Toutes les passes sécurisées. *Over.* »

Je rêve, ai-je pensé, *suis-je fou ?*

Le singe ne m'a pas vraiment aidé. Il était assis sur le toit d'un minibus abandonné, et il regardait les morts-vivants plonger vers leur destin. Son visage avait l'air si serein, si intelligent, comme s'il comprenait parfaitement la situation… J'aurais voulu qu'il se retourne vers moi et qu'il me dise : « C'est le tournant de la guerre ! On a enfin réussi à les arrêter ! On est en sécurité ! » Mais au lieu de ça, son petit pénis a brusquement jailli et il m'a pissé dessus.

Première ligne

TAOS, NOUVEAU-MEXIQUE, ÉTATS-UNIS

[Arthur Sinclair Junior est une caricature d'aristocrate européeen. Grand, mince, cheveux blancs impeccablement peignés, accent d'Harvard un peu artificiel, il s'écoute parler et ne me regarde presque jamais dans les yeux. Pendant la guerre, M. Sinclair travaillait pour le gouvernement et dirigeait le tout nouveau DeStRes : Department of Strategic Resources.]

J'ignore qui a trouvé l'acronyme « DeStRes ». Je ne sais même pas s'ils se sont rendu compte que ça ressemblait à « détresse » à ce point, mais quoi qu'il en soit, c'était parfaitement approprié. L'établissement d'une ligne de défense sur les Rocheuses aurait pu contribuer à la création d'une « zone sécurisée », du moins en théorie, mais en vérité, cette soi-disant zone ressemblait à un champ de ruines rempli de réfugiés. Famine, maladies, sans-abri par millions… L'industrie était en miettes, les transports et le commerce avaient purement et simplement disparu, sans compter les morts-vivants qui encerclaient le périmètre et réussissaient parfois à y pénétrer. Il fallait avant tout qu'on commence par les retaper, tous ces gens. Les nourrir, les vêtir, leur procurer un abri et surtout du travail. Sinon, notre magnifique zone de sécurité ne ferait que retarder l'inévitable. Voilà pourquoi on a créé le DeStRes. Et comme vous pouvez vous en douter, j'ai dû apprendre sur le tas.

Je serais d'ailleurs incapable de vous quantifier la masse de données que j'ai ingurgitées les premiers mois ; les briefings, les tournées d'inspection… Les rares fois où je dormais, c'était avec un livre, différent toutes les nuits, de Henry J. Kaiser à Vô Nguyên Giap. J'avais besoin de tout, chaque idée, chaque mot, chaque miette de connaissance, chaque petite parcelle de sagesse, tout ça pour m'aider à faire de ce paysage déchiqueté une véritable machine de guerre. Une machine américaine et moderne. Si mon père avait été en vie, il aurait sans doute ri de ma frustration. Pendant le New Deal, il travaillait pour FDR [1] comme contrôleur des finances pour le compte de l'État de New York. Il y appliquait une méthode quasi marxiste, le genre de collectivisation qui aurait fait sortir Ayn Rand de sa tombe… et l'aurait fait rejoindre le camp des morts-vivants. J'ai toujours rejeté les leçons que mon père essayait désespérément de m'inculquer – il a fallu que je m'enfuie à Wall Street pour ne plus les entendre. Et maintenant, je me torturais la cervelle pour m'en souvenir. Il y a une chose que les *new dealers* ont su mieux gérer que quiconque, dans toute l'histoire de l'Amérique : ils ont su rassembler les bons outils, les compétences adaptées à la situation.

Les outils et les compétences ?

C'est mon fils qui a entendu cette expression dans un film, un jour. Ça décrit assez bien notre effort de reconstruction, je trouve. « Compétences » pour la

1. F. D. Roosevelt. *(N.d.T.)*

force de travail potentielle, le niveau d'expertise requis, et la façon dont on peut s'en servir efficacement. Sans jouer les naïfs, je vous rappelle que notre « réserve de compétences » était extrêmement faible, à l'époque. Sur quoi reposait notre société industrielle, avant tout ? Sur l'économie de services, un système si complexe et si spécialisé que chaque individu a fini par fonctionner en vase clos, dans un cadre étroit et clairement défini. Si seulement vous aviez vu certaines des « carrières » listées dans notre premier rapport. Tout le monde était « cadre », « analyste » ou « consultant »… Très pratique avant la guerre, sans aucun doute, mais parfaitement inutile dans le cas présent. Nous, il nous fallait des charpentiers, des maçons, des ouvriers, des conducteurs d'engins, des armuriers. Oh, on en avait quelques-uns, bien sûr, mais pas suffisamment. Notre première enquête concernant la main-d'œuvre a classé F6 plus de 65 % des civils, « potentiel nul ». Nous avions besoin d'une réorientation massive et d'un programme de formation. En gros, il fallait que nos cols-blancs se les salissent un peu…

Ça a pris beaucoup de temps, tout ça. Le trafic aérien était inexistant, les routes et le rail au point mort ; et l'essence, Seigneur Dieu, il n'y avait plus un seul bidon entre Washington et la Californie. Ajoutez à cela le fait que l'Amérique d'avant-guerre possédait une infrastructure urbaine essentiellement axée sur la banlieue et que pareille organisation conduit inévitablement à une sévère ségrégation économique. La population entière de certains quartiers se composait de classes aisées, parfaitement incapables de remplacer une fenêtre brisée. Ceux qui savaient le faire, par contre, vivaient dans leur ghetto de « cols-bleus », à une heure de route, soit à plus d'un jour de marche, désormais. Comprenez-moi bien : au début, la majorité des gens optaient pour la marche à pied.

Pour régler notre petit problème – non, il n'y a pas de *problèmes*, juste des *défis* –, on a opté pour des camps de réfugiés. Il y en avait des centaines, certains à peine plus vastes que des parkings de supermarché, d'autres étalés sur plusieurs kilomètres carrés, disséminés entre la côte et les montagnes ; et tous avaient besoin d'aide, tous consommaient rapidement des ressources terriblement limitées. Ils arrivaient en premier sur ma liste, tous ces camps. Il fallait qu'on les évacue pour que je puisse relever un autre défi dans la foulée. Tous les F6 physiquement aptes ont été affectés à des travaux manuels non spécialisés : déblayage des débris, traitement des cultures, excavation des tombes. Ça, il en fallait, des tombes. Tous les A1, ceux qui possédaient des compétences utiles en temps de guerre, intégraient le PASC, le Programme d'autosuffisance communautaire. Un groupe hétérogène d'instructeurs se chargeait alors d'inculquer à tous ces ronds-de-cuir les connaissances suffisantes pour se débrouiller tout seuls.

Succès immédiat. Trois mois plus tard, les demandes d'aide chutaient significativement. On ne soulignera jamais assez à quel point la victoire finale en dépendait. Ça nous a permis de passer d'une économie de survie à une production accélérée. Ce fut le *National Reeducation Act*, une émanation directe du PASC. D'après moi, il s'agissait du plus vaste programme éducatif depuis la Seconde Guerre mondiale, et sans doute du plus radical de l'histoire.

Vous avez parfois mentionné les problèmes rencontrés par le NRA…

J'y arrive. Le Président m'a donné suffisamment de pouvoir pour relever n'importe quel type de défi logistique. Malheureusement, ce que ni lui ni personne ne pouvait me donner, c'était le pouvoir de changer la façon dont les gens raisonnent. Comme je vous l'expliquais, l'Amérique fonctionnait avec différents types de main-d'œuvre extrêmement compartimentée, et dans bien des cas, ledit compartiment comportait un élément intrinsèquement culturel. La majorité de nos instructeurs étaient des immigrés de première génération. Ils étaient parfaitement capables de se débrouiller seuls, ils savaient comment survivre avec un minimum de moyens et ils travaillaient avec ce qu'ils avaient sous la main. Ces gens cultivaient de petits potagers dans leurs jardins, entretenaient eux-mêmes leur maison et réparaient n'importe quel type de matériel tant que l'usure le permettait. Il était crucial que ces gens apprennent aux autres à se détacher de leurs habitudes de confort, même si nous leur devions justement notre niveau de vie.

Oui, bien sûr qu'il y avait du racisme, mais vous aviez aussi une certaine discrimination d'ordre social. Imaginez, vous êtes un avocat craint et respecté, vous avez passé l'essentiel de votre vie à étudier des contrats, à monter des plans financiers et à parler au téléphone. Dans votre domaine, vous êtes un bon. Votre travail vous a rendu riche et vous permet de vous offrir les services d'un plombier pour réparer vos toilettes. Plus vous travaillez, plus vous gagnez d'argent, et plus vous employez les braves *peones* qui vous donnent le temps nécessaire de gagner encore plus d'argent. C'est comme ça que le monde tourne, sauf qu'un jour il ne tourne plus. Plus personne n'a besoin qu'on valide un contrat ou qu'on finalise un plan financier. Par contre, tout le monde a besoin qu'on répare ses toilettes. Et là, tout d'un coup, le brave *peon* devient votre professeur, voire votre patron. Pour certains, cette perspective était encore plus effrayante que les morts-vivants.

Un jour, alors qu'on étudiait la situation à LA, je me suis assis au fond d'une salle de classe où on donnait un cours de rééducation. Les élèves occupaient des postes importants dans l'industrie du spectacle, un mélange d'« agents » et de « créatifs exécutifs » – pour peu que cette foutue appellation ait un sens. Je comprenais leur résistance, leur arrogance, même. Avant la guerre, le divertissement était la plus précieuse des exportations américaines. Et voilà qu'on les formait à devenir monteurs dans une usine de munitions à Bakersfield, Arizona. Une femme, une directrice de casting, a carrément explosé. Comment osaient-ils la traiter de cette façon ? Elle était titulaire d'un master en théâtre conceptuel, elle avait dirigé le casting des trois plus grosses séries des cinq dernières années et gagnait davantage en une semaine que son instructeur n'aurait pu en rêver en plusieurs vies ! Elle persistait à s'adresser à son professeur en l'appelant par son prénom. « Magda, soupirait-elle, Magda, s'il vous plaît, ça suffit, Magda. » Au début, je me suis dit que cette femme était simplement mal élevée et qu'elle rabaissait volontairement le professeur en refusant de l'appeler par son titre. J'ai découvert plus tard que Mme Magda Antonova était son ancienne femme de ménage, en fait. Oui, ça a été dur pour certains, mais pas mal d'entre eux m'ont avoué par la suite qu'ils trouvaient une vraie satisfaction personnelle dans leur nouveau travail. Davantage que dans tout ce qu'ils avaient pu faire auparavant.

J'ai rencontré un homme sur le ferry qui fait la liaison entre Portland et Seattle. Il avait travaillé des années au service juridique d'une agence de publicité où il gérait les droits des classiques du rock pour les publicités télévisées. À présent, il était ramoneur. Vu que la plupart des habitations de Seattle n'avaient plus de chauffage central depuis belle lurette et que les hivers étaient de plus en plus longs et de plus en plus froids, il n'avait pas franchement le temps de s'ennuyer. « Je garde mes voisins au chaud », m'a-t-il dit fièrement. Je sais que ça fait un peu trop Norman Rockwell, mais j'entends sans arrêt des histoires comme ça. « Vous avez vu mes chaussures ? Je les ai fabriquées moi-même. » « Ce pull, là, la laine provient de mes moutons. » « Comment trouvez-vous mon maïs ? C'est moi qui le cultive… » C'était le résultat d'un système de proximité. Les gens avaient enfin la possibilité de *voir* le fruit de leur travail. Ils savaient qu'ils contribuaient à la victoire et ils en tiraient une sorte de fierté personnelle. Et moi, j'étais formidablement heureux de participer à tout ça. C'est d'ailleurs ce qui m'a empêché de devenir fou avec la deuxième partie du boulot…

Voilà pour les « compétences ». « Les outils », ce sont les armes de guerre… et les moyens logistiques et industriels nécessaires pour les produire.

[Il se tortille sur sa chaise et me montre une photo sur son bureau. En m'approchant, je constate qu'il ne s'agit pas d'une photo mais d'une étiquette encadrée.]

Ingrédients :
Mélasse (États-Unis)
Anis (Espagne)
Réglisse (France)
Vanille bourbon (Madagascar)

Cannelle (Sri Lanka)
Girofle (Indonésie)
Wintergreen (Chine)
Essence de pimenton (Jamaïque)
Huile balsamique (Pérou)

Tout ça pour une simple bouteille de bière en temps de paix. Je ne vous parle pas d'un PC portable ou d'un avion à propulsion nucléaire.

Demandez à n'importe qui. Comment les alliés ont-ils fait pour gagner la Seconde Guerre mondiale ? Pour ceux qui ont un minimum d'éducation, c'est le nombre qui a fini par faire la différence, le nombre et nos généraux, bien sûr. Les plus ignorants, eux, vous parleront des merveilles technologiques, des radars ou de la bombe atomique. **[Il se renfrogne.]** Quiconque possède ne serait-ce qu'un vague semblant de compréhension de ce conflit vous les donnera, les trois vraies raisons : *primo*, la capacité à produire plus de matériel. Plus de balles, d'obus et de bandages que l'ennemi. *Secundo*, l'abondance de ressources naturelles pour le produire, ce matériel. *Tertio*, les moyens logistiques pour acheminer les matières premières vers les usines, mais également les produits finis vers le champ de bataille. Les Alliés disposaient des ressources, de l'industrie et de la logistique de toute une *planète*. L'Axe, lui, dépendait entièrement de ce qu'il réussissait encore à gratter à l'intérieur de ses frontières. Mais cette fois, l'Axe, c'était nous. Les morts-vivants contrôlaient la majorité des terres émergées, alors que le front américain devait se contenter de ce qu'on pouvait produire dans une zone qui couvrait à peu près les États de l'Ouest, pour faire court. Et laissez tomber les matières premières des autres zones sécurisées, outre-mer. La totalité de notre marine marchande était bloquée à quai, et les ponts envahis de réfugiés. Quant au manque d'essence, il aggravait encore la situation.

Mais nous avions quelques atouts. La production agricole californienne écartait toute possibilité de famine, pour peu qu'on la rationalise. Les planteurs d'agrumes n'ont pas apprécié, pas plus que les fermiers, d'ailleurs. Quant aux barons de la viande, ceux-là, ils contrôlaient tellement de terres… Ça, c'était un gros morceau, je vous l'accorde. Très dur. Vous avez déjà entendu parler de Don Hill ? Vous n'avez jamais vu le film que Roy Elliot a fait sur lui au moment où l'épidémie a touché San Joaquin Valley ? Les morts qui assiègent ses clôtures, attaquent son bétail et bouffent tout sur leur passage comme des fourmis rouges africaines. Et lui, il était là, à tirer dans tous les sens, genre Gregory Peck dans *Duel au soleil*. Je l'ai traité aussi franchement et aussi honnêtement que possible. Je lui ai donné le choix, à lui comme à tout le monde, d'ailleurs. Je lui ai rappelé que l'hiver arrivait et qu'il restait encore beaucoup de gens affamés dans la région. Je l'ai prévenu que les hordes de réfugiés débarqueraient forcément pour finir le travail des zombies, que le gouvernement ne lui offrirait pas la moindre protection. Hill était un vrai salopard, courageux et têtu, mais pas idiot, ça non. Il a accepté de donner ses terres et son bétail à la condition qu'on ne touche pas aux mâles reproducteurs, ni aux siens ni à ceux des autres. On s'est mis d'accord là-dessus.

Un bon steak juteux bien tendre – trouvez-moi quelque chose de mieux pour définir notre mode de vie habituel, avant la guerre. Et pourtant, c'est cette habitude-là qui a fini par devenir notre deuxième atout. La seule façon de continuer à alimenter nos réserves, c'était le recyclage. Rien de nouveau dans tout ça, je sais. Les Israéliens avaient commencé à le faire juste après la fermeture de leurs frontières, et depuis, toutes les nations l'ont adopté à des degrés différents. Mais nos réserves étaient incomparables aux leurs. Rappelez-vous à quoi ressemblait la vie quotidienne en Amérique juste avant la guerre. Même la classe moyenne inférieure estimait avoir *droit* à un confort matériel dont peu de nations au monde auraient osé *rêver*. Vêtements, électroménager, électronique, automobiles, rien que pour le seul bassin de Los Angeles, le degré d'équipement dépassait la population d'un facteur 3... Des *millions* de voitures, dans chaque maison, chaque quartier... Une industrie complète de plus de cent mille employés qui faisaient les trois-huit sept jours sur sept : cataloguer, collecter, désassembler, stocker et envoyer les pièces détachées aux usines de toute la côte Ouest. On a eu quelques soucis avec ça, un peu comme avec les éleveurs de bétail. Des gens qui ne voulaient pas se séparer de leur Hummer ou de leur téléphone mobile italien dernier cri. Amusant, d'ailleurs... Plus d'essence nulle part, mais pas question de leur faire abandonner leur voiture. Ça ne m'a pas trop gêné. Une vraie partie de plaisir comparé à l'establishment militaire.

De tous mes adversaires, c'étaient les galonnés les plus têtus. Je n'ai jamais vraiment eu le contrôle de leur R&D. Les militaires avaient la permission de lancer n'importe quel type de programme. Mais comme ces programmes dépendaient de contrats passés avec des entreprises civiles et que ces mêmes entreprises civiles dépendaient à leur tour des fonds du DeStRes, le contrôle général me revenait *de facto*. « Vous ne *pouvez pas* mettre nos bombardiers furtifs au placard », geignaient-ils. « Mais vous vous prenez pour *qui*, au juste, à nous empêcher de construire tranquillement nos tanks ? » Au début, j'ai essayé de leur faire entendre raison. « Les Abrams M-1 ont une turbine à gaz. Où comptez-vous trouver le carburant ? Et pourquoi utiliser un bombardier furtif contre un ennemi qui ne sait même pas se servir d'un radar ? » J'ai essayé de leur expliquer qu'il fallait adapter le matériel à l'ennemi, et qu'on devait surtout obtenir le meilleur retour sur investissement possible, ou pour utiliser leurs propres termes, qu'on *bousille les zombies sans se casser le cul*. Dieu sait à quel point ils étaient insupportables, avec leurs coups de fil interminables, ou quand ils débarquaient dans mon bureau sans prévenir. Mais bon… Je peux difficilement les en blâmer, surtout quand on sait comment on les a traités après la débâcle du dernier microconflit, sans parler de la catastrophe de Yonkers. Ils n'étaient pas loin de l'effondrement total, et pas mal d'entre eux se défoulaient comme ils pouvaient.

[Il sourit d'un air confiant.]

J'ai commencé ma carrière comme trader au rez-de-chaussée de la NYSE, alors je sais gueuler aussi fort qu'un sergent. Après chaque « réunion », j'attendais l'appel fatidique. L'appel que je craignais et que j'espérais en même temps. L'appel qui arriverait forcément : « M. Sinclair ? C'est le Président à l'appareil. Je tenais à vous remercier personnellement pour votre aide inestimable, mais nous allons devoir nous passer de vous, désormais… » **[Il glousse.]** Mais ça n'est jamais arrivé. J'imagine que personne d'autre ne le voulait, ce boulot.

[Son sourire disparaît.]

Je ne dis pas que j'ai fait un sans-faute, attention. Les gars de l'Air Force, par exemple, ils m'ont pris pour un maniaque, je m'en rends compte. Je n'ai pas compris leurs protocoles de sécurité, ni mesuré à quel point les dirigeables pouvaient se révéler efficaces dans la lutte antimorts-vivants. Tout ce que je savais, c'était qu'avec nos réserves ridicules d'hélium, il nous fallait de l'hydrogène et qu'il n'était pas question que je gaspille vies et matériel à construire une nouvelle flotte d'Hindenburg flambant neuve. Il a aussi fallu qu'on me persuade de rouvrir la centrale expérimentale à fusion froide de Livermore. Ça, c'est le Président lui-même qui s'en est chargé. D'après lui, il nous faudrait sans doute attendre encore plusieurs années avant de voir une avancée réellement significative. Mais « le simple fait de planifier un tel projet montre bien à la population qu'il y a un avenir ». Texto. Je me suis montré trop conservateur sur certains projets, et bien trop laxiste avec d'autres.

Le projet Yellow Jacket, par exemple. Quand j'y repense, j'ai envie de me flanquer un bon coup de pied au cul. Toutes ces têtes d'œuf de la Silicon Valley, tous ces génies dans leur domaine, eh bien ils m'ont convaincu qu'on pouvait mettre au point une « arme miracle » pour nous aider à gagner la guerre. Et en moins de quarante-huit heures, avec ça. Il s'agissait de construire des millions de micromissiles de la taille d'une balle de calibre 22, de les larguer par avion et de les guider droit vers la cervelle de tous les zombies d'Amérique du Nord. Ça semble incroyable, pas vrai ? Pour moi, ça l'était.

[Il marmonne quelque chose d'inaudible.]

Quand je pense à tout ce qu'on a investi dans ce puits sans fond, tout ce qu'on aurait pu produire avec… Aaaah… Bon, ça ne sert à rien d'y repenser aujourd'hui.

Les militaires… Ils auraient pu discuter chaque détail pendant des plombes. Mais au final, ils ne l'ont pas fait et je leur en suis reconnaissant. Quand Travis D'Ambrosia a été nommé chef d'état-major, il n'a pas seulement inventé le ratio coût-efficacité, il a développé toute une stratégie compréhensible pour l'utiliser. Quand il affirmait que certaines armes étaient indispensables, j'avais tendance à l'écouter. Je lui ai fait confiance sur quantité de sujets différents, comme le nouvel uniforme de combat ou le fusil standard destiné à l'infanterie, par exemple.

Le plus incroyable, c'est de constater à quel point la culture du RRE a fait son trou… Aussi bien chez les soldats que chez les officiers. Dans la rue, dans les bars, dans les trains, partout, on entendait nos gars discuter. « Pourquoi choisir X alors qu'on peut avoir tous les Y qu'on veut pour le même prix et qu'on tuerait dix fois plus de G avec ? » Certains soldats se sont penchés sur la question, ils ont inventé des outils assez efficaces et encore moins onéreux que prévu. Je crois que ça leur plaisait – improviser, s'adapter, damner le pion à ces satanés bureaucrates. Ce sont les Marines qui m'ont le plus surpris. Moi, j'en étais resté au mythe du *Jarhead* complètement crétin, avec un muscle à la place du cerveau, une mâchoire béante et une glande à testostérone pour le reste. Tout ça parce que les Marines dépendent de la Navy, hiérarchiquement parlant. Et je peux vous dire que les amiraux ne se préoccupent guère de ce qui se passe à terre. L'improvisation, c'est le rôle des Marines.

[Sinclair désigne le mur, derrière moi. Il l'a décoré d'une lourde tige d'acier… au bout de laquelle on trouve une pièce plate à mi-chemin entre la pelle et la hache à double tranchant. Cette arme originale a officiellement reçu le nom d'« outil standard de tranchée pour l'infanterie ». Les soldats l'ont rapidement baptisé « Lobotomie », ou plus couramment « Lobo ».]

Les Marines ont inventé ça tout seuls. Avec de l'acier récupéré sur les épaves de voitures. On en a fabriqué plus de vingt-trois millions pendant la guerre.

[Il sourit, manifestement fier de lui.]

Et on les fabrique encore aujourd'hui.

BURLINGTON, VERMONT

[L'hiver est tardif, cette année, une constante depuis la fin de la guerre. La neige a recouvert la maison et les champs voisins ; les arbres qui bordent la rivière sont figés par le gel. Un paysage calme et apaisant, très différent de l'homme qui m'accompagne. Il insiste pour que je l'appelle « le Cinglé ». « Tout le monde m'appelle comme ça, alors pourquoi pas vous ? » Il avance à grandes foulées d'un air décidé. Sa femme et le docteur lui ont offert une canne, mais il ne s'en sert que pour fendre l'air.]

Pour être honnête, je n'ai pas vraiment été surpris quand on m'a nommé vice-Président. Tout le monde savait qu'on n'éviterait pas la coalition. Moi, j'étais ce qu'on appelle une « étoile montante de la politique », du moins jusqu'à ce que je « m'autodétruise ». C'est bien ce qu'on disait de moi, pas vrai ? Tous des trouillards et des hypocrites… Ils crèveraient sur place plutôt que de voir un homme exprimer vraiment ce qu'il pense. Je n'étais pas très diplomate, et après ? Moi, au moins, je disais ce que je pensais et je n'avais pas peur de le clamer haut et fort. C'est d'ailleurs pour ça qu'on m'a choisi comme copilote, qu'est-ce que vous croyez ? Et on a fait une super-équipe. Lui, c'était la lumière, et moi la chaleur. Des partis différents, des personnalités différentes, et ne nous voilons pas la face, des couleurs de peau différentes. Je sais bien qu'on ne m'avait pas choisi d'entrée de jeu, tout comme je sais qui mon parti souhaitait désigner à ma place. Mais l'Amérique n'était pas encore prête à aller aussi loin… Aussi infect, stupide et furieusement préhistorique que ça paraisse. Ils préféraient encore une grande gueule pour V-P plutôt qu'un de « ces gens-là ». Bref, ma nomination ne m'a pas surpris. C'est le reste, qui m'a étonné.

Vous voulez parler des élections ?

Les élections ? Honolulu ressemblait encore à un asile de fous. Des soldats, des députés, des réfugiés, tous à se cogner les uns aux autres pour trouver de quoi manger, un endroit où dormir, ou tout simplement comprendre la nature de tout ce bordel. Et encore, c'était le paradis, comparé au continent. La ligne des Rocheuses venait tout juste d'être établie. Tout ce qui se trouvait à l'ouest était considéré comme un champ de bataille. Pourquoi s'emmerder à organiser des élections alors que le Congrès peut voter des pouvoirs étendus et l'état d'urgence ? Le ministre de la Justice avait tenté le coup quand il était maire de New York, il avait bien failli réussir, d'ailleurs. J'ai expliqué au Président qu'on ne disposait ni de l'énergie ni des ressources suffisantes pour nous consacrer à autre chose que survivre.

Et qu'est-ce qu'il a dit ?

Eh bien, disons que c'est lui qui a réussi à me convaincre.

Vous pouvez nous en dire plus ?

Oui, mais je ne veux pas déformer ses mots. Mes vieux neurones ne sont plus aussi efficaces qu'avant.

Essayez quand même.

Vous vérifierez dans les livres d'histoire ?

Promis.

Eh bien… Nous étions dans son bureau temporaire, la « suite présidentielle » d'un grand hôtel… Il venait tout juste de prêter serment à bord d'Air Force Two. Son ancien patron était sous sédatifs, dans la suite d'à côté. De notre fenêtre, on voyait le chaos dans les rues, les bateaux qui s'apprêtaient à accoster, les avions qui arrivaient toutes les trente secondes et les équipes qui les dégageaient de la piste le plus vite possible pour faire de la place aux autres. Je montrais tout du doigt en gesticulant et en criant avec la hargne qui m'a rendu célèbre. « Il nous faut un gouvernement stable, et vite ! je n'arrêtais pas de marteler. Les élections, c'est bien joli, mais on n'a pas le temps de jouer les idéalistes. »

Le Président, lui, restait calme. Beaucoup plus calme que moi. Sans doute son entraînement militaire… Il m'a dit : « Au contraire, c'est exactement le moment de jouer les idéalistes. C'est tout ce qui nous reste. Nous ne nous battons pas seulement pour survivre en tant qu'individus, nous nous battons pour que la *civilisation* survive. Nous ne pouvons pas nous permettre le luxe de nous comporter comme les piliers du Vieux Continent. Nous n'avons pas d'héritage commun, nous n'avons pas mille ans d'histoire. Tout ce que nous avons, ce sont les promesses et les rêves qui nous lient les uns aux autres… **[Il fait visiblement un effort pour se rappeler.]** Tout ce que nous avons, c'est la volonté de devenir ceux que nous voulons être. » Vous voyez où il voulait en venir, hein ? Notre pays existait uniquement parce que les gens y croyaient, et si nous n'étions pas assez forts pour surmonter la crise, alors quel espoir nous restait-il ? Il savait parfaitement que l'Amérique avait besoin de son César, mais un César au pouvoir entraînerait la fin de l'Amérique, tout simplement. On dit que les grandes époques font les grands hommes. Moi, je n'y crois pas. J'ai eu ma part de faiblesse et les magouilles sordides, je connais. Des gens auraient pu relever le défi, mais ils n'ont pas pu ou pas voulu… Avarice, peur, stupidité, haine… J'ai vu tout ça avant la guerre, je le vois encore aujourd'hui. Mon patron était un homme exceptionnel. On a eu un sacré coup de bol de l'avoir.

Toute cette affaire d'élection, ça a vraiment donné le ton du gouvernement. Le Président faisait tellement de propositions farfelues… En apparence, seulement. Quand on creusait un tout petit peu, on apercevait sa logique derrière, une logique imparable. Prenez les nouvelles lois sur la répression, par exemple, ça, ça m'a vraiment retourné. Mettre les gens au pilori ? Les punir en place publique ? On était où, là ? Au XVIIe siècle, à Salem ? En Afghanistan sous les Talibans ? Un truc de barbares, profondément non américain, tant qu'on n'envisage pas les autres possibilités. Qu'est-ce qu'on allait faire des voleurs et des pillards, les mettre en prison ? Pour quoi faire ? Pouvions-nous réellement nous permettre de former des citoyens physiquement aptes à nourrir, à habiller et à surveiller d'autres citoyens tout aussi physiquement aptes ? Et pourquoi dissimuler les condamnés alors qu'ils peuvent servir d'exemples ? Oui, bien sûr, il y avait la peur de la douleur, le fouet, la baguette, mais tout ça, ce n'était rien comparé à l'humiliation publique. Les gens étaient terrorisés à l'idée de voir leurs crimes révélés à tout le monde. À une époque où tout le monde s'entraidait, se filait régulièrement des coups de main, travaillait de concert pour se protéger les uns les autres, la pire chose qu'on pouvait faire à quelqu'un, c'était le traîner en place publique avec une pancarte « J'ai volé le stock de bûches de mon voisin » accrochée autour du cou. La honte est une arme très puissante, mais pour ça, il fallait que tout le monde joue le jeu. Personne n'est au-dessus des lois, et voir un sénateur se prendre cinquante coups de fouet pour avoir profité de la guerre a fait davantage contre la criminalité que si on avait posté un flic à chaque coin de rue, croyez-moi. Oui, bien sûr, il y avait les détenus, mais ces types étaient des récidivistes à qui on avait maintes fois donné une chance. Si je me souviens bien, le ministre de la Justice avait proposé qu'on les largue en pleine zone contaminée, histoire d'en finir une bonne fois pour toutes avec le risque permanent qu'ils représentaient pour la communauté. Le Président et moi, on s'y est opposé. Mes objections étaient d'ordre éthique, les siennes d'ordre pratique. On était encore sur le sol américain, quand même, contaminé, certes, mais bientôt libéré. « La dernière chose dont nous avons besoin, a-t-il dit, c'est de tomber sur un de ces ex-taulards autoproclamé nouveau seigneur de la guerre de Duluth. » Au début, j'ai cru qu'il déconnait ; plus tard, j'ai appris que ça s'était bel et bien produit dans d'autres pays. D'anciens criminels commandaient des sortes de fiefs, souvent isolés, mais parfois puissants. Là, j'ai compris. La balle n'était pas passée loin. Les détenus ont toujours représenté un problème, chez nous. Politiquement, sociologiquement et même économiquement, mais qu'est-ce qu'on pouvait faire d'autre, face à ceux qui refusaient de jouer sagement avec les autres ?

Vous en avez exécuté certains ?

Seulement dans des cas extrêmes : sédition, sabotage, tentatives politiques de sécession. Les zombies n'étaient pas nos seuls ennemis, du moins au début.

Les fondamentalistes religieux ?

Oh, ça, on avait déjà donné, comme tout le monde, pas vrai ? Pas mal d'entre eux croyaient que nous tentions de nuire à la volonté divine. D'une manière ou d'une autre.

[Il glousse.]

Désolé, je devrais parfois me montrer un peu plus sensible, mais honnêtement, vous pensez vraiment qu'une bande de flics de l'Arizona pourrait bousiller tous les super-plans du Créateur Suprême de l'Univers Infini ?

[Il chasse cette pensée de la main.]

Les médias leur accordent beaucoup trop d'importance, tout ça parce que l'autre taré a essayé de tuer le Président. En fait, ils sont surtout dangereux pour eux-mêmes, voilà la vérité. Tous ces suicides collectifs, ces meurtres d'enfants « par charité » à Medford… Sale affaire, ça… Pareil avec les écologistes radicaux, eux, c'est la version extrême gauche des fondamentalistes. Comme les morts-vivants ne consomment que de la viande – pas de plantes –, ils croient dur comme fer que Dieu préfère les plantes aux animaux. Ils nous ont causé quelques problèmes, ceux-là, quand ils ont flanqué de l'herbicide dans un réservoir municipal d'eau potable, ou quand ils ont piégé les arbres que les bûcherons devaient abattre pour soutenir l'effort de guerre. Ce genre d'écoterrorisme, ça fait la une des journaux, mais ça ne menace jamais vraiment la sûreté nationale. Les rebelles, par contre… Vous savez, les sécessionnistes, armés et politiquement très organisés. Ça, c'était du sérieux. Et c'est d'ailleurs la seule fois où j'ai vu le Président inquiet. Jamais il ne l'aurait avoué, évidemment, pas avec son vernis diplomatique et sa constante dignité. En public, il traitait le problème comme un autre, la réparation des routes ou le rationnement de la nourriture. Mais en privé, par contre, les trucs qu'il disait… « Il faut les éliminer au plus vite, et par n'importe quel moyen. » Il parlait évidemment de ceux qui résidaient dans la zone sécurisée de l'Ouest. Soit ces tarés avaient une dent contre la politique du gouvernement, soit ils préparaient leur sécession depuis longtemps et ils se servaient de la crise comme prétexte. C'était eux, les « ennemis de la nation », le mal absolu que ceux qui jurent de défendre leur pays mentionnent toujours dans leur discours. On n'a pas eu à réfléchir deux fois sur la marche à suivre. Mais les sécessionnistes à l'est des Rocheuses, certains assiégés dans des zones isolées… Là, ça s'est sérieusement compliqué.

Pourquoi ?

Vous savez ce qu'on dit, « nous n'avons pas abandonné l'Amérique. C'est elle qui nous a abandonnés ». Il y a du vrai là-dedans. On les a laissés tomber. Oui, bien sûr, quelques volontaires des Forces spéciales sont restés sur le terrain et ont essayé de les ravitailler par bateau ou par avion, mais d'un point de vue strictement moral, ces gens ont été abandonnés, point. Je ne peux pas décemment leur en vouloir, personne ne le peut. Voilà pourquoi lorsqu'on a commencé à récupérer les territoires perdus, on a donné à chaque enclave sécessionniste une chance de se réintégrer pacifiquement.

Mais il y a eu des violences.

J'en fais encore des cauchemars... Bolivar, les Black Hills, tous ces endroits-là... Jamais les vraies images, vous savez, la violence ou ses conséquences. Je ne vois que mon patron, cet homme si grand et si vif, qui devient chaque jour plus malade et plus faible. Il avait tellement souffert, il a porté un fardeau si lourd. Vous savez qu'il n'a jamais cherché à savoir ce qui était arrivé à sa famille, en Jamaïque ? Il n'a même jamais posé la question. Tout ce qui comptait à ses yeux, c'était l'avenir de la nation. Il était déterminé à sauver les rêves qui l'avaient construite. J'ignore si les grandes époques font les grands hommes, mais je sais qu'elles les tuent.

WENATCHEE, ÉTAT DE WASHINGTON

[Le sourire de Joe Muhammad est aussi large que ses épaules. Il est propriétaire d'un atelier de réparation de bicyclettes, mais passe l'essentiel de son temps libre à faire de la sculpture avec des morceaux de métal fondu qu'il transforme en œuvres d'art d'une grande délicatesse. Sa création la plus célèbre reste sans doute la statue de bronze trônant aujourd'hui à Washington DC, le *Monument aux milices de quartier*, qui représente deux citoyens, dont un en chaise roulante.]

La fille du bureau du recrutement, elle était plutôt nerveuse. Elle a essayé de me tirer les vers du nez. Avais-je d'abord contacté un représentant de la NRA ? Étais-je au courant des autres travaux de guerre essentiels à la reconstruction ? Au début, je n'ai pas compris. J'avais déjà un boulot au centre de recyclage. C'était le but de la milice de quartier, pas vrai ? Un boulot bénévole, à temps partiel, quand on avait fini sa journée et qu'on rentrait chez soi. J'ai essayé de lui expliquer. Il y avait un truc que je ne pigeais pas. Elle a trouvé encore une ou deux excuses foireuses, et puis j'ai vu ses yeux fixer ma chaise.

[Joe est handicapé.]

Vous le croyez, ça ? On avait comme un léger problème d'extinction d'espèce, et elle, elle faisait dans le politiquement correct ! J'ai rigolé. Je lui ai ri au nez. Qu'est-ce qu'elle croyait ? Que je me pointais ici sans savoir ce qu'on attendait de moi ? Elle n'avait pas lu son manuel de survie, cette pauvre conne ? Moi, je l'avais lu. Le but des MQ, c'était de patrouiller dans le quartier, en marchant – ou dans mon cas, en roulant – sur le trottoir et de s'arrêter pour vérifier chaque maison. Si pour une raison ou pour une autre il fallait entrer à l'intérieur, au moins deux hommes devaient rester dehors. **[Il pointe son doigt vers la poitrine.]** Hello-o-o-o ! Elle avait qui devant elle ? C'est pas comme s'il fallait les chasser en sautant par-dessus des clôtures et en courant dans les jardins. C'est eux qui viennent droit sur nous. Et même, au pire, s'ils se pointent et qu'ils sont trop nombreux pour qu'on s'en occupe ? Et merde, si je n'étais pas capable de rouler plus vite qu'un zombie, comment j'aurais fait pour m'en sortir, jusqu'ici ? Je lui ai expliqué mon cas très clairement et très calmement, je lui ai même proposé de me donner un seul argument valable qui m'empêche de postuler. Évidemment, elle n'a rien dit. Elle a vaguement marmonné un truc, comme quoi il fallait qu'elle prévienne sa hiérarchie, et-pouvais-je-revenir-demain ? J'ai refusé. Je lui ai dit qu'elle pouvait l'appeler, sa hiérarchie, son directeur et même l'Ours [1] en personne, mais que je ne partirais pas d'ici sans ma veste orange. J'ai gueulé si fort que tout le monde m'a entendu. Tous les yeux se sont tournés vers moi, puis vers elle. C'est ça qui l'a décidée. On m'a donné ma

1. « L'Ours » était le surnom du commandant du programme MQ pendant la première guerre du Golfe.

veste et je suis sorti plus vite que n'importe quel autre candidat.

Comme je l'ai dit, la milice de quartier patrouille dans le voisinage. On a une tenue quasi militaire ; on suit une formation théorique et pratique. Il y a des chefs et des règles précises, mais on n'a pas besoin de saluer ni d'appeler qui que ce soit « monsieur », enfin, ce genre de conneries, quoi. Il n'y avait pas beaucoup de consignes question armement, non plus. On travaillait essentiellement au corps à corps – des haches, des battes, quelques pieds-de-biche et des machettes –, on n'avait pas encore les Lobos, à l'époque. Dans chaque équipe, au moins trois personnes avaient un flingue. Moi j'avais un AMT Lightning, vous savez, cette petite carabine semi-automatique de calibre 22. Aucun recul, comme ça je pouvais tirer sans avoir à bloquer mes roues. Une bonne arme, surtout quand les munitions ont été standardisées et qu'on en trouvait partout.

Les équipes changeaient en fonction des emplois du temps. C'était encore un peu le bordel, à ce moment-là, avec le DeStRes qui réorganisait tout. Les quarts de nuit étaient les plus durs. On oublie souvent à *quel point* la nuit est noire sans éclairage public. Et aucune maison n'était éclairée. Les gens se couchaient tôt, à l'époque, généralement à la nuit tombée, quand il commençait à faire vraiment sombre. Hormis les rares bougies et ceux qui avaient un permis pour utiliser un générateur – ceux qui travaillaient chez eux et dont le boulot était considéré comme prioritaire –, les maisons étaient intégralement noires. Et plus de lune ou d'étoiles dans le ciel, hein, vu la quantité de merde lâchée dans l'atmosphère. On patrouillait avec des lampes de poche, des modèles civils de base – oui oui, on trouvait encore des piles – qu'on enveloppait de Cellophane rouge pour optimiser la vision nocturne.

On s'arrêtait à chaque maison, on frappait à la porte, on demandait si quelqu'un montait la garde et si tout était OK. Les premiers mois, c'était un peu éprouvant, à cause du programme de repopulation. Il y avait tellement de monde qui sortait des camps que tous les soirs on tombait sur dix nouveaux voisins et parfois même un nouveau coloc.

Je n'avais jamais réalisé à quel point j'avais la belle vie avant la guerre, bien au chaud dans ma petite banlieue, à Stepford. Avais-je *vraiment* besoin d'une baraque de neuf cents mètres carrés, de trois chambres, de deux salles de bains, d'une cuisine, d'un coin à moi, d'un living-room et d'un bureau ? Je vivais seul depuis des années, et tout d'un coup, voilà que débarque toute une famille de l'Alabama, comme ça, à six, avec une lettre du ministère du Logement. Au début, ça fout les nerfs, mais on s'y habitue assez vite, finalement. Les Shannon (c'était leur nom) ne m'ont pas gêné. On s'est plutôt bien entendu, et puis on dort mieux quand quelqu'un monte la garde. C'était la nouvelle réglementation pour chaque maison. On devait tous assurer des tours de garde. On listait les noms pour vérifier qu'on n'avait pas affaire à des squatters ou à des pillards. On vérifiait les cartes d'identité, les visages et on leur demandait si tout allait bien. En général, ils répondaient que oui, mais parfois, ils signalaient un bruit et on partait vérifier. La seconde année, quand les réfugiés ont arrêté d'affluer et que tout le monde a commencé à se connaître, on a laissé tomber les listes et les cartes d'identité. Tout était plus calme, de toute façon. Mais la première année, quand les flics en étaient encore à se réorganiser et que les zones sécurisées n'étaient pas encore complètement pacifiées…

[Il frissonne pour appuyer son propos.]

Il y avait encore pas mal de maisons vides, parfois juste abandonnées, comme ça, la porte grande ouverte. On avait mis des scellés « POLICE » sur toutes les portes et toutes les fenêtres. Si on en trouvait un seul arraché, un zombie nous attendait certainement dans la maison. C'est arrivé à plusieurs reprises. Moi, je restais dehors, prêt à tirer. Parfois, on entendait des cris, parfois des coups de feu. Parfois, seulement un gémissement, des bruits de lutte, et puis mon coéquipier ressortait avec son arme ensanglantée et une tête coupée à la main. J'ai moi-même dû en descendre quelques-uns. De temps à autre, quand l'équipe se trouvait à l'intérieur et que je surveillais la rue, j'entendais des bruits, des chuchotements, des raclements, quelque chose qui se traînait dans la broussaille. Alors, j'allumais la lumière, j'appelais pour vérifier, puis je tirais.

Une fois, j'ai failli me faire avoir. On nettoyait une baraque à deux étages. Quatre chambres, quatre salles de bains, à moitié effondrée depuis qu'un type avait eu la bonne idée de traverser la salle à manger avec sa Jeep Liberty. Ma coéquipière m'a demandé si elle pouvait aller pisser un coup. Je l'ai laissée aller dans les fourrés. Quel con. Je me suis montré négligent, trop focalisé la maison. Et je n'ai pas vu ce qui arrivait derrière moi. Soudain, j'ai senti un coup sur ma chaise. J'ai essayé de me retourner, mais quelque chose agrippait la roue droite. Je me suis tordu comme je pouvais et j'ai allumé ma lampe de poche. C'était un « rampant », un de ceux qui ont perdu leurs jambes. Il a grogné depuis le sol en essayant de grimper sur ma chaise. C'est ce qui m'a sauvé la vie… Ça m'a donné la seconde nécessaire pour ajuster ma carabine. Si j'avais été debout, il aurait pu me saisir la cheville et y mordre un bon coup. Après ça, je n'ai plus jamais baissé la garde.

Mais question problèmes, on n'avait pas que les zombies. Il fallait aussi compter avec les pillards, pas forcément des criminels endurcis, souvent des pauvres types qui cherchaient de quoi survivre. Pareil pour les squatters. En général, ça se passait bien. On les ramenait à la maison, on leur donnait ce dont ils avaient besoin et on s'occupait d'eux jusqu'à ce qu'on puisse les loger correctement.

Mais il y avait aussi les pillards professionnels, des durs, des vrais méchants. C'est la seule fois où j'ai été touché.

[Il retire sa chemise et montre une cicatrice circulaire de la taille d'une pièce d'un dollar d'avant-guerre.]

Du neuf millimètres. Ça m'a traversé l'épaule. Mon équipe l'a fait sortir de la maison. Je lui ai crié de s'arrêter. C'est la seule et unique fois que j'ai tué quelqu'un, Dieu merci. Quand les nouvelles lois ont été votées, la délinquance conventionnelle a pratiquement cessé.

Et puis il y avait les gosses, vous savez, ces mômes qui ont perdu leurs parents. Ceux qu'on appelle les « sauvages ». On les trouvait dans les caves, dans les toilettes, sous les lits. Beaucoup d'entre eux venaient de l'Est, souvent à pied. Ils étaient dans un sale état, mal nourris et malades. En général, ils nous fuyaient. Là, je me sentais mal, vous comprenez, je ne pouvais pas les poursuivre. Quelqu'un d'autre s'en chargeait et en général, il les rattrapait, mais pas toujours.

Mais bon, le pire, c'était les quislings.

Les quislings ?

Ouais, vous savez, tous ces tarés qui pètent les plombs et qui se mettent à agir comme des zombies.

Vous pouvez développer ?

Je suis pas psy, moi, j'y connais que dalle aux termes techniques.

Ça ira.

Bon. D'après ce que j'ai compris, il existe une catégorie de personnes qui ne peuvent tout simplement pas gérer une situation du genre marche-ou-crève. Ce dont ils ont le plus peur les attire irrésistiblement. Au lieu de résister, ils veulent lui plaire, le rejoindre, essayer de lui *ressembler*. Je crois que c'est le genre de truc qui arrive en cas de rapt, vous savez, le genre syndrome de Stockholm, Patty Hearst, tout ça, quoi. Ou pendant la guerre, quand les gens s'engagent dans l'armée des envahisseurs. Des collabos, quoi, des quislings, parfois pires que les gens qu'ils essaient d'imiter, un peu comme ces fascistes français qui ont suivi Hitler jusqu'au bout. C'est peut-être pour ça qu'on les appelle les quislings, comme si c'était un mot français, en fait[1].

Mais dans cette guerre-ci, impossible de jouer les collabos. Impossible de lever les mains et de dire : « Hé, les gars, ne me tuez pas, je suis de votre côté. » Il

1. Vidkun Abraham Lauritz Jonnsson Quisling. Le président norvégien installé au pouvoir par les nazis pendant la Seconde Guerre mondiale. En anglais, *quisling* est passé dans le langage courant et signifie « collabo ».

n'y avait pas de place pour le gris. Soit on était blanc, soit on était noir. J'imagine que certaines personnes n'ont pas réussi à l'accepter. Et ça leur a fait péter les plombs. Ils ont commencé à se déplacer comme des zombies, à faire les mêmes bruits qu'eux. Certains ont même attaqué des gens pour essayer de les dévorer. C'est comme ça qu'on a découvert le premier. C'était un adulte, la trentaine. Sale, l'air halluciné, il se traînait sur le trottoir. On a cru qu'il était en état de choc, jusqu'à ce qu'il morde un des gars au bras. Un moment atroce. J'ai descendu le type d'une balle en pleine tête avant de me retourner vers mon coéquipier pour voir comment il allait. Il était ramassé sur le bord du trottoir, jurant et pleurant, sans quitter sa blessure des yeux, sur l'avant-bras. Il était condamné à mort et il le savait. Il était prêt à faire lui-même le boulot, mais à ce moment-là, on a remarqué que le mec que j'avais descendu pissait le sang. On a regardé ça de plus près, et là, on a constaté qu'il était encore chaud ! Si vous aviez vu la tête de notre copain… C'est pas tous les jours qu'on reçoit un petit cadeau du Seigneur en main propre. Ironie de l'histoire, il a quand même failli y passer. Le faux zombie trimballait tellement de bactéries dans sa bouche que notre coéquipier a eu droit à une chouette septicémie.

On s'est dit qu'on avait fait une sacrée découverte, jusqu'à ce qu'on finisse par apprendre que ce genre de truc arrivait depuis un bon bout de temps, en fait. Le CDC n'allait pas tarder à rendre tout ça public. Ils avaient même envoyé un expert depuis Oakland pour nous briefer sur la conduite à tenir au cas où on en rencontrerait d'autres. Ça nous a scotchés. Vous saviez qu'à cause des quislings, certains pensent qu'on peut s'immuniser contre les morsures de zombies ? C'est aussi à cause d'eux qu'on parle de tous ces médicaments miracles à la con. Réfléchissez. Un type prend du Phalanx et se fait mordre, mais il s'en sort. Qu'est-ce qu'il va penser, d'après vous ? À coup sûr, il n'aura jamais entendu parler des quislings. Ils sont aussi agressifs que les vrais zombies, parfois même pires.

Par exemple ?

Eh bien ils ne gèlent pas, par exemple. Je veux dire, OK, ils finiraient par geler si on les exposait au froid suffisamment longtemps, mais en cas de froid modéré, s'ils ont des vêtements chauds, tout va bien pour eux. Ils gardent la forme en se nourrissant de chair humaine. Pas comme les zombies. Ils tiennent le coup assez longtemps.

Mais on peut les tuer plus facilement, non ?

Oui et non. Pas la peine de les toucher à la tête, c'est sûr. Poumons, cœur, n'importe où, en fait, et ils finissent par crever. Mais si une balle ne suffit pas à les arrêter, ils continueront à s'approcher jusqu'à ce qu'ils meurent pour de bon.

Ils ne ressentent pas la douleur ?

Putain, non ! Encore une histoire d'esprit qui prend le dessus sur le corps… Du genre, on est tellement névrosé qu'on arrive à supprimer les connexions nerveuses. Un expert vous en parlerait mieux.

Continuez.

OK, bon, c'est pour ça qu'on ne peut même pas parlementer avec eux. Ces types sont des zombies, point. Pas physiquement, d'accord, disons psychologiquement, mais impossible de faire la différence. Et encore, même physiquement, parfois, c'est compliqué. S'ils sont suffisamment sales, recouverts de sang séché ou malades. Les zombies ne sentent pas si mauvais, en fait, pas individuellement, du moins, et pas s'ils sont frais. Comment faire la différence entre un vrai et un faux déjà bouffé par la gangrène ? Simple, on ne peut pas. Si encore les militaires nous fournissaient des chiens… Non, nous on passe nécessairement par le test visuel.

Les goules ne cillent pas. Je ne sais pas pourquoi. Peut-être que parce qu'elles se servent de tous leurs sens indifféremment, leur cerveau ne privilégie pas la vue. Ou peut-être parce qu'elles n'ont plus assez de fluide corporel pour lubrifier les yeux. Qui sait ? Mais en tout cas, elles ne cillent pas, alors que les quislings, si. C'est comme ça qu'on les repère. Vous reculez de quelques pas et vous patientez quelques secondes. La nuit, c'est plus facile, il suffit de leur braquer une lampe sur le visage. S'ils ne cillent pas, on les descend.

Et dans le cas contraire ?

Eh bien, nous avions l'ordre de les capturer si possible et de ne les tuer qu'en cas de légitime défense. Ça a l'air dingue, je sais, mais on en a saucissonné quelques-uns, on les a bâillonnés et refilés à la Garde nationale. Je ne sais pas ce qu'ils en ont fait. J'ai entendu des histoires sur Walla Walla, vous savez, la prison où on en a enfermé plusieurs centaines. On les nourrit, on les habille et on les soigne, même. **[Il lève les yeux au plafond.]**

Vous n'êtes pas d'accord.

Ne me faites pas dire ce que je n'ai pas dit, OK ? Vous voulez parler politique ? Lisez les journaux. Tous les ans, un avocat, un curé ou un politicien lève ce lièvre quand ça l'arrange. Moi, personnellement, je m'en fous. Leur sort m'indiffère. Ce qui me désole, avec eux, c'est qu'ils ont renoncé à tout et qu'au final, ils perdent quand même.

Pourquoi ça ?

Ben, parce que même si nous, on n'arrive pas à faire la différence, les vrais zombies, eux, ils la font très bien. Vous vous rappelez, au début de la guerre, quand tout le monde essayait de monter les morts-vivants les uns contre les autres ? Il y avait tout un tas de « preuves avérées », des témoignages et même un petit film qui montrait un zombie en attaquer un autre. Des conneries, oui. C'était un zombie qui attaquait un quisling, point, mais impossible de s'en rendre compte sans regarder de plus près. Les quislings ne crient pas. Ils ne bougent pas non plus, ils restent là, comme ça, sans même se défendre, à remuer faiblement les bras, bouffés vivants par les créatures auxquelles ils essaient désespérément de ressembler.

MALIBU, CALIFORNIE

[Pas besoin de photo pour repérer Roy Elliot. Nous prenons un café dans la forteresse du quai de Malibu, récemment restaurée. Nos voisins de table le reconnaissent immédiatement, mais contrairement aux habitudes d'avant-guerre, ils maintiennent une distance respectueuse.]

Le SDA, le voilà, mon ennemi. Syndrome de démission asymptomatique, ou encore syndrome de désespoir apocalyptique, ça dépend de la personne avec qui on en parle. Quel que soit son nom, il a tué autant de monde les premiers mois que la faim, la maladie, les violences et les zombies réunis. Au début, personne ne comprenait ce qui se passait. On avait à peu près sécurisé les Rocheuses, on avait assaini les Zones blanches, mais on continuait à perdre une centaine de personnes par jour. Et je ne vous parle pas des suicides, hein, on en avait déjà pas mal. Non, ça c'était différent. Certaines personnes n'avaient que des blessures superficielles ou des maladies facilement guérissables ; d'autres allaient parfaitement bien. Simplement, ils allaient se coucher un soir et ne se réveillaient pas. Le problème était d'ordre psychologique. Un cas particulièrement sévère « d'abandon », pour ne pas voir le lendemain. Un lendemain qui n'apporterait que de nouvelles souffrances, de toute façon. Perdre la foi, perdre la volonté de vivre, ça arrive toujours en temps de guerre. En temps de paix, aussi, mais pas à cette échelle. C'était de l'impuissance, ou du moins un sentiment d'impuissance. Je comprenais tout ça très bien. J'avais fait des films toute ma vie. On m'appelait « le Petit Génie », le *Wunderkind*, celui qui ne se trompait jamais, même si ça m'arrivait tous les jours, bien sûr. Et puis tout d'un coup, voilà que je n'étais plus rien, un F6. Le monde partait en couille, et mon *immense* talent n'y pouvait rien. Quand j'ai entendu parler du SDA pour la première fois, le gouvernement essayait d'étouffer l'affaire. J'ai dû passer par un contact à Cedars-Sinai mais quand j'ai su de quoi il retournait, quelque chose a fait tilt. Comme mon premier film en super-huit que j'avais projeté à mes parents. Ça, je pouvais le faire. Je venais de comprendre. Cet ennemi-là, je pouvais le combattre.

Et le reste appartient à l'histoire.

[Il rit.] Si seulement. Non, je suis allé voir le gouvernement et on m'a ignoré.

Vraiment ? Pourtant, vu votre carrière, j'aurais pensé que…

Carrière ? Quelle carrière ? Eux, ils voulaient des soldats, des fermiers, du vrai boulot, quoi, vous vous rappelez ? On m'a servi du : « Non non, désolé, pas question, mais je peux avoir un autographe ? » Mais bon, je ne suis pas du genre à me laisser abattre. Quand j'ai décidé de faire quelque chose, le reste n'existe plus. J'ai expliqué au type du DeStRes que ça ne coûterait pas un dollar à l'Oncle Sam. Je me servirais de mon propre équipement, de mon propre staff ; tout ce dont j'avais besoin, c'était d'accéder aux militaires. Je lui ai dit : « Laissez-moi montrer aux gens ce que vous mettez en œuvre, laissez-moi leur donner quelque chose en quoi croire. » Mais non, il a refusé encore une fois. Les militaires avaient des missions importantes et certainement pas le temps de « sourire devant la caméra ».

Vous avez shunté la hiérarchie ?

Et pour parler à qui ? Il n'y avait pas de bateau pour Hawaï et Sinclair sillonnait la côte Ouest. Tous ceux qui auraient pu m'aider étaient soit absents, soit « retenus pour des motifs importants ».

Et devenir journaliste free-lance ? Obtenir du gouvernement une carte de presse ?

Ça aurait pris trop de temps. Les plus grands médias étaient soit sous l'eau, soit fédéralisés. Et ceux qui restaient diffusaient en boucle les mêmes consignes de sécurité, histoire que chaque type qui tombe dessus sache quoi faire. C'était encore le bordel généralisé. Les routes étaient à peine praticables, comment vouliez-vous que la bureaucratie prenne le temps de me délivrer un statut de journaliste à plein temps ? Ça aurait pris des mois. Des mois, alors que cent types y passaient tous les jours. Je ne pouvais pas attendre. Il fallait que je fasse quelque chose, et tout de suite. J'ai pris ma caméra DV, deux ou trois batteries de rechange et un chargeur solaire. Mon fils aîné m'a servi d'ingénieur du son et d'assistant réa. On est parti à la chasse au sujet tous les deux en VTT, pendant une semaine. Et on n'a pas eu besoin de faire beaucoup de kilomètres.

À Claremont, une ville juste après Los Angeles, il y avait cinq universités : Pomona, Pitzer, Scripps, Harvey Mudd et McKenna. Au tout début de la Grande Panique, quand tout le monde s'enfuyait vers les collines, trois cents étudiants ont décidé de résister. Ils ont transformé l'université de Scripps en un genre de ville fortifiée version Moyen Âge. Ils ont récupéré du matériel sur les autres campus. Pour seules armes, ils avaient des outils de jardinage et des fusils d'entraînement ROTC. Ils ont planté des potagers, creusé des puits, fortifié un mur déjà existant. Alors que les montagnes brûlaient derrière eux et que les banlieues voisines s'enfonçaient dans le chaos, ces trois cents gamins ont tenu face à dix mille zombies ! Dix mille sur une période de quatre mois, jusqu'à ce que l'Inland Empire soit enfin pacifiée [1]. On a eu la chance d'arriver juste à temps pour voir les derniers zombies se faire dégommer et les étudiants rallier les soldats, pile sous l'énorme drapeau de fortune qui flottait sur le clocher de Pomona. Quelle histoire ! Quatre-vingt-seize heures de rushes dans la boîte. J'aurais aimé faire encore plus long, mais on n'avait vraiment pas le temps. Cent morts par jour, rappelez-vous.

Il fallait qu'on le sorte aussi vite que possible. J'ai rapporté le film à la maison et je l'ai monté moi-même sur ma station. Ma femme a fait la voix off. On en a tiré quatorze copies, sur différents formats, et on les a projetés le samedi soir dans plusieurs camps, un peu partout à LA. Je l'ai baptisé *La Victoire d'Avalon : La Bataille des cinq universités*.

« Avalon », ça vient d'une séquence tournée par un étudiant pendant le siège. C'était la veille du dernier

1. L'Inland Empire californien fut l'une des dernières zones officiellement sécurisée.

assaut, le pire, alors qu'une nouvelle horde de morts-vivants venait d'apparaître à l'horizon. Les gamins bossaient dur – ils aiguisaient leurs armes, ils renforçaient leurs défenses, ils montaient la garde sur les murs et sur les tours. Une chanson a plané au-dessus du campus *via* les haut-parleurs qui diffusaient régulièrement de la musique pour maintenir le moral des troupes. Une étudiante de Scripps, avec une voix d'ange, qui chantait le morceau *Roxy Music.* C'était si beau, ça contrastait tellement avec la tempête qui n'allait pas tarder à s'abattre… Je l'ai incluse dans le prémontage « préparation au combat ». Chaque fois que je l'entends, j'en ai la gorge nouée.

Et les réactions du public ?

Ça déchirait ! Pas seulement cette scène, non, tout le film. Du moins c'est ce que je croyais. En fait, je m'attendais à une réaction plus immédiate. Des cris, des applaudissements. Je ne l'avouerai jamais à personne, et surtout pas à moi, mais je nageais dans une sorte de fantasme, j'imaginais que les gens viendraient me voir à la fin de la projection, les larmes aux yeux, pour me serrer la main et me remercier de leur montrer la lumière au bout du tunnel, vous voyez le genre. Ils ne m'ont même pas regardé. J'étais dans le couloir, là, à jouer les héros victorieux. Ils sont tous passés silencieusement en regardant leurs chaussures. Ce soir-là, je suis rentré chez moi en me disant : « OK, très bien, c'était une bonne idée, bon, maintenant, je vais peut-être aller filer un coup de main à la ferme de MacArthur Park… »

Et ensuite ?

Deux semaines ont passé. On m'a donné un vrai boulot. Aider à la reconstruction de la route de Topanga Canyon. Et puis un jour, un type est venu chez moi. À cheval, comme ça, on aurait dit qu'il sortait d'un western de Cecil B. De Mille. Il était psychiatre au dispensaire de Santa Barbara. Ils avaient entendu parler du succès du film et voulaient savoir s'il en existait d'autres copies.

Le succès ?

C'est exactement ce que je lui ai dit. En fait, juste après la première d'*Avalon*, les cas de SDA à LA ont chuté de 5 % ! Au début, ils ont cru à une anomalie statistique, jusqu'à ce qu'ils constatent qu'on observait le même phénomène dans les communautés où on avait également projeté le film !

Et personne n'avait pris la peine de vous le dire ?

Personne. **[Il rit.]** Ni les militaires, ni les autorités municipales, ni même les gens qui géraient les abris où on continuait à projeter le film sans mon accord. Je m'en fiche, d'ailleurs. Ce qui comptait, c'était le résultat. Ça a vraiment fait la différence, et ça m'a donné du boulot pendant toute la guerre. J'ai même eu droit à quelques bénévoles, et autant des gars de mon ancien staff que j'ai pu retrouver. Le gamin qui avait shooté la scène de Claremont, Malcolm Van Ryzin, oui oui, ce Malcolm-là [1], il est devenu mon chef op [2]. On a réquisitionné une salle de postsynchro abandonnée sur

1. Malcolm Van Ryzin : l'un des plus célèbres cinéastes d'Hollywood.
2. Chef opérateur. Directeur de la photographie.

West Hollywood et on a commencé à en produire des tonnes de copies. On les envoyait par tous les trains, tous les bateaux, toutes les caravanes qui partaient vers le nord. Les réponses ont mis du temps à nous parvenir. Mais quand elles sont arrivées…

[Il sourit et joint les mains dans un geste de remerciement.]

Dix pour cent ont atterri dans toute la zone ouest. À l'époque, j'avais déjà repris la route pour tourner d'autres films. *Anacapa* était déjà emballé et on avait à moitié terminé *Mission District.* Quand *Dos Palmos* est sorti, les cas de SDA avaient baissé de 23 %… Et le gouvernement a enfin commencé à s'intéresser à moi.

De l'argent frais ?

[Il éclate de rire.] Non. Je ne leur ai rien demandé et de toute façon, ils ne m'auraient rien donné. Mais j'ai pu parler aux militaires et ça m'a fait découvrir un autre monde.

C'est à ce moment-là que vous avez tourné* Le Feu des dieux, *non ?

[Il hoche la tête.] L'armée poursuivait deux programmes de laser. Zeus et MTHEL. Zeus était conçu pour faire sauter les munitions, les mines et les bombes défectueuses. Il était assez petit et suffisamment léger pour qu'on le monte sur un Humvee spécialement adapté. Le tireur ajustait sa cible à l'aide d'une petite caméra coaxiale logée dans la tourelle. Il plaçait ensuite le curseur sur la zone visée et projetait un rayon *via* la même ouverture optique. Si c'est trop technique, vous m'arrêtez, d'accord ?

D'accord.

Désolé. Je me suis vraiment plongé dans le projet. Cet engin-là, c'était la version militaire offensive des lasers industriels à circuits intégrés, ceux dont on se sert pour découper des feuilles d'acier, en usine. Soit il perçait directement le blindage de la bombe, soit il le chauffait suffisamment pour faire sauter la tête explosive. Ça marchait de la même façon pour les zombies. À puissance maximale, ça leur traversait littéralement le crâne. Et à puissance réduite, leur cerveau se mettait à bouillir et finissait par leur jaillir des oreilles, de la bouche, du nez… Les séquences qu'on a tournées étaient stupéfiantes, mais bon, comparé au MTHEL, Zeus n'était qu'un vulgaire pistolet à eau.

MTHEL pour *Mobile tactical high energy laser*. Il a été conçu par les États-Unis et Israël comme une arme antimissiles. Quand Israël a annoncé sa quarantaine, des dizaines de groupuscules terroristes ont tiré au mortier et à la roquette au-dessus du mur de séparation. C'est le MTHEL qui a descendu tous les projectiles. Il a à peu près la taille et la forme d'un projo antiaérien de la Seconde Guerre mondiale, mais en fait, il s'agit d'un laser au fluorure de deutérium, bien plus puissant que Zeus. Ses effets sont dévastateurs. Il arrache littéralement la chair des os et les blanchit d'un coup avant de les transformer en poussière. À vitesse normale, c'est déjà magnifique, mais au ralenti… Le feu des dieux.

Et les cas de SDA ont vraiment chuté de 50 % un mois après la sortie du film ?

C'est un peu exagéré, si vous voulez mon avis, mais les gens faisaient la queue dès qu'ils avaient une minute. Certains l'ont vu tous les soirs. L'affiche montrait un zombie se faire atomiser. L'image est tirée d'une scène du film, le plan classique où le brouillard matinal permet de visualiser le rayon. Juste en dessous, on a mis la légende « Au suivant ». Rien que ça, ça leur a sauvé la mise.

La mise ?

La mise de Zeus et du MTHEL, je veux dire.

Pourquoi ? Ils comptaient cesser de les utiliser ?

Le MTHEL était censé fermer boutique environ un mois après le tournage. Zeus, on lui avait déjà coupé les crédits. Il a fallu supplier, emprunter et parfois même voler pour qu'on le réactive devant les caméras. Le DeStRes les considérait comme un gigantesque gaspillage.

Et ça l'était ?

Clairement, oui. Le *m* de MTHEL, *« mobile »*, désigne en fait un véritable convoi de véhicules spécialisés, tous très fragiles – et vraiment pas tout-terrain – et tous dépendants les uns des autres. En plus, le MTHEL a besoin d'une puissance électrique considérable et requiert de grandes quantités de produits toxiques instables pour générer le laser.

Zeus était un peu plus économique. Plus facile à refroidir, plus facile à entretenir, et puis comme il était monté sur Humvee, on pouvait vraiment l'emmener partout. Mais le problème, c'était le « pourquoi » de l'ensemble. Même à puissance maximale, rappelez-vous que le tireur devait maintenir le rayon plusieurs secondes sur une cible mobile. Un type très entraîné pouvait descendre deux fois plus de cibles en deux fois moins de temps. Quoi qu'il en soit, ça interdisait les cadences de tir rapides, et c'est justement ce dont on a besoin en cas d'attaque en bande. Dans la pratique, chaque unité était escortée par une escouade de tireurs d'élite directement affectés à ce poste. Des gens qui protègent une machine qui protège des gens…

Ils étaient inutilisables à ce point ?

Pas si on se cantonnait aux utilisations pour lesquelles on les avait conçus. Le MTHEL a considérablement aidé Israël contre les attaques terroristes, et Zeus a repris du service pour faire exploser les obus abandonnés lors des déplacements de troupes. Dans ce contexte précis, ces deux armes étaient exceptionnelles. Pour tuer des zombies, par contre…

Alors pourquoi les avoir filmées ?

Parce que les Américains vouent un culte à la technologie. C'est un trait inhérent à notre culture nationale. Qu'il soit d'accord ou pas, même le dernier des luddites ne peut nier l'étendue de nos exploits technologiques. Fission de l'atome, alunissage en 69… On a rempli chaque maison et chaque bureau de plus de gadgets et de machins que n'en aurait rêvé le plus allumé des écrivains de S-F. J'ignore si c'est une bonne chose, je suis mal placé pour en juger, mais ce que je sais, c'est que les Américains se comportent comme ces ex-athées, là, planqués dans leur terrier… Ils implorent le dieu de la science de les sauver.

En vain…

Peu importe. Le film a tellement bien marché qu'on m'en a commandé toute une série. Je l'ai baptisée *Wonder Weapons*, sept longs-métrages consacrés aux dernières avancées technologiques militaires américaines, et pas une qui améliore vraiment la situation… Mais toutes très utiles pour la guerre psychologique.

Mais, c'est un…

Mensonge ? Allez-y, dites-le, pas de problème. Oui, c'était un mensonge, mais parfois, ça s'avère utile. Vous savez, mentir n'a rien à voir avec le bien ou le mal. Le feu, par exemple, il vous réchauffe, mais il peut également vous brûler, tout dépend de la façon dont on s'en sert. Les mensonges du gouvernement avant la guerre, ceux censés nous rendre aussi heureux qu'aveugles, *ces* mensonges-là brûlaient, parce qu'ils nous empêchaient d'agir correctement. Cela dit, quand j'ai réalisé *Avalon*, les gens faisaient déjà tout leur possible pour survivre. Les mensonges du passé n'étaient plus qu'un souvenir et tout le monde connaissait la vérité… Elle hantait les rues, la vérité, elle s'introduisait dans chaque maison et elle vous sautait à la gorge. En fait, quoi qu'on fasse, l'avenir restait pour le moins hypothétique. On vivait une sorte de crépuscule de l'espèce, et cette vérité-là paralysait à mort des centaines de gens chaque nuit. Ils avaient besoin de quelque chose pour les réchauffer. Alors, j'ai menti. Et le Président a menti. Et chaque docteur, chaque prêtre, chaque chef de section, chaque père, chaque mère. « On va s'en sortir » : c'était ça, le message. C'était celui des réalisateurs du monde entier pendant la guerre. Vous avez entendu parler de *La Cité des héros* ?

Bien sûr.

Chouette film, hein ? Marty l'a tourné pendant le siège. Tout seul, avec tout ce qu'il avait sous la main. Et c'est un chef-d'œuvre. Courage, détermination, force, dignité, douceur et honneur. C'est le genre de truc qui vous fait vraiment croire en l'homme. C'est bien mieux que tout ce que j'ai pu faire. Vous devriez le voir.

Mais je l'ai vu.

Quelle version ?

Pardon ?

Quelle version vous avez vue ?

Je ne savais pas que…

Qu'il y en avait deux ? Il va falloir réviser vos fiches, mon vieux. Marty a tourné une version de *La Cité des héros* pendant le conflit, et il en a remonté une autre après. Celle que vous avez vue, elle fait quoi ? Quatre-vingt-dix minutes ?

Oui, je crois.

Est-ce qu'elle montre le côté obscur des personnages du film ? La violence, la trahison, la cruauté, la dépravation, la noirceur sans fin de certains des « héros » ? Non, bien sûr que non. Et pourquoi, d'ailleurs ? C'était ça, la réalité, et c'était justement à cause de ça que des gens allaient se coucher, éteignaient leur bougie et ne se réveillaient jamais. Marty, lui, il a choisi de montrer le bon côté de la médaille, celui qui pousse les gens à se lever le matin, qui leur donne envie de lutter bec et ongles parce qu'on leur dit qu'ils vont s'en sortir. En fait, il existe même un mot pour ce genre de mensonge. L'espoir.

BASE AÉRIENNE DE PARNELL, TENNESSEE

[Gavin Blaire m'escorte jusqu'au bureau du commandant, le colonel Christina Eliopolis, véritable légende vivante, autant pour son caractère en acier trempé que pour ses exploits militaires. On a du mal à croire qu'une telle intensité puisse tenir dans un corps apparemment si frêle. Sa longue frange noire et son visage délicat accentuent encore l'impression de jeunesse éternelle qu'elle dégage. Puis, elle retire ses lunettes, et je distingue nettement le feu qui couve au fond de ses yeux.]

J'étais pilote de Raptor, le FA-22 ; le meilleur appareil jamais conçu. Il allait plus vite que Dieu et tous ses anges réunis. C'était un monument élevé à la gloire de la technologie américaine… Et dans cette guerre, la technologie américaine servait à que dalle.

Ça a dû être très frustrant.

Frustrant ? Vous savez ce qu'on ressent quand on vous dit que l'idéal qu'on a cherché à atteindre toute sa vie, celui pour lequel on a tant donné, tant souffert, celui qui vous a fait dépasser des limites dont vous n'aviez même pas conscience, que cet idéal-là est désormais considéré comme « stratégiquement inapproprié » ?

Diriez-vous qu'il s'agit d'un ressentiment généralisé ?

Je vais vous dire un truc. L'armée russe n'a pas été la seule à se faire décimer par le gouvernement. La loi sur la reconstitution des forces aériennes a littéralement flingué l'Air Force. Les « experts » du DeStRes avaient décidé que notre ratio coût-efficacité, le CE, était l'un des plus disproportionnés de l'armée.

Vous pouvez nous donner un exemple ?

Le JSOW, ça vous va ? Le *joint standoff weapon* ? Une bombe traditionnelle, guidée par satellite, soumise aux lois de la gravité et qu'on pouvait télécommander à plus de soixante kilomètres de distance. La version de base contenait cent quarante sous-munitions de type BLU-97B, et chaque bombinette embarquait une ogive creuse antiblindage, une tête à fragmentation contre l'infanterie ainsi qu'un anneau en zirconium pour foutre le feu à toute la zone d'impact. On la considérait comme le triomphe de l'industrie militaire. Jusqu'à Yonkers [1]. Ensuite, on nous a expliqué que le prix d'un seul kit JSOW – matériel, main-d'œuvre, temps, énergie, sans parler du carburant et de l'entretien de l'avion –, tout ça dépassait largement celui d'un simple escadron de rampants qui descendraient mille fois plus de Z. Pas assez rentable, comme tous nos autres joujoux. Ils nous ont découpés au laser industriel. Les B-2

1. Les JSOW ont été utilisées lors de la bataille de Yonkers, ainsi que d'autres missiles air-sol.

Spirit ? Dehors. Pareil pour les Eagle, les Falcon, les Tomcat, les Hornet, les JSF, les Raptor… Si on fait le compte, une seule signature a descendu plus d'appareils américains que tous les SAM, les Flaks et les chasseurs ennemis de l'histoire [1]. Au moins on ne les a pas démontés, Dieu merci, seulement remisés dans des hangars ou dans ce grand cimetière, là, l'AMARC [2]. « Un investissement à long terme », ils ont dit. Ça, au moins, on peut toujours compter dessus. Quand on est en guerre, on se prépare pour la prochaine. Notre capacité aérienne, du moins sur le papier, est restée presque intacte.

Presque ?

Il a fallu laisser tomber les Globemaster, et tous les moteurs trop gourmands en kérosène. Ça nous laissait les appareils à propulsion conventionnelle. Je suis passée du chasseur X-Wing au camping-car.

Quelle était la mission principale de l'Air Force ?

Le ravitaillement aérien. C'était notre principal objectif, le seul qui comptait vraiment.

[Elle désigne une carte jaunie sur le mur.]

L'état-major m'a autorisée à la garder, compte tenu de ce qui m'est arrivé.

---

1. Il s'agit là d'une légère exagération. Le nombre d'appareils « cloués au sol » pendant la Guerre des Zombies ne dépasse pas celui des appareils abattus pendant la Seconde Guerre mondiale.

2. AMARC : *Aerospace Maintenance and Regeneration Center*, près de Tucson, en Arizona.

[La carte représente les États-Unis pendant la guerre. La partie ouest des Rocheuses est légèrement grisée. On aperçoit des cercles colorés dans la zone grise.]

Des îlots paumés dans la Grande Mer de Zack. Le vert désigne les installations militaires actives. On avait converti certaines d'entre elles en centres d'accueil des réfugiés. D'autres contribuaient encore à l'effort de guerre. D'autres encore étaient bien défendues, mais n'avaient aucun intérêt stratégique. Les zones blanches.

Les zones rouges étaient étiquetées « viables » : usines, mines, centrales électriques. L'armée avait laissé des équipes de maintenance derrière elle pendant la grande retraite. Leur boulot consistait à surveiller et à entretenir les installations jusqu'à ce qu'on puisse à nouveau les inclure dans l'effort de guerre. Les zones bleues représentent les zones civiles où les gens avaient réussi à tenir. Ils avaient établi une sorte de frontière et survivaient à l'intérieur. Eh bien, toutes ces zones avaient constamment besoin de ravitaillement. C'était ça, notre boulot, le « pont aérien ». Une opération gigantesque, d'ailleurs, et pas seulement en termes d'appareils et de carburant. Il fallait aussi une sacrée organisation. Garder le contact avec tous ces îlots, traiter leurs demandes, coordonner les actions avec le DeStRes, hiérarchiser les priorités, caractériser le matériel parachuté, tout ça fait de cette opération la plus importante de toute l'histoire de l'Air Force.

On essayait d'éviter les consommables, type nourriture ou médicaments qui nécessitaient un ravitaillement régulier. On les classifiait LD, livraison dépendante, et on les traitait après les LAS, livraisons autosuffisantes, comme les outils, les pièces de rechange, et les outils pour fabriquer des pièces de rechange. « Ils n'ont pas besoin de poisson, disait Sinclair, ils ont besoin de filets. » Chaque automne, on parachutait quand même du poisson, de la farine, du sel, du lait pour bébé et des fruits secs… Les hivers étaient rudes. Vous vous souvenez comme ils nous semblaient longs ? Aider les gens à s'aider eux-mêmes, c'est super en théorie, mais il faut quand même les garder en vie.

Parfois, on devait parachuter du personnel, des spécialistes, docteurs ou ingénieurs, des types avec des compétences impossibles à acquérir tout seul. Les zones bleues recevaient régulièrement la visite d'instructeurs des Forces spéciales, pas seulement pour leur apprendre à mieux se défendre, mais aussi pour se préparer au jour où il leur faudrait attaquer à leur tour. Je respectais beaucoup ces mecs. La plupart savaient qu'ils resteraient coincés. Beaucoup de zones bleues ne disposaient pas de piste d'atterrissage, on les parachutait, mais ils avaient parfaitement conscience qu'on ne les récupérerait pas. Et puis les zones bleues n'étaient pas toutes entièrement sécurisées. Certaines ont été débordées. Les gens qu'on parachutait connaissaient les risques. Mais quand même, il faut des tripes.

C'est aussi valable pour les pilotes.

Oh, je ne minimise rien. Tous les jours, on survolait des centaines, parfois des milliers de kilomètres de territoires contaminés – les zones violettes. **[Elle montre les cercles sur la carte. Les zones violettes sont rares, et très éloignées les unes des autres.]** Elles désignent des installations d'entretien et de ravitaillement en carburant. Beaucoup de nos appareils n'auraient jamais eu assez d'autonomie pour atteindre les zones de parachutage sur la côte Est sans ces avant-postes. Ça nous a aidés à limiter les pertes en matériel et en hommes. Notre taux de survie a grimpé à 92 %. Malheureusement pour moi, j'ai fait partie des 8 % restants.

Je crois qu'on ne saura jamais ce qui nous a mis au tapis. Problème mécanique, corrosion du métal, mauvais temps… ou alors la cargaison, mal étiquetée ou mal emballée. Ça arrivait beaucoup plus souvent qu'on ne veut bien l'avouer. Parfois, si du matériel dangereux n'est pas correctement conditionné, ou bien si – Dieu nous en préserve – un de ces putains d'inspecteurs QC laisse ses hommes assembler les détonateurs *avant* qu'on les emballe pour le voyage… C'est arrivé à un de mes copains, pendant un vol de routine de Palmdale à Vanderberg, même pas au-dessus d'une zone infectée. Deux cents détonateurs de type 38, tous opérationnels, tous en marche, tous réglés pour sauter sur la même fréquence que la radio.

[Elle claque des doigts.]

Ça aurait pu arriver à n'importe qui. On terminait un vol entre Phoenix et la zone bleue de Tallahassee, en Floride. C'était la fin octobre, déjà l'hiver, à l'époque. Honolulu essayait de caler encore quelques parachutages avant que le mauvais temps nous cloue au sol jusqu'en mars. C'était notre neuvième rotation de la semaine. On marchait tous au « Tweeks », ces petites pilules qui vous maintiennent éveillé sans altérer vos réflexes ou votre jugement. J'imagine que ça marchait assez bien, mais ça me donnait une sale envie de pisser toutes les vingt minutes. Et mon équipage, les « mecs », vous savez, ils n'arrêtaient pas de se foutre de moi… Les filles, elles ont toujours envie, vous voyez le genre. Je savais très bien qu'ils déconnaient, ça n'avait aucune importance, mais quand même, je me retenais jusqu'au dernier moment.

Après deux heures de montagnes russes à nous faire secouer par des turbulences, j'ai fini par craquer et j'ai passé le manche au copilote. Je venais juste de remonter ma braguette quand il y a eu une secousse énorme, comme si Dieu lui-même venait de nous botter le cul… Et tout d'un coup, l'avion a piqué du nez. Le cockpit de notre C-130 ne disposait même pas d'un vrai cabinet de toilettes, juste un chiotte chimique portable avec un lourd rideau de douche en plastique. C'est sans doute ça qui m'a sauvé la vie. Si je m'étais retrouvée piégée dans un autre compartiment, probablement trop sonnée pour atteindre la clenche… Soudain, il y a eu une espèce de crissement, puis une explosion assourdissante d'air pressurisé, et j'ai été aspirée vers l'arrière de l'avion avant de disparaître dans le vide, là où aurait dû se trouver la queue.

Je dégringolais en spirale, sans contrôler quoi que ce soit. J'ai vaguement aperçu mon appareil, une masse grise qui rétrécissait à vue d'œil et qui tombait en fumant. Je me suis redressée et j'ai actionné le parachute. Mais j'étais encore dans les vapes, la tête me tournait et j'avais du mal à respirer. J'ai tâtonné jusqu'à trouver ma radio et j'ai hurlé à l'équipage de sauter. Pas de réponse. Tout ce que je voyais, c'était le parachute d'un autre, le seul à s'en être sorti.

C'était horrible de tomber comme ça, sans pouvoir rien faire. Je voyais distinctement l'autre, au-dessus de moi et un peu plus au nord, peut-être à trois ou quatre kilomètres. J'ai cherché les autres, réessayé la radio, mais impossible d'accrocher le moindre signal. Elle avait probablement été endommagée pendant ma « sortie ». J'ai ensuite essayé de relever ma position, quelque part au-dessus du sud de la Louisiane, un marais inhabité apparemment sans fin. Mais je n'étais sûre de rien, j'avais encore la cervelle en compote. Au moins, j'ai eu la présence d'esprit de vérifier l'essentiel. J'arrivais à bouger les jambes, *idem* pour les bras. Aucune douleur et pas de saignements externes. J'ai vérifié que mon kit de survie était intact et toujours harnaché à ma cuisse. Quant à mon arme, mon Meg [1], il était bien calé contre mes côtes.

Est-ce que l'Air Force vous avait déjà préparés à ce genre de situation d'urgence ?

On est tous passé par les programmes Evade et Willow Creek Escape dans les montagnes Klamath, en Californie. Il y avait même de vrais G avec nous, marqués et placés à des endroits spécifiques, pour augmenter le « réalisme » de l'expérience. Ça ressemble beaucoup à ce qu'on vous enseigne dans le manuel de survie civil : déplacements, discrétion, comment descendre Zack avant qu'il se mette à gémir et signale votre position aux autres. On a tous « réussi », on a survécu, je veux dire, même si deux pilotes ont terminé en Section 8 [2]. Je suppose qu'ils n'ont pas apprécié le réalisme de l'expérience. Mais ça ne m'a jamais gênée, de me retrouver seule en territoire hostile. Pour moi, c'était juste une procédure standard.

---

1. Meg : surnom donné par les pilotes à leur arme de service, un pistolet automatique de calibre 22. Son aspect extérieur, avec son silencieux, sa visée télescopique et son chargeur pliable, le fait ressembler au jouet Transformer Hasbro « Megatron ». Une information qui reste à confirmer.

2. Terme militaire américain désignant une réforme du service militaire pour cause d'inaptitude mentale et/ou physique, équivalent des codes P3, P4 et P5 français. *(N.d.T.)*

Standard ?

Vous voulez que je vous dise ce que ça fait d'être *vraiment* seule en territoire hostile ? Commençons par mes quatre années à Colorado Springs…

Mais il y avait d'autres femmes…

D'autres *cadets*, d'autres compétiteurs ayant le même appareil génital que moi, c'est tout. Croyez-moi, quand la pression monte, la fraternité des sexes disparaît. Non, j'étais seule, vraiment seule. Je me débrouillais toute seule, je ne faisais confiance à personne, et en toutes circonstances, j'étais toujours la *seule* à assurer mes arrières. C'est grâce à ça que j'ai tenu pendant ces quatre années d'enfer à l'académie ; et je ne pouvais compter sur rien d'autre quand j'ai atterri dans la boue, directement chez G.

J'ai détaché mon parachute – on nous apprend à ne pas perdre de temps à essayer de le camoufler – et je suis partie droit vers la position de l'autre toile. Ça m'a pris à peu près deux heures… Deux heures à patauger dans cette espèce de gadoue qui recouvrait tout. J'en avais jusqu'aux genoux. J'avais encore du mal à réfléchir correctement et je souffrais de vertiges. Ce n'est pas une excuse, je sais, mais à cause de ça, je n'ai pas remarqué tout de suite les oiseaux qui s'enfuyaient dans la direction opposée. Puis, j'ai entendu un cri, lointain et faible. Je voyais le parachute accroché aux arbres. J'ai commencé à courir, encore une erreur, faire du bruit, comme ça, sans même m'arrêter pour vérifier que Zack ne se baladait pas dans le coin. Je ne voyais rien du tout, uniquement ces grosses branches grises et nues jusqu'à ce que je me retrouve juste en dessous.

Sans Rollins, mon copilote, je me serais fait avoir à coup sûr.

Je l'ai trouvé accroché à son harnais, mort, agité de convulsions. Sa combinaison de vol était déchirée et ses entrailles pendaient… Au-dessus de cinq G qui s'en nourrissaient en pataugeant dans l'eau brun-rouge. L'un d'eux s'était débrouillé pour s'enrouler un morceau d'intestin autour du cou. Chaque fois qu'il remuait, ça faisait valser Rollins comme une putain de cloche. Ils ne m'ont même pas remarquée. J'aurais presque pu les toucher, mais ils n'ont rien vu. Au moins j'ai pensé à visser le silencieux. Mais je n'avais pas besoin de vider un chargeur entier… Et allez, encore une autre connerie. J'étais tellement en colère que j'ai bien failli flanquer des coups de pied aux cadavres. J'avais honte, la culpabilité m'aveuglait…

La culpabilité ?

J'avais merdé sur toute la ligne ! Mon appareil, mon équipage…

Mais c'était un accident. Ce n'était pas votre faute.

Qu'est-ce que vous en savez ? Vous n'étiez pas là. Merde, même *moi*, je n'étais pas là. Je ne sais pas ce qui s'est passé. Je n'ai pas fait mon boulot. J'avais le cul posé sur les chiottes comme une fille, merde !

J'étais en train de cramer, mentalement. *Putain de mauviette*, je me suis dit, *pauvre conne*. Je suis partie en vrille, je me détestais et je me détestais de me détester. Vous y comprenez quelque chose, vous ? J'aurais pu tout aussi bien rester ici, toute tremblante, à attendre que Zack se pointe, j'en suis persuadée.

Mais ma radio a crachoté. « Allô ? Allô ? Il y a quelqu'un ? Quelqu'un a réussi à s'en sortir ? » C'était une voix de femme. Une civile, à coup sûr, étant donné son langage et son ton.

J'ai immédiatement répondu. Je me suis identifiée et je lui ai demandé de décliner son identité. Elle m'a expliqué qu'elle faisait partie du Skywatch et que son pseudo était « Mets Fan », ou « Mets » pour faire court. Le Skywatch, c'était un réseau *ad hoc* d'opérateurs radio isolés. Ils étaient censés porter assistance aux équipages des avions qui se crashaient et faire leur possible pour les sauver. Pas très efficace, comme système, sans doute parce qu'ils étaient peu nombreux… Mais apparemment, c'était mon jour de chance. Elle m'a dit qu'elle avait repéré la colonne de fumée au-dessus de l'épave de mon Herc. Elle ne devait pas être à plus d'une journée de marche de ma position.

Sa hutte était lourdement encerclée. Avant que je dise quoi que ce soit, elle m'a dit de ne pas m'inquiéter, qu'elle avait déjà signalé ma position aux équipes de secours. La meilleure chose à faire, c'était de me trouver un terrain à découvert et d'attendre qu'on vienne me chercher.

J'ai voulu consulter mon GPS, mais il avait dû être arraché de ma combinaison au moment de mon éjection. J'avais une carte de secours, mais elle était trop grande, pas assez précise, et mes tournées me faisaient survoler tellement d'États que ça me servait autant qu'une carte géologique des États-Unis… J'avais les idées encore très confuses, j'étais tellement en colère… J'ai fini par lui avouer que j'ignorais tout de ma position et que je ne savais pas où aller…

Elle a rigolé. « Tu veux dire que t'as jamais fait ça ? La marche à suivre n'est pas inscrite au plus profond de tes gènes ? Tu n'as pas repéré où tu étais pendant que tu descendais tranquillement, comme une fleur ? » Elle ne doutait pas une seule seconde de moi, elle me forçait à réfléchir au lieu de balancer des réponses toutes faites. J'ai réalisé que je connaissais *très bien* la zone, que je l'avais *survolée* au moins une vingtaine de fois en trois mois, et que j'étais forcément quelque part dans le bassin d'Atchafalaya. « Réfléchis, m'a-t-elle dit, qu'est-ce que tu as vu pendant ta descente ? Une rivière ? Des routes ? » Au début, je n'arrivais à me souvenir que des arbres, un paysage sans fin, uniformément gris, sans rien de particulier, et puis peu à peu, alors que je m'éclaircissais les idées, je me suis rappelé avoir aperçu une rivière et une route. J'ai aussitôt vérifié sur la carte et j'ai découvert que l'I-10 passait un peu au nord de ma position. Mets m'a dit qu'il n'y avait pas meilleur endroit pour une exfiltration. D'après elle, ça ne prendrait pas plus d'un jour ou deux si je me remuais un peu et que j'arrêtais de glander.

Alors que je m'apprêtais à partir, elle m'a arrêtée tout net et m'a demandé si je n'avais rien oublié. Je m'en souviens parfaitement. Je me suis retournée vers Rollins. Il commençait tout juste à ouvrir les yeux. J'ai eu le sentiment que je devais lui dire quelque chose, je ne sais pas, m'excuser, et puis je lui ai collé une balle en plein front.

Mets m'a alors conseillé de ne pas culpabiliser, et quoi qu'il arrive, de ne jamais me laisser distraire. J'avais un boulot à terminer. Elle a ajouté : « Reste en vie, reste en vie et fais ce qu'on te demande. » Puis : « Et arrête de niquer ton forfait. »

Elle parlait des batteries – rien ne lui échappait –, j'ai donc quitté la ligne et je me suis dirigée vers le nord, à travers les marais. J'avais les idées claires, désormais, et les leçons de Creek me revenaient en tête. Marcher, s'arrêter, écouter. Je m'en suis tenue au sol sec dans la mesure du possible et j'ai fait *très* attention où je mettais les pieds. Par endroits, il m'a fallu nager – *ça*, ça rend nerveux. Par deux fois, j'aurais juré qu'une main me courait le long de la jambe. Un peu plus loin, j'ai croisé une route, petite, à peine deux voies, et dans un sale état. Mais bon, c'était quand même mieux que patauger dans la boue. J'ai signalé ma découverte à Mets, je voulais savoir si ça me conduirait droit vers l'autoroute. Elle m'a conseillé de dégager vite fait et d'éviter toutes les routes autant que possible. « Qui dit route dit voitures, a-t-elle ajouté, et qui dit voitures dit zombies. » Elle parlait des conducteurs contaminés morts derrière leur volant. Et comme les goules n'ont pas un QI suffisamment élevé pour déboucler une ceinture et ouvrir une portière, elles sont condamnées à passer le reste de leur existence piégées dans leur voiture.

Je lui ai demandé en quoi ça posait un problème. Dans la mesure où les morts-vivants ne pouvaient pas sortir et pour peu que je me tienne éloignée des fenêtres ouvertes, je me foutais totalement des bagnoles abandonnées le long de la route. Mets m'a rappelé que même coincé, un G était parfaitement capable de gémir, et donc d'avertir les autres. Là, je lui ai avoué que je ne pigeais plus. Si je devais absolument perdre du temps à éviter chaque route et chaque Zack au volant, pourquoi me diriger vers une autoroute où j'étais sûre d'en trouver dix fois plus ?

« L'autoroute passe *au-dessus* des marais, m'a-t-elle répondu. Les zombies ne peuvent pas y grimper. » Cette section de l'I-10 dominait les marais de plusieurs mètres ; c'était l'endroit le plus sûr de la région. J'ai reconnu que je n'y avais pas pensé. Elle a encore rigolé. « T'inquiète pas, chérie, moi j'y ai pensé. Me lâche pas et je vais te ramener chez toi. »

Alors j'ai obéi. J'ai scrupuleusement évité tout ce qui ressemblait de près ou de loin à une route. J'ai emprunté les chemins les plus paumés que j'ai pu trouver. Je dis « paumés », mais pour être honnête, c'était quand même difficile d'éviter toute trace d'humanité, ou du moins de celle d'*avant*. Chaussures, vêtements, ordures, valises déchiquetées, matériel de randonnée... Et des os, beaucoup d'os plus ou moins enfoncés dans la boue. Humains ou animaux ? Impossible à dire. J'ai même trouvé une cage thoracique. Je crois que c'était celle d'un croco, un gros. Je préfère ne pas penser au nombre de zombies qu'il a fallu pour dégommer ce salopard.

Le premier G que j'ai aperçu était plutôt petit. Un gamin, probablement, difficile à dire. Son visage était déchiqueté, la peau, le nez, les yeux, les lèvres, même ses cheveux et ses oreilles... Pas complètement arrachés, mais en lambeaux qui pendaient de-ci de-là, ou bien vaguement accrochés au crâne. Peut-être qu'il avait d'autres blessures, je n'ai pas cherché à en savoir plus. Il était coincé dans un de ces sacs bébé, vous savez, la version randonnée, avec une sangle enroulée autour du cou. Le passant de l'épaule était pris dans une racine et le gamin pataugeait dans l'eau, à moitié submergé. Sa cervelle devait encore être intacte, tout comme les fibres musculaires reliées à sa mâchoire. Il a claqué plusieurs fois des dents pendant que je m'approchais. J'ignore comment il a pu savoir que j'étais là, peut-être que son odorat fonctionnait encore un minimum, ou son ouïe, qui sait ?

Il ne pouvait plus gémir, sa gorge était bien trop comprimée pour cela, mais ses éclaboussures pouvaient attirer l'attention. J'ai mis un terme à ses souffrances, si on peut appeler ça des souffrances, puis j'ai essayé de ne plus y penser. Encore un truc qu'on vous apprend à Willow Creek : pas la peine de faire leur élégie, pas la peine d'imaginer qui ils étaient ni ce qui leur est arrivé. Je sais bien, mais on le fait tous, non ? Je veux dire, qui peut regarder ces choses sans se poser la question ? C'est comme quand on a lu les dernières pages d'un livre… L'imagination prend le relais, tout simplement. Et c'est là qu'on baisse la garde, qu'on devient moins attentif. Et on laisse aux autres le soin de se demander ce qui *nous* est arrivé. J'ai vraiment essayé de ne plus y penser. Mais j'ai fini par m'inquiéter : *pourquoi* en avais-je rencontré si peu, jusqu'ici ?

C'était une question de survie, et pas une vague interrogation existentielle. J'ai allumé la radio pour demander à Mets s'il y avait un truc que je ne pigeais pas, là, et s'il valait mieux éviter toute la zone. Elle m'a rappelé que la région était plutôt dépeuplée, notamment à cause des zones bleues de Baton Rouge et de Lafayctte qui attiraient les G. C'était un maigre réconfort, de se savoir perdue, comme ça, entre deux congrégations de zombies. Elle a éclaté de rire… « Ne t'inquiète pas, tu t'en sors très bien. »

Soudain, j'ai aperçu quelque chose un peu plus haut. Une vague silhouette qui ressemblait à un arbuste, mais trop dense, et brillante par endroits. Elle m'a avertie de ne pas m'en approcher, de continuer ma route sans la quitter des yeux. Jusqu'ici, tout allait à peu près bien. Je retrouvais la fille que j'avais été.

En m'approchant, j'ai constaté qu'il s'agissait d'un véhicule, un SUV hybride Lexus. Il était recouvert de mousse et embourbé à mi-roue. Le coffre était plein de matériel de survie. Tente, sac de couchage, ustensiles de cuisine, fusil de chasse, munitions, le tout en parfait état, parfois même encore emballés. Je me suis approchée du siège avant et j'ai aperçu le bout d'un 357. Encore agrippé aux doigts tout secs du conducteur. On voyait la lumière à travers son crâne. Il était salement décomposé, au moins depuis un an, voire plus. Il portait un treillis de survie, de ceux qu'on commande sur catalogue pour les safaris ou les parties de chasse. Tout était encore très propre, presque repassé. Une seule blessure, à la tête. Apparemment, il n'y en avait pas d'autres, aucune morsure, rien. Ça, ça m'a vraiment surprise, beaucoup plus que le gamin sans visage. Ce type avait tout ce qu'il fallait pour survivre, sauf la volonté, sans doute. Ce n'est qu'une simple supposition, je sais. Si ça se trouve, il avait d'autres blessures, invisibles, cachées par ses vêtements ou bouffées par la décomposition. Pourtant, j'étais sûre d'avoir raison à ce moment-là, ma tête collée à la vitre, devant ce cadavre. Je comprenais à quel point il était facile de tout abandonner.

Je suis restée là un bon moment, suffisamment longtemps pour que Mets me demande ce qui clochait. Je lui ai décrit la scène et elle m'a immédiatement ordonné de poursuivre ma route.

J'ai commencé à discuter. Je pensais qu'il fallait au moins fouiller le véhicule, histoire de voir si j'y trouvais quelque chose d'utile. Elle m'a demandé d'une traite si je cherchais vraiment quelque chose d'utile ou si je *voulais* tout simplement quelque chose. J'ai réfléchi une seconde, mais elle avait raison. L'équipement du mort avait beau être complet, ça restait du matériel civil, lourd et encombrant. Il fallait cuire la nourriture, et les armes n'avaient pas de silencieux. Mon propre matériel était tout aussi complet, et si pour une raison ou pour une autre, je ne trouvais aucun hélico sur la I-10, je pourrais toujours revenir ici en cas d'urgence.

J'ai aussi envisagé de me servir du SUV. Mets m'a demandé si j'avais une dépanneuse ou un treuil sous la main. Et comme une gamine, j'ai répondu que non. « Alors, qu'est-ce qui te retient ? » a-t-elle enchaîné, ou un truc du même genre, pour m'obliger à mettre les voiles. Je lui ai dit d'attendre une minute. J'ai appuyé la tête contre la vitre du conducteur, j'ai soupiré et je me suis sentie à nouveau épuisée, vidée. Mets ne m'a pas lâchée. Elle a insisté pour que je foute le camp. Je lui ai dit de la fermer un peu, que j'avais besoin d'une minute, de deux secondes… Je ne sais pas.

J'ai dû laisser mon doigt appuyé sur le bouton d'appel sans m'en rendre compte, parce que tout d'un coup, Mets m'a demandé : « Qu'est-ce que c'était ? » « Quoi ? » ai-je répondu. Elle avait entendu quelque chose.

Elle l'avait entendu avant vous ?

Je suppose. Tout de suite après, en tout cas, j'ai tendu l'oreille, et ça m'a tout de suite éclairci les idées. Le gémissement… Fort. Et tout proche, suivi de bruits d'éclaboussures.

J'ai relevé la tête, j'ai regardé à travers la vitre, à travers le crâne du conducteur et le carreau de l'autre côté… J'ai aperçu le premier. J'ai fait volte-face ; cinq autres. Ils approchaient dans toutes les directions. Et derrière eux, une dizaine, une quinzaine. J'ai ouvert le feu sur le premier. Manqué.

Mets s'est mise à me gueuler dessus. Elle a exigé un rapport de situation. Je lui ai fait le décompte. Elle m'a dit de garder mon calme, de ne pas courir, de ne pas bouger et de suivre la procédure apprise à Willow Creek. Quand je lui ai demandé comment elle connaissait Willow Creek, elle m'a répondu de la fermer et de me défendre.

Je suis montée sur le toit du SUV – on est censé trouver le point défensif le plus proche – et j'ai commencé à pointer mes cibles. J'en ai aligné un, j'ai bloqué ma respiration et je l'ai abattu. Combattre, ça veut dire prendre des décisions aussi rapidement que le permettent nos impulsions nerveuses. J'avais perdu cette aptitude en tombant dans la boue, mais à présent, ça me revenait. J'étais calme, concentrée, j'avais évacué toute trace de doute et de faiblesse. La fusillade n'a sans doute pas duré plus de dix minutes, mais moi j'ai eu l'impression de me battre pendant dix heures. Soixante et un, au final, et un joli cercle de corps affalés dans la boue. J'ai pris mon temps, j'ai vérifié mes munitions et j'ai attendu la seconde vague… qui n'est jamais arrivée.

Vingt minutes après, Mets exigeait un nouveau rapport. Je lui ai fait le décompte total des victimes et elle a sifflé. Puis, elle m'a demandé de penser à lui rappeler de ne *jamais* m'énerver. J'ai ri. Pour la première fois depuis que j'avais touché terre, j'ai ri. Je me sentais bien, forte et confiante. Mets m'a avertie que tous ces désagréments m'empêcheraient de rejoindre l'I-10 avant la tombée de la nuit, et qu'il était temps de songer à trouver un coin où pioncer.

J'ai mis un maximum de distance entre le SUV et moi avant que le ciel ne s'assombrisse, puis j'ai fini par trouver une branche convenable en haut d'un arbre. J'avais un hamac standard en microfibres dans mon kit de survie. Une super-invention. Léger et solide, avec des pinces pour vous empêcher de basculer. Un détail censé nous rassurer et nous aider à nous endormir plus vite… Ouais, tu m'étonnes. Putain, j'étais debout depuis plus de quarante-huit heures, j'avais passé en revue tous les exercices respiratoires qu'on nous avait enseignés à Willow Creek et je m'étais enfilé deux baby-Ls [1]… On n'est pas censé en prendre plus d'un, mais je me suis dit que c'était bon pour les pédés, ça. J'étais de nouveau moi-même, vous vous souvenez, ça ne me posait pas de problèmes, et puis merde, j'avais besoin de dormir.

Comme je n'avais rien d'autre à faire, j'ai demandé à Mets si ça ne la dérangeait pas que je lui parle. Qui était-elle, au fait ? Comment avait-elle atterri dans cette cabane paumée en plein milieu du pays cajun ? Elle n'avait pas l'accent. Et comment en savait-elle autant sur le métier de pilote ? Je commençais lentement à remettre le puzzle en place, à comprendre d'où elle sortait.

Mets m'a dit qu'on se materait un épisode de *The View*, plus tard. Pour l'instant, il fallait que je dorme. Et que je fasse mon rapport à l'aube. J'ai senti les Ls faire effet entre « rapport » et « à ». Je dormais déjà à « aube ».

J'ai dormi d'un trait. Il faisait déjà jour quand j'ai ouvert les yeux. J'avais rêvé de Zack, évidemment. Ses gémissements résonnaient encore dans ma tête quand je me suis réveillée. Puis, j'ai regardé en bas. Ce n'était pas un rêve. Il devait y en avoir au moins une centaine autour de l'arbre. Ils grouillaient tous au pied du tronc, essayant de se grimper les uns sur les autres pour m'atteindre. Heureusement, le sol n'était pas assez ferme pour ça. Je n'avais pas suffisamment de munitions pour les descendre tous, et de toute façon, il en arriverait d'autres le temps que je les abatte. Il était

1. « Baby-Ls » : officiellement un analgésique, mais utilisé par les militaires comme somnifère.

temps de faire ma valise et d'opter pour mon plan d'urgence.

Vous vous étiez préparée à cette situation ?

Pas vraiment préparée, mais on nous avait entraînés à agir correctement dans ce cas de figure. Ça ressemble beaucoup à un saut en parachute. Vous choisissez avec soin la zone d'atterrissage, vous roulez sur vous-même, vous vous relevez et vous décampez vite fait. L'idée, c'est de mettre un maximum de distance entre vous et vos adversaires. On court, plus ou moins vite, on essaie de « marcher rapidement ». Oui oui, on vous enseigne à ne pas négliger cette douce alternative. Encore une fois, le but est de prendre suffisamment le large pour envisager sereinement la suite des événements. D'après ma carte, l'I-10 était assez proche pour que je l'atteigne en courant. Là, un hélico me repérerait et viendrait me récupérer avant que tous ces sacs à merde ne m'attrapent. J'ai allumé la radio, expliqué la situation à Mets et je lui ai demandé de prévenir les autres pour une exfiltration immédiate. Elle m'a répondu de faire attention. Je me suis ramassée sur moi-même, j'ai sauté, et je me suis fracassé la cheville contre un rocher.

Je suis tombée dans la flotte la tête la première. C'est ça qui m'a empêchée de m'évanouir sous le coup de la douleur. J'en suis sortie en toussant, à moitié noyée, et la première chose que j'ai vue, c'était les zombies qui s'approchaient de moi. Mets a dû se rendre compte que quelque chose clochait. Peut-être qu'elle m'a demandé ce qui se passait, je ne sais plus. Tout ce dont je me souviens, c'est qu'elle me hurlait de me lever et de courir. J'ai essayé de m'appuyer sur mon pied, mais un éclair de douleur m'a littéralement cisaillée. J'allais sans doute réussir à la surmonter, mais… J'ai hurlé si fort, si fort qu'elle a dû m'entendre à travers la fenêtre de sa cabane. « Dégage ! Dégage ! beuglait-elle… Maintenant ! » J'ai commencé à clopiner tant bien que mal, à patauger dans les marais avec cent G au cul. De loin, ça a dû être super-drôle, cette course à pied frénétique entre handicapés.

Mets hurlait : « Si tu peux marcher, tu peux courir ! Cet os ne supporte pas le poids du corps, tu vas y arriver ! »

« Mais ça fait mal ! » Je lui ai vraiment dit ça, vous vous rendez compte ? Je l'ai dit avec des litres de larmes qui me ruisselaient sur le visage, et Zack derrière moi qui gémissait pour avoir son petit déjeuner. J'ai fini par atteindre l'autoroute qui surplombait les marais comme un aqueduc romain. Relativement sûr, Mets avait vu juste. Mais ni elle ni moi n'avions tenu compte de ma blessure ou de mes poursuivants. Il n'y avait aucune voie d'accès directe, j'ai dû boiter le long d'une petite entrée adjacente que Mets m'avait conseillé d'éviter la veille. Et en m'approchant, je voyais très bien pourquoi. Les épaves de voitures rouillées s'entassaient par centaines, et au moins une sur dix abritait un G coincé à l'intérieur. Ils m'ont repérée et ils ont commencé à gémir. Le son a dû porter sur plusieurs kilomètres dans toutes les directions.

Mets a crié : « Ne te préoccupe pas de ça ! Grimpe sur l'autoroute et fais gaffe aux crampons ! »

Aux « crampons » ?

Ceux qui peuvent vous atteindre à travers une vitre brisée. Sur la route, j'avais une chance de les éviter, mais sur la rampe d'accès… Il y avait des voitures partout. Ces quelques minutes passées à tenter de rejoindre l'autoroute ont été les pires de mon existence, de très loin. Il fallait que je slalome entre les voitures. Ma cheville m'empêchait de grimper dessus. Et des mains pourries jaillissaient de temps en temps pour attraper ma combinaison de vol ou mes poignets. Chaque fois que je leur tirais une balle dans la tête, je perdais un temps précieux. Déjà que la pente me ralentissait. Ma cheville palpitait, j'avais mal aux poumons et les zombies commençaient à me rattraper. S'il n'y avait pas eu Mets…

Elle m'a gueulé dessus sans s'arrêter une seconde. « Remue-toi, salope ! » Elle était plutôt du genre vulgaire. « T'as pas intérêt à me lâcher, tu m'entends ? T'as pas intérêt à me LÂCHER, connasse ! » C'est elle qui ne m'a pas lâchée. Pas un instant. « Qui t'es, pauvre conne ? Encore une putain de victime ? Encore à gémir ? » Honnêtement, à cet instant, je pensais l'être. Je voyais bien que je n'y arriverais jamais. L'épuisement, la douleur, et plus que tout, je crois, la colère d'avoir tout gâché. J'ai même envisagé de retourner mon arme contre moi, de me punir pour… Vous voyez. Et puis Mets m'a vraiment remuée. Elle a hurlé : « Mais qui t'es ? T'es comme ta putain de mère ? »

Ça a marché. J'ai fini par me traîner jusqu'à l'autoroute.

Je l'ai signalé à Mets, puis je lui ai demandé : « Et maintenant, je fais quoi, bordel ? »

Soudain, sa voix est redevenue très douce. Elle m'a dit de regarder au-dessus de moi. On distinguait dans la lumière du matin un point noir qui suivait l'autoroute. Très vite, j'ai réalisé que c'était un UH-60. J'ai soupiré un grand coup et j'ai lancé une fusée de détresse.

La première chose que j'ai remarquée quand ils m'ont hissée à bord, c'était qu'il s'agissait d'un appareil civil, pas d'une équipe de secours gouvernementale. Le commandant était un grand Cajun avec un goitre épais et des lunettes de glacier. Il m'a demandé : « Mais d'où vous sortez, bordel ? » Vous me pardonnerez de ne pas imiter l'accent. J'ai failli pleurer et je lui ai balancé un coup de poing dans son énorme biceps. J'ai éclaté de rire et je les ai félicités de leur célérité. Il m'a regardée sans comprendre. En fait, ça n'était pas du tout une équipe de secours, juste un vol de routine entre Baton Rouge et Lafayette. Sur le moment, je ne m'en suis pas rendu compte. J'ai appelé Mets pour lui dire qu'on venait de me récupérer, que j'étais saine et sauve, désormais. Je l'ai remerciée pour tout ce qu'elle avait fait pour moi et… Et je n'allais pas me mettre à pleurnicher, alors j'ai lancé une vanne à propos de cet épisode de *The View* que j'allais enfin voir. Elle n'a jamais répondu.

C'était une super-skywatcher…

C'était une super-fille.

Vous disiez avoir des « soupçons », non ?

Aucun civil, pas même un skywatcher expérimenté, ne peut en savoir autant sur l'armée de l'air. Elle pigeait trop de choses, elle était trop bien informée… Le genre de connaissances qu'on ne peut acquérir qu'en suivant un entraînement rigoureux.

Donc, c'était une pilote, elle aussi.

Évidemment. Mais pas de l'Air Force – je l'aurais rencontrée –, peut-être chez les Marines, ou dans l'aéronavale. Ils avaient perdu autant de pilotes que l'Air Force dans des missions de ravitaillement comme la mienne, et huit fois sur dix, sans aucune explication. Je suis sûre qu'elle avait dû vivre la même chose que moi, qu'elle avait dû s'éjecter, abandonner son équipage et peut-être culpabiliser elle aussi. Elle avait réussi à dégotter cette cabane et elle avait passé le reste de la guerre à jouer les super-skywatchers.

Sans aucun doute.

Oui, hein ?

[Un moment de silence assez gênant. Je la regarde en attendant la suite.]

Quoi ?

Ils ne l'ont jamais identifiée.

Non.

Ni elle, ni sa cabane.

Non.

Et Honolulu n'a jamais entendu parler d'une skywatcher du nom de Mets Fan.

Vous êtes bien renseigné.

Je…

Je suppose que vous avez lu mon rapport, pas vrai ?

Oui, en effet.

Et l'évaluation psy qu'ils m'ont collée après le debriefing officiel.

Eh bien…

Eh bien c'est des conneries, OK ? Qu'est-ce que ça peut bien foutre, si toutes les informations qu'elle m'a transmises m'avaient déjà été données avant le vol ? Qu'est-ce que ça peut foutre si les psy « précisent » que ma radio était brisée avant même que j'atterrisse ? Et bordel de merde, qu'est-ce que ça peut foutre que Mets soit le diminutif de Métis, la mère d'Athéna, cette déesse grecque aux yeux gris tempête ? Oh je sais, les psys se sont bien branlés là-dessus, surtout quand ils ont « découvert » que ma mère avait grandi dans le Bronx.

Et cette remarque sur votre mère ?

Putain, mais qui n'a jamais eu de problèmes avec sa mère ? Si Mets était bel et bien pilote, alors elle savait bluffer. Elle savait très bien qu'elle avait de bonnes chances de marquer un point avec « maman ». Elle connaissait les risques, elle a tenté le coup… Écoutez, s'ils croient vraiment que j'ai pété les plombs, pourquoi ils ne m'ont pas sucré ma licence de pilote, hein ? Pourquoi ils m'ont donné ce boulot ? Peut-être qu'elle n'avait jamais mis les pieds dans un avion, peut-être qu'elle avait un mari pilote, peut-être qu'elle voulait en devenir un mais qu'elle n'avait pas réussi l'examen, qu'est-ce que j'en sais, moi ? Peut-être que ce n'était qu'une petite voix solitaire et effrayée qui a fait tout ce qu'elle a pu pour empêcher une autre petite voix solitaire et effrayée de finir comme elle. Qu'est-ce que ça peut foutre, merde ? Elle était là quand il le fallait. Et elle restera avec moi. Toute ma vie, elle restera avec moi.

Autour du monde et ailleurs

PROVINCE DE BOHÊME, UNION EUROPÉENNE

[On l'appelle Kost – « l'Os » – et sa taille compense largement sa laideur. Élancé vers le ciel depuis des rochers acérés, ce *hrad* du XIVe siècle jette une ombre intimidante sur la vallée du Plakanek… Vision saisissante que David Allen Forbes croque fébrilement sur son carnet de notes. Cet Anglais distingué prépare son deuxième livre, *Les Châteaux de la Guerre des Zombies : Le Continent.* Il se repose sous un arbre en m'attendant, ses vêtements colorés et sa longue épée écossaise accentuant encore le côté arthurien de la scène. À mon arrivée, il change totalement de costume, passant de l'artiste serein au conteur inquiet et nerveux.]

Quand je prétends que le Nouveau Monde n'a pas bénéficié de notre longue expérience en matière de fortification, je parle de l'Amérique du Nord. Je n'oublie évidemment pas les forteresses côtières espagnoles, ni celles que les Français et nous autres Anglais avons construites aux Antilles. Et puis il y a les ruines incas dans les Andes, naturellement, même si elles n'ont jamais subi de véritable siège [1]. Par ailleurs, quand je dis « Amérique du Nord », je n'inclus ni les ruines mayas ni les villes aztèques du Mexique. Vous connaissez l'histoire de la bataille de Kukulcan ? Un monument toltèque, d'ailleurs, non ? Tous ces types qui ont planté des têtes de zombies sur les marches dégoulinantes de sang de la pyramide ? Non, par « Nouveau Monde », j'entends les États-Unis et le Canada.

Ça n'est pas une insulte, vous comprenez, ne le prenez pas mal. Ces deux pays sont jeunes, et ils n'ont pas cette longue tradition d'anarchie institutionnelle que nous autres Européens cultivons depuis la chute de Rome. Vous, vous avez toujours eu des gouvernements stables. Suffisamment forts pour faire respecter la loi et l'ordre.

Je sais que ce n'était pas le cas pendant la conquête de l'Ouest, évidemment, ni pendant la guerre civile, et loin de moi l'idée de minimiser l'efficacité de vos forts ou l'expérience de ceux qui s'y sont battus. D'ailleurs, un jour, j'aimerais bien visiter fort Jefferson. Il paraît que ceux qui l'ont défendu ont beaucoup souffert. Je dis toujours qu'en Europe, nous avons hérité d'un millénaire d'histoire chaotique pendant laquelle le concept de « sécurité physique » s'arrêtait aux portes du château féodal. Vous comprenez ? Non, manifestement pas. Si je m'exprime mal, on peut recommencer, vous savez.

Non non, ça va. Continuez, s'il vous plaît.

Vous couperez, de toute façon, non ?

---

1. Le Machu Picchu a traversé la guerre sans heurts, mais les réfugiés de Vilcabamba ont dû faire face à une épidémie mineure.

Voilà, oui.

Très bien, alors. Donc, les châteaux. Eh bien… Je ne veux pas exagérer leur importance dans l'effort de guerre général. En fait, quand on les compare aux autres types de fortifications, aux constructions modernes, aux modifications apportées à des édifices plus vieux, etc., etc., on s'aperçoit que leur contribution reste somme toute négligeable. Sauf pour les gens comme moi, vu que cette contribution nous a sauvé la vie…

Non pas qu'une forteresse imposante soit la chose la plus sûre au monde, notre Dieu à tous, en quelque sorte. Loin de là. Pour commencer, il faut comprendre la différence inhérente entre un château et un palace. En fait, bon nombre de soi-disant châteaux ne sont pas grand-chose d'autre que des grandes maisons conçues pour épater la galerie. Et les autres ont été convertis en habitations dès que leur valeur défensive est devenue obsolète. Ces bastions jadis imprenables ont tellement de fenêtres au rez-de-chaussée qu'il faudrait une éternité pour les murer convenablement. Mieux vaut se protéger dans une HLM moderne et détruire l'escalier. Sans compter que certains châteaux ont été construits avant tout pour servir de symbole, château d'Ussé, par exemple, ou le château de Prague. Ils se sont transformés en pièges. En pièges mortels.

Prenez Versailles, tiens, un vrai trou à rats. Pas étonnant que le gouvernement français l'ait choisi – enfin, ce qui en reste – pour y élever leur mémorial national… Vous connaissez le poème de Renard, sur ces roses sauvages qui poussent dans le jardin du mémorial ? Leurs pétales colorés par le sang des damnés ?

Non qu'un haut mur suffise à vous protéger pendant des années, d'ailleurs. Un château fonctionne comme n'importe quelle défense statique, vous savez. Le danger vient autant de l'extérieur que de l'intérieur. Prenez Muiderslot, en Hollande. Il a suffi d'un seul cas de pneumonie. Un automne long et humide, une mauvaise nutrition et pas de médicaments… Vous imaginez ce que ça a dû être ? Coincé entre quatre hauts murs de pierre, des malades partout, tous ces gens qui savent que leur temps est compté, que la seule chance de salut réside dans la fuite ? On a retrouvé plusieurs journaux intimes sur place. Tous évoquent leurs compagnons, fous de désespoir, qui se jettent dans les douves grouillantes de zombies.

Et puis il y a les incendies, comme ceux de Braubach et Pierrefonds. Plusieurs centaines de gens piégés, sans la moindre issue. Tous brûlés vifs ou asphyxiés par la fumée. Sans oublier les explosions accidentelles, parfois. Des civils qui ont trouvé des explosifs on ne sait comment, sans savoir les utiliser ou les conserver. À Miskolc Diosgyor, en Hongrie, d'après ce qu'on m'a dit, quelqu'un a mis la main sur un dépôt militaire d'explosifs au sodium. Ne me demandez pas de quoi il s'agissait précisément, ni pourquoi on les avait laissés là. N'empêche que personne ne semblait savoir que l'eau servait d'agent igniteur. D'après ce qu'on a pu comprendre, quelqu'un fumait dans les parages et un petit incendie s'est déclaré. Ces crétins ont cru qu'ils éviteraient l'accident en arrosant les caisses avec de l'eau. L'explosion a creusé un énorme trou dans le mur extérieur et les morts s'y sont engouffrés comme un lac dans un barrage crevé.

Cette catastrophe-là, seule l'ignorance en était responsable. Ce qui s'est passé au château de Fougères, par contre, voilà quelque chose d'impardonnable. Comme ils manquaient de tout, ils ont entrepris de creuser un tunnel sous leurs assaillants. Qu'est-ce qui a bien pu leur passer par la tête ? Ils avaient trop regardé *La Grande Évasion*, ou quoi ? Est-ce qu'ils avaient au moins un expert sous la main ? Et les bases de la trigonométrie, ils les maîtrisaient ? Leur foutu tunnel a atteint la surface en plein dans un nid de ces saloperies. Ces guignols n'avaient même pas pensé à truffer leur galerie d'explosifs pour la faire sauter en cas d'urgence.

Ça, on a connu quantité de foirades, mais on a eu aussi notre lot de triomphes. Les sièges relativement courts, essentiellement, les veinards qui se trouvaient du bon côté de la ligne rouge. En Espagne, en Bavière ou encore en Écosse, au-dessus du mur d'Antonin [1], ça n'a pas duré plus de deux semaines, parfois seulement quelques jours. Pour d'autres, à Kisimul, par exemple, il n'a fallu tenir qu'une seule nuit. Mais on compte aussi quelques victoires mémorables, comme à Chenonceau, en France, un château assez étrange, à la Disney, construit comme une sorte de pont au-dessus du Cher. Avec les deux accès coupés et un solide sens de l'organisation, les réfugiés ont réussi à tenir des années.

Ils avaient assez de vivres pour cela ?

Mon Dieu, non. Ils ont simplement attendu les premières neiges. Ensuite, ils ont monté des expéditions dans la région. J'imagine que c'était la procédure standard pour tous les assiégés, château ou pas. Dans les

1. La ligne de défense anglaise a été établie le long du site romain du mur d'Antonin.

« zones bleues », celles que vous aviez installées au nord, ça s'est passé de la même manière, j'en suis certain. De ce point de vue, on peut dire que l'Europe a de la chance de connaître des hivers neigeux. Tous les survivants que j'ai rencontrés m'ont dit que c'est l'hiver, aussi long et brutal fût-il, qui leur a sauvé la vie. Pour peu qu'ils ne gèlent pas eux aussi, les réfugiés ont profité du gel des zombies pour ratisser dans les environs tout ce dont ils auraient besoin pendant les mois les plus chauds.

Pas étonnant que beaucoup de réfugiés aient choisi de rester dans leur forteresse quand ils ont enfin eu l'occasion de s'enfuir, que ce soit à Bouillon en Belgique, à Spis en Slovaquie en encore à Beaumaris, au pays de Galles. Celui-là, avant la guerre, ce n'était qu'un musée. Une coque creuse, des pièces sans toit et des murs concentriques. Le conseil municipal devrait recevoir la VC[1] pour son action. Gestion des ressources, organisation des tâches, restauration des ruines… Tout ça en quelques mois à peine, juste avant que la crise ne submerge cette partie de l'Angleterre. Et Conwy ? Une histoire encore plus emblématique. À la fois un château et une muraille médiévale ceinturant toute la ville. Non seulement les habitants y ont vécu en sécurité dans un confort relatif pendant les pires années de la guerre, mais son accès à la mer a permis aux alliés de s'en servir comme tête de pont quand ils ont commencé à libérer le pays. Vous avez lu *Mon Camelot* ?

[Je fais non de la tête.]

---

1. Victory Cross.

Vous devriez. Un sacré bon bouquin, si vous voulez mon avis. Tiré de la propre expérience d'un des défenseurs de Caerphilly. La crise a commencé alors qu'il se trouvait au deuxième étage de son appartement de Ludlow, au pays de Galles. Quand ses provisions ont commencé à se tarir et que les premières neiges sont arrivées, il a décidé de tenter sa chance à l'extérieur pour trouver un endroit où se réfugier de manière permanente. Il est tombé sur ces ruines abandonnées, qui avaient déjà été le théâtre de nombreux combats aux conséquences sinistres. Il a enterré les cadavres, éliminé les zombies gelés, puis il a commencé à retaper le château, comme ça, tout seul. Il a travaillé comme un acharné, pendant l'hiver le plus rude jamais recensé en Grande-Bretagne. En mai, Caerphilly était prêt à tenir un siège, et l'hiver suivant, le château est devenu un havre de paix pour des centaines d'autres réfugiés.

[Il me montre l'un de ses croquis.]

Impressionnant, hein ? Le deuxième en taille de toutes les îles Britanniques.

Et le premier ?

[Il hésite.]

Windsor.

Windsor, c'était le vôtre.

Euh, non, pas à moi personnellement.

Je veux dire, vous y étiez.

[Encore un silence.]

D'un point de vue défensif, ses installations étaient aussi proches de la perfection que possible. Avant la guerre, Windsor était le plus grand château habité d'Europe, presque treize acres. Il disposait de son propre puits d'eau douce et il y avait assez d'espace pour stocker des vivres pendant des décennies.

Après l'incendie de 1992, on l'a doté d'un système de sécurité exceptionnel. Et plus tard, avec l'augmentation des menaces terroristes, ses dispositifs ont encore été améliorés au point de laisser les autres bâtiments anglais loin derrière… Même le public ignorait à quoi servait l'argent des impôts : vitres blindées à l'épreuve des balles, murs renforcés, barres de protection rétractables, rideaux d'acier dissimulés subtilement dans le cadre des fenêtres et des portes…

Mais parmi tous nos travaux à Windsor, rien ne peut rivaliser avec l'exploitation du gisement de pétrole et de gaz naturel située à quelques kilomètres sous les fondations du château. On l'avait découvert dans les années 90, sans jamais en tirer parti, pour un certain nombre de raisons politiques et environnementales. Vous vous doutez bien que nous, on en a profité. Notre contingent d'ingénieurs militaires royaux a conçu un échafaudage au-dessus du mur d'enceinte et l'a étendu jusqu'au site de forage. Ça a été un sacré boulot, qui préfigurait notre nouveau réseau routier fortifié comme vous avez dû le constater. À titre personnel, j'ai vraiment apprécié la nourriture cuite, les chambres chauffées et, à la rigueur… les Molotovs et les fosses enflammées. Ça n'est pas vraiment la meilleure façon de se débarrasser des Z, je sais, mais bon, tant qu'on peut les maintenir dans les flammes… De toute façon, qu'est-ce qu'on pouvait faire d'autre, une fois la dernière balle tirée ? Tout ce qui nous restait, c'était un arsenal médiéval hétéroclite d'armes blanches.

Il y en avait pas mal, un peu partout, dans les musées, les collections personnelles. Et je ne parle pas d'objets décoratifs, hein, non, celles-là, c'était du sérieux, du fonctionnel… Ces armes ont fini par réintégrer le folklore britannique, à mesure que les citoyens ordinaires prenaient l'habitude de sortir avec leur hallebarde ou leur hache de combat à double tranchant. Moi-même, je me suis attaché à mon épée à deux mains, même si on ne le dirait pas, comme ça, en me regardant.

[Presque embarrassé, il me montre l'épée posée contre l'arbre. Elle est presque aussi haute que lui.]

En réalité, ce n'est pas vraiment idéal. D'ailleurs, ça demande beaucoup d'entraînement, mais on finit par exécuter des passes dont on ne se serait jamais cru capable.

[David hésite avant de parler, manifestement mal à l'aise. Je lui tends la main.]

Merci beaucoup d'avoir pris le temps de répondre à mes…

Attendez… Il y a… autre chose…

Si vous ne voulez pas en parler…

Non non, ça va aller.

[Il souffle un bon coup.] Elle… Elle ne voulait pas partir, vous comprenez. Elle a insisté pour rester à Windsor, malgré les objections du Parlement.

« Pendant toute la durée de la guerre », a-t-elle déclaré. Pour moi, c'était de la fausse noblesse, une sorte de dignité froissée, peut-être même une peur panique déguisée. J'ai essayé de la raisonner, je l'ai quasiment suppliée à genoux. Elle en avait assez fait avec le décret Balmoral qui transformait chacune de ses propriétés en zone protégée pour ceux et celles qui pouvaient s'y réfugier et contribuer à leur défense. Pourquoi ne voulait-elle pas rejoindre sa famille en Irlande, sur l'île de Man ? Ou si elle tenait tant à rester en Angleterre, qu'elle rejoigne au moins le QG de l'état-major au nord du mur d'Antonin…

Et qu'a-t-elle répondu ?

« La plus grande des noblesses, c'est de servir les autres. » **[Il s'éclaircit la gorge et ses lèvres tremblent l'espace d'une seconde.]** C'est de son père, je crois, le jour où il a refusé de s'enfuir au Canada, pendant la Seconde Guerre mondiale. C'est pour ça que sa mère avait passé le Blitz à visiter les civils réfugiés dans les stations de métro. C'est aussi pour ça qu'aujourd'hui, le *Royaume*-Uni existe toujours. Leur rôle, leur mandat, c'est d'incarner tout ce qu'il y a de grand dans notre esprit national. Ils doivent montrer l'exemple à la population. Les plus courageux, les plus forts, les meilleurs. Dans un sens, c'est un peu nous qui les dirigeons, pas l'inverse. Ils doivent tout sacrifier, absolument *tout* pour assumer le poids de ce fardeau divin. Sinon, pourquoi continuer ? Qu'on en finisse avec toutes ces traditions à la con ! Qu'on sorte les guillotines et qu'on leur coupe la tête ! Finalement, on les considérait un peu comme les châteaux. Des reliques obsolètes, sans réelle fonction moderne, si ce n'est leur rôle d'attraction touristique. Mais quand le ciel s'est assombri et que la nation a rappelé ses enfants, ils se sont souvenus du but premier de leur existence. L'un nous a protégés physiquement, l'autre s'est occupée de notre âme.

ATOLL D'ULITHI, FÉDÉRATION DE MICRONÉSIE

[Pendant la Seconde Guerre mondiale, ce vaste atoll servait de base arrière à la flotte du Pacifique des États-Unis. Et pendant la Guerre des Zombies, il a non seulement abrité les bâtiments américains, mais aussi des centaines de navires civils. L'*UNS Ural* en faisait partie ; il hébergeait la première plate-forme de Radio Free Earth. Aujourd'hui transformé en musée, il joue un rôle de premier plan dans le documentaire britannique *Mondes en guerre.* Barati Pashigar est l'une des nombreuses personnalités interviewées dans le film.]

Le véritable ennemi, c'est l'ignorance. Les mensonges, la superstition, la désinformation… Parfois même l'*absence* d'information. C'est l'ignorance qui a tué ces millions de gens. C'est l'ignorance la seule responsable de la Guerre des Zombies. Imaginez qu'à l'époque, nous ayons su ce que nous savons aujourd'hui. Imaginez qu'on ait analysé et compris le virus aussi bien que celui de la tuberculose, par exemple. Imaginez que les citoyens du monde, ou du moins ceux qui avaient la responsabilité de les protéger, aient su très précisément ce à quoi ils avaient affaire. Imaginez un peu. C'est l'ignorance, notre pire ennemi. Et la vérité notre alliée la plus précieuse.

Quand j'ai rejoint Radio Free Earth pour la première fois, on l'appelait encore Programme international de prévention et d'information. « Radio Free Earth », ce sont nos auditeurs qui l'ont baptisé ainsi.

Il s'agissait du premier projet d'envergure internationale, à peine quelques mois après le plan sud-africain et des années avant la conférence d'Honolulu. Le reste du monde a organisé sa survie en suivant le plan Redecker, nous on s'est servi de Radio Ubunye [1].

Radio Ubunye ?

La radio sud-af destinée aux citoyens isolés. Comme le gouvernement n'avait pas assez de moyens pour les aider matériellement, tout ce qu'il pouvait faire, c'était les informer. À ma connaissance, il s'agit de la première radio à l'avoir fait. Des émissions régulières en plusieurs langues. Les animateurs y détaillaient des techniques de survie de base, mais ils dénonçaient aussi les idées reçues qui circulaient parmi la population. Nous sommes partis du même principe, en l'étendant au monde entier.

Je me suis embarqué dans l'affaire, au sens littéral du terme, au moment précis où le réacteur de l'*Ural* reprenait du service. C'était un ancien bâtiment soviétique, réutilisé par la marine russe après l'éclatement de l'URSS. À l'époque, le *SSV-33* servait à plusieurs choses : navire de commandement et de contrôle, plate-forme antimissiles, vaisseau de surveillance électronique. Hélas, c'était aussi une vraie usine à gaz. D'après ce qu'on m'a dit, ses systèmes étaient

1. « Unité », en langue zouloue.

tellement complexes que même son équipage n'y comprenait rien. Le navire avait passé la majorité de sa carrière à quai, à la base navale de Vladivostok, où il servait de générateur électrique de secours pour le reste des installations. Je ne suis pas ingénieur, moi, je serais bien incapable de vous expliquer comment ils ont fait pour remplacer les réservoirs et pour connecter l'électronique de bord au réseau satellite mondial. Mon truc, moi, c'est la linguistique, les langues du sous-continent indien plus précisément. On était seulement deux, M. Verma et moi, et on couvrait plus d'un milliard de gens… Enfin, je veux dire… À l'époque, il en restait encore plus d'un milliard.

M. Verma m'avait retrouvé dans un camp de réfugiés au Sri Lanka. Il était traducteur, et moi interprète. On avait travaillé ensemble pour notre ambassade, à Londres, quelques années auparavant. À l'époque, ça nous paraissait fatigant. On n'avait encore rien vu. Ici, c'était *vraiment* un boulot épuisant. Dix-huit, parfois vingt heures par jour. Je ne me rappelle même plus quand on dormait. Il y avait tellement de données brutes, tellement de dépêches qui tombaient toutes les minutes. La plupart détaillent les différentes techniques de survie. Savoir purifier l'eau, planter son propre potager, cultiver un certain type de moisissure, récupérer les spores et les transformer en pénicilline, toutes ces informations nous submergeaient littéralement, d'autant qu'elles s'accompagnaient de termes et de faits dont nous ignorions tout. Je n'avais jamais entendu parler des « quislings » ou des « sauvages ». Je ne savais pas ce qu'était un « Lobo », ni une pilule de « Phalanx ». Et tout d'un coup, un type en uniforme me collait une liste sous les yeux en me disant : « Il nous faut ça en marathi, antenne dans quinze minutes. »

À quel genre de désinformation aviez-vous affaire ?

Par où commencer ? Médecine ? Sciences ? Stratégie militaire ? Religion ? Psychologie ? C'est l'aspect psychologique qui me rendait dingue. Les gens tenaient tellement à humaniser ces saloperies. Dans une guerre – une guerre conventionnelle, je veux dire –, on passe l'essentiel du temps à déshumaniser l'ennemi pour créer une distance émotionnelle. On invente des histoires, toutes sortes de rumeurs... Quand je pense à la façon dont mon père appelait les musulmans... Et voilà qu'avec cette guerre, tout le monde cherchait à trouver une connexion avec l'ennemi, à donner un visage à quelque chose qui n'avait plus rien d'humain.

Vous pouvez nous donner quelques exemples ?

Il y avait tellement d'idées reçues... Les zombies ont une forme d'intelligence. Ils éprouvent des émotions et s'adaptent à toutes les situations. Ils peuvent se servir d'outils et parfois même d'armes. Ils se souviennent de leur ancienne existence. On peut communiquer avec eux et les entraîner, voire les domestiquer... C'était déprimant de devoir tordre le cou à toutes ces histoires les unes après les autres. Le guide de survie nous a beaucoup aidés, mais il n'était pas encore très complet, à l'époque.

Vraiment ?

Bien sûr. C'était un livre américain, on le sentait vraiment. Toutes ces références aux SUV, aux armes... On n'y tenait pas compte des différences culturelles… Toutes ces solutions « maison » dont les gens pensaient se servir pour se débarrasser des morts-vivants.

Par exemple ?

Je préfère ne pas vous donner trop de détails, j'aurais peur de « condamner » tous ceux qui ont accouché de ces « solutions ». En tant qu'Indien, j'ai appris à gérer pas mal d'aspects culturels qui avaient tendance à verser dans l'autodestruction. Varanasi, par exemple, l'une des plus vieilles villes du monde, juste à côté de l'endroit où Bouddha est censé avoir prêché pour la première fois. Plusieurs milliers de pèlerins venaient y mourir chaque année. En temps normal, avant la guerre, la route était littéralement jonchée de cadavres. Et voilà que ces corps se réanimaient pour attaquer les vivants. Varanasi est devenue l'une des zones les plus infestées du monde, un vrai nid à morts-vivants. La contamination s'est propagée sur presque toute la longueur du Gange. Les vertus médicinales de ses eaux étaient scientifiquement prouvées depuis plusieurs dizaines d'années, une histoire d'oxygénation élevée, je crois [1]. C'est tragique, ça, comme histoire. Plusieurs millions de personnes se sont installées sur les rives, ce qui n'a fait qu'empirer la situation. Et les pèlerinages ont continué. Même après la fuite du gouvernement en Himalaya, alors que l'Inde était officiellement contaminée à 90 %. Chaque pays a connu des histoires de ce genre. Chaque membre de notre équipe internationale a dû faire face à une situation quasi

1. Les opinions diffèrent, mais de nombreuses études scientifiques sérieuses ont montré que la haute oxygénation des eaux du Gange était responsable de certaines guérisons « miraculeuses ».

suicidaire. Personne n'y a coupé. Un Américain nous a parlé d'une secte religieuse appelée « Les Agneaux de Dieu ». Ils croyaient que le Jugement dernier était enfin arrivé. Plus vite ils contracteraient la maladie, plus vite ils iraient au paradis. Une femme – je ne vous dirai pas d'où elle venait – a répandu l'idée qu'un rapport sexuel avec une vierge exorciserait la « malédiction ». J'ignore combien de petites filles ont été violées à cause de ça. Tout le monde en voulait à son peuple. Tout le monde avait honte. Un Belge de notre équipe a comparé ça au crépuscule. Il appelait ça « le côté obscur de notre âme collective ».

Mais moi, je n'ai pas à me plaindre. Je n'ai jamais été en danger, je n'ai jamais manqué de rien. D'accord, je n'ai pas beaucoup dormi, mais au moins, quand je dormais, j'étais en sécurité. Et plus que tout, je n'ai jamais eu à travailler au service RI de l'*Ural*.

Le service RI ?

Réception d'informations. Celles qu'on diffusait ne venaient pas directement de chez nous, mais du monde entier, d'experts et de chercheurs travaillant dans différentes zones sécurisées. Ils transmettaient leurs recherches au service RI, lequel nous les faisait passer. La plupart de ces données nous étaient transmises *via* des canaux civils conventionnels, et tous ces canaux regorgeaient d'appels à l'aide émanant de citoyens ordinaires. Il y en avait des millions, éparpillés sur toute la planète, et tous, ils hurlaient dans leur poste de radio amateur que leurs enfants crevaient de faim, que leurs dernières défenses venaient de tomber, que leur abri brûlait. Même sans comprendre un mot d'anglais, ce qui était le cas de nombreux opérateurs, on ne pouvait pas se méprendre sur la terreur qu'ils éprouvaient.

Les opérateurs n'avaient pas le droit de répondre, ils n'en avaient pas le temps. Toutes les transmissions étaient réservées aux affaires officielles. Je préfère ne pas savoir ce qu'ont dû éprouver les gens du service RI.

Le dernier message de Buenos Aires, vous savez, quand ce type a chanté la berceuse en espagnol… un de nos opérateurs n'a pas supporté. Il n'était pas argentin, d'ailleurs, même pas sud-américain, juste un gamin, un marin russe de dix-huit ans. Et il s'est fait sauter la cervelle au-dessus de sa console radio. C'était le premier. Et depuis la fin de la guerre, le reste du service RI a suivi. Ils sont tous morts, aujourd'hui. Le dernier, c'était mon ami belge. Un matin, il m'a dit : « Toutes ces voix, je n'arrête pas de les entendre. » On était sur le pont, à regarder cette bouillasse brune, à espérer un lever de soleil qui ne viendrait jamais. « Toutes ces voix. Je les entendrai toute ma vie. Je ne dormirai plus jamais. Je ne me reposerai plus jamais. Tant que je ne les aurai pas rejointes. »

ZONE DÉMILITARISÉE, CORÉE DU SUD

[Hyungchol Choi dirige l'agence de renseignements coréenne. Il me montre le paysage sec et vallonné qui s'étend vers le nord. On dirait presque le sud de la Californie. Excepté les blockhaus, les drapeaux délavés et les fils barbelés qui lacèrent l'horizon.]

Ce qui s'est passé ? Personne ne le sait. La Corée du Nord était probablement la nation la mieux préparée à une invasion de morts-vivants. Des rivières au nord, des océans à l'est et à l'ouest… Quant au sud… **[Il désigne toute la zone démilitarisée.]** C'est la frontière la mieux protégée au monde. Voyez comme le terrain est montagneux, facile à défendre. Mais vous ignorez sans doute que ces collines sont truffées d'un réseau titanesque de galeries souterraines et d'infrastructures militaro-industrielles. Le gouvernement nord-coréen a tiré la leçon de votre campagne de bombardements, pendant les années 50… Ils ont travaillé sans relâche à l'édification d'un dédale souterrain pour permettre à leur peuple de survivre à la prochaine guerre.

La population était extrêmement militarisée, d'ailleurs, entraînée, équipée, à un point qui ferait passer Israël pour l'Islande. Plus d'un million d'hommes et de femmes en service actif, et cinq autres millions en réserve. Ça fait plus d'un quart de la population, sans oublier l'entraînement militaire de base, qu'à peu près tout le monde suit à un moment ou à un autre. Plus important encore, surtout dans ce genre de guerre : le sens de la discipline nationale quasi surhumain des Nord-Coréens. On les endoctrine depuis leur naissance : leur vie n'a aucune importance, ils ne sont sur terre que pour servir l'État, la révolution et leur guide suprême.

C'est l'exact opposé de ce que nous avons vécu au Sud. Nous étions une société ouverte. Il le fallait. C'était le commerce international qui nous nourrissait. Nous vivions un individualisme forcené, peut-être pas autant que vous, les Américains, mais nous avions eu notre part de manifestations et d'émeutes sociales. Nous vivions dans une société si libre et si morcelée que nous avons à peine réussi à instaurer la doctrine Chang[1] pendant la Grande Panique. Ce genre de crise intérieure était inconcevable au Nord. Même quand leur gouvernement a provoqué un quasi-génocide et une famine, la population a préféré manger ses enfants que se révolter[2]. Ça, c'était le genre d'obéissance aveugle dont même Hitler n'aurait jamais osé rêver. Pour peu qu'on donne une pierre, un fusil ou même rien du tout à chaque citoyen et qu'on leur dise « Battez-vous » en leur montrant des hordes de zombies, ils obéiront comme un seul homme, vieillards et enfants inclus. Ce pays était fait pour la guerre, préparé, élevé, éduqué pour la guerre depuis le 27 juillet 1953. S'il fallait trouver un seul pays au monde

---

1. La version sud-coréenne du plan Redecker.

2. Des cas de cannibalisme ont été observés pendant la famine de 1992. Certaines victimes furent des enfants.

capable de survivre et de triompher face à l'apocalypse qui nous est tombée dessus, ce serait la République populaire de Corée du Nord, sans le moindre doute.

Alors qu'est-ce qui s'est passé ? Un mois après le début de la crise, juste avant qu'on signale les premières épidémies à Pusan, la Corée du Nord a rompu d'un coup toutes ses relations diplomatiques. La ligne de chemin de fer – la seule liaison régulière entre le Nord et le Sud – a été coupée sans explication. Certains de nos citoyens, qui attendaient depuis plusieurs décennies l'autorisation de rendre enfin visite à leur famille au Nord, ont vu leurs rêves brisés par un simple coup de tampon. Aucune justification officielle n'a jamais été fournie. Tout ce qu'on a réussi à savoir, c'était le sempiternel « Raisons de sécurité intérieure ».

Contrairement à beaucoup de mes concitoyens, je n'y voyais pas un signe de guerre imminente. Chaque fois que le Nord nous menaçait sérieusement, c'était toujours le même son de cloche. Les images satellites, les nôtres ou celles des Américains, ne montraient aucune manœuvre hostile. Pas de mouvements de troupes, pas de ravitaillement d'avions, aucun déploiement de navires de guerre ou de sous-marins. Mieux, nos soldats stationnés le long de la zone démilitarisée ont remarqué une très nette baisse du contingent, au Nord. On les connaissait tous, vous comprenez, on les avait tous photographiés un par un et on leur avait même donné des surnoms au fil des années, comme Œil-de-Lynx ou Bulldog. On avait des dossiers sur eux, avec leur âge supposé, leur histoire et tout ce qu'on pouvait glaner sur leur vie personnelle. Et maintenant, ils disparaissaient, comme ça, derrière leurs tranchées fortifiées et leurs abris antibombardements.

Tous nos indicateurs sismiques restaient parfaitement silencieux. Si le Nord avait percé d'autres tunnels ou massé des troupes dans ses fameuses galeries souterraines, on l'aurait forcément entendu, aussi bien que l'Orchestre philharmonique de Séoul.

Panmunjon est le seul endroit de toute la ZDM où les deux camps se font directement face, pour faciliter d'éventuelles négociations. On s'y retrouve lors des rencontres officielles, nos troupes s'observent en terrain découvert à quelques mètres les unes des autres. Les gardes changeaient régulièrement. Une nuit, alors que le détachement nord-coréen rentrait dans ses casernes, la relève n'est tout simplement pas venue. Ils ont fermé les portes, ils ont éteint les lumières… Et plus personne ne les a jamais revus.

Nous avons aussi assisté à la cessation totale de toutes leurs activités de renseignement. Les espions du Nord étaient aussi réguliers et prévisibles que les saisons. La plupart du temps, on les repérait facilement. Ils portaient des vêtements démodés ou posaient des questions dont ils auraient dû connaître la réponse. On les attrapait à tous les coups, mais après le début des épidémies, plus personne.

Et vos espions à vous ?

Disparus. Tous. À peu près au même moment, quand tous nos joujoux de surveillance électronique ont sauté. Je ne suis pas en train de vous dire qu'il y avait de la friture sur la ligne, hein, non, il n'y avait plus de ligne du tout. L'un après l'autre, tous les canaux civils et militaires ont cessé d'émettre. Les images satellites montraient de moins en moins de fermiers dans les champs, de moins en moins de piétons dans les villes, de moins en moins de travailleurs

« volontaires » sur les travaux publics, et ça, ça ne s'était tout simplement *jamais* produit auparavant. Avant qu'on comprenne quoi que ce soit, il n'y avait plus âme qui vive entre Yalu et la zone démilitarisée. D'un point de vue strictement militaire, toute la Corée du Nord, tous ses habitants, ses hommes, ses femmes, ses enfants, tout le monde s'était volatilisé.

Ce mystère a encore accru notre anxiété, surtout avec ce qui se passait chez nous. À l'époque, il y avait déjà des épidémies à Séoul, à Pohang et à Taejon. Mokpo avait été évacuée, Kangnung livrée à elle-même, et puis, bien sûr, nous avons eu droit à notre propre version de Yonkers à Inchon… Tout ça avec l'obligation de stationner la moitié de nos troupes le long de la frontière septentrionale. Au ministère de la Défense nationale, ils croyaient tous que Pyongyang était sur le pied de guerre. Les Nord-Coréens attendaient le moment où on serait suffisamment affaibli pour déferler au sud du 38e parallèle. Nous autres, au renseignement, on ne souscrivait évidemment pas à cette analyse. Nous étions *déjà* affaiblis, or ils n'attaquaient toujours pas.

Tae Han Min'guk s'approchait de l'effondrement national. On développait déjà des plans pour organiser une retraite sur le modèle japonais. Des équipes clandestines repéraient certaines zones dépeuplées, au Kamchatka. Si la doctrine Chang n'avait pas fonctionné… Si nos dernières unités n'avaient pas tenu, si les quelques zones sécurisées étaient tombées…

Peut-être qu'on doit notre survie au Nord, ou du moins à la peur qu'il nous inspirait. Ma génération n'a jamais vraiment considéré le Nord comme une menace. Je parle des civils, vous comprenez, les gens de mon âge voyaient la Corée du Nord comme une sorte d'arrière-cour, une nation affamée et moribonde.

Ma génération a grandi pendant une époque paisible et prospère. La seule chose qu'on craignait vraiment, c'était une réunification à l'allemande, avec des millions d'ex-communistes sans abri qui débarquent pour trouver du travail.

Pour nos parents et nos grands-parents, ça n'est pas la même histoire… Eux, ils ont vécu sous la menace constante d'une invasion imminente. À tout moment, l'alarme pouvait retentir, les lumières s'éteindre et tout le monde, du banquier au professeur en passant par le chauffeur de taxi, devrait prendre les armes pour défendre la patrie. Leur cœur et leur esprit sont toujours restés vigilants, et au final, ce sont eux qui ont ravivé l'esprit national.

Aujourd'hui, je continue à réclamer une expédition au Nord. On me met des bâtons dans les roues à chaque fois. Trop de travail ici, disent-ils. Le pays est encore en cendres. Nous avons aussi nos engagements internationaux, et plus important, le rapatriement des réfugiés de Kyushu… **[Il ricane.]** Cette fois, les Japs ont une sacrée dette envers nous.

Je ne parle pas d'une expédition armée, notez bien. Donnez-moi un hélicoptère, un bateau, n'importe quoi. Mieux, ouvrez-moi les portes à Panmunjon et laissez-moi y aller à pied. Et si vous marchez sur une mine ? ils disent. S'il s'agit d'une ogive nucléaire ? Et si vous ouvrez les portes d'une ville souterraine et que vingt-trois millions de zombies affamés en sortent d'un coup ? Leurs arguments sont valables, il faut bien le reconnaître. On sait très bien que la ZDM est salement minée. Le mois dernier, un avion-cargo qui frôlait leur espace aérien a été abattu par un missile sol-air. Il provenait d'un canon automatique, le genre d'armes qu'ils avaient conçues pour nous pourrir la vie au cas où leur population aurait déjà été anéantie.

La logique voudrait qu'ils se soient réfugiés dans leurs complexes souterrains. Si tel est le cas, alors nous avons gravement sous-estimé la taille de ces complexes. Peut-être que toute la population vit sous terre et prépare une guerre sans fin, pendant que leur guide suprême continue à s'anesthésier le cerveau avec de l'alcool européen et du porno américain. Est-ce qu'ils savent seulement que la guerre est terminée ? Est-ce que leurs chefs leur ont menti à ce point ? Est-ce qu'ils leur ont dit que le reste du monde avait cessé d'exister ? Après tout, les morts-vivants leur ont peut-être été utiles, en fin de compte. L'excuse idéale pour écraser encore un peu plus une population déjà incroyablement obéissante. Leur guide suprême a toujours voulu jouer les dieux vivants, et maintenant qu'il maîtrise tout, des vivres dont se nourrit son peuple à l'air qu'il respire en passant par la lumière artificielle des abris souterrains, il a peut-être réalisé son plus grand fantasme de pervers. Peut-être que c'était ça, son plan, mais quelque chose s'est détraqué. Regardez ce qui s'est passé dans la « ville-taupe », les souterrains de Paris. Et s'il se passait la même chose ici, mais au niveau national ? Peut-être que ces cavernes abritent bel et bien vingt-trois millions de zombies. Vingt-trois millions de créatures émaciées qui gémissent dans l'obscurité en n'attendant qu'une seule chose, qu'on les libère.

KYOTO, JAPON

[La vieille photo de Kondo Tatsumi montre un adolescent maigre aux yeux rouges, le visage couvert d'acné, les cheveux sales, décoiffés et décolorés. L'homme auquel je m'adresse n'a plus de cheveux du tout. Rasé de près, bronzé et parfumé, il ne me quitte pas des yeux. Même s'il se montre cordial et que son humeur reste légère, ce moine-guerrier conserve la posture d'un prédateur au repos.]

J'étais ce qu'on appelait un *« otaku »*. Je sais que ce terme a perdu son sens originel aujourd'hui, mais pour moi, il signifiait « étranger », tout simplement. Les Américains, surtout les jeunes, se sentent parfois piégés par une pression sociale écrasante. C'est humain. Cela dit, telle que je comprends votre culture, on y encourage l'individualisme. On y révère le « rebelle », le « voyou », ceux qui se distinguent fièrement de la masse. Pour vous, l'individualisme est une vertu. Pour nous, c'est une honte. Avant la guerre, nous vivions dans un labyrinthe complexe et apparemment infini de préjugés sociaux. Notre apparence, notre façon de parler, tout, de la carrière professionnelle à la façon dont on éternue, devait être planifié et orchestré pour se conformer à la plus rigide des doctrines confucéennes. Certains étaient trop forts – ou trop faibles –

pour l'accepter. D'autres, comme moi, ont choisi l'exil en espérant mener une vie meilleure. Dans le cyberespace. Du sur-mesure pour un *otaku* japonais.

Je ne connais pas votre système éducatif, ni celui d'aucun autre pays, d'ailleurs, mais le nôtre reposait presque entièrement sur la mémorisation. Dès l'instant où ils franchissaient le seuil de l'école, on bombardait les jeunes Japonais de livres, de faits et de descriptions dénués de toute application pratique dans la vie courante. Des faits dépourvus de jugement moral ou éthique, de contexte sociologique, de connexion avec le monde extérieur, mais leur connaissance garantissait une ascension rapide. Les élèves japonais d'avant-guerre n'apprenaient pas à penser, ils apprenaient à mémoriser.

Vous comprenez pourquoi cette forme d'éducation pouvait facilement déboucher sur une fuite dans le virtuel. Dans un monde noyé d'informations dépourvues de tout contexte, dans un monde où l'acquisition et la maîtrise de ces mêmes informations déterminaient le statut social, les gens comme moi pouvaient gouverner comme des dieux. On m'appelait *sensei*, j'étais maître de tout ce que je touchais… La découverte du groupe sanguin du Premier ministre, les feuilles d'impôts de Matsumoto et d'Hamada [1], l'état de conservation de toutes les épées Shingunto de la guerre du Pacifique… Je n'avais à m'inquiéter ni de mon apparence, ni de l'étiquette sociale, ni de mon rang, ni de mon avenir. Personne ne me jugeait, personne ne pouvait m'atteindre. Dans mon monde, j'étais quelqu'un de

1. Hitoshi Matsumoto et Masatoshi Hamada étaient les deux comédiens d'improvisation les plus célèbres du Japon d'avant-guerre.

très puissant ; et plus important encore, je m'y sentais en sécurité.

Quand la crise a frappé le Japon de plein fouet, ma tribu a immédiatement mis de côté ses obsessions habituelles pour se concentrer sur les morts-vivants. Nous avons étudié leur physiologie, leur comportement, leurs points faibles, et l'attitude de l'humanité face à cette attaque sans précédent. Ça, c'était notre spécialité… Comment endiguer le problème et le circonscrire à l'archipel japonais. J'ai rassemblé des statistiques démographiques, des informations concernant les réseaux de transport et la doctrine policière… J'ai tout mémorisé. Du tonnage global de la marine marchande japonaise au nombre de cartouches logées dans le chargeur des fusils d'assaut modèle 89. Tout avait un sens, rien n'était incompréhensible. Nous nous sentions en mission, et nous ne dormions que très peu. Quand l'école a fini par fermer pour de bon, nous avons pu nous brancher quasiment vingt-quatre heures sur vingt-quatre. J'ai été le premier à hacker le disque dur personnel du docteur Komatsu, et j'ai lu son rapport une semaine avant qu'il le présente à la Diète. Ça, ça a été un grand coup. Ceux qui me révéraient déjà m'ont adulé encore plus.

C'est le docteur Komatsu qui a proposé l'évacuation le premier ?

En effet. Tout comme nous, il avait compilé quantité de données. Mais là où nous nous étions contentés de les mémoriser, lui les avait analysées. Le Japon était surpeuplé : cent vingt-huit millions de personnes entassées sur moins de trois cent soixante-dix mille kilomètres carrés d'îles montagneuses ou sururbanisées. Avec un taux de délinquance aussi faible, nous avions la police la moins nombreuse et la moins armée du monde industrialisé. Et le Japon était un État plutôt démilitarisé. À cause de la « protection » américaine, nos forces d'autodéfense n'avaient jamais participé à un combat réel depuis 1945. Même les troupes stationnées dans le Golfe n'ont pratiquement rien fait. Les unités ont passé la totalité de leur mandat à l'abri des murs de leur propre campement. Nous aussi, nous avions accès à toutes ces données, mais nous manquions du recul nécessaire pour en comprendre la portée réelle. Et la déclaration publique du docteur Komatsu selon laquelle cette situation dramatique exigeait l'évacuation du Japon nous a pris par surprise. Complètement.

Ça a dû être terrifiant.

Pas du tout ! Ça a donné lieu à une activité frénétique, une véritable course pour découvrir où réinstaller notre peuple. Le Sud, les atolls coralliens du Pacifique ? Ou alors au nord, les îles Kouriles et Sakhaline ? Ou encore en Sibérie ? Celui qui révélerait la vérité deviendrait le plus grand *otaku* de la cyberhistoire…

Et vous ne vous préoccupiez pas de votre propre sécurité ?

Bien sûr que non. Le Japon était condamné, d'accord, mais moi je ne vivais *pas* au Japon. Je vivais dans un monde d'informations libres. Les *siafu* [1]

1. Surnom de la fourmi rouge africaine. Le terme a d'abord été utilisé par le docteur Komatsu Yukio lors de son allocution à la Diète.

– c'est comme ça qu'on appelait les infectés, à l'époque –, les *siafu* ne nous effrayaient pas, ils nous intéressaient. Vous ne vous rendez pas compte à quel point j'étais déconnecté de la réalité. Ma culture, mon éducation, et maintenant mon mode de vie *otaku*, tout ça contribuait à m'isoler complètement. Le Japon pouvait être évacué, le Japon pouvait disparaître ; moi, je contemplerais tout ça du haut de ma montagne numérique.

Et vos parents ?

Mes parents ? On vivait dans le même appartement, mais je ne communiquais jamais vraiment avec eux. Je suis sûr qu'ils pensaient que je faisais mes devoirs. Même quand l'école a fermé, je leur ai dit que je préparais mes examens. Ils ne m'ont jamais posé de questions. Mon père et moi ne nous parlions que très rarement. Le matin, ma mère laissait mon petit déjeuner sur un plateau devant ma porte. Le soir, c'était le dîner. Le jour où elle n'a rien laissé du tout, je n'y ai pas réfléchi plus que ça. Je me suis levé, comme d'habitude. Je suis allé aux toilettes, comme d'habitude. Je me suis connecté, comme d'habitude. Vers midi, j'ai commencé à avoir faim. Je détestais ce genre de sensation, la faim, la fatigue, ou pire, le désir sexuel. De simples distractions physiques. Elles me gênaient. Avec réticence, j'ai quitté mon ordinateur des yeux et je suis allé ouvrir la porte. Pas de nourriture. J'ai appelé ma mère. Pas de réponse. Je suis allé dans la cuisine, j'ai pris des *ramen* crues et je suis retourné dans ma chambre le plus vite possible. Le soir, j'ai recommencé. Le lendemain matin aussi.

Vous ne vous êtes pas demandé où étaient passés vos parents ?

Tout ce qui m'inquiétait, c'était ces précieuses minutes que je perdais à me nourrir. Dans mon monde, il se passait trop de choses inédites et excitantes pour me laisser distraire par des considérations physiologiques.

Et les autres* otaku *? Ils n'ont jamais évoqué leurs angoisses ?

Nous partagions des données, pas des sentiments. Même quand ils ont commencé à disparaître les uns après les autres. De temps en temps, je remarquais que quelqu'un cessait de répondre aux e-mails, ou qu'il n'avait plus rien posté depuis longtemps. En vérifiant son serveur, je constatais que personne ne s'y était connecté depuis plusieurs jours.

Et ça ne vous a pas inquiété ?

Ça m'irritait. Non seulement je perdais une quantité non négligeable d'informations, mais plus personne ne venait me féliciter pour mes découvertes. Poster de nouvelles données concernant l'évacuation des ports japonais et recevoir seulement cinquante réponses au lieu des soixante habituelles… vous imaginez mon état d'énervement. Et puis le nombre de réponses est tombé à quarante-cinq, puis à trente…

Et ça a duré combien de temps ?

Environ trois jours. Le dernier post venait d'un *otaku* de Sendai. Il disait que les morts-vivants sortaient en masse de l'hôpital universitaire de Tohoku, dans le même *chô* que son appartement.

Et même là, ça ne vous a pas inquiété ?

Pourquoi est-ce que ça m'aurait inquiété ? J'étais bien trop occupé à apprendre tout ce que je pouvais sur les procédures d'évacuation. Comment ils s'y prenaient, comment le gouvernement s'organisait... Est-ce que les gens iraient au Kamchatka ou à Sakhaline, ou bien les deux ? Et que penser de la hausse du taux de suicide qui ensanglantait le pays [1] ? Tellement de questions, tellement de données à retenir. Je me suis détesté pour m'être forcé à aller dormir, cette nuit-là.

Quand je me suis réveillé, l'écran est resté vierge. Je me suis connecté. Rien. J'ai redémarré l'ordinateur. Toujours rien. J'ai constaté que la batterie de secours fonctionnait normalement. Le problème ne venait pas de là. J'avais assez d'autonomie pour tenir une dizaine d'heures non-stop. Et puis j'ai remarqué que je n'avais aucun signal de réception. Je n'arrivais pas à y croire. Kokura, comme tout le Japon d'ailleurs, bénéficiait d'un réseau informatique sans fil dernier cri supposé infaillible. Un serveur pouvait toujours planter, plusieurs, même, mais tout le réseau ? Ça devait venir de mon ordinateur. Forcément. J'ai sorti mon portable pour me connecter. Pas le moindre signal. Tout en jurant, je me suis levé pour expliquer à mes parents que je devais absolument utiliser leur ordinateur. Ils n'étaient toujours pas à la maison. Dévoré par la frustration, j'ai essayé d'appeler ma mère sur son téléphone portable. Pas de tonalité. Plus de batterie. Je me

1. On sait maintenant que le Japon a souffert du plus fort taux de suicide pendant la Grande Panique.

suis servi de mon propre téléphone portable. Rien. Pas de réseau.

Vous savez ce qui leur est arrivé ?

Non. Je l'ignore encore aujourd'hui, d'ailleurs. Je sais qu'ils ne m'ont pas abandonné, j'en suis persuadé. Peut-être que mon père s'est fait attaquer sur son lieu de travail. Et ma mère en revenant du supermarché. Ils étaient peut-être ensemble quand ça s'est passé. Il a pu leur arriver n'importe quoi. Ils n'ont laissé aucune note, rien. Encore aujourd'hui, je continue à chercher.

J'ai vérifié toutes les pièces de l'appartement pour m'assurer qu'ils avaient bel et bien disparu. J'ai encore essayé de passer quelques coups de fil. Jusqu'ici, tout allait bien. Je maîtrisais à peu près la situation. J'ai essayé de me connecter à nouveau. Incroyable, non ? Je continuais à vouloir m'échapper, rentrer dans mon propre monde, en sécurité. Toujours rien. Là, j'ai paniqué. « Maintenant ! » ai-je ordonné à mon ordinateur, comme si la seule force de ma volonté réussirait à le connecter à Internet. « Maintenant, maintenant, MAINTENANT ! MAINTENANT ! MAINTENANT ! » J'ai frappé l'écran à plusieurs reprises, à m'en écorcher les jointures. La vue de mon propre sang m'a terrifié. Je ne pratiquais aucun sport dans mon enfance, jamais je n'avais été blessé. Tout ça, c'était beaucoup trop pour moi. J'ai attrapé l'écran et je l'ai fracassé contre le mur. Je pleurais comme un bébé, je hurlais, j'avais l'impression d'étouffer. Je me suis plié en deux et j'ai vomi partout dans le salon. Je me suis relevé tant bien que mal pour tituber jusqu'à la porte d'entrée. J'ignore ce que je cherchais, mais il fallait que je sorte. Une fois la porte ouverte, j'ai regardé dans les ténèbres.

Vous avez essayé de frapper chez les voisins ?

Non. C'est curieux, n'est-ce pas ? Même au summum de l'angoisse, ma névrose sociale me rendait encore tout contact personnel presque insupportable. J'ai fait quelques pas, j'ai glissé et je suis tombé sur quelque chose de mou. C'était froid et gluant, j'en avais plein les mains et les vêtements. Et ça puait. Tout le couloir puait. Soudain, j'ai pris conscience d'un bruit régulier, comme un grattement, comme si quelqu'un rampait doucement vers moi.

J'ai tenté un vague : « Il y a quelqu'un ? » Seul un vague gémissement m'a répondu. Mes yeux s'habituaient tout juste aux ténèbres. J'ai commencé à distinguer quelque chose de gros, une forme humaine, qui rampait. J'étais paralysé. je voulais m'enfuir, mais en même temps, je voulais... Je voulais savoir... Je voulais m'assurer que... La porte de mon appartement projetait un rectangle de lumière grise sur le mur. Quand la chose l'a atteint, j'ai enfin vu son visage. Intact, parfaitement humain, excepté l'œil droit qui pendait hors de l'orbite. Son œil gauche, lui, ne me quittait pas. Quand son gémissement s'est transformé en grognement rauque, je me suis relevé d'un coup et je me suis précipité dans mon appartement en refermant la porte derrière moi.

J'avais enfin les idées claires. Peut-être pour la première fois depuis des années. Et je venais tout juste de réaliser que toute la ville puait la fumée et qu'on entendait régulièrement des cris. Je me suis approché de la fenêtre et j'ai ouvert les rideaux.

L'enfer s'était abattu sur Kokura. Les incendies, les immeubles en ruine... Les *siafu* étaient partout. Je les voyais pénétrer dans les immeubles, envahir les appartements, dévorer les gens dans la rue ou sur leur balcon. J'ai vu des gens se jeter dans le vide et se fracasser les jambes ou la colonne vertébrale sur le bitume. Ils restaient là, incapables de bouger, hurlant à la mort à mesure que les zombies s'approchaient d'eux. Dans un appartement à côté du mien, un homme s'est défendu avec un club de golf. Il l'a enroulé autour du crâne d'un mort-vivant, et cinq autres se sont jetés sur lui.

Et puis… Des coups à la porte. Ma porte. Ce… **[Il frappe du poing.]** « Boum boum boum »… Au sol, à ma porte. J'ai entendu la chose gémir, derrière. Et puis j'ai entendu d'autres bruits, en provenance des autres appartements. C'étaient mes voisins, ceux-là mêmes que j'essayais toujours d'éviter. Ceux dont je ne connaissais ni le nom ni les visages. Ils hurlaient, ils suppliaient, ils pleuraient. J'ai entendu une voix, celle d'une jeune femme ou d'un enfant, qui venait de l'appartement d'au-dessus. Elle appelait quelqu'un par son nom, elle le suppliait d'arrêter. La voix a été engloutie par un concert de gémissements. Les coups à ma porte sont devenus plus forts. D'autres *siafu* arrivaient. J'ai essayé de barricader la porte avec les meubles du salon. En vain. Notre appartement était plutôt zen, dans son genre, très dépouillé. La porte a commencé à céder. Je voyais distinctement les gonds faiblir. Il fallait que je m'enfuie au plus vite.

Vous enfuir ? Avec la porte bloquée ?

La fenêtre, l'appartement du dessous. J'ai pensé que je pourrais peut-être attacher des draps ensemble et m'en faire une sorte de corde… **[Il sourit d'un air résigné.]** Les *otaku* spécialisés dans les évasions américaines racontaient souvent ce genre d'histoire. C'était la première fois que j'allais mettre la théorie en pratique.

Fort heureusement, le lin a tenu. Je me suis laissé pendre dans le vide et j'ai commencé à descendre vers l'appartement du dessous. Immédiatement, des crampes m'ont tétanisé les muscles. Je n'avais jamais vraiment prêté attention à eux, et voilà qu'ils prenaient leur revanche. J'ai lutté pour maîtriser mes mouvements, m'efforçant d'oublier le vide de dix-neuf étages. Le vent était terrible, chaud et sec à cause des incendies. Une rafale m'a déséquilibré et m'a rabattu contre le mur de l'immeuble. J'ai rebondi contre le béton et j'ai failli lâcher prise. Mes pieds touchaient presque la rambarde du balcon du dessous et il m'a fallu rassembler tout mon courage pour me laisser tomber de quelques centimètres. J'ai atterri sur les fesses en toussant, à moitié étouffé par la fumée. J'entendais distinctement des bruits dans mon appartement, au-dessus. Les morts-vivants avaient fini par enfoncer la porte. J'ai jeté un œil vers mon balcon ; une tête en dépassait. Le *siafu* borgne qui essayait de se glisser sous la balustrade. Il est resté coincé un moment, à moitié dans le vide, puis il a donné un coup de hanche et il a basculé. Jamais je n'oublierai qu'il cherchait encore à m'attaquer en tombant. Une vision de cauchemar, ce corps suspendu dans le vide, les bras tendus vers moi, l'œil à moitié arraché collé au front…

J'entendais grogner les autres et je me suis retourné pour vérifier qu'il n'y en avait aucun dans l'appartement, avec moi. Fort heureusement, la porte était barricadée. Et aucun bruit ne provenait du couloir. Le dépôt de cendres dans le salon m'a rassuré. Il était si uniforme, personne n'avait pénétré cet appartement depuis longtemps. L'espace d'un instant, je me suis cru seul, et puis l'odeur m'a frappé.

J'ai fait coulisser la porte de la salle de bains. Un nuage putride et invisible m'a aussitôt fait reculer. La femme était encore dans son bain. Elle s'était ouvert les veines, des coupures profondes et verticales, pour ne pas se rater. Elle s'appelait Reiko. C'était la seule voisine que je connaissais un peu. Elle travaillait comme hôtesse de luxe dans un de ces clubs privés pour riches hommes d'affaires étrangers. J'avais longtemps fantasmé sur son corps nu. Je savais désormais à quoi il ressemblait.

Aussi étrange que ça paraisse, ce qui m'a vraiment dérangé, sur le moment, c'est que je ne connaissais pas la moindre prière pour les morts. J'avais oublié ce que mes grands-parents avaient essayé de m'apprendre quand j'étais petit, je l'avais classé comme une donnée inutile. J'étais tellement décalé, par rapport à mon héritage… Une vraie honte. Et tout ce que j'arrivais à faire, c'était rester là, comme un idiot, à murmurer quelques excuses maladroites, avant de lui emprunter des draps.

Ses draps ?

Pour gagner des longueurs de « corde ». Je savais bien que je ne pourrais pas rester là très longtemps. En plus des risques liés à la proximité d'un cadavre, les *siafu* coincés à l'étage finiraient bien par me sentir et par enfoncer la porte. Il fallait que je quitte cet immeuble, que je quitte cette ville et que je trouve un moyen de fuir le Japon. Pour l'instant, je n'avais pas de plan particulier. Tout ce que je savais, c'était qu'il fallait descendre aussi vite que possible, étage par étage, jusqu'au rez-de-chaussée. Avec un peu de chance, un arrêt rapide à chaque niveau me donnerait l'occasion de rassembler quelques vivres. Même dangereuse, mon échelle de draps valait toujours mieux que les *siafu* qui m'attendaient à coup sûr dans l'escalier.

Mais la rue était encore plus dangereuse, non ?

Non, au contraire, même. **[Il remarque mon air dubitatif.]** Non, vraiment. C'est un des trucs que j'ai appris sur Internet. Les morts-vivants sont lents et faciles à distancer à l'extérieur. À l'intérieur, par contre, je courais le risque de me retrouver piégé dans un couloir. Dehors, les possibilités de fuite étaient virtuellement infinies. Mieux, j'avais lu des témoignages de survivants postés sur des forums… Le chaos généré par une épidémie généralisée pouvait tourner à mon avantage. Tous ces gens paniqués, terrorisés… ils attiraient l'attention des *siafu* ; pourquoi m'aurait-on remarqué, moi ? Tant que je faisais attention, que je ne me précipitais pas, que je ne me prenais pas une balle perdue ou qu'une moto ne me rentrait pas dedans, j'avais de bonnes chances de traverser le gros de la tempête. Le vrai problème, c'était d'atteindre la rue.

Ça m'a pris trois jours. En partie à cause de ma faiblesse physique. Même un athlète de haut niveau aurait souffert en utilisant ma corde de fortune, alors vous imaginez ce que ça a été pour moi. Rétrospectivement, c'est même un miracle que je ne me sois pas écrasé au sol ou que je ne sois pas mort d'une septicémie, avec toutes ces éraflures et ces coupures endurées pendant ma descente. Je tenais grâce à l'adrénaline et aux analgésiques. J'étais épuisé, physiquement et nerveusement, en plus du grave manque de sommeil. Je n'arrivais jamais vraiment à me reposer. À la nuit tombée, je barricadais la porte du mieux que je pouvais, puis je m'asseyais dans un coin en pleurant, je soignais mes blessures et je maudissais mon manque d'entraînement jusqu'à ce que le ciel s'éclaircisse. Une nuit, j'ai quand même réussi à fermer les yeux et je crois bien m'être endormi l'espace de quelques minutes, jusqu'à ce que les coups sourds d'un *siafu* contre la porte me fassent détaler vers la fenêtre. J'ai passé le reste de la nuit sur le balcon, blotti contre la balustrade de l'appartement du dessous. Deux épaisses baies vitrées en barraient l'accès, et je n'avais tout simplement plus la force de les faire coulisser.

J'avais un deuxième handicap. Mental, celui-là. Mes obsessions d'*otaku* m'obligeaient à chercher systématiquement le matériel adéquat. Mes recherches sur le Web m'avaient tout appris : choix des armes, vêtements et nourriture adaptés, médicaments à emporter… Le problème, c'était de les trouver dans un immeuble d'habitations pour citadins moyens.

[Il rit.]

J'avais l'air fin, tiens, à descendre le long de ma corde de draps, avec un imper d'homme d'affaires et le cartable « Hello Kitty » rose fluo de Reiko. Ça m'avait pris beaucoup de temps, mais le troisième jour, j'avais réussi à récupérer à peu près tout ce dont j'avais besoin, à peu près tout sauf une arme fiable.

Vous n'en avez pas trouvé une seule ?

[Il sourit.] Le Japon n'a rien à voir avec l'Amérique, le seul pays au monde où l'on compte plus d'armes que d'habitants. Authentique – une statistique hackée par un *otaku* de Kobe sur le serveur de votre National Rifle Association.

D'accord, mais un simple outil ? Un marteau, un pied-de-biche…

Vous en connaissez beaucoup, vous, des cadres supérieurs qui bricolent dans leur appartement ? J'ai pensé à un club de golf – il y en avait plein –, mais je savais déjà ce que ça donnait. J'ai bien trouvé une batte de base-ball en aluminium, mais tellement usée, tellement tordue… Beaucoup trop abîmée pour m'être utile. J'ai vraiment cherché partout, croyez-moi, mais je n'ai rien trouvé de suffisamment dur et résistant pour me défendre. Je me disais qu'une fois dans la rue, j'aurais sûrement plus de chance. Une matraque prise sur le cadavre d'un policier, ou pourquoi pas l'arme de service d'un militaire ?

Ces réflexions ont bien failli me tuer. J'étais au quatrième étage, quasiment au bout de mon échelle de draps. Chaque section me donnait quelques mètres supplémentaires, juste assez pour trouver d'autres draps et les nouer à l'ensemble. Cette fois, j'en voyais le bout. Et j'avais eu le temps de planifier mon évasion dans les moindres détails : atterrir sur le balcon du quatrième étage, pénétrer dans l'appartement et récupérer d'autres draps (j'avais abandonné tout espoir de tomber sur une quelconque arme, à ce moment-là), me laisser glisser jusqu'en bas, voler la première moto qui traînait (même si je n'avais aucune idée de la façon dont on pilote ces engins), démarrer en trombe comme un bon vieux *bosozoku* [1], et peut-être même embarquer une ou deux filles au passage. **[Il rit.]**

J'avais vraiment la cervelle en compote. Et même si j'avais accompli la première partie du plan et que j'avais réussi à atteindre la rue dans cet état… Mais je n'ai pas réussi. C'est tout ce qui compte.

J'ai donc atterri sur le balcon du quatrième étage, je me suis approché des baies vitrées où je suis tombé nez à nez avec un *siafu*. C'était un jeune homme d'environ vingt-cinq ans, vêtu d'un costume déchiré. Il avait le nez arraché et collait son visage ensanglanté contre la vitre.

---

1. Membre d'une bande de jeunes motards japonais ayant essentiellement sévi pendant les années 80 et 90.

J'ai fait un bond en arrière, je me suis jeté sur ma corde et j'ai essayé de remonter. Mes bras ont refusé de fonctionner. Ni douleur, ni brûlure, ni rien, j'avais juste atteint mes limites. Le *siafu* s'est mis à gémir et à marteler la vitre. De désespoir, j'ai essayé de me balancer de gauche à droite en espérant atteindre le balcon adjacent. La vitre s'est brisée et le *siafu* a voulu s'agripper à mes jambes. Je me suis projeté en arrière de toutes mes forces, j'ai laissé filer la corde et je me suis déporté aussi loin que possible… Raté.

Si je suis encore là aujourd'hui, c'est grâce au balcon du dessous. Ma chute m'y a entraîné tout droit, juste en dessous de celui que je visais au départ. Je suis retombé sur mes pieds, j'ai basculé en avant et j'ai bien failli sauter dans le vide. Mais je me suis retrouvé dans un appartement sans trop savoir comment. J'ai immédiatement vérifié qu'il n'y avait aucun *siafu*. Le salon était vide. L'unique mobilier de la pièce consistait en une petite table basse traditionnelle calée contre la porte d'entrée. Les occupants avaient dû se suicider comme tant d'autres, mais il n'y avait aucune odeur. J'en ai déduit qu'ils s'étaient tout bêtement jetés par la fenêtre. J'étais seul, et cette simple sensation de soulagement a suffi à me couper les jambes. Abruti de fatigue, je me suis écroulé au sol et j'ai rampé le long du mur du salon. J'ai vaguement regardé les photos qui décoraient le mur opposé. Le propriétaire de l'appartement devait être un vieillard, ses photos indiquaient une vie bien remplie. Il avait eu une grande famille, de nombreux amis et semblait avoir voyagé dans quantité d'endroits exotiques autour du monde. Moi, je n'aurais jamais imaginé quitter ma chambre, sans même parler de mener ce genre de vie. Je me suis promis une chose : si j'arrivais à me sortir de ce cauchemar, je ne me contenterais plus de survivre, je *vivrais* !

Mes yeux sont tombés sur le seul autre « meuble » dans la pièce, un *kami dana*, un petit sanctuaire shinto traditionnel. Il y avait quelque chose par terre, juste à côté, probablement une lettre expliquant le suicide. Le vent avait dû la déplacer à mon arrivée. La laisser là, abandonnée, ça ne me semblait pas convenable. J'ai traversé la pièce en clopinant pour la ramasser. Beaucoup de *kami dana* possèdent un petit miroir au milieu. J'ai aperçu un mouvement derrière moi. Quelque chose sortait de la chambre.

L'adrénaline m'a immédiatement remis sur pied et je me suis retourné en un éclair. Le vieux était encore là, le visage bandé. Il ne s'était pas réanimé depuis très longtemps. Il s'est approché de moi ; j'ai feinté. Comme j'avais encore les jambes tremblantes, il a réussi à m'attraper les cheveux. Je me suis débattu pour me libérer. Il a approché son visage du mien. Il était étonnamment musclé, pour son âge, au moins autant que moi, si ce n'est plus. Mais il avait quand même les os fragiles, je les ai entendus craquer quand je lui ai tordu le bras. Je l'ai frappé en pleine poitrine et il a volé en arrière, la main pleine de cheveux. Les miens ! Il a percuté le mur, les photos sont tombées et l'ont recouvert de verre brisé. Il est revenu vers moi en grognant. Je me suis ramassé sur moi-même, je l'ai évité, j'ai saisi son bras et je lui ai fait une clé tout en refermant mon autre main sur sa nuque. Et là, avec un hurlement dont je ne me serais jamais cru capable, je me suis précipité vers le balcon et je l'ai balancé dans le vide. Il s'est écrasé la tête la première sur le trottoir. Là, il a continué à me regarder en sifflant et en remuant malgré son corps brisé.

Soudain, j'ai entendu des coups à la porte d'entrée. Les autres *siafu* avaient entendu les bruits de lutte. Moi, je ne fonctionnais plus qu'à l'instinct. J'ai couru vers la chambre où j'ai commencé à défaire les draps. Je me disais qu'il ne m'en fallait pas beaucoup, trois ou quatre, pas plus, et que ça suffirait pour les derniers étages, et puis… Et puis je me suis arrêté, pétrifié, aussi immobile qu'une photographie. C'était ce qui avait attiré mon attention, d'ailleurs. Une autre photo, encadrée, sur le mur de la chambre. Noir et blanc, du film à gros grains. Une famille traditionnelle. Il y avait la mère, le père, le petit garçon, et ce qui devait probablement être le vieil homme adolescent, en uniforme scolaire. Il tenait quelque chose dans sa main. Quelque chose qui m'a presque coupé le souffle. Je me suis incliné devant la photographie, les yeux pleins de larmes, et je lui ai dit *« arigato »*.

Qu'est-ce qu'il avait, dans la main ?

Je l'ai trouvé au fond d'un placard, dans sa chambre, sous un tas de papiers d'emballage et les restes élimés de l'uniforme de la photo. La gaine était en aluminium, très ébréchée, un peu verdâtre, un grip en cuir avait remplacé la peau de lézard, mais l'acier… L'acier… Forgé à la main… Il brillait comme de l'argent massif… Une courbe légère et délicate, une longue lame pointue. Plate, les bords décorés de *kiku-sui*, le chrysanthème impérial, avec d'authentiques coulures qui bordaient l'acier trempé. Une véritable œuvre d'art. Conçue pour la guerre.

[Je regarde le sabre à ses côtés. Tatsumi sourit.]

KYOTO, JAPON

[*Sensei* Tomonaga Ijiro comprend d'où je viens à la seconde même où je franchis la porte. Manifestement, je marche, sens et respire comme un Américain. Le fondateur du Tantenoka japonais, la « Société du Bouclier », m'accueille en s'inclinant et en me serrant la main, avant de m'inviter à m'asseoir en face de lui comme un étudiant. Kondo Tatsumi, son second, nous sert le thé, puis s'assied un peu en retrait. Tomonaga commence l'entretien en s'excusant de son apparence. Les yeux morts du *sensei* ont cessé de fonctionner à son adolescence.]

Je suis un *« hibakusha »*. D'après votre calendrier, j'ai perdu la vue le 9 août 1945, à 11 h 02. J'étais affecté à la station d'alerte aérienne du mont Kompira, avec quelques camarades de classe. Ce jour-là, les nuages nous masquaient le ciel, aussi ai-je juste entendu le B-29 quand il a nous a survolés. Il s'agissait d'un B-san solitaire, probablement un vol de reconnaissance, rien de préoccupant. J'ai failli éclater de rire quand l'un de mes camarades s'est jeté dans la tranchée pour se mettre à couvert. J'ai gardé les yeux fixés sur la vallée d'Urakami, espérant apercevoir un bref instant le fuselage du bombardier américain. Il y a eu un flash, et c'est la dernière chose que j'aie jamais vue.

Au Japon, les victimes de la bombe, les *hibakusha*, occupaient un rang bien particulier dans l'échelle sociale. On nous traitait avec sympathie et compassion. Des victimes, des héros et des symboles pour tous les politiciens. Mais en tant qu'êtres humains, nous ne valions pas mieux que des parias. Aucun père n'autorisait son enfant à se marier avec l'un d'entre nous. Les *hibakusha* étaient impurs, une souillure sanglante dans le *onsen*[1] génétique virginal. Cette honte, je l'ai ressentie au plus profond de moi. Non seulement j'étais un *hibakusha*, mais ma cécité faisait de moi un fardeau.

Au-delà des fenêtres du sanatorium, j'entendais la rumeur de notre nation qui luttait pour se relever de ses cendres. Et moi ? En quoi contribuais-je à cet effort ?

J'ai essayé à plusieurs reprises de trouver du travail, même le plus dégradant. Personne ne voulait de moi. Je restais un *hibakusha* avant tout, et on se contentait de me rejeter poliment. Mon frère me suppliait de venir m'installer chez lui avec sa femme, me précisant même qu'ils me trouveraient bien quelque chose d'« utile » à faire à la maison. Pour moi, c'était pire que le sanatorium. Il venait tout juste de rentrer de la guerre et il espérait avoir un autre bébé. M'imposer en de telles circonstances me semblait impossible. Bien entendu, j'ai envisagé le suicide. J'ai même essayé à plusieurs reprises. À chaque fois, quelque chose m'en empêchait… Quelque chose retenait ma main dès que je m'approchais des cachets ou d'un tesson. J'ai pris ça pour de la faiblesse. Quoi d'autre, sinon ? *Hibakusha*, parasite et lâche. Ma honte ne connaissait-elle aucune

1. Source d'eau chaude naturelle, souvent utilisée comme bains publics.

limite ? Comme l'empereur l'avait dit dans son discours de reddition, il me fallait « supporter l'insupportable ».

J'ai quitté le sanatorium sans en informer mon frère. Je n'avais nulle part où aller, mais je devais absolument fuir, loin de ma vie, de mes souvenirs, de moi-même… Le plus loin possible. J'ai marché, j'ai mendié… J'avais perdu toute dignité… Jusqu'à ce que j'arrive à Sapporo, la capitale de l'île d'Hokkaido. Cette région septentrionale, froide et inhospitalière, avait toujours été la moins peuplée des préfectures japonaises, et après la perte des îles Kouriles et Sakhaline, c'était vraiment le « bout du monde », comme vous dites, vous autres Occidentaux.

Là-bas, j'ai rencontré un jardinier aïnou, Ota Hideki. Les Aïnous forment le groupe ethnique le plus ancien du Japon. Et on les méprise encore plus que les Coréens.

C'est sans doute pour ça qu'il m'a pris en pitié… Encore un paria rejeté par la fière tribu Yamato. Ou peut-être n'avait-il personne d'autre à qui transmettre son savoir. Son fils n'était jamais rentré de Mandchourie. Ota-san travaillait à *L'Akakaze*, un ancien hôtel de luxe qui servait maintenant de centre de rapatriement des colons japonais installés en Chine. Au début, l'administration s'est plainte de ne pas disposer des fonds nécessaires pour engager un autre jardinier. Ota-san m'a payé de sa poche. Il a été mon professeur, mon seul ami, et quand il est mort, j'ai sérieusement envisagé de le suivre dans la tombe. Mais j'étais trop lâche pour ça. J'ai donc simplement continué à exister, à cultiver silencieusement la terre pendant que *L'Akakaze* redevenait un hôtel de luxe et que le Japon renaissait lentement de ses cendres pour accéder enfin au statut de superpuissance économique.

Je travaillais encore à *L'Akakaze* quand j'ai entendu les premières rumeurs concernant les épidémies. Je taillais les haies à l'occidentale qui entouraient le restaurant quand j'ai entendu des clients évoquer les meurtres de Nagumo. D'après ce qu'ils disaient, un homme avait assassiné sa femme avant de se jeter sur son cadavre comme un chien enragé. C'est la première fois que j'ai entendu le terme de « Rage Africaine ». J'ai tâché d'ignorer cette conversation et j'ai repris mon travail, mais le lendemain, il y avait d'autres rumeurs, d'autres conversations, d'autres voix inquiètes aux abords de la réception et de la piscine. Nagumo, c'était déjà du réchauffé par rapport à l'épidémie de l'hôpital Sumitomo d'Osaka. Le lendemain, c'était Nagoya, puis Sendai et Kyoto. J'ai tout fait pour ne plus y penser. J'étais parti à Hokkaido pour me cacher aux yeux du monde, pour finir mon existence dans la honte et l'ignominie.

Une voix a fini par me convaincre du danger : celle du manager, un cadre rigide, très cérémonieux, qui ne manquait pas de bon sens, d'ailleurs. Après l'épidémie d'Hirosaki, il a organisé une réunion du personnel pour mettre un terme une bonne fois pour toutes à ces rumeurs absurdes de cadavres ressuscités. Je n'avais que sa voix pour le juger, mais on peut tout savoir sur une personne dès qu'elle ouvre la bouche. M. Sugawara prononçait beaucoup trop précautionneusement ses mots, notamment ses consonnes, trop dures et trop aiguisées. Il luttait pour masquer un défaut d'élocution dont il avait pourtant réussi à se débarrasser, situation qui ne se produisait que dans les moments de grande anxiété. J'avais déjà eu l'occasion d'entendre le flegme apparemment inébranlable de Sugawara-san le quitter, une première fois pendant le séisme de 95, et une nouvelle fois en 98, quand la

Corée du Nord avait « testé » un missile nucléaire longue portée au-dessus de notre patrie. La diction maladroite de Sugawara-san en avait à peine souffert, à l'époque, mais ce jour-là, elle résonnait aussi fort que les sirènes antiaériennes de ma jeunesse.

Et donc, pour la deuxième fois de ma vie, j'ai fui. J'ai envisagé un temps de prévenir mon frère, mais il s'était écoulé tellement de temps... J'ignorais comment le contacter, je ne savais même pas s'il était encore en vie. Ce fut le dernier, et probablement le pire, de mes actes ignominieux, j'en porterai le poids jusque dans la tombe.

Pourquoi avoir fui ? Vous craigniez pour votre vie ?

Bien sûr que non ! Au contraire, j'aspirais à la perdre ! Mourir, être enfin débarrassé de mon existence méprisable, c'était trop beau pour être vrai... Non, je craignais d'être à nouveau un fardeau pour les autres. Ralentir quelqu'un, occuper une place précieuse, mettre en danger la vie de ceux qui perdraient du temps à tenter de sauver un vieil aveugle qui n'en valait pas la peine... Et si ces rumeurs de morts-vivants étaient fondées ? Et si le virus m'infectait à mon tour et que je me réveillais au milieu de mes sauveurs pour les dévorer ? Non, un *hibakusha* en disgrâce ne connaîtrait jamais pareille fin. Ma mort devait correspondre à la façon dont j'avais vécu. Oublié, isolé, solitaire.

Je suis parti de nuit et j'ai fait de l'auto-stop vers le sud, le long de la voie rapide d'Hokkaido. Pour seul bagage, j'avais une bouteille d'eau minérale, des vêtements de rechange et mon *ikupasuy* [1], une longue pelle plate semblable au bâton shaolin dont je me servais comme canne depuis plusieurs années. À l'époque, le trafic routier restait important – le pétrole continuait d'affluer d'Indonésie et du Golfe –, beaucoup de chauffeurs routiers et de simples particuliers ont eu la gentillesse de me prendre avec eux. À chaque fois, la conversation s'est portée sur la crise : « Vous savez que les forces d'autodéfense ont été mobilisées ? » « Le gouvernement va devoir déclarer l'état d'urgence. » « Vous avez entendu parler de l'épidémie d'hier soir, à Sapporo ? » Personne ne savait de quoi demain serait fait, ni quelle nouvelle calamité nous tomberait dessus, ni quelle serait la prochaine victime. Et toujours – peu importe à quel point les gens étaient terrifiés –, toujours cette phrase qui venait inévitablement clore la conversation : « Les autorités nous diront quoi faire. » Un routier m'a même dit : « C'est une question de jours, tant qu'on se tient tranquille et qu'on n'en fait pas tout un scandale. » C'est la dernière voix humaine que j'ai entendue. Le lendemain, je me suis enfoncé à pied dans les montagnes Hidaka.

Je connaissais très bien ce parc national. Ota san m'y emmenait chaque année cueillir du *sansai*, ce légume sauvage qui attire les randonneurs, les botanistes et les cuisiniers de tout l'archipel. Tel l'homme qui se lève la nuit et qui sait où se trouve chaque objet dans sa chambre, j'en connaissais chaque pierre,

1. Terme technique qui désigne un petit bâton de prière aïnou. Interrogé plus tard sur cette différence, M. Tomonaga a répondu que son professeur, M. Ota, l'appelait ainsi. Impossible de savoir si Ota conférait à cet outil de jardinage des propriétés mystiques ou s'il ignorait simplement les pratiques de sa propre culture, comme beaucoup d'autres Aïnous de sa génération.

chaque rivière, chaque arbre et chaque mousse. Sans oublier les nombreux *onsen* qui bouillonnaient en surface ; et je ne manquais jamais de prendre un bon bain naturel délassant dès que j'en avais l'occasion. Je me répétais tous les jours : « C'est un endroit idéal pour mourir. Un jour ou l'autre, je finirai bien par avoir un accident, une chute, n'importe quoi, ou bien je tomberai malade, je mangerai une racine empoisonnée… Ou peut-être agirai-je enfin de manière honorable en cessant purement et simplement de m'alimenter. » Et pourtant, chaque jour, je marchais, je me lavais, je m'habillais chaudement et j'avançais prudemment. Je ne souhaitais rien d'autre que la mort, mais je continuais à prendre toutes les précautions nécessaires pour l'éviter.

Je n'avais aucun moyen de savoir ce qui se passait dans le reste du pays. J'entendais des rumeurs distantes, des hélicoptères, des avions de chasse, le bruit stable et lointain des avions de ligne civils. Peut-être avais-je eu tort, finalement, peut-être que la crise était terminée. Pour autant que je sache, les « autorités » avaient réglé la question et le danger n'était plus qu'un mauvais souvenir. Peut-être que mon départ précipité n'avait eu d'autres conséquences que la vacance bienvenue d'un poste de jardinier à *L'Akakaze* ; très prochainement, je me réveillerais sans doute en entendant la voix rauque et colérique des gardiens du parc, ou celle plus douce et moqueuse des écoliers en promenade avec leur classe. Mais quelque chose m'a réveillé, un matin, et ce n'était ni les gardiens du parc, ni des écoliers. Non, ça n'était pas « eux » non plus.

Un ours. Un de ces grands *higuma* qui vivent dans les montagnes d'Hokkaido. À l'origine, les *higuma* viennent de la péninsule du Kamchatka et se montrent aussi féroces et agressifs que leurs cousins sibériens.

Celui-là était énorme, je m'en rendais bien compte en écoutant sa respiration. J'ai estimé qu'il se tenait à quatre ou cinq mètres de moi. Je me suis levé doucement, sans éprouver la moindre crainte. L'*ikupasuy* était juste à côté de moi. C'était la seule chose en ma possession qui pouvait éventuellement me servir d'arme, et j'imagine que si j'avais dû m'en servir, j'aurais fait un adversaire redoutable.

Mais vous ne vous en êtes pas servi.

Je ne voulais pas. Cet animal était bien plus qu'un prédateur affamé. Pour moi, c'était le destin en marche. La volonté des *kami*.

De qui ?

De *quoi*, plutôt. Les *kami* sont les esprits qui habitent chacune des facettes de notre existence. Nous les prions, nous les honorons, nous cherchons à leur plaire pour obtenir leurs faveurs. Ce sont ces mêmes esprits qui poussent les entreprises japonaises modernes à faire bénir leurs nouvelles usines et les Japonais de ma génération à considérer l'empereur comme un dieu. Les *kami* incarnent le fondement même du Shinto, littéralement « la voie des dieux ». Le culte de la nature constitue l'un de ses principes les plus anciens et les plus sacrés.

C'est pour ça que j'ai cru distinguer leur volonté, ce jour-là. En m'exilant ici, j'avais pollué la pureté naturelle du lieu. Après m'être déshonoré moi-même, après avoir déshonoré ma famille, déshonoré mon pays, voilà que j'avais franchi une nouvelle étape dans l'infamie en déshonorant les dieux. Ce jour-là, ils m'envoyaient un assassin pour faire ce dont j'étais incapable depuis tant d'années, éliminer ma puanteur. J'ai remercié les dieux pour leur miséricorde. J'ai pleuré et j'ai attendu la mort.

Elle n'est pas venue. L'ours a cessé de haleter et il a soupiré, presque comme un enfant. « Qu'est-ce qui t'arrive ? ai-je alors demandé à ce carnivore de trois cents kilos. Vas-y, tue-moi ! » L'ours a continué à couiner comme un chien apeuré, puis il s'est enfui sans demander son reste. C'est là que j'ai entendu le gémissement. Je me suis retourné pour mieux me concentrer sur le son. De sa provenance, je pouvais conclure que mon adversaire me dépassait de quelques centimètres. J'ai entendu l'un de ses pieds se traîner au sol ; on percevait distinctement les bulles d'air qui éclataient sur une plaie béante à sa poitrine.

Il s'approchait de moi, grognant et gémissant. J'ai réussi à éviter son attaque maladroite et je me suis emparé de mon *ikupasuy*. J'ai focalisé mon attaque sur le gémissement de la créature. J'ai frappé une seule fois. Le « crac » a fait trembler mon bras. La créature s'est écroulée et j'ai poussé le hurlement de triomphe « Dix Mille Ans ! ».

Il m'est difficile de décrire ce que j'ai ressenti, à cet instant. Mon cœur s'était soudain empli de fureur, d'un courage et d'une force sans pareils, chassant ma honte comme le soleil chasse la nuit. Soudain, j'ai compris que les dieux m'avaient sauvé. L'ours n'était pas là pour me tuer, ils l'avaient envoyé m'avertir. Je n'en ai pas immédiatement compris la raison, mais j'ai su qu'il me faudrait survivre jusqu'à ce que je connaisse la réponse.

Et c'est exactement ce que j'ai fait pendant les mois qui ont suivi : survivre. J'ai divisé mentalement les montagnes Hidaka en plusieurs centaines de *chi-tai*[1]. Chaque *chi-tai* comprenait au moins un élément nécessaire à ma sécurité – un arbre ou un rocher suffisamment plat et escarpé – ainsi qu'un endroit où je pouvais dormir sans risque immédiat. Je dormais de jour, je marchais et je chassais de nuit. J'ignorais si ces créatures dépendaient autant de la vue que les êtres humains, mais je ne comptais pas leur offrir le moindre petit avantage[2].

Ma cécité m'avait également préparé à toujours agir avec précaution. Les voyants ont tendance à prendre la marche pour un dû, sinon jamais ils ne trébucheraient sur quelque chose qu'ils ont pourtant distinctement vu, n'est-ce pas ? L'erreur vient de la tête, pas des yeux… Des pensées assoupies par une vie entière à dépendre des nerfs optiques. Pour moi, les choses sont différentes. Je ne devais jamais baisser la garde, il me fallait toujours anticiper le moindre danger potentiel, ne pas me déconcentrer et faire *très* attention où je mettais les pieds. Une menace de plus ne me dérangeait pas le moins du monde. Dès que je marchais, je me limitais à quelques centaines de pas. Ensuite, je m'arrêtais pour tendre l'oreille et je humais le vent, poussant la prudence à presser quelquefois mes oreilles contre le sol. Cette méthode ne m'a jamais trahi. Je n'ai jamais été pris par surprise. Jamais.

Et le fait de ne pas pouvoir repérer un agresseur potentiel à plusieurs centaines de mètres ne vous a pas posé de problème ?

---

1. Zones.
2. On ignore toujours à quel point les morts-vivants dépendent de leur vision.

Mes activités nocturnes garantissaient ma discrétion. Jamais des yeux en bonne santé ne m'auraient repéré, et toute créature distante de plusieurs centaines de mètres ne constituait pas une menace en soi. Je n'avais aucune raison de me tenir particulièrement sur mes gardes tant qu'ils ne franchissaient pas ma « zone de sécurité sensorielle », la portée maximale de mon ouïe, de mon odorat, de mon toucher et de mes pieds. Les bons jours, dans des conditions correctes, quand Hayaji [1] était de bonne humeur, cette zone pouvait atteindre cinq cents mètres. Au pire, elle descendait à trente pas, parfois quinze. Mais ça n'arrivait que rarement, uniquement quand je mettais un *kami* en colère, même si je ne savais pas toujours comment ni pourquoi. Les morts-vivants m'ont été d'un grand secours, toujours suffisamment courtois pour me prévenir avant d'attaquer.

Non seulement le gémissement qu'ils poussent dès qu'ils repèrent une proie me signale leur présence, mais il m'indique également leur direction, leur distance et leur position exacte. Quand j'entendais ce bruit venant des collines ou d'un champ voisin, je savais qu'une trentaine de minutes plus tard, un zombie me rendrait visite. Dans ces cas-là, je n'avais qu'à faire halte et me préparer patiemment au combat. Je déposais mon sac, faisais quelques étirements, et après je me trouvais un endroit où m'asseoir tranquillement pour méditer. J'ai toujours su anticiper le moment où ils étaient suffisamment proches pour frapper. Et j'ai toujours pris la peine de m'incliner pour les remercier d'avoir eu la courtoisie de m'avertir de leur présence. J'étais presque désolé pour eux, les pauvres, faire tout ce chemin, lentement et

1. Dieu du vent.

méthodiquement, et finir leur voyage la tête tranchée ou le crâne fendu.

Et vous n'avez jamais raté votre coup ?

Jamais.

[Il porte un coup avec un *ikupasuy* imaginaire.]

Avancer en portant le coup, ne jamais tourner le poignet. Au début, j'avais tendance à viser la base du cou. Peu à peu, à mesure que mon habileté augmentait, et l'expérience aidant, j'ai appris à frapper ici…

[Il positionne sa main à l'horizontale à la jonction du nez et du front.]

C'est un peu plus difficile qu'une simple décapitation – l'os est dur et épais, à cet endroit –, mais ça a le mérite de détruire immédiatement la cervelle, alors que la décapitation implique toujours un deuxième coup.

Et vous avez parfois rencontré plusieurs assaillants en même temps ? Ça ne vous a pas posé plus de problèmes que ça ?

Si, au début. Leur nombre augmentait régulièrement, ils risquaient de me déborder. Mes premiers combats furent… « brouillons », je dois l'admettre. J'ai laissé l'émotion guider ma main. J'étais le typhon, pas la foudre. Pendant une mêlée à Tokachi-dake, j'en ai tué quarante et un en un peu plus d'une demi-heure. Il m'a fallu toute la nuit pour nettoyer mes vêtements de leurs fluides corporels. Plus tard, alors que j'ai commencé à améliorer ma créativité tactique, j'ai laissé les dieux me rejoindre sur le champ de bataille. J'attirais les créatures vers un haut rocher, et de là, je leur fendais le crâne. Parfois, je choisissais un rocher qui leur permettait de me suivre, pas tous en même temps, vous comprenez, un par un, afin que je puisse les expédier vers un éboulis rocheux, en contrebas. Je remerciais l'esprit de chaque pierre, de chaque falaise ou de chaque cascade qui les faisait basculer dans le vide. J'ai évité d'en faire une habitude, toutefois. Retrouver les corps s'avérait long et compliqué.

Vous retrouviez les corps ?

Pour les enterrer. Je ne pouvais pas les laisser comme ça, dans la rivière… Ça n'aurait pas été… correct.

Et vous les avez tous retrouvés ?

Tous. Après Tokachi-dake, j'ai dû creuser pendant trois jours. Je prenais soin de les décapiter. La plupart du temps, je brûlais les têtes, mais à Tokachi-dake, je les ai jetées dans le cratère du volcan, là où la fureur d'Oyamatsumi [1] les annihilerait totalement. Je n'ai jamais vraiment compris pourquoi j'agissais ainsi. Il me semblait juste approprié d'isoler la source du mal.

Ma réponse est arrivée à l'aube de mon second hiver en exil. C'était la dernière nuit que je passais dans les branches d'un arbre. Dès les premières neiges, je retournerais à la grotte où j'avais passé l'hiver précédent. Je venais tout juste de m'installer confortablement en attendant que la chaleur du jour m'apaise suffisamment pour pouvoir m'endormir quand j'ai

1. Le maître des montagnes et des volcans.

entendu un bruit de pas, trop vif et trop rapide pour provenir de l'une de ces créatures. Hayaji avait décidé de se montrer favorable, cette nuit-là. Il m'apportait une odeur manifestement humaine. J'avais fini par comprendre que les morts-vivants sont quasi dépourvus d'odeur. Oui, bien sûr, il y a cette subtile pointe de décomposition, parfois plus forte quand le corps est réanimé depuis longtemps, ou quand la chair mâchée à moitié pourrie déchire les intestins et s'accumule en tas dans les vêtements. Mais en dehors de ça, les morts-vivants possèdent une odeur que je qualifierai d'« insipide ». Ils ne suent pas, n'urinent pas et ne défèquent pas. Ils ne véhiculent aucune des bactéries buccales ou stomacales qui donnent mauvaise haleine aux vivants. Rien de tout cela ne s'appliquait au bipède qui s'approchait rapidement de ma position. Sa respiration, son corps, ses vêtements… Il aurait mérité un bon bain.

Il faisait encore sombre, et il ne m'a pas remarqué. Ses pas allaient bientôt l'amener directement sous les branches de mon arbre. Je me suis ramassé doucement, en silence. J'ignorais s'il était hostile, fou ou simplement contaminé. Et je ne comptais pas prendre le moindre risque.

[Kondo intervient à cet instant précis.]

Kondo : Il m'est tombé dessus avant que je me rende compte de quoi que ce soit. Mon épée s'est envolée et mes jambes ont brusquement cessé de me porter.

Tomonaga : J'ai atterri entre ses omoplates, pas assez fort pour le blesser sérieusement, mais suffisamment pour lui couper le souffle.

Kondo : Il m'a épinglé au sol, face contre terre, la lame de son étrange pelle appuyée contre ma nuque.

Tomonaga : Je lui ai ordonné de ne pas bouger, en ajoutant que je le tuerais s'il faisait un seul mouvement.

Kondo : J'ai essayé de parler, de lui crier entre deux quintes de toux que je n'avais aucune mauvaise intention, que je ne savais même pas qu'il était là, que tout ce que je voulais, c'était partir et reprendre ma route.

Tomonaga : Je lui ai demandé où il allait.

Kondo : À Nemuro, ai-je répondu, le port principal d'Hokkaido, le plus important centre d'évacuation de l'île, là où, peut-être, il restait encore une barge, un chalutier ou… n'importe quoi en partance vers le Kamchatka.

Tomonaga : Je n'ai rien compris. Je lui ai demandé de s'expliquer.

Kondo : Je lui ai tout raconté, tout décrit. Le fléau, l'évacuation. J'ai pleuré en lui avouant que le Japon était perdu, que le Japon était *nai*.

Tomonaga : Et soudain, j'ai compris. J'ai compris pourquoi les dieux m'avaient volé la vue, pourquoi ils m'avaient envoyé à Hokkaido prendre soin de la terre, et pourquoi ils avaient chargé un ours de me prévenir.

Kondo : Il s'est mis à rire puis m'a aidé à me relever en frottant la poussière sur mes habits.

Tomonaga : Je lui ai dit que le Japon n'était ni perdu ni abandonné. Pas par ceux que les dieux avaient choisis pour leur servir de jardiniers, en tout cas.

Kondo : Au début, je n'ai pas compris…

Tomonaga : Alors, je lui ai expliqué. Le Japon est un jardin. On ne peut tout simplement pas le négliger et le laisser mourir. Nous allions nous en occuper, le préserver, nous allions le débarrasser de la peste qui le souillait et restaurer sa pureté originelle, sa beauté ineffable pour le jour où ses enfants prendraient enfin le chemin du retour.

Kondo : J'ai cru qu'il était fou, et c'est d'ailleurs exactement ce que je lui ai dit. Nous deux ? Seuls ? Contre des millions de *siafu* ?

Tomonaga : Je lui ai rendu son épée. Son poids et son équilibre m'étaient familiers. Je lui ai dit que nous allions nous battre contre une cinquantaine de millions de monstres, d'accord. Mais eux, ils se battraient contre les dieux.

CIENFUEGOS, CUBA

[Seryosha Garcia Alvarez me propose de le rejoindre dans son bureau. « La vue est époustouflante, promet-il, vous ne serez pas déçu. » Situé au soixante-neuvième étage de l'immeuble Malpica investissements et gestion du patrimoine – le plus haut bâtiment cubain après les tours Jose Marti de La Havane –, le bureau du señor Alvarez surplombe la métropole scintillante et la zone portuaire encore en pleine activité. Pour tous les édifices autosuffisants comme le Malpica, c'est « l'heure magique », le moment où leurs fenêtres photovoltaïques capturent les rayons du soleil couchant et diffusent une douce teinte magenta presque imperceptible. Le señor Alvarez a raison. Je ne suis pas déçu.]

Qui a gagné la Guerre des Zombies ? Les Cubains. OK, ce n'est pas la plus humble des déclarations, j'en ai conscience ; surtout quand on sait ce qui s'est passé dans les autres pays… Mais quand même, regardez où on en était il y a vingt ans… Et regardez où on en est maintenant.

Avant la guerre, on vivait dans un isolement quasi total, bien pire que pendant la guerre froide. Au moins, du temps de mon père, on pouvait compter sur un certain bien-être économique grâce à l'Union soviétique et à ses marionnettes du Comecon. Mais après la chute du bloc communiste, notre existence s'est transformée en une longue suite de privations. Rationnement de la nourriture, rationnement de l'essence… La comparaison qui me vient immédiatement à l'esprit, c'est l'Angleterre, pendant le Blitz. Nous aussi, on était assiégé, et nous aussi, on a dû vivre avec la menace constante d'une invasion ennemie.

Bon, OK, l'embargo américain s'était considérablement relâché depuis la fin de la guerre froide, je ne le nie pas, mais les Yankees étouffaient quand même notre économie en punissant tout pays désireux de commercer librement avec nous. La seule chose qu'ils ont réussi à faire, c'est maintenir Fidel au pouvoir en lui offrant sur un plateau l'excuse du Grand Oppresseur nord-américain. « Voyez à quel point votre vie est difficile, il disait, c'est à cause de l'embargo américain, ce sont les Américains les responsables, les Yankees, et sans moi, ils déferleraient sur nos plages, armés jusqu'aux dents ! » Il était vraiment malin, celui-là… Le fils prodigue de Machiavel, aucun doute. Il savait très bien qu'on ne le virerait jamais tant que l'ennemi continuerait à grogner à nos frontières. Alors on a enduré ces conditions de vie et l'oppression au quotidien, les longues queues, les murmures, les messes basses. C'est ça, le Cuba dans lequel j'ai grandi, et jamais je n'aurais imaginé qu'il puisse en exister un autre… Jusqu'à ce que les morts se réveillent, en fait.

Les quelques cas ont vite été maîtrisés – des réfugiés chinois pour la plupart, et quelques hommes d'affaires européens. Les vols vers les États-Unis étaient toujours interdits ; du coup, la première vague d'immigrants nous a été épargnée. La nature fondamentalement répressive de la société cubaine a permis au gouvernement de prendre toutes les mesures nécessaires pour empêcher que l'infection s'étende. Tous les déplacements intérieurs ont été interdits, l'armée régulière et les milices territoriales ont été mobilisées. Et comme Cuba est l'un des pays qui compte le plus de médecins par habitant, notre Chef Bien-Aimé a compris la véritable nature de l'infection à peine quelques semaines après les premiers incidents.

Au moment de la Grande Panique, quand le monde a enfin ouvert les yeux et que le cauchemar a enfoncé sa porte, Cuba était prêt. Prêt pour la guerre.

La géographie de l'île nous a épargné l'horreur d'une épidémie à grande échelle. Les envahisseurs venaient de la mer… Une véritable armada de boat people. Non seulement ils apportaient le virus avec eux – comme on l'a vu partout ailleurs –, mais en plus ils comptaient jouer les conquistadores modernes dans leur nouvelle terre d'accueil.

Regardez ce qui s'est produit en Islande. Un vrai paradis avant la guerre, tellement tranquille, tellement à l'abri qu'ils ne se sont jamais donné la peine d'entretenir une armée. Qu'est-ce qu'ils pouvaient faire quand les garnisons américaines ont quitté le pays ? Comment arrêter le torrent de réfugiés qui déferlaient des côtes d'Europe et de Russie ? Pas étonnant que cette région arctique idyllique se soit transformée en immense marmite de sang gelé. Ça reste aujourd'hui encore la zone la plus infestée au monde. Et ça aurait très bien pu nous arriver, sans l'attitude exemplaire de nos frères des îles du vent et sous le vent.

Les hommes et les femmes d'Antigua ou de La Trinité, voilà les vrais héros de la guerre. Ils ont d'abord éradiqué les nombreux foyers d'infection dans leur propre archipel, puis, sans reprendre leur souffle, ils ont repoussé les zombies qui arrivaient par la mer, tout en affrontant un flot ininterrompu d'envahisseurs humains. Ils ont donné leur sang pour que nous n'ayons pas à le faire. Ils ont obligé nos apprentis latifundistes à revoir leurs plans de conquête et à prendre conscience d'une chose : si des civils défendaient leur pays avec autant d'acharnement, armés de simples machettes et d'armes de poing, que pourraient-ils faire contre un pays entier dont l'armée surentraînée disposait de tout un matériel moderne, du tank au missile sol-sol à guidage laser ?

Naturellement, les habitants des basses Antilles ne se battaient pas pour le bien-être des Cubains, mais c'est leur sacrifice qui nous a offert le luxe de poser nos propres conditions. Quiconque cherchait refuge était accueilli par un slogan que connaissent bien nos cousins du Nord : « Sous mon toit, c'est moi qui commande. »

Les réfugiés n'étaient pas tous des Yankees, d'ailleurs. On en comptait un bon pourcentage d'Amérique latine, d'Afrique et d'Europe de l'Ouest, d'Espagne, principalement – beaucoup d'Espagnols et de Canadiens visitaient Cuba en touristes ou pour affaires. J'en avais rencontré quelques-uns avant la guerre. Des gens sympathiques, polis, si différents des Allemands de l'Est de mon enfance qui, hilares, jetaient des poignées de bonbons par terre et nous regardaient nous disputer comme des rats.

Mais bon, la majorité des boat people venaient tout droit des États-Unis, c'est clair. Il en arrivait chaque jour un peu plus ; des ferries, des bateaux privés, parfois même des radeaux artisanaux, ce qui ne manquait pas d'ironie. Ils étaient si nombreux… Peut-être cinq millions, en tout, pratiquement la moitié de notre population… Et ils ont tous été placés avec les autres ressortissants étrangers sous l'autorité du « Programme gouvernemental de gestion de la quarantaine ».

Je n'irai pas jusqu'à dire qu'on les a enfermés dans des camps. À côté de ce qu'avaient enduré nos propres dissidents, c'était une promenade de santé, croyez-moi. Les écrivains, les professeurs… J'avais un ami qu'on avait accusé d'homosexualité. Lui, je peux vous dire qu'il a vécu l'enfer. Non, les camps de quarantaine, c'était un vrai conte de fées, comparé à ça.

Mais bon, la vie n'y était pas facile pour autant. Tous ces gens, peu importe leur statut ou leur travail avant la guerre, on les a d'abord envoyés aux champs, douze à quatorze heures par jour, à cultiver des légumes sur les anciennes plantations d'État de canne à sucre. Au moins, le climat était de leur côté. La température baissait, le ciel s'assombrissait. Mère Nature leur a été favorable. Les gardes, par contre, pas vraiment… « Estimez-vous heureux d'être en vie, ils gueulaient tous les jours. Plaignez-vous et on vous balance aux zombies. »

Dans chaque camp, il y avait des rumeurs de « fosses à zombies », des trous dans lesquels on balançait les « fauteurs de troubles ». La DGR **[la Direction générale des renseignements]** a même dispersé quelques « prisonniers » parmi la population afin qu'ils colportent ce genre d'histoires, des trucs dont ils avaient été soi-disant témoins… Comment on descendait un homme tête la première dans une fosse grouillante de goules, ce genre de chose. Tout cela servait à calmer tout le monde, vous comprenez, c'était complètement faux, vous vous en doutez… Encore que… Il y a bien eu cette histoire des « Blancs Miami ». La majorité des exilés cubains étaient accueillis à bras ouverts. Moi-même, j'avais de la famille à Daytona, qui s'en était sortie *in extremis*. Toutes ces larmes qu'on a versées pendant les premiers jours de retrouvailles, on en aurait fait déborder la mer Caraïbe. Mais les autres... Ceux qui se sont tirés juste après la révolution – cette « élite » influente qui prospérait sous l'ancien régime, vouant son existence à la destruction de tout ce que nous avions tant de mal à bâtir... Je ne dis pas que certains ont été balancés dans les fosses à zombies d'un bon coup de pied dans leur gros cul de réactionnaires buveurs de Bacardi... Mais si c'est vrai, eh bien ils peuvent toujours bouffer les couilles de Batista en enfer.

[Il sourit d'un petit air satisfait.]

Bien sûr, on ne pouvait évidemment pas vous punir comme ça, vous autres Américains. Les rumeurs et les menaces, c'est une chose, mais la punition physique... Poussez un peuple, n'importe lequel d'ailleurs, dans ses derniers retranchements, et vous vous retrouvez avec une révolte sur les bras. Cinq millions de Yankees insurgés ? Vous imaginez ? Déjà que presque tous nos soldats étaient occupés à surveiller les camps... voilà à quoi a ressemblé la première invasion américaine *réussie* à Cuba.

On n'avait tout simplement pas assez de main-d'œuvre pour garder cinq millions de prisonniers et surveiller quatre mille kilomètres de côtes. Impossible de se battre sur deux fronts à la fois. Alors, on a pris la décision d'ouvrir les camps et d'autoriser 10 % des Yankees à travailler sans barbelés dans le cadre d'un programme de libération sur parole. Ces détenus faisaient le boulot dont les Cubains ne voulaient plus – maraîchage, plonge, nettoyage des rues – et comme leur salaire était proche de zéro, on les payait *via* un système leur permettant de racheter la liberté d'autres détenus.

Une idée ingénieuse – c'est un Cubain rentré de Floride qui l'avait trouvée. Les camps se sont vidés en moins de six mois. Au début, le gouvernement a essayé de surveiller tout le monde, mais ça s'est vite révélé impossible. En un an, ils s'étaient tous intégrés et avaient littéralement colonisé notre société. On les a baptisés les *« Nortecubanos »*.

Officiellement, on avait créé les camps pour contenir la « propagation de l'épidémie », mais le gouvernement n'avait pas particulièrement peur de cette épidémie-là. Non, la maladie qui les effrayait, on ne la voyait pas aussi facilement, surtout en état de siège. C'était encore un sujet tabou, on ne faisait qu'en parler à voix basse. Dans les années qui ont suivi, on a vécu des évolutions plutôt qu'une révolution : une réforme économique par-là, un quotidien privé autorisé à paraître par-ci. Les gens ont commencé à réfléchir un peu plus, à parler un peu plus. Doucement, tranquillement, les graines ont pris racine. Je suis sûr que Fidel aurait adoré abattre son gros poing de fer sur nos réformes bredouillantes. Il l'aurait peut-être fait, d'ailleurs, si la situation n'avait pas tourné en notre faveur. Quand les gouvernements mondiaux ont décidé qu'il était temps de passer à la contre-offensive, alors les choses ont définitivement changé.

Tout d'un coup, nous étions devenus « l'arsenal de la victoire ». Nous étions le grenier du monde, son centre industriel, son terrain d'entraînement, sa tête de pont. Nous sommes devenus le nœud aérien de toute l'Amérique, du nord au sud, la cale sèche pour dix mille navires [1]. Nous avions de l'argent, beaucoup d'argent… Une nouvelle classe moyenne est née du jour au lendemain, ainsi qu'une économie capitaliste florissante… Qui avait rudement besoin des compétences pratiques et de l'expérience des *Nortecubanos*.

Nous partagions un lien désormais impossible à défaire. Nous les avons aidés à libérer leur nation, et ils nous ont aidés à libérer la nôtre. Ils nous ont montré le vrai sens de la démocratie… de la liberté ; pas en termes vagues ou abstraits, mais à un niveau individuel et profondément humain. La liberté, ce n'est pas quelque chose qu'on a pour le simple plaisir de l'avoir, il faut d'abord avoir envie d'autre chose, et se battre pour l'obtenir. C'est ça, la leçon des *Nortecubanos*. Ils avaient tous des rêves immenses, et ils ont donné leur vie pour la liberté, pour faire de nos rêves une réalité. Sinon, pourquoi El Jefe aurait-il eu aussi peur d'eux ?

Je ne suis pas surpris du fait que Fidel ait anticipé la vague de liberté qui n'allait pas tarder à submerger le pays et le chasser du pouvoir. Ce qui m'étonne, c'est le brio avec lequel il a réussi à la surfer, cette vague.

[Il rit en me désignant une photo au mur qui montre un Castro vieillissant pendant un discours à Parque Central.]

Il a des couilles, cet enfoiré, il faut bien le reconnaître. Non seulement il a fait un triomphe à l'arrivée de la démocratie, mais il en a accaparé tout le crédit. Un vrai génie. Diriger personnellement les premières élections libres à Cuba… Son dernier acte officiel a été de se retirer du pouvoir. Grâce à cela, c'est une statue

1. Le nombre exact de navires alliés et neutres qui ont mouillé dans les ports cubains pendant la guerre est encore inconnu.

qu'il nous a laissée en héritage, et pas une traînée sanglante contre un mur.

Et aujourd'hui ? Bien sûr que notre nouvelle superpuissance latine est tout sauf idyllique. On a des centaines de partis politiques et plus de groupes d'influence que de grains de sable sur nos plages. On a des grèves, des émeutes, des manifestations. Presque tous les jours. On comprend mieux pourquoi le Che s'est fait la malle après la révolution. C'est beaucoup plus facile de faire sauter les trains que de les faire arriver à l'heure. Et Churchill, il disait quoi, déjà ? « La démocratie, c'est la pire forme de gouvernement, à l'exception de toutes les autres. » **[Il rit.]**

MÉMORIAL DES PATRIOTES, CITÉ INTERDITE, BEIJING, CHINE

[Je soupçonne l'amiral Xu Zhicai d'avoir choisi cet endroit isolé pour éviter la présence d'un éventuel photographe. Pourtant, depuis la fin de la guerre, jamais personne n'a remis en question son patriotisme, ni celui de son équipage. Toutefois il ne prendra aucun risque devant un « œil étranger ». Peu enthousiaste, il accepte l'entretien à la seule condition que j'écoute objectivement « sa » version des faits, une demande à laquelle il tient, même si je le rassure aussitôt en lui signalant qu'à mes yeux, il n'y en a tout simplement pas d'autre.]

[*Nota bene* : par souci de clarté, on utilisera les termes de marine occidentaux en lieu et place de leurs équivalents chinois.]

Nous n'étions *pas* des traîtres, je le précise tout de suite. Nous aimions notre pays, nous aimions notre peuple, et même si nous n'appréciions pas beaucoup ceux qui nous gouvernaient, nous leur restions indéfectiblement loyaux. Jamais nous n'aurions agi ainsi si la situation n'avait pas été aussi désespérée. Au moment où le commandant Chen nous a exposé son idée pour la première fois, le pays était déjà au bord de l'effondrement. Ils étaient partout, dans chaque ville, chaque village. Notre pays fait plus de neuf millions de kilomètres carrés et on n'y trouvait plus un seul endroit sûr.

Et l'armée de terre… Quels imbéciles, ceux-là, aussi arrogants qu'incapables… Leurs généraux continuaient à prétendre que tout était sous contrôle, que l'heure de la revanche avait enfin sonné. Dès les premières neiges, le pays entier serait pacifié. C'est typique des fantassins : agressivité, confiance en soi. Tout ce dont on a besoin, c'est de quelques hommes ou de quelques femmes, de vêtements adaptés, de plusieurs heures d'entraînement, d'un semblant d'arme, et voilà une armée. Ou quelque chose qui y ressemble. Pas la meilleure, certes, mais une armée quand même…

Dans la marine, ce genre de chose est impensable. Construire un navire, même primitif, requiert énormément de temps et de matériaux. L'infanterie peut renouveler son stock de canons en quelques heures, mais pour nous, ça peut prendre des années. Cette situation tend à nous rendre plus pragmatiques que nos collègues vert kaki. Généralement, on analyse les problèmes avec un peu plus de… Je ne veux pas dire « précaution », mais de conservatisme, disons. Retrait, consolidation, gestion des ressources. Une philosophie similaire à celle du plan Redecker, mais bien entendu, l'armée de terre ne voulait rien entendre.

Ils ont refusé le plan Redecker ?

Sans tolérer le moindre petit débat en interne. Comment les militaires pouvaient-ils *perdre* la guerre ? Avec la quantité de munitions qu'ils avaient à disposition ? Avec leur « puits sans fond » de main-d'œuvre... « Puits sans fond », c'est impardonnable. Vous savez pourquoi la Chine a connu pareille explosion démographique dans les années 50 ? Parce que Mao pensait gagner la guerre nucléaire de cette façon. C'est la vérité, je vous assure, ça n'a rien à voir avec la propagande. Tout le monde savait qu'une fois les poussières radioactives retombées, les quelques milliers de survivants américains ou russes seraient submergés par des dizaines de millions de Chinois. Le nombre, voilà la philosophie de la génération de mes grands-parents, une philosophie vite adoptée par les généraux dès que nos soldats expérimentés, bien entraînés et bien armés se sont fait dévorer pendant les premières vagues d'épidémie. Foutus généraux... Des vieillards séniles confortablement assis dans leurs bunkers souterrains... Ils ont envoyé des milliers et des milliers de conscrits à l'abattoir, des gamins, presque. Est-ce qu'ils ont seulement réfléchi au fait qu'un soldat mort ajoutait un zombie à l'équation ? Est-ce qu'ils ont seulement réalisé qu'au lieu de les noyer dans notre « puits sans fond », c'était eux qui nous noyaient, qui nous étranglaient, qui tuaient à petit feu la nation la plus peuplée de la terre, et que pour la première fois dans l'histoire le nombre jouait en notre défaveur ?

C'est ce qui a poussé le commandant Chen à agir. Il savait très bien ce qui finirait par se produire si la guerre continuait de cette façon, et quelles seraient alors nos chances de survie. S'il avait cru un seul instant qu'il restait encore de l'espoir, il aurait empoigné son fusil et il se serait précipité en première ligne à son tour. Mais bientôt, le peuple chinois ne serait plus qu'un souvenir, il en était convaincu. Il n'y aurait peut-être plus de peuple du tout. C'est pour ça qu'il a fait connaître ses intentions à ses officiers les plus expérimentés. À ses yeux, nous incarnions probablement le dernier espoir de sauver un petit quelque chose de notre civilisation.

Vous étiez d'accord avec ses propositions ?

Au début, je ne l'ai même pas pris au sérieux. Fuir à bord de notre bâtiment, notre *sous-marin* nucléaire ? C'était pire que de la désertion. Nous cacher au beau milieu de l'océan pour sauver nos misérables petites peaux ? C'était voler l'un des outils les plus précieux de notre Mère Patrie. L'*Amiral Zheng He*, l'un de nos trois sous-marins nucléaires lanceurs d'engins, et le plus récent de ce que l'Ouest appelait les Type-94. Le bâtiment avait quatre géniteurs : l'assistance russe, le marché noir militaro-industriel, l'espionnage et les quelque cinq mille ans d'histoire chinoise. C'était le sous-marin le plus coûteux, le plus avancé, le plus puissant que notre nation ait jamais construit. Le voler et s'en servir comme radeau de sauvetage après le naufrage de la Chine ? C'était tout simplement inconcevable. Grâce à la force de caractère et au charisme du commandant Chen, grâce à son profond patriotisme quasi fanatique, j'ai compris que nous n'avions pas d'autre choix.

Combien de temps ont duré les préparatifs ?

Trois mois. Un enfer. Qingdao, notre port d'attache, était en état de siège. De plus en plus d'unités y débarquaient pour maintenir l'ordre… Des soldats de moins en moins entraînés, de moins en moins équipés, de plus en plus jeunes, voire beaucoup plus vieux. Certains commandants de bord ont même reçu l'ordre de « prêter » leur équipage pour renforcer les défenses de la base navale. Notre périmètre subissait des attaques quotidiennes ! Et au milieu de tout ce chaos, il fallait encore qu'on stocke des vivres et qu'on prépare le sous-marin à appareiller. Nous étions censés partir pour une patrouille de routine. Nous avons dû embarquer clandestinement nos familles et le matériel d'urgence.

Vos familles ?

Bien sûr. C'était la clé de voûte du plan. Le commandant Chen savait parfaitement que les membres d'équipage refuseraient de quitter le port en abandonnant leur famille derrière eux.

Comment avez-vous fait ?

Pour les retrouver, ou pour les embarquer ?

Les deux.

Ça a été très difficile de les retrouver. La plupart d'entre nous venaient de familles disséminées aux quatre coins du pays. On a fait de notre mieux pour les prévenir, pour trouver une ligne téléphonique qui fonctionne encore. Dans certains cas, on a confié des lettres aux unités qui partaient dans la bonne direction. Le message était toujours le même. Nous partions en patrouille d'ici à quelques jours, et leur présence était requise pour la cérémonie. Parfois, on donnait dans l'urgence, quelqu'un était mourant et il fallait venir le plus vite possible. C'était tout ce que nous pouvions faire. Aucun membre d'équipage n'a été autorisé à aller chercher physiquement sa famille. Trop risqué. Nous n'avions pas d'équipage de réserve, comme c'est le cas chez vous. Quiconque disparaissait nous manquerait immanquablement une fois en mer. Je plains mes compagnons, l'horreur de l'attente… J'ai eu de la chance que ma femme et mes enfants…

Vos enfants ? Je croyais que…

Que nous n'avions droit qu'à un seul enfant ? Cette loi a été abolie plusieurs années avant la guerre pour régler les déséquilibres soulevés par la politique de l'enfant unique. J'avais deux filles, des jumelles. J'ai eu de la chance. Ma femme et mes enfants vivaient déjà à la base navale quand les incidents ont éclaté.

Et la famille du commandant ?

Sa femme l'avait quitté au début des années 80. Un épouvantable scandale, surtout à l'époque. Je me demande encore comment il a fait pour sauver sa carrière et élever son fils.

Il avait un fils ? Il est venu avec vous ?

[Xu élude la question.]

Le pire, c'était l'attente. Et le fait que les familles risquaient d'atteindre Qingdao bien après notre départ. Imaginez la culpabilité. Vous demandez à votre famille de vous rejoindre, de quitter un abri peut-être imprenable, et quand ils arrivent enfin, vous les laissez à quai.

Il y a eu beaucoup de monde ?

Plus qu'on aurait pu le croire. On leur a donné des uniformes et on les a embarqués de nuit. Les vieux et les enfants ont été hissés à bord dans des containers.

Et les familles étaient au courant de la situation ? De ce que vous comptiez faire ?

Je ne crois pas. Les membres d'équipage avaient l'ordre express de se taire. Si jamais l'amirauté avait vent de ce que nous mijotions, les morts-vivants auraient représenté le dernier de nos soucis. Le secret absolu nous a obligés à partir selon le plan de route établi au préalable. Le commandant Chen voulait tellement attendre les retardataires, ceux qui avaient peut-être encore un jour de route ou deux. Mais ça risquait de tout compromettre, il le savait. Et il a fini par donner l'ordre d'appareiller, la mort dans l'âme. Il a tout fait pour cacher ses sentiments, et il y est parvenu. Devant les autres, du moins. Mais moi, je le voyais à ses yeux, ses yeux qui reflétaient les dernières lumières de Qingdao.

Et quelle destination aviez-vous choisie ?

Notre secteur habituel de patrouille, pour commencer, histoire que tout paraisse normal. Ensuite… personne n'en avait la moindre idée.

Trouver un autre port d'attache ? Hors de question, du moins dans l'immédiat. Le fléau avait déjà contaminé la planète entière. Aucun pays neutre, quelle que soit sa situation géographique, n'aurait pu garantir notre sécurité.

Et passer à l'Ouest ? L'Amérique ? Ou d'autres pays ?

[Il me lance un regard glacial.]

Vraiment ? Le *Zheng* embarquait seize missiles balistiques JL-2, dont quinze équipés d'ogives perforantes de quatre-vingt-dix kilotonnes. À lui seul, le *Zheng* possédait une puissance de feu suffisante pour éradiquer plusieurs capitales d'un simple tour de clé. Vous donneriez ce pouvoir-là à un autre pays ? Au seul pays ayant déjà utilisé l'arme atomique, qui plus est ? Je vous le répète, nous n'étions *pas* des traîtres. Je sais que nos dirigeants se sont comportés comme des fous dangereux, mais nous restions des marins chinois avant tout.

Et donc vous étiez seuls au monde.

Absolument. Ni maison, ni amis, ni port d'attache, même en pleine tempête. Notre monde à nous, c'était l'*Amiral Zheng*, et rien d'autre. Le ciel, la terre, le soleil et la lune. Tout.

Ça n'a pas dû être facile.

Les premiers mois se sont déroulés à peu près comme une patrouille de routine. Les sous-marins lanceurs d'engins sont conçus pour se tapir au fond des océans, et c'est exactement ce que nous avons fait. Silence et profondeur. Nous n'avions aucun moyen de savoir si nos propres sous-marins nous recherchaient pour nous éliminer. Selon toute probabilité, notre gouvernement avait d'autres chats à fouetter. Nous faisions régulièrement des exercices, les civils s'entraînaient à la maîtrise du bruit. Les boscos ont même modifié le mess et l'ont isolé au maximum pour le transformer en salle de classe et de jeu pour les enfants.

Les enfants, surtout les jeunes... Ils n'étaient au courant de rien. Ils avaient pourtant traversé des régions contaminées avec leurs parents, parfois *in extremis*. Mais les monstres étaient partis, et le cauchemar avait pris fin. Ils étaient en sécurité, désormais, rien d'autre ne comptait. Je crois qu'on raisonnait tous un peu de la même manière, les premiers mois. Nous avions survécu, nous étions tous ensemble, en lieu sûr. Étant donné ce qui se passait partout ailleurs, on pouvait légitimement se considérer comme des privilégiés.

Vous aviez un moyen de vous tenir au courant de l'évolution de la situation ?

Pas directement. Nous voulions d'abord disparaître, éviter les voies maritimes habituelles et les zones de patrouille des autres sous-marins... Les nôtres comme les vôtres. Mais on se posait des questions, bien sûr. À quel rythme se propageait l'épidémie ? Quels pays en souffraient le plus ? L'arme atomique avait-elle déjà été employée ? Si oui, c'était la fin du monde. Les zombies seraient probablement les dernières créatures « vivantes » sur notre pauvre planète radioactive. Nous ignorions les effets des radiations sur le cerveau zombie. Est-ce que ça finirait par les tuer ? Est-ce que des tumeurs finiraient par se développer ? Ça marche comme ça, pour les humains, mais comme les zombies contredisent toutes les lois de la nature, qui sait ? Parfois, au carré, pendant les périodes de repos, on imaginait des zombies aussi agiles que des singes, des zombies mutants à la cervelle monstrueuse, qui leur jaillirait des oreilles sous forme de pulpe grisâtre. Le commandant Song – notre officier machine – avait apporté ses aquarelles et peint un paysage de ville en ruine. Il a vaguement essayé de nous faire croire que la ville n'existait que dans son imagination, mais nous avons tous reconnu les restes fumants des gratte-ciel de Pudong. Song avait grandi à Shanghai. L'horizon brisé jetait une lumière magenta maladive sur les nuages gris et bas d'un hiver nucléaire. Une pluie de cendres se déversait sur les îlots de débris qui émergeaient d'un lac de verre fondu. Au beau milieu de ce paysage apocalyptique, une rivière brun-vert serpentait et finissait par se transformer en tête composée de milliers de corps mutilés : des cadavres déchiquetés, de la peau craquelée, des cervelles pourries, des restes de chair encore accrochés à des os noircis, et une bouche béante, gigantesque, surmontée de petits yeux rougeâtres. J'ignore quand le commandant Song avait commencé à la peindre, mais il nous l'a secrètement montrée après notre quatre-vingt-dixième jour de mer. Il n'a jamais essayé de la montrer au commandant Chen. Il se doutait bien de sa réaction. Reste que quelqu'un devait avertir le pacha. Il fallait mettre fin à cette horreur.

Song a reçu l'ordre de ne peindre que des scènes positives, désormais ; un coucher de soleil sur le lac Dian, par exemple. Il a obéi, enchaînant avec plusieurs peintures murales « positives » un peu partout sur la coque. Le commandant Chen en a profité pour interdire toute spéculation intellectuelle en dehors des quarts. « Trop mauvais pour le moral des troupes. » Mais je crois que ça l'a quand même fait réfléchir sur la nécessité de reprendre un semblant de contact avec le monde extérieur.

Un semblant de contact ? Vous voulez dire une véritable communication ou une simple surveillance ?

Une surveillance. Il savait pertinemment que notre trop longue isolation était responsable des peintures de Song et de nos discussions apocalyptiques. Pour mettre un terme à tout ça, il fallait recueillir des informations fiables. Le black-out durait depuis plus de cent jours. On devait savoir ce qui se passait, même si la situation risquait de nous apparaître aussi sombre que la peinture de Song.

Jusque-là, seul le CO et son commandant, Liu, étaient au courant de ce qui se passait en surface. Les hommes écoutaient attentivement l'océan. Ses courants, ses « biologiques » comme les poissons, les baleines, et les bruits distants d'hélices de moteur. Notre route nous avait conduits dans les endroits les plus inaccessibles de l'océan, comme je vous le disais tout à l'heure. Nous avions volontairement choisi des zones où aucun autre navire n'avait l'habitude de se rendre. Mais malgré ces précieux mois de silence, l'équipe de Liu avait accumulé un nombre croissant de contacts. Des milliers de bateaux recouvraient la surface, désormais, et beaucoup d'entre eux possédaient une signature sonore qui ne correspondait à rien dans nos ordinateurs.

Le commandant a ordonné de remonter le navire à profondeur périscope. Le mât ESM est sorti de l'eau. Plusieurs centaines de signatures radars l'ont immédiatement submergé. Au bout d'un moment, les deux périscopes – veille *et* attaque – ont percé la surface. Ce n'est pas comme dans les films, vous savez, où un type en uniforme descend un cylindre métallique et colle son œil au viseur… Non, nos périscopes à nous ne traversent pas la coque. Ce sont des caméras vidéo qui retransmettent les images sur les écrans de bord, dans tout le navire. Nous avons eu du mal à en croire nos yeux. C'était comme si l'humanité entière s'était installée en pleine mer. Il y avait des pétroliers, des croiseurs, des frégates, des bateaux de croisière, des remorqueurs qui tractaient des barges, des hydroglisseurs, des chalands à ordures, des chalutiers hauturiers… en seulement quelques dizaines de minutes d'observation.

Les semaines qui ont suivi, on a également pu observer des douzaines de bâtiments militaires. Tous nous ont sans doute repérés mais manifestement, notre présence ne les intéressait pas. Vous connaissez l'*USS Saratoga* ? Le porte-avions ? Eh bien nous l'avons croisé en plein Atlantique Sud, remorqué par deux autres navires… Des tentes de réfugiés recouvraient entièrement son pont d'envol. Nous avons aperçu un autre bateau, ça devait être le *HMS Victory*, poussé par une multitude de voiles de fortune. Nous avons même vu l'*Aurora*, vous savez, ce croiseur de la Première Guerre mondiale dont la mutinerie a directement contribué au succès de la révolution bolchevique. J'ignore comment ils ont fait pour le sortir de Saint-Pétersbourg, et ne me demandez pas où ils ont trouvé assez de charbon pour faire tourner ses chaudières.

Il y avait tellement de vieilles coques ayant dépassé l'âge de la retraite. Des yoles, des ferries, des péniches habituées à flotter tranquillement sur les eaux calmes des lacs et des rivières, des navires côtiers qui n'auraient jamais dû quitter les zones portuaires… On a même vu un pont flottant, grand comme un gratte-ciel couché, intégralement recouvert d'échafaudages qui servaient manifestement d'appartements de fortune. Il dérivait au hasard, sans remorqueur, comme ça… Je ne sais pas comment ces gens ont fait pour survivre, s'ils ont survécu. Quantité de bateaux dérivaient au hasard, en aveugle, les réservoirs à sec, sans aucun moyen de produire leur propre énergie.

Sans parler des petits bateaux privés, des yachts, des hors-bord, tous à couple les uns aux autres, à flotter sans but, comme de gigantesques radeaux. Des radeaux, d'ailleurs, on en a croisé beaucoup. Fabriqués à partir de rondins de bois ou de vieux pneus.

Et puis, vous n'allez pas me croire, mais on est tombé sur un véritable bidonville monté sur des centaines de sacs en plastique remplis de petites billes en Styrofoam. Ça nous a tous rappelé la « Marine Ping-Pong », à l'époque de la Révolution culturelle, quand les réfugiés chinois tentaient de rallier Hong Kong sur des sacs remplis de balles de ping-pong.

Nous avons plaint tous ces gens, nous avons plaint le sort funeste qui les attendait inévitablement. Dériver au hasard en plein milieu de l'océan, la faim, la soif, la brûlure du soleil, et la mer, bien sûr, la mer en elle-même… Le commandant Song appelait ça « la grande régression de l'humanité ». Il disait que l'homme était sorti des océans, et qu'à présent il y retournait en courant. Courir, c'était bien le terme. Ces gens n'avaient clairement pas réfléchi une seconde à la suite des opérations. Que faire une fois « en sécurité », en pleine mer ? Entre ça et se faire déchiqueter à terre, ils avaient choisi. Paniqués comme ils l'étaient, ils n'avaient pas réalisé qu'ils retardaient l'inévitable, rien d'autre.

Vous n'avez jamais essayé de les aider ? De leur donner de l'eau et de la nourriture ? De les remorquer, même ?

Les remorquer ? Mais où ? Même si on avait su où se trouvaient les ports à peu près sûrs, jamais le commandant n'aurait pris le risque de nous faire repérer. Nous ne savions pas qui disposait encore de radios en état de marche susceptibles d'intercepter nos transmissions. Nous ne savions même pas si nous étions poursuivis ou non. Et il y avait un autre danger beaucoup plus direct : les morts-vivants. Nous avons vu quantité de navires contaminés. Pour certains, même, on a directement vu les marins se battre sur les ponts extérieurs. Et quelques autres… Des morts-vivants pour seul équipage. Rien que des morts-vivants. Une fois, au large de Dakar, nous sommes passés à côté d'un navire de croisière de luxe. Quarante-cinq mille tonneaux. Le *Nordic Express*. Nos lunettes d'approche étaient suffisamment puissantes pour qu'on puisse distinguer nettement les traces ensanglantées de mains sur la baie vitrée de la salle de bal. Et des mouches occupées à pondre sur les cadavres qui jonchaient le sol. Les zombies passaient sans arrêt par-dessus bord. Ils avaient dû apercevoir quelque chose à l'horizon, peut-être un avion en rase-mottes, ou peut-être même le sillage de notre périscope, et ils essayaient de l'atteindre. Ça m'a donné une idée. Il suffisait de faire surface à quelques centaines de mètres du bateau et de faire tout notre possible pour les attirer ; comme ça, on viderait le navire sans tirer un seul coup de feu. Avec un peu de chance, les réfugiés avaient emporté des choses utiles. Pour autant qu'on le sache, le *Nordic Express* pouvait très bien être un entrepôt flottant regorgeant de vivres et de médicaments. J'ai expliqué mon idée au capitaine d'armes et nous sommes allés trouver le commandant tous les deux.

Qu'est-ce qu'il a dit ?

« Pas question. » On n'avait aucun moyen de savoir combien de zombies hantaient les ponts du navire. Pire, il nous a montré les zombies passés par-dessus bord sur l'écran vidéo. « Regardez, ils ne coulent pas. Pas tous. » Il avait raison. Certains s'étaient réanimés avec leur gilet de sauvetage, et d'autres flottaient à cause des gaz de décomposition. C'était la première fois que je voyais une goule flottante. Pourtant, j'aurais dû me douter que c'était devenu banal. Même si moins de 10 % des navires de réfugiés étaient contaminés, ça faisait quand même 10 % de plusieurs *centaines de milliers* de bateaux. Il devait y avoir des millions de zombies passés par-dessus bord au gré des vagues et des coups de vent, parfois submergés par centaines lorsqu'une de ces vieilles coques de noix chavirait. Vous imaginez le tableau après une tempête ? Un véritable tapis de zombies qui recouvre la surface ? Des milliers de têtes grimaçantes et de bras griffus ? Un matin, quand nous avons sorti les périscopes, les écrans nous ont retransmis une image brun-vert. Au début, on a cru avoir affaire à un problème optique, une collision avec des débris, quelque chose comme ça. Ensuite, le périscope d'attaque nous a montré qu'on en avait épinglé un en plein milieu de la cage thoracique. Il gigotait encore. Il a probablement continué quand on a plongé. Si jamais l'infection s'était répandue à bord…

Mais vous étiez sous l'eau. Comment pouvaient-ils…

Et si nous faisions surface pour en trouver un accroché au pont ? La première fois que j'ai ouvert le kiosque, un bras cloqué et gonflé m'a immédiatement agrippé la manche. J'ai perdu l'équilibre, je suis tombé et j'ai atterri sur le pont, en bas, le bras arraché encore accroché à mes vêtements. Au-dessus, je voyais distinctement la silhouette de son propriétaire se découper contre le disque aveuglant de l'écoutille. J'ai empoigné mon arme de service et j'ai fait feu sans réfléchir. On a tous été recouverts d'une pluie de cervelle et d'esquilles d'os. Et on a eu beaucoup de chance… Si un seul d'entre nous avait eu la moindre petite blessure ouverte… Je méritais largement le blâme qu'on m'a infligé. Je méritais bien pire, pour être honnête. Après ça, on a systématiquement inspecté le pont extérieur avec les périscopes avant de faire surface. Environ une fois sur trois, on en trouvait plusieurs qui rampaient le long de la coque.

Voilà comment se déroulaient les périodes d'observation. Nous ne faisions rien d'autre qu'écouter et regarder le monde autour de nous. On surveillait le trafic civil derrière nos périscopes, on captait même des émissions télé satellites. Rien de réjouissant. Des villes brûlaient par centaines, des pays entiers mouraient à petit feu. Nous avons écouté l'ultime appel radio de Buenos Aires, et l'évacuation du Japon, aussi. On a entendu des informations éparses à propos de mutineries dans l'armée russe. Des comptes rendus et des bulletins spéciaux sur les « frappes nucléaires limitées » entre l'Iran et le Pakistan. Nous les avons tous écoutés avec une fascination malsaine, nous nous attendions tellement à être les premiers à tourner la clé. Nous ou les Russes. Aucune nouvelle de Chine, par contre, officielle ou dissidente. On continuait à recevoir les transmissions navales, mais tous les codes avaient été changés après notre départ. Et même si ça ne réglait pas la question d'une éventuelle chasse à l'homme – on ne savait toujours pas si notre flotte avait ordre de nous localiser et de nous couler –, ça prouvait au moins que notre nation n'avait pas encore complètement disparu dans l'estomac des morts-vivants. À ce stade de notre exil, n'importe quelle nouvelle faisait l'affaire.

La nourriture commençait à poser des problèmes, pas à court terme, bien sûr, mais il faudrait envisager de nous ravitailler un jour ou l'autre. Le stock de médicaments, par contre, posait un réel problème. Nos remèdes traditionnels et nos comprimés modernes commençaient à manquer à cause des civils. Beaucoup d'entre eux avaient des besoins médicaux précis.

Mme Pei, par exemple, la mère d'un des hommes du compartiment à torpilles, souffrait de bronchite chronique, un problème allergique dû à une substance quelconque présente à bord, la peinture, l'huile, en tout cas quelque chose qu'on ne pouvait tout simplement pas isoler. Elle dévalisait nos stocks de médicaments décongestifs à une vitesse alarmante. Le lieutenant Chin, l'officier tactique du bord, a suggéré d'un ton informel qu'on l'euthanasie. Le commandant l'a mis aux arrêts une semaine, consigné dans ses quartiers, avec des demi-rations et aucun soin médical, sauf en cas d'urgence. Chin était vraiment un salaud, un type glacial, mais sa proposition soulevait un vrai problème. Il fallait absolument qu'on renouvelle nos médicaments, ou qu'on trouve un moyen de les recycler.

Piller les navires abandonnés était toujours strictement interdit. Même quand on croisait un bâtiment manifestement désert, on finissait toujours par entendre quelques zombies dans les ponts inférieurs. Restait la pêche, mais nous n'avions pas de matériel spécifique, rien sous la main pour fabriquer un filet, et pas franchement envie de passer des heures en surface à surveiller des bouchons.

La solution est venue des civils, pas de l'équipage. Certains d'entre eux étaient fermiers ou herboristes, avant la crise. Ils avaient apporté quelques graines avec eux. Si on réussissait à leur procurer l'équipement nécessaire, ils pourraient cultiver suffisamment de nourriture pour faire durer nos provisions plusieurs années. C'était un plan audacieux, mais pas totalement inenvisageable. Le compartiment à missiles était bien assez grand pour cultiver un potager. On pouvait fabriquer des pots et des bacs à partir de plaques métalliques. Quant aux lampes UV dont on se servait afin que l'équipage ne manque pas de vitamine D, elles serviraient de soleil artificiel.

Le seul problème, c'était la terre. Personne ne s'y connaissait en agriculture hydroponique, aéroponique ou autres. Il nous fallait de la terre, et il n'y avait qu'une seule façon d'en obtenir. Le commandant devait prendre la question très au sérieux. Faire débarquer une équipe à terre serait aussi dangereux – sinon plus – qu'aborder un navire infesté de zombies. Avant la guerre, plus de la moitié de la population humaine vivait directement sur les côtes ou à proximité. Et avec tous ces réfugiés qui cherchaient à fuir par la mer, le chiffre augmentait encore.

Nous avons commencé nos recherches sur la côte atlantique de l'Amérique du Sud, d'abord à Georgetown, en Guyane, puis plus au sud, vers le Surinam et la Guyane française. On a longé plusieurs bandes de jungle inhabitées sans danger apparent, du moins d'après le périscope. Ensuite, on a fait surface pour effectuer une seconde inspection visuelle depuis le pont. Toujours rien. J'ai demandé l'autorisation de prendre la tête d'une expédition à terre. Le commandant n'était pas encore vraiment convaincu. Il a ordonné qu'on fasse sonner la corne de brume… Encore et encore… Et là, ils sont tous sortis.

Juste quelques-uns, au début, déguenillés, les yeux écarquillés. Ils sont sortis des fourrés et ils ont boitillé vers la plage. Ils n'ont pas eu l'air de remarquer les vagues qui les happaient les uns après les autres pour les attirer au large ou les réexpédier sur la plage. L'un d'eux s'est fracassé contre les rochers. Sa cage thoracique a explosé. On a distinctement vu ses côtes blanchâtres saillir de sa poitrine. Un liquide noir et pâteux a dégouliné de sa bouche alors qu'il gémissait en nous regardant, toujours à essayer d'avancer, de nager dans notre direction. D'autres sont arrivés, et d'autres encore, par dizaines. En quelques minutes, il y en avait des centaines. Et tous se jetaient à l'eau. La même histoire s'est répétée chaque fois qu'on faisait surface. Les réfugiés qui n'avaient pas réussi à s'enfuir formaient désormais une barrière mortelle le long de toutes les côtes que nous visitions.

Et vous avez quand même essayé d'envoyer une équipe à terre ?

[Il secoue la tête.] Trop dangereux. Pire que les navires contaminés, même. À nos yeux, la seule façon de récupérer de la terre, c'était de mettre le cap sur une île isolée.

Mais vous aviez dû entendre parler de ce qui se passait sur les îles isolées ?

Vous seriez étonné. Après avoir quitté notre secteur habituel de patrouille dans le Pacifique, nous avons limité nos déplacements à l'océan Indien et à l'Atlantique. On avait entendu les transmissions radio, on avait inspecté chaque petit bout de terre. On était au courant pour la surpopulation, les violences… On a aperçu les éclairs des mitrailleuses sur les îles du Vent. Cette nuit-là, en surface, on sentait même la fumée à mesure que les vents la poussaient à l'est des Caraïbes.

Certaines îles n'avaient pas eu de chance, nous le savions. Le Cap-Vert, par exemple… On a entendu les hurlements avant même de voir la terre. Trop de réfugiés, pas assez d'organisation. Il suffit d'une seule personne contaminée, c'est tout. Combien d'îles sont restées en quarantaine après la guerre ? Combien d'îlots gelés en Arctique restent dangereusement contaminés ?

Nous n'avions pas le choix, il fallait revenir dans la zone Pacifique. Mais cela nous rapprocherait dangereusement de notre propre pays.

Une fois de plus, nous ne savions toujours pas si la marine chinoise continuait à nous chercher, ni même s'il *existait* encore une marine chinoise. Tout ce qu'on savait, c'était qu'on avait besoin de se ravitailler et qu'on mourait d'envie de voir d'autres visages. Il a fallu du temps pour convaincre le commandant. La dernière chose dont nous avions besoin, c'était d'une confrontation avec notre propre flotte.

Il était encore loyal envers le gouvernement ?

Oui. Mais il y avait… une affaire personnelle.

Personnelle ? Quoi donc ?

[Il élude la question.]

Vous êtes déjà allé à Manihi ?

[Je secoue la tête.]

C'est l'image même du paradis sur terre. Un collier d'îles plates – des « motus » – recouvertes de cocotiers, disséminées au sein d'un lagon cristallin. C'était l'un des derniers endroits au monde où l'on produisait d'authentiques perles noires. J'en avais acheté deux pour ma femme quand nous étions allés aux Tuamotus pour notre voyage de noces, et c'est ce qui m'a donné l'idée d'opter pour cette destination.

Manihi avait bien changé depuis l'époque où j'étais jeune enseigne de vaisseau. Il n'y avait plus de perles, toutes les huîtres avaient été mangées et le lagon était recouvert de petites embarcations privées. Les motus, eux, étaient envahis de tentes et de huttes faites de bric et de broc. Des dizaines de canots improvisés, à rames ou à voile, faisaient l'aller-retour entre les passes et les navires plus importants qui mouillaient en eaux plus profondes. Une scène représentative de ce que les historiens d'aujourd'hui appellent le « continent Pacifique », vous savez, cette culture insulaire développée par les réfugiés, de Palau à la Polynésie française. C'était une société d'un genre nouveau, presque une nouvelle nation, des réfugiés venus du monde entier qui se rallient sous le seul drapeau de la survie.

Et vous vous êtes intégrés à cette société ?

Grâce au commerce. C'était le commerce le pilier du continent Pacifique. Si votre navire était équipé d'un désalinisateur, vous vendiez de l'eau douce. Si vous disposiez de pièces de rechange, vous vous transformiez en mécano. Le *Spirit of Madrid*, par exemple, transportait toute une cargaison de gaz naturel liquide. Il l'a entièrement vendu comme combustible pour la cuisine. M. Song a alors eu l'idée de nous positionner sur un « marché de niche ». C'était le père du commandant Song. Il travaillait comme courtier, à la Bourse de Shenzhen. Il a eu l'idée d'installer des lignes électriques flottantes et d'alimenter ceux qui le désiraient avec notre réacteur nucléaire.

[Il sourit.]

Nous sommes devenus millionnaires… Du moins à notre échelle… Nourriture, médicaments, toutes les pièces de rechange dont on avait besoin ou plus simplement les matériaux bruts à partir desquels on pouvait en fabriquer. On a installé notre serre, ainsi qu'un compost pour transformer nos déjections en engrais. Nous avons aussi « acheté » de quoi installer une salle de sport, un bar avec l'eau courante et même des home cinémas pour les deux mess du bord. Les enfants ont été recouverts de jouets et de bonbons, tout ce qu'on a pu trouver. Mieux, même, ils ont suivi des cours réguliers à bord de grandes barges converties en écoles internationales. Nous étions les bienvenus partout. Nos marins et certains de nos officiers disposaient d'un crédit illimité sur la totalité des cinq « bateaux d'aise » ancrés dans le lagon. Et pourquoi pas, après tout ? Nous avions apporté l'éclairage public, nous faisions fonctionner leurs machines. Nous avons remis au goût du jour des produits de luxe comme les frigos et les climatiseurs. Nous avons rallumé les ordinateurs et grâce à nous, beaucoup de réfugiés prenaient leur première douche chaude depuis des mois. Un grand succès, à tel point que le conseil de l'île nous a autorisés à ne pas participer à la défense de l'atoll. Mais nous avons poliment refusé.

La défense ? Contre les zombies flottants ?

Oui, le danger était constant. Ils débarquaient sur les motus toutes les nuits, ou bien ils tentaient de se hisser aux mouillages des bâtiments les plus accessibles. En tant que « citoyens de Manihi », nous avions le devoir de participer aux patrouilles qui surveillaient les plages et les autres bateaux.

Vous avez parlé des mouillages, mais les zombies savent à peine grimper, non ?

La portance de l'eau les aide. La plupart n'avaient qu'à suivre la chaîne de mouillage jusqu'à la surface. Et si les plats-bords du bateau ne surplombent l'eau que de quelques centimètres… En fait, il y avait autant d'attaques dans le lagon que sur les plages. Le pire, c'était la nuit. Ça ne comptait pas pour rien dans leur excellent accueil. Grâce à nous, les ténèbres n'étaient plus qu'un mauvais souvenir, en surface et *en dessous*. Promener le rayon d'une lampe dans l'eau et y découvrir la silhouette brunâtre d'un zombie accroché à une ligne de mouillage, c'est assez terrifiant.

Mais la lumière n'avait pas tendance à les attirer ?

Si, tout à fait. Les attaques nocturnes ont presque doublé à partir du moment où les navires ont laissé leurs lumières allumées. Mais personne ne s'en est plaint, ni les habitants, ni le conseil de l'île. Je crois que la plupart des gens préféraient affronter un ennemi bien visible.

Et vous êtes restés combien de temps ?

Plusieurs mois. Les meilleurs de notre vie ? Je l'ignore, mais à l'époque, ça y ressemblait. On a commencé à se relâcher, à baisser la garde, à cesser de nous considérer comme des fugitifs. Il y avait même quelques familles de Chinois, pas des Taïwanais ou des Chinois de la diaspora, non, de vrais Chinois, des citoyens de la République populaire de Chine. D'après eux, la situation avait tellement empiré que le gouvernement parvenait à peine à maintenir l'unité nationale. D'ailleurs, avec la moitié du pays transformée en zombies et les soldats qui disparaissaient les uns après les autres, ils ne voyaient pas bien comment les militaires auraient le temps ou les moyens de rechercher un sous-marin disparu. Pendant quelque temps, nous avons cru pouvoir faire de cette petite communauté insulaire notre nouveau foyer et y rester jusqu'à la fin de la crise, ou bien jusqu'à la fin du monde…

[Il lève la tête vers le monument, érigé, dit-on, à l'endroit exact où le dernier zombie de Beijing a été abattu.]

Song et moi, on était en patrouille, la nuit où c'est arrivé. On faisait une pause près d'un feu pour écouter la radio, un bulletin à propos d'un mystérieux désastre naturel en Chine. Personne n'avait l'air de savoir précisément de quoi il s'agissait, mais les rumeurs en disaient assez long pour qu'on le devine. J'avais les yeux fixés sur la radio, le dos tourné au lagon, quand la mer s'est illuminée d'un coup. Je me suis retourné juste à temps pour voir le *Spirit of Madrid* exploser. J'ignore quelle quantité de gaz ses soutes contenaient encore, mais la boule de feu a tout annihilé sur son passage, éradiquant toute vie sur les deux motus voisins. J'ai d'abord pensé à un accident, une valve rouillée, une fausse manœuvre, n'importe quoi. Mais le commandant Song, lui, regardait dans la bonne direction au moment de l'explosion, et il avait clairement vu la traînée d'un missile. Moins d'une seconde plus tard, la corne de brume de l'*Amiral Zheng He* s'est mise à sonner.

Alors même que nous courions vers le sous-marin, j'ai senti que tout s'écroulait autour de moi. Notre calme apparent, notre sentiment de sécurité, tout. Le missile provenait forcément d'un autre sous-marin, l'un des nôtres, évidemment. Le *Madrid* y avait eu droit uniquement parce qu'il était plus gros et renvoyait un écho radar plus important. Combien de personnes étaient à bord, au moment de l'impact ? Et combien sur les motus ? Chaque seconde que nous passions sur l'atoll mettait en danger ses habitants, je l'ai compris à ce moment-là. Le commandant Chen pensait sans doute la même chose. À peine avions-nous rejoint le pont qu'il donnait l'ordre de plonger. Les lignes électriques furent coupées, l'équipage compté et les écoutilles verrouillées. Nous sommes partis vers le large et nous avons plongé immédiatement, tous aux postes de combat.

À quatre-vingt-dix mètres, nous avons déployé nos sonars. Aussitôt, nous avons détecté le bruit caractéristique d'un autre sous-marin en plongée. Pas l'habituel « pop-grrrrrr-pop » de l'acier, mais le « pop-pop-pop » plus rapide du titane. Seuls deux pays au monde avaient opté pour des coques en titane pour leurs navires d'attaque : la fédération de Russie et nous. L'ordinateur a confirmé qu'il s'agissait d'un des nôtres, un de ces nouveaux Type-95 chasseurs-tueurs. Il n'y en avait que deux en service quand nous avions quitté le port. Impossible de savoir lequel c'était.

C'était important de le savoir ?

[Une fois de plus, il ne répond pas.]

Au début, le commandant a refusé de combattre. Il a préféré plonger et échouer le navire sur un haut-fond à la limite maximale de profondeur. Le Type-95 a fait claquer son sonar actif. Les ondes sonores se sont étendues dans toutes les directions, mais sans rebondir sur nous grâce au fond sableux sur lequel nous étions posés. Il a alors opté pour une recherche passive, à l'affût du moindre bruit, grâce à ses puissants hydrophones. Nous avons baissé la puissance du réacteur au minimum, éteint tous les dispositifs superflus et ordonné à l'équipage de cesser tout mouvement. Et comme les sonars passifs n'envoient aucun signal, il nous était impossible de savoir où se trouvait le 95, ni même s'il croisait encore dans les parages. Nous avons tendu l'oreille pour entendre son hélice. Rien. Alors nous avons attendu. Une demi-heure, en respirant à peine.

J'étais juste à côté de la console radar, l'esprit ailleurs, quand Liu m'a tapé sur l'épaule. Il y avait quelque chose sur notre sonar de coque, pas un sous-marin, non, quelque chose de proche, partout. J'ai branché mes écouteurs et j'ai entendu des grattements, comme si des rats trottaient le long de la coque. J'ai fait signe au commandant d'écouter ça. On n'a pas réussi à en identifier la source. Ce n'était ni des algues ni du sable, il n'y avait pas assez de courant pour ça. Et si c'était un animal, un crabe, par exemple, il y en aurait eu des milliers. J'ai commencé à suspecter quelque chose… J'ai demandé l'autorisation de faire une observation directe au périscope de veille, même si le déplacement du bras risquait d'alerter l'autre sous-marin. Le commandant a accepté. On a tous serré les dents quand le tube s'est déployé.

Des zombies. Par centaines. Ils grouillaient tout autour de la coque. Il y en avait de plus en plus à chaque seconde. Ils se traînaient à même le banc de sable et se marchaient les uns sur les autres pour gratter, griffer et parfois *mordre* la coque du *Zheng*.

Ils auraient pu entrer ? Ouvrir une écoutille ?

Non. Toutes les écoutilles étaient scellées de l'intérieur et les tubes lance-torpilles sont protégés par des calots. Le réacteur nous inquiétait davantage, par contre. On le refroidissait à l'eau de mer. Et même si les entrées d'eau ne sont pas assez grandes pour qu'un homme puisse s'y glisser, elles se bloquent facilement. Bien sûr, une diode d'alerte s'est mise à clignoter en silence. L'entrée numéro 4. Un des zombies avait arraché la protection et s'était retrouvé coincé dans le conduit. La température du réacteur a commencé à monter. L'éteindre nous laisserait sans énergie. Le commandant a pris la décision de nous éloigner.

Nous avons quitté le fond en nous faisant aussi discrets que possible, mais ça n'a pas suffi. On a tout de suite repéré le bruit de l'hélice du 95. Il nous avait retrouvés en premier et se préparait à l'attaque. On a distinctement entendu ses tubes se remplir d'eau et les plots s'ouvrir. Le commandant Chen a donné l'ordre de lancer notre propre sonar actif. Ça leur indiquerait notre position, d'accord, mais nos systèmes d'acquisition de cible verrouilleraient immédiatement le 95.

Nous avons ouvert le feu en même temps. Nos torpilles se sont croisées alors que nos deux sous-marins viraient au maximum. Le 95 était un tout petit peu plus rapide, un tout petit peu plus manœuvrable que notre bâtiment, mais il n'avait pas notre commandant Chen. Il savait très exactement comment éviter la torpille, et nous l'avons esquivée au moment où la nôtre touchait sa cible.

On a entendu la coque du 95 hurler comme une baleine agonisante. Les cloisons ont toutes implosé les unes après les autres à mesure que l'eau envahissait les compartiments. À l'académie, on nous apprend que ça se passe beaucoup trop vite pour que l'équipage puisse s'en rendre compte. Soit l'onde de choc produite par la pression les assomme, soit l'explosion enflamme directement l'air. L'équipage meurt instantanément, sans douleur. Du moins, on l'espérait. Pour nous, la vraie douleur a été de voir la petite lueur dans le regard de notre commandant s'éteindre à mesure que le silence des abysses reprenait ses droits.

[Il anticipe ma prochaine question en serrant les poings et en soupirant.]

Le commandant Chen avait élevé son fils seul, il l'avait entraîné personnellement et il en avait fait un excellent marin. De ceux qui aiment et servent leur pays, de ceux qui obéissent toujours aux ordres, de ceux qui font les meilleurs officiers de la marine chinoise. Le plus beau jour de sa vie a été celui où on a confié au commandant Chen Zhi Xiao l'un de ces tout nouveaux chasseurs-tueurs Type-95.

Le même que celui qui vous avait attaqué ?

[Il acquiesce.] Voilà pourquoi le commandant Chen aurait fait n'importe quoi pour éviter notre flotte. Voilà pourquoi il voulait savoir lequel des deux Type-95 nous avait attaqués. Il est toujours préférable de savoir, peu importe la réponse. Chen avait déjà trahi son engagement, trahi sa patrie, et voilà que cette trahison l'avait peut-être forcé à assassiner son propre fils…

Le lendemain, il ne s'est pas montré au premier quart. Je suis allé le trouver dans sa cabine. Celle-ci était plongée dans la pénombre. Je l'ai appelé… À mon grand soulagement, il m'a répondu, mais quand je l'ai vu en pleine lumière… ses cheveux s'étaient totalement décolorés, blancs comme la neige d'avant-guerre. Il avait le regard cave et le teint cireux. C'était un vieillard, désormais, un homme brisé et desséché. Comparés à ces monstres qui reviennent d'entre les morts, ceux que nous avons en nous sont pires, croyez-moi.

À partir de ce jour, nous avons rompu tout contact avec le monde extérieur. Nous avons fait route vers le pôle Nord, l'endroit le plus éloigné, le plus désolé et le plus sombre que nous puissions trouver. Il a fallu ensuite établir un semblant de routine : maintenance du navire, gestion du potager, éducation des enfants du mieux que nous pouvions. Mais sans la force de conviction du commandant, le moral de l'équipage entier s'est écroulé. J'étais le seul qu'il acceptait de voir, pendant cette période. Je lui apportais ses repas, je ramassais son linge, je lui faisais des rapports quotidiens sur l'état du navire, et je transmettais ses ordres au reste de l'équipage. C'était l'ordinaire, le quotidien.

Cette monotonie a volé en éclats le jour où notre sonar a détecté l'approche d'un autre Type-95. Tout le monde s'est rué aux postes de combat, et pour la première fois depuis des semaines, le commandant Chen a quitté sa cabine. Il a pris sa place habituelle sur la passerelle de commandement, il a ordonné le calcul d'une solution de tir et l'ouverture des tubes 1 et 2. D'après notre sonar, le sous-marin ennemi ne semblait pas vouloir répliquer. Le commandant Chen y a vu un avantage décisif. À cet instant précis, il ne se posait aucune question. L'ennemi périrait avant même qu'il puisse ouvrir le feu. Le commandant allait donner l'ordre de tirer quand nous avons reçu un signal sur la « gertrude », le terme américain pour le téléphone sous-marin. C'était le capitaine Chen, le fils de notre commandant. Ses intentions étaient pacifiques et il nous demandait de l'écouter. Il nous a raconté l'histoire du barrage des Trois-Gorges, l'origine de la « catastrophe naturelle » dont nous avions entendu parler à Manihi. Notre combat contre l'autre Type-95 découlait directement de la guerre civile survenue juste après la destruction du barrage. Le sous-marin qui nous avait attaqués faisait partie des loyalistes. Le capitaine Chen, lui, s'était rangé du côté des rebelles. Sa mission était de nous retrouver et de nous ramener à la maison. J'ai bien cru que les hurlements de joie de l'équipage allaient nous faire remonter à la surface comme un bouchon. Quand nous avons percé la banquise et que les deux équipages sont sortis des navires pour se ruer les uns vers les autres sous la lumière crépusculaire du Grand Nord, je me suis dit que oui, finalement, on pouvait sans doute rentrer chez nous, libérer notre pays et en finir avec les morts-vivants. C'était terminé. Enfin.

Pourtant…

Il nous restait une dernière chose à accomplir. Le Politburo, ces vieillards détestables qui avaient causé tant de malheur… Eh bien, ils se terraient encore comme des rats dans leur bunker présidentiel, à Xilinhot, et ils contrôlaient encore la moitié de l'infanterie. Jamais ils ne se rendraient, tout le monde le savait. Ces fous dangereux se maintiendraient au pouvoir jusqu'au bout et ils n'hésiteraient pas à jeter leurs dernières forces dans la bataille. Si la guerre civile se prolongeait, les seuls Chinois encore capables de se tenir debout seraient des morts-vivants.

Vous avez alors décidé de mettre un terme au conflit.

Nous étions les seuls à pouvoir le faire. Nos silos lance-missiles étaient inaccessibles, notre aviation clouée au sol et nos deux autres sous-marins lance-missiles avaient été attaqués à quai, à attendre les ordres comme de bons petits soldats, pendant que les morts-vivants envahissaient leurs coursives. Le capitaine Chen nous a appris que nous étions la dernière force nucléaire opérationnelle des troupes rebelles. Chaque seconde passée à réfléchir tuait cent soldats, cent soldats qui auraient pu se battre contre les morts-vivants.

Et vous avez ouvert le feu sur votre propre pays, pour le sauver.

C'était notre ultime fardeau. Le commandant a dû remarquer mes tremblements au moment de programmer la séquence de tir. « C'est moi qui donne l'ordre, a-t-il dit, c'est ma responsabilité. » Le missile portait une unique tête nucléaire de plusieurs mégatonnes. C'était une ogive prototype, conçue pour perforer la surface renforcée des installations NORAD, chez vous, au cœur des montagnes Cheyenne, dans le Colorado. Pour la petite histoire, le bunker souterrain du Politburo était une copie du vôtre, dans ses moindres détails. Alors que nous nous préparions à plonger, le commandant Chen nous a informés que le missile avait atteint sa cible. À peine avions-nous disparu sous la surface des eaux que nous apprenions la reddition des troupes loyalistes et la réunification des deux armées. Nous allions enfin combattre le seul véritable ennemi.

Et vous saviez qu'ils avaient déjà commencé à appliquer leur propre version du plan Redecker ?

Nous l'avons su le jour où nous avons quitté la banquise. Ce matin-là, je suis allé prendre mon quart. Le commandant Chen était déjà à son poste. Il était assis sur son siège de commandement, une tasse de thé à proximité. Il avait l'air tellement épuisé, comme ça, à regarder l'équipage autour de lui, en souriant comme un père devant ses enfants. Son thé était froid ; je lui ai demandé s'il désirait une autre tasse. Il m'a regardé sans cesser de sourire, puis a lentement secoué la tête. « Très bien, monsieur », ai-je répondu avant de me diriger à mon poste. Il a levé le bras et m'a pris la main. Il m'a regardé, sans paraître me reconnaître. Son murmure était si faible que je l'ai à peine entendu.

Qu'est-ce que…

« Brave garçon, Zhi Xiao, tu es un brave garçon. » Il tenait encore ma main quand il a fermé les yeux à jamais.

SYDNEY, AUSTRALIE

[Le mémorial Clearwater est le plus récent et le plus important des hôpitaux australiens construits depuis la fin de la guerre. La chambre de Terry Knox se trouve au dix-septième étage ; on l'appelle la « suite présidentielle ». Luxe et opulence de médicaments quasi introuvables, le gouvernement ne peut guère faire moins pour soigner le premier – et jusqu'à aujourd'hui le seul – commandant australien de la station spatiale internationale. « Pas si mal pour le fils d'un mineur d'Andamooka », dit-il souvent.

Son corps ravagé semble revivre le temps de notre conversation. Son visage reprend même des couleurs.]

J'aimerais beaucoup que tous les trucs qu'on raconte sur nous soient vrais. Ça sonne très héroïque, non ? **[Il sourit.]** En fait, on n'était pas vraiment « coincé », on n'avait pas été pris par surprise, comme ça, sans préavis. Personne n'avait une meilleure vue d'ensemble que nous. Et personne n'a été surpris quand Baïkonour a annulé le vol de relève, ni quand Houston nous a ordonné de nous entasser dans le X-38 [1] pour évacuation immédiate. J'aimerais vous dire qu'on a refusé d'obéir aux ordres, ou qu'on s'est étripé les uns les autres pour savoir qui resterait ou pas, mais en fait, tout ça s'est passé de façon rationnelle et plutôt banale. J'ai simplement ordonné à l'équipe scientifique et au personnel secondaire de rentrer sur Terre, mais j'ai laissé le choix au reste de l'équipage. Ils pouvaient rester, s'ils le désiraient. Une fois le X-38 parti pour de bon, oui, là, on était coincé, mais compte tenu de ce qui se passait en bas, je ne vois pas qui aurait eu envie de rentrer.

L'ISS était une merveille d'ingéniosité humaine. Une station orbitale si vaste qu'on pouvait l'apercevoir de la Terre à l'œil nu. Pour la construire, il avait fallu joindre les efforts de seize pays sur plus de dix ans, quelques centaines de vols aller-retour et plus d'argent que le dernier des avocats véreux pourrait espérer en amasser en une vie. Vous vous rendez compte du temps que cela prendrait pour en reconstruire une autre maintenant ? Si tant est qu'on y parvienne un jour.

Mais la station, ce n'est rien comparé à la valeur inestimable – et irremplaçable – du réseau satellite de notre planète. À l'époque, il y en avait plus de trois mille en orbite, et l'humanité tout entière en dépendait pour toutes sortes de choses, des communications à la navigation, en passant par la surveillance et même des trucs banals, comme les prévisions météo. Pour le monde moderne, ce réseau avait autant d'importance que les routes dans l'Antiquité, ou le rail pendant l'ère industrielle. Que deviendrait l'humanité si ces liens fondamentaux finissaient par se briser ?

---

1. Le « canot de sauvetage » de la station, capable de rentrer dans l'atmosphère terrestre.

Nous n'avons jamais envisagé de tous les sauver. C'était aussi irréaliste que superflu. Ce qu'il fallait, c'était nous concentrer sur les systèmes vitaux pour faciliter le déroulement de la guerre, quelques dizaines d'oiseaux à maintenir dans le ciel. Rien que pour cela, ça valait le coup de rester.

Et on ne vous a jamais promis de secours ?

Non, et nous n'en attendions pas. Le problème, ce n'était pas de rentrer sur Terre, c'était de se débrouiller pour survivre là-haut. Même avec nos réserves d'O_2 et nos bougies perchloratées [1], même avec le système de recyclage de l'eau réglé au maximum de ses capacités [2], on avait juste assez de nourriture pour tenir vingt-sept mois, et encore, en comptant les animaux de laboratoire des modules de recherche. Aucun d'entre eux n'avait subi de tests épidémiologiques, leur chair était parfaitement comestible. J'entends encore leurs petits cris, et je me souviens des minuscules gouttes de sang qui flottaient dans la microgravité. Même ça, on ne pouvait pas se permettre de le gâcher. J'ai essayé d'adopter une attitude scientifique… J'ai calculé la valeur énergétique de chaque petit globe rouge que j'aspirais… C'était pour le bien de la mission, après tout, et ça n'avait évidemment rien à voir avec ma propre voracité.

---

1. L'ISS avait cessé d'utiliser l'électrolyse pour générer de l'oxygène afin de conserver l'eau.

2. Les spécifications de l'ISS donnent un taux de recyclage de l'ordre de 95 %.

Racontez-nous la mission. Si vous étiez coincés dans la station, comment avez-vous réussi à maintenir les satellites sur leur orbite ?

On s'est servi de l'ATV [1] *Jules Verne III*, le dernier module de ravitaillement lancé de Kourou, juste avant que la Guyane française ne soit envahie à son tour. À l'origine, il était conçu pour un aller simple. On devait le remplir avec nos déchets et le renvoyer ensuite vers la Terre pour qu'il brûle dans l'atmosphère [2]. On l'a modifié en lui ajoutant un pilotage manuel et une couchette pour le pilote. J'aurais bien aimé y mettre un hublot, aussi. Naviguer par vidéo, honnêtement, ça n'a vraiment rien de marrant ; même chose pour mes activités extra-véhiculaires. J'effectuais toutes mes sorties dans l'espace en combinaison de vol, tout ça parce qu'on manquait de place pour un véritable kit AEV.

La plupart de mes excursions se passaient sur ASTRO [3], un genre de station-service spatiale. Les satellites militaires de surveillance doivent parfois modifier leur orbite pour acquérir de nouvelles cibles. Ils allument leurs micropropulseurs de temps en temps et utilisent peu à peu leur minuscule réserve d'hydrazine. Avant la guerre, les militaires américains se sont rendu compte que ça leur coûterait moins cher d'avoir une station essence sur place que d'envoyer plusieurs missions de ravitaillement. C'est là qu'ASTRO entre en jeu. On l'a modifié pour qu'il puisse ravitailler d'autres types de satellites, les modèles civils qui

1. *Automated transfer vehicle.*

2. L'une des fonctions de l'ATV lui permettait d'utiliser ses propres pousseurs pour rectifier l'orbite de la station.

3. *Autonomous space transfer and robotic orbiter.*

n'attendaient qu'un petit coup de propulseur pour maintenir leur orbite. C'était vraiment un engin merveilleux... On a gagné énormément de temps. Et des gadgets comme ça, on en avait des tas. Le « Canadarm », par exemple, une chenille robot de cinquante pieds qui s'occupait de toutes les opérations de maintenance sur la coque extérieure de la station. Et puis « Boba », le robot piloté en RV auquel nous avions ajouté un propulseur pour qu'il puisse passer alternativement de la station à un satellite voisin. On avait aussi un petit escadron de PSA [1], ces robots qui travaillent en apesanteur. Ils ont à peu près la taille et la forme d'un pamplemousse. Tous ces jouets merveilleux étaient conçus pour nous simplifier la vie. J'aurais presque préféré qu'ils soient moins efficaces.

Tout ça nous laissait environ une heure de libre par jour, parfois deux. On dormait, on faisait de l'exercice, on relisait les mêmes bouquins pour la énième fois, on écoutait Radio Free Earth ou bien la musique qu'on avait emportée avec nous (encore et encore). Je ne sais pas combien de fois j'ai pu écouter cette chanson de Redgum : *« God help me, I was only nineteen* [2]*. »* C'était la chanson préférée de mon père, ça lui rappelait le Vietnam. Je priais pour que son entraînement militaire lui ait servi à quelque chose, à lui et à ma mère. Je n'avais aucune nouvelle, ni d'eux ni de personne sur Oz depuis qu'on avait relocalisé le gouvernement en Tasmanie. J'espérais qu'ils allaient bien, mais vu ce qui se passait sur Terre (qu'on observait attentivement dès qu'on avait un moment de libre), il n'y avait pas beaucoup d'espoir.

---

1. *Personal satellite assistance.*
2. « Mon Dieu aidez-moi, je n'avais que dix-neuf ans. » *(N.d.T.)*

Pendant la guerre froide, les satellites américains étaient paraît-il capables de lire la *Pravda* entre les mains des citoyens soviétiques. J'ignore si c'est vrai, je ne connais pas les caractéristiques techniques de cette génération-là. Mais ce que je peux vous dire, c'est que les satellites modernes que nous pirations depuis leurs relais nous restituaient parfaitement les scènes de carnage. On lisait les implorations des victimes sur leurs lèvres, on voyait leur regard affolé quand elles finissaient par mourir. On voyait distinctement le sang rouge devenir brunâtre, comment il formait de petites mares sur le pavé londonien ou sur les plages de cap Cod.

On voyait tout, par contre on n'avait aucun contrôle sur ce que les satellites espions décidaient d'observer. Leurs cibles étaient déterminées par l'armée américaine. On a assisté à quantité de batailles – Yonkers, Chongqing ; on a vu toute une compagnie de soldats indiens essayer de sauver des civils coincés dans le stade Ambedkar à Delhi, se faire piéger dans les grandes largeurs et dégager vite fait vers le parc Gandhi. J'ai observé leur commandant ordonner à ses troupes de former un carré, comme au temps des colonies… Ça a marché, au moins quelques minutes. C'était ça le plus frustrant dans toutes ces images satellite, on ne pouvait que voir, jamais entendre. On ne savait pas que les Indiens commençaient à manquer de munitions, mais on se rendait bien compte que Zack se rapprochait de plus en plus. On a vu un hélico tourner autour de la zone et le commandant discuter avec ses subordonnés. On ne savait pas que c'était le général Raj-Singh, on ne savait même pas qui c'était, en fait. N'écoutez pas ce qu'on dit sur cet homme, sur la façon dont il aurait merdé quand la situation a échappé à tout contrôle. On a tout vu. Il a *essayé* de se battre, et l'un de ses gars lui a collé la crosse de son fusil en pleine gueule. Il était totalement inconscient quand ils l'ont hissé à bord de cet hélico. C'était affreux, comme sensation, voir tout ça de si près et rester impuissant.

Nous, on avait nos propres systèmes d'observation, les satellites expérimentaux civils et l'équipement de la station. Les images qu'on obtenait n'arrivaient pas à la cheville des versions militaires, mais elles n'en restaient pas moins effrayantes. On a pu voir les premières grandes concentrations de zombies en Asie centrale et dans les Grandes Plaines américaines. C'était énorme, une vraie marée ; j'imagine que ça devait ressembler aux grands troupeaux de bisons, jadis.

Nous avons assisté à l'évacuation du Japon, fascinés par l'énormité de l'opération. Des centaines de navires, des milliers de bateaux plus petits. Un nombre incalculable d'hélicoptères faisaient l'aller-retour entre les toits des immeubles et l'armada, au large. Sans parler des avions de ligne qui décollaient vers le nord, vers le Kamchatka. Nous avons été les premiers à observer les « trous de zombies », ces fossés qu'ils creusent parfois pour débusquer les terriers des animaux. Au début, on a pris ça pour un événement isolé, mais on s'est rapidement rendu compte qu'il y en avait partout. De nouveaux trous apparaissaient régulièrement… De plus en plus. Au sud de l'Angleterre, on en a vu tout un champ – je suppose qu'il devait y avoir une forte concentration de lapins à cet endroit précis –, un champ entier rempli de trous de toutes tailles. Et des traces noirâtres tout autour. On ne pouvait pas zoomer à ce point-là, bien sûr, mais on était à peu près sûr que c'était du sang. Pour moi, c'était ça, le plus effrayant. Savoir que l'ennemi n'avait pas de « conscience » au sens usuel du terme, qu'il ne fonctionnait que par instinct. Un jour, j'ai vu un zombie poursuivre un animal en plein désert, en Namibie. C'était une taupe dorée, je crois, profondément enterrée dans une dune. La goule ne s'est pas arrêtée une seule seconde, elle a juste continué à creuser, à creuser, à creuser… Pendant cinq jours d'affilée, et puis un matin, sans prévenir, comme ça, elle s'est arrêtée et elle a repris sa route. Je suppose qu'elle avait dû perdre la piste. Coup de bol pour la taupe.

Malgré la qualité de nos objectifs, franchement, rien ne valait le hublot. Un simple coup d'œil sur notre fragile biosphère, là, en bas… Assister en direct à un tel désastre… on comprend mieux pourquoi les mouvements écologistes ont vraiment démarré avec le programme spatial américain. Il y avait le feu partout, et je ne parle pas seulement des bâtiments, des forêts ou des puits de pétrole laissés à l'abandon – quoi que les Saoudiens se soient chargés eux-mêmes de foutre le feu aux leurs [1] –, non, je parle des simples feux de camp… Par millions, par dizaines de millions, des petits points orange partout sur la Terre, partout là où on aurait dû apercevoir des lumières électriques. On aurait dit que la planète entière brûlait, jour et nuit. La quantité de cendres était incalculable. On n'avait aucun moyen de l'estimer, bien sûr, mais disons qu'on la comparait au résultat d'une guerre nucléaire modérée entre les États-Unis et l'ex-Union soviétique. Sans compter la guerre entre le Pakistan et l'Iran. Là aussi, on était aux premières loges. On a tout enregistré, tous ces petits flashes, toutes ces petites lumières, ça m'a piqué les yeux pendant des jours. L'automne nucléaire s'installait progressivement. Le voile gris-brun s'épaississait chaque jour.

---

1. On ignore encore pourquoi la famille royale saoudienne a ordonné d'incendier ses propres puits.

On avait l'impression de contempler une autre planète, ou bien la Terre, mais celle d'un passé lointain, pendant la dernière grande extinction. Au bout de quelques mois, la couverture nuageuse nous a empêchés d'utiliser les instruments optiques traditionnels. Il nous restait les capteurs thermiques et le radar. Le visage habituel de la Terre a disparu derrière une caricature de couleurs primaires. C'est à travers l'un de ces systèmes, le radar Aster embarqué sur le satellite *Terra*, que nous avons vu le barrage des Trois-Gorges s'effondrer.

Vous imaginez ? À peu près dix trillions de gallons d'eau charriant des débris, de la vase, des rochers, des arbres, des voitures, des maisons entières, plus des morceaux entiers du barrage lui-même ! C'était monstrueux, quelque chose de vivant, un dragon brun-blanc qui courait vers la mer de Chine. Quand je pense aux gens sur son passage… Coincés chez eux, barricadés, incapables d'échapper à la vague meurtrière à cause des G amassés à leur porte. Personne ne sait combien il y a eu de victimes, cette nuit-là. Même aujourd'hui, ils continuent à retrouver des corps.

[L'une de ses mains squelettiques se change en poing, l'autre appuie sur le bouton d'automédication.]

Quand je pense à la façon dont les dirigeants chinois ont tenté d'expliquer la catastrophe… Vous avez déjà lu la transcription du discours de leur président ? Nous, on a tout vu en piratant *SinoSat II*. Il a parlé d'une « tragédie imprévisible ». Imprévisible ? Vraiment ? Ils l'avaient quand même construit en plein sur une faille géologique active, non ? Imprévisible ? Alors que la pression gigantesque exercée par un réservoir artificiel provoque toujours de petits tremblements de terre [1] ? On avait déjà détecté des fissures sur les fondations plusieurs mois avant que la construction du barrage ne soit officiellement achevée…

Il a aussi évoqué un « accident inévitable », cet enfoiré. Ils avaient assez de soldats pour tenir un siège dans chaque ville d'importance, et ils ne pouvaient pas se passer de quelques flics pour avertir les gens de l'imminence de la catastrophe ? Personne, vraiment personne n'aurait pu imaginer ce qui risquait d'arriver si on abandonnait à la fois les stations d'alerte sismique et les stations de contrôle des déversoirs d'urgence ? Et puis ils se sont essayés à la révision de l'histoire, tant qu'à faire. Ils ont prétendu avoir fait tout ce qui était en leur pouvoir pour protéger le barrage, et qu'au moment de la catastrophe, les vaillants soldats de la PLA avaient donné leur vie pour le défendre. Ben voyons, moi je l'observais personnellement depuis plus d'un an, ce barrage, et croyez-moi, les seuls soldats de la PLA que j'y ai vus avaient donné leur vie depuis très, très longtemps. Ils croyaient *vraiment* que leur peuple goberait un mensonge aussi patent ? Ils espéraient *vraiment* que toute cette histoire n'entraînerait pas une guerre civile ?

Deux semaines après le début de la révolution, nous avons reçu notre premier et unique appel de la station spatiale chinoise, *Yang Liwei*. C'était la seule autre installation en orbite, même si elle n'avait rien à voir avec la nôtre, côté sophistication. On aurait dit une station conçue à l'emporte-pièce, des modules Shenzhou greffés aux dernières citernes d'essence de la Longue

1. Le réservoir du barrage du lac de Katse du Lesotho est tenu pour responsable de nombreuses perturbations sismiques depuis son inauguration en 1995.

Marche… Elle formait une sorte de réseau géant, comme le vieux Skylab américain, en beaucoup plus grand.

Ça faisait des mois qu'on essayait de les contacter. On n'était même pas sûr qu'il y avait encore quelqu'un à bord. Tout ce qu'on obtenait, c'était un message enregistré dans un anglais de Hong Kong impeccable, nous invitant à garder nos distances, sous peine d'encourir des « représailles mortelles ». Nom de Dieu, mais quelle perte de temps ! On aurait pu travailler ensemble, troquer du matériel, échanger des informations scientifiques cruciales… Qui sait tout ce qu'on aurait pu accomplir si on avait simplement laissé tomber la politique et qu'on s'était comporté en êtres humains, de chair et de sang ?

Au bout du compte, on a fini par penser que leur station n'avait jamais été habitée, que leurs prétendues « représailles mortelles » n'étaient que du bluff. On a failli sauter au plafond le jour où on a reçu le message *via* la radio amateur [1]. C'était une voix humaine, épuisée, terrorisée, et coupée au bout de quelques secondes seulement. Ça a suffi pour qu'on embarque tous sur le *Verne* et qu'on trace vers le *Yang*.

Dès qu'on l'a aperçu sur l'horizon, on s'est tout de suite rendu compte que son orbite avait complètement basculé. J'ai su pourquoi en approchant. L'écoutille de leur module de secours était arrachée. Le module était encore accroché à la structure portante ; la station avait dû subir une dépressurisation quasi immédiate. J'ai demandé l'autorisation d'aborder par précaution. Rien. Une fois à bord, j'ai découvert que la station était

1. La station spatiale internationale est équipée d'un matériel de radio amateur pour permettre aux astronautes de communiquer avec des étudiants et des écoliers.

suffisamment vaste pour accueillir sept ou huit personnes, mais on n'y a trouvé que deux couchettes et deux kits personnels. Le *Yang* était bourré de matériel d'urgence, assez d'eau, de nourriture et de filtres à O_2 pour tenir au moins cinq ans. Mais je n'arrivais pas à comprendre pourquoi. Il n'y avait aucun équipement scientifique à bord, aucun collecteur de données, rien du tout. On aurait dit que le gouvernement chinois avait envoyé deux hommes dans l'espace comme ça, uniquement pour le sport. Après quinze minutes à flotter un peu partout, j'ai découvert la première charge. Leur station spatiale, eh bien c'était légèrement plus qu'un simple leurre politique. Si les charges explosaient, les débris d'une masse de plus de quatre cents mètres cubes suffiraient non seulement à pulvériser toute autre plate-forme orbitale, mais également à interdire toute tentative de vol pendant plusieurs années. C'était la politique de l'« Espace Brûlé ». Si on ne peut pas l'avoir, vous non plus.

Tous les systèmes de la station fonctionnaient encore. Aucun incendie, aucun dommage structurel, rien qui puisse expliquer l'écoutille béante du module de secours. J'ai découvert le corps d'un seul taïkonaute, les mains encore agrippées aux commandes de l'ouverture du sas. Il avait une combinaison spatiale sur lui, mais la visière avait pris une balle et s'était émiettée. Je suppose que la révolution chinoise ne s'est pas limitée au plancher des vaches… L'homme qui avait ouvert l'écoutille était sans doute celui qui avait essayé de communiquer avec nous. Son coéquipier avait dû rester fidèle à la vieille garde. Sans doute que Mister Loyaliste avait reçu l'ordre de faire péter toutes les charges. Zhai – c'était le nom inscrit sur ses effets personnels –, Zhai avait tenté de balancer son copain dans l'espace et s'était mangé une balle en passant.

Belle histoire, hein ? Enfin, c'est comme ça que je vois les choses.

***Et c'est ainsi que vous avez pu vous ravitailler ? En récupérant le matériel à bord du* Yang ?**

[Il lève le pouce.] Eh oui. On en a cannibalisé chaque centimètre carré pour s'en servir de pièces de rechange et de matériel supplémentaire. On aurait aimé arrimer les deux stations, mais on n'avait pas assez de main-d'œuvre et de matos pour finaliser le processus. On pouvait aussi envisager d'utiliser le module de secours pour rentrer sur Terre. Il disposait d'un bouclier calorique et on y rentrait à trois. C'était vraiment très tentant, mais l'orbite de la station déclinait d'heure en heure, et on a dû choisir entre rentrer immédiatement ou ravitailler l'ISS. Vous connaissez la suite.

Avant d'abandonner la station, on a organisé une petite cérémonie pour notre copain Zhai. On a sanglé son corps dans sa couchette, on a ramené ses effets personnels à bord de l'ISS et prononcé quelques mots en son honneur alors que le *Yang* brûlait dans les hautes couches de l'atmosphère. Si ça se trouve, le loyaliste, c'était l'autre, mais peu importe ; grâce à Zhai, on survivrait encore un moment. On a tenu trois ans de plus. Ça n'aurait pas été possible sans les Chinois.

Vous ne trouvez pas ça ironique ? La relève qui finit par débarquer à bord d'un véhicule civil… Le *Spacecraft III*, un vaisseau conçu à l'origine pour le tourisme spatial. Et puis le pilote, avec son chapeau de cow-boy et son immense sourire de Yankee… **[Il imite l'accent texan :]** « Quelqu'un a commandé une pizza ? » **[Il rit, grimace et appuie à nouveau sur le bouton d'automédication.]**

Parfois, on me demande s'il nous est arrivé de regretter notre décision de rester à bord. Je ne parle pas pour mes coéquipiers, mais sur leur lit de mort, ils ont tous dit la même chose : qu'ils n'hésiteraient pas une seconde si c'était à refaire. Comment ne pas être d'accord ? Je ne regrette pas l'hospitalisation qui a suivi… Devoir réapprendre à marcher, tout ça, et me rappeler pourquoi le bon Dieu nous a donné des jambes, au départ. Je ne regrette pas d'avoir encaissé autant de radiations cosmiques, toutes ces AEV non protégées, tout ce temps avec un bouclier insuffisant à bord de l'ISS. Et je ne regrette même pas ça. **[Il désigne sa chambre d'hôpital et toute cette machinerie, greffée à son corps.]** Il a fallu choisir. On a choisi. Et je me plais à penser qu'au bout du compte, ça a fait la différence. Pas mal, pour le fils d'un mineur d'Andamooka.

[Terry Knox est décédé trois jours après notre entretien.]

ANCUD, ÎLE DE CHILOÉ, CHILI

[Même si la capitale a officiellement été rapatriée à Santiago, cet ancien refuge reste le centre économique et culturel du pays. Ernesto Olguin possède une cabane sur pilotis dans la péninsule de Lacuy. C'est sa résidence principale, bien que son travail de commandant dans la marine marchande le retienne en mer la majeure partie de l'année.]

Les livres d'histoire l'appellent « la Conférence d'Honolulu », mais on aurait dû la baptiser « la Conférence du *Saratoga* », parce que c'est à peu près tout ce qu'on a vu. On a passé quatorze jours entassé dans des compartiments bondés et des coursives humides. L'*USS Saratoga :* ancien porte-avions reconverti en coque vide reconvertie en barge de transport de réfugiés reconvertie en quartier général flottant de l'ONU…

Et puis, franchement, ça ressemblait davantage à une embuscade qu'à une conférence. On était censé s'échanger des infos concernant les différentes techniques de combat et partager nos avancées technologiques. Tout le monde était impatient de voir les Anglais exposer leur technique de fortification des routes. Surtout après l'excitante démonstration de *mkunga lalem*[1]. Il était aussi vaguement question de réintroduire un semblant de régulation dans le commerce international. Moi, mon boulot spécifique, c'était d'intégrer les restes de notre flotte à la nouvelle structure internationale des convois navals. Je ne savais pas trop à quoi m'attendre après tout ce temps passé à bord de *Super Sara*. Et je ne crois pas que quiconque s'attendait à ça.

Le premier jour de la conférence, celui des présentations, j'avais chaud, j'étais crevé, et je priais le Seigneur pour qu'on en finisse une bonne fois pour toutes avec tous ces discours ennuyeux. Et puis l'ambassadeur américain s'est levé et le monde entier a retenu son souffle.

Il a dit qu'il fallait passer à l'attaque, qu'il fallait sortir de nos bastions et lancer la reconquête des territoires contaminés. Au début, j'ai cru qu'il parlait d'opérations isolées : sécuriser d'autres îles habitables, peut-être même rouvrir les canaux de Panama et de Suez... Mes suppositions n'ont pas duré longtemps. Il a bien précisé qu'il ne s'agissait *pas* de petites incursions mineures. Les États-Unis comptaient passer à l'offensive de manière permanente, toujours vers l'avant, jusqu'à ce que – je cite – « les dernières traces de zombies soient nettoyées, purgées, et si nécessaire éradiquées de la surface de la terre ». Sans doute s'imaginait-il obtenir plus d'impact émotionnel en paraphrasant Churchill. Mais ça n'a pas marché. Les protestations ont toutes fusé en même temps.

D'un côté, on demandait pourquoi il fallait à tout prix risquer d'autres vies, supporter de nouvelles pertes, alors qu'on pouvait se tenir tranquille en

1. *Mkunga lalem* : « l'anguille et l'épée », le premier art martial antizombies.

attendant que notre ennemi pourrisse sur pied. Après tout, c'était déjà en train de se produire, pas vrai ? Les premiers cas commençaient à montrer des signes de décomposition avancée. Le temps jouait en notre faveur. Pourquoi ne pas laisser la nature se charger du boulot ?

L'autre camp a balayé l'argument : les morts-vivants ne pourrissaient pas tous au même rythme. Et que faire des cas les plus récents, de tous ceux encore en parfaite « santé » ? Il suffisait d'un seul pour faire repartir l'épidémie. Et les pays gelés la moitié de l'année ? Combien de temps faudrait-il qu'ils attendent, eux ? Des décennies ? Des siècles ? Les réfugiés de ces pays verraient-ils seulement le jour où ils pourraient enfin rentrer chez eux ?

Et là, ça a commencé à dégénérer. La plupart des pays les plus froids formaient ce que vous appeliez avant « le Premier Monde ». L'un des délégués d'un ex-pays « en voie de développement » a suggéré que c'était là leur punition pour avoir pillé et violé les « nations victimes du Sud ». Peut-être, a-t-il ajouté, qu'en mettant fin à « l'hégémonie blanche », les zombies allaient permettre au reste du monde de se développer sans « intervention impérialiste ». Les zombies ne s'étaient peut-être pas contentés de répandre la mort et la désolation sur terre, peut-être inauguraient-ils une nouvelle ère de justice. Honnêtement, mon propre peuple n'a pas beaucoup d'affection pour vous autres, les *gringos*, et ma famille a suffisamment souffert sous Pinochet pour que j'en fasse une affaire personnelle, mais arrive un moment où il faut ranger ses émotions au placard et se concentrer sur les faits. Comment oser parler d'« hégémonie blanche » alors que les deux économies les plus dynamiques avant la guerre étaient celles de l'Inde et de la Chine ?

Et que Cuba est devenu le pays le plus riche d'après-guerre ? Comment parler d'un problème inhérent au Nord en évoquant les pays les plus froids, alors que tant de gens survivaient à peine en Himalaya et dans les Andes, dans mon propre pays, au Chili ? Non, cet homme-là ne voulait pas d'une nouvelle ère de justice, il voulait juste se venger.

[Il soupire.] Putain de merde, après tout ce qu'on avait traversé, on n'était toujours pas capable de se sortir les doigts du cul et d'arrêter de se massacrer les uns les autres.

Je me trouvais juste à côté de la déléguée russe, à faire mon possible pour l'empêcher de grimper sur son siège, quand j'ai entendu une autre voix américaine. C'était le Président. Il n'a pas élevé la voix, il n'a pas essayé de ramener le calme. Il a juste continué à parler comme ça, du même ton ferme et posé qu'aucun autre leader n'a jamais été capable d'imiter. Il a même remercié ses « amis délégués » d'avoir ainsi exprimé leur « intéressante opinion » tout en admettant que d'un point de vue strictement militaire il n'y avait aucune raison de « tenter le diable ». D'accord, on avait réussi à neutraliser les morts-vivants et les générations futures finiraient par repeupler la planète sans prendre beaucoup de risques. Oui, notre stratégie essentiellement défensive avait sauvé l'espèce humaine, mais que restait-il de l'*esprit* humain ? Oui, les morts-vivants nous avaient pris nos proches et nos terres, mais il y avait pire, bien pire. Ils nous avaient volé notre confiance en nous, notre certitude d'être la forme de vie dominante sur terre. Notre espèce était ébranlée, brisée, menacée d'extinction, et voilà qu'on se contentait d'un avenir qui nous apporterait juste un tout petit peu moins de souffrances… Qu'allions-nous laisser à nos enfants ? Une angoisse permanente, une peur jamais ressentie depuis que nos ancêtres simiens avaient décidé de descendre des arbres ? Quel genre de monde allaient-ils reconstruire ? Allaient-ils seulement le reconstruire ? Pourraient-ils progresser, se sachant déjà impuissants à reconquérir leur propre futur ? Et si une autre épidémie de zombies éclatait un jour ? Nos descendants se lèveraient-ils comme un seul homme pour les affronter ? Ou bien baisseraient-ils docilement la tête en acceptant une extinction qu'ils estimeraient inévitable ? Rien que pour ça, il nous fallait reconquérir notre planète. Nous devions nous prouver que nous en étions *capables* et faire de cette victoire notre plus grand mémorial de guerre. Un long et dur retour vers l'humanité, ou la régression progressive des primates les plus évolués au monde… Nous avions un choix à faire. Maintenant.

C'est tellement nord-américain, ce genre de discours, ce « j'ai le cul dans la boue mais je contemple les étoiles ». Dans n'importe quel film *gringo*, un figurant se serait levé pour applaudir, et puis on aurait eu droit aux cris de joie des autres, aux gros plans sur leurs yeux remplis de larmes et toutes ces conneries. Mais là, silence total. Personne n'a esquissé le moindre geste. Le Président a déclaré qu'on aurait l'après-midi de libre pour réfléchir à cette proposition, et qu'on se réunirait à nouveau au crépuscule pour voter.

En tant qu'attaché naval, je n'étais moi-même pas autorisé à voter. Et pendant que l'ambassadeur décidait du destin de mon Chili bien-aimé, je n'avais rien d'autre à faire que de profiter du coucher de soleil sur l'océan Pacifique. Je me suis assis sur le pont d'envol, coincé entre les éoliennes et les panneaux solaires, où j'ai tué le temps en compagnie de mes homologues français et sud-africains. On a décidé ensemble de ne pas trop parler boutique et d'éviter d'évoquer la guerre.

Le vin nous a tous mis d'accord. Avec un peu de chance, chacun d'entre nous aurait une connexion directe avec la vigne ; famille, amis, travail, Aconcagua, Stellenbosch et Bordeaux, évidemment. Voilà quelles étaient nos limites. Tout finissait par nous ramener à la guerre…

Les cépages Aconcagua avaient tous été détruits, brûlés sur pied lors des essais militaires de bombardement au napalm organisés par le gouvernement. Une vraie catastrophe. Quant au Stellenbosch, toute la région abritait désormais des plantations de subsistance. Avec une population jamais très loin de la famine, le raisin était considéré comme un luxe. Le Bordelais, c'était pire. La région n'était toujours pas libérée. Comme la quasi-totalité du territoire français, d'ailleurs. Vous imaginez le tableau ? Des vignes, à perte de vue, piétinées par des légions de morts-vivants. Le commandant Émile Renard pratiquait une sorte d'optimisme morbide. « Après tout, disait-il, qui sait ce que les nutriments de leurs corps apporteront à la terre ? Peut-être même que ça améliorera le goût du bordeaux une fois les vignes reconquises. » Alors que le soleil commençait à disparaître, Renard a attrapé son kit de survie et en a sorti une bouteille de château latour 1964. On n'arrivait pas à en croire nos yeux. Le 64 est un millésime extrêmement rare. Par chance, cette année-là, les vignes avaient bénéficié d'un ensoleillement exceptionnel et la récolte s'était achevée fin août, pas en septembre. Un mois de septembre justement marqué par des pluies dévastatrices qui avaient inondé les autres vignes et hissé le château latour au rang de Saint-Graal. La bouteille que Renard tenait entre ses mains pouvait très bien être la dernière. Un symbole idéal pour un monde qui ne serait plus jamais le même. C'était le seul objet personnel qu'il avait réussi à sauver pendant l'évacuation. Il la transportait partout avec lui et comptait se la garder pour… toujours, en fait, dans la mesure où la tradition viticole risquait de disparaître à tout jamais. Mais après la proposition du Président américain…

[Il se passe involontairement la langue sur les lèvres en évoquant ce souvenir.]

Le vin n'avait pas bien supporté le voyage, et les gobelets en plastique ne l'amélioraient pas, mais on s'en foutait royalement. On en a savouré chaque gorgée.

Vous étiez confiants quant à l'issue du vote ?

Oh, je me doutais que ça ne ferait pas l'unanimité, et j'avais foutrement raison. Dix-sept non et trente et une abstentions. Au moins, ceux qui avaient voté non étaient prêts à assumer les conséquences de leur décision jusqu'au bout… Et c'est exactement ce qui s'est passé. La nouvelle ONU rassemblait en tout et pour tout soixante-douze délégués. Non qu'on s'en inquiète outre mesure, moi et mes copains « sommeliers ». Pour nous, pour nos pays respectifs, pour nos enfants, le choix était clair : attaquer.

Guerre totale

À BORD DU *MAURO ALTIERI*, NEUF CENTS MÈTRES AU-DESSUS DE VAALAJARVI, FINLANDE

[Je me tiens aux côtés du général D'Ambrosia, au COC, le Centre opérationnel de combat, la réponse européenne à l'énorme dirigeable D-29 du commandement américain. Les membres d'équipage sont penchés silencieusement sur leurs moniteurs. De temps en temps, l'un d'eux prononce quelques mots dans son micro. Ici, on parle français, allemand, espagnol ou italien. Penché sur la carte vidéo, le général surveille le déroulement des opérations. On dirait une sorte de démiurge qui aurait l'œil sur tout.]

« Attaquer. » Quand j'ai entendu ça pour la première fois, je me suis dit : « Et merde. » Ça vous étonne ?

[Avant que je puisse répondre…]

Bien sûr que ça vous étonne. Vous vous attendiez probablement à ce que l'état-major ronge son frein, genre sang et tripes, « chopez-les par les couilles pendant qu'on leur botte le cul »… Des conneries, quoi.

[Il secoue la tête.] J'ignore d'où vient le cliché du général agressif, borné, stupide et charpenté comme un joueur de rugby. Hollywood, peut-être, ou bien les journaux… C'est peut-être même notre faute ; après tout, on a laissé les MacArthur, les Halsey et les Curtis E. LeMay – des clowns aussi égocentriques qu'insipides – imposer leur image au reste du pays. Mais le mal est fait, maintenant. Croyez-moi, ça n'a vraiment rien à voir avec la réalité. J'avais une trouille bleue à l'idée de mener nos soldats à la bataille, d'autant que moi, j'aurais les couilles bien au chaud. Moi, mon boulot, c'était de donner les ordres et d'envoyer crever les autres. Et voilà à quoi ils allaient devoir faire face.

[Il se tourne vers un autre écran logé dans le mur et fait signe à un opérateur. La carte des États-Unis en temps de guerre apparaît.]

Deux cents millions de zombies [1]. Qui oserait se prétendre capable de visualiser un chiffre pareil ? Sans même parler de les combattre… Bon, au moins, à l'époque, on savait à quoi on avait affaire, mais n'empêche… Quand on additionne toutes les données compilées depuis les premières épidémies, l'expérience personnelle de tout un chacun, la physiologie des zombies, leurs points faibles, leurs capacités, leur motivation et leur mentalité, ça réduisait grandement nos perspectives de victoire.

Dans le grand livre de la guerre, celui que nous écrivons depuis que le premier grand singe a pété la gueule à son voisin, il n'y a rien qui traite d'une

1. En fait, le chiffre d'au moins vingt-cinq millions de zombies est aujourd'hui confirmé par toutes les études sérieuses. Il comprend notamment les réfugiés latino-américains tués pendant leur tentative de rallier le Grand Nord canadien.

situation comme celle-ci. C'était à nous d'en écrire un nouveau chapitre. À partir de rien.

L'efficacité de toute armée, mécanisée ou pas, dépend de trois facteurs : entraînement, nourriture et commandement. Entraînement : il faut des soldats au top, sinon, pas d'armée. Nourriture : une fois qu'on a notre armée, il faut la ravitailler. Et commandement : peu importe le degré d'éloignement du champ de bataille, il faut toujours un type sur place pour gueuler « Suivez-moi ». Vous pigez ? Entraînement, nourriture et commandement. Et pas une seule de ces restrictions ne s'applique aux morts-vivants.

Vous avez lu *À l'ouest, rien de nouveau* ? Une peinture remarquable d'une Allemagne complètement lessivée. Vers la fin de la guerre, il n'y avait tout simplement plus assez de soldats. On peut toujours racler les fonds de tiroirs, envoyer les gamins et les vieillards en première ligne, mais un jour ou l'autre, la maison est vide… Sauf si à chaquc fois que vous tuez un ennemi il se réanime et vient vous filer un coup de main. C'est comme ça que ça se passe, avec Zack. Il grossit ses rangs en réduisant les nôtres ! Contaminez un humain, vous obtenez un zombie. Tuez un zombie, ça lc transforme en cadavre. Nous nous affaiblissons, pas eux. Ils deviennent de plus en plus forts.

Une armée humaine a besoin de ravitaillement et d'équipement. Pas les zombies. Ni eau, ni nourriture, ni munitions, ni carburant, ni même d'air à respirer ! Pas de base arrière à bombarder, pas de dépôt de munitions… Et impossible de les assiéger et de les laisser crever de faim, comme ça. Enfermez-en trois cents dans une pièce, ouvrez la porte trois ans plus tard et ils sont toujours aussi dangereux.

La seule façon de tuer un zombie, c'est de lui détruire le cerveau. Vous ne trouvez pas ça ironique ?

En tant qu'entité, ils n'ont aucune intelligence collective. Pas de hiérarchie, pas de chef, aucune chaîne de commandement, aucune communication et rien qui ressemble de près ou de loin à un début de coopération. On n'avait pas de président à assassiner, pas de quartier général à faire sauter, rien. Chaque zombie est une unité autonome, autosuffisante, voilà l'essence de cette guerre.

Vous avez déjà entendu parler de « guerre totale » ? Une expression assez commune en histoire. À chaque génération, on trouve un taré gonflé comme une outre qui clame à qui veut l'entendre que son peuple a déclaré la « guerre totale » à un ennemi quelconque… Toute la population, hommes, femmes, enfants, tout le monde voue sa vie entière à la victoire. Des conneries, oui. Et pour deux raisons. Jamais aucun pays ne se prononce à 100 % pour la guerre. C'est statistiquement impossible. Un pourcentage très important, OK, des gens qui travaillent dur pendant longtemps, mais tout le monde ? Tout le temps ? Non, certainement pas. Qu'est-ce que vous faites des malades, des vieux, des objecteurs de conscience ? Qu'est-ce que vous faites des blessés, des jeunes ? Vous y pensez, vous, à la guerre, quand vous buvez un coup, quand vous dormez, quand vous prenez une douche, quand vous chiez un coup ? À chaque fois que vous allez aux chiottes, c'est « un pas de plus vers la victoire » ? Premier point. Deuxième point, toute nation a ses limites. Il existera toujours des individus désireux de sacrifier leur vie. Ils peuvent même représenter une proportion non négligeable de la population, mais leur nombre finira toujours par atteindre une limite tant physique que psychologique. Pour les Japonais, il aura fallu deux bombes atomiques. Pareil pour les Vietnamiens si on en avait balancé deux de plus [1], mais Dieu merci, c'est nous qui avons atteint notre limite avant d'en arriver là. C'est ça, la guerre. Deux camps qui essayent de se pousser l'un l'autre au-delà du supportable. Les experts ont beau adorer parler de guerre totale, cette limite est toujours là… Sauf pour les morts-vivants.

Pour la première fois dans l'histoire de l'humanité, nous affrontions un ennemi qui nous avait déclaré la guerre totale. La vraie. Il n'avait aucune limite. Il ne négocierait jamais. Il ne se rendrait jamais. Il combattrait jusqu'au dernier, et vous savez pourquoi ? Parce que contrairement à nous chacun d'entre eux n'avait qu'un seul but dans l'existence : dévorer toute vie sur terre. Et ce genre d'ennemi nous attendait juste au-delà des Rocheuses. Voilà ce que nous devions combattre.

1. Plusieurs membres de l'establishment militaire américain ont publiquement admis que des frappes nucléaires avaient été envisagées pendant la guerre du Vietnam.

DENVER, COLORADO, ÉTATS-UNIS

[Nous venons de finir de dîner chez les Wainio. Allison, la femme de Todd, est à l'étage et aide leur fils Addison à faire ses devoirs. Todd et moi faisons la vaisselle dans la cuisine.]

J'avais l'impression de retourner dans le passé, avec cette nouvelle armée, je veux dire. Ça n'avait plus rien à voir avec l'armée dans laquelle j'avais servi et failli mourir, d'ailleurs, à Yonkers. Fini l'infanterie – pas de tanks, pas d'artillerie, pas de chenillards, pas même de Bradleys. Ceux-là, on les gardait pour plus tard, dans une version modifiée, pour le jour où il faudrait nettoyer les villes. Non, les seuls véhicules à roues dont on disposait, c'était les Humvees et quelques M-Trip-Seven ASV [1], et on s'en servait pour transporter des munitions et du matériel. On y est allé à pinces, en colonnes, comme dans une peinture de la guerre civile. Il y avait pas mal de références aux « bleus » et aux « gris », surtout à cause de la couleur de peau de Zack et de celle de nos nouveaux UC [2]. Ils avaient laissé le motif camouflage au placard, quel intérêt ? Le bleu

1. M1117 *armored security vehicle*, blindé américain standard de marque Cadillac.

2. Uniforme de combat.

marine était je crois le colorant le moins cher, et ils n'avaient que ça sous la main de toute façon. L'UC ressemblait à la combinaison SWAT standard. Il était léger, confortable, renforcé au Kevlar, du moins je crois [1], à l'épreuve des morsures. On pouvait aussi rajouter des gants et une sorte de cagoule qui recouvrait complètement la tête. Plus tard, lors des combats urbains au corps à corps, ça a sauvé pas mal de monde.

Tout ça avait un côté rétro. Nos Lobos sortaient tout droit de... je ne sais pas, moi, du *Seigneur des anneaux* ? Les ordres étaient de ne nous en servir qu'en cas de nécessité, mais croyez-moi, ça faisait *beaucoup* de nécessités... C'était plutôt agréable, je veux dire, de manier cette tige d'acier trempé. Ça donne une impression de puissance, quoi, ça redonne confiance en soi... On sentait vraiment le crâne éclater, vous savez ? C'était grisant, un peu comme si on reprenait du poil de la bête à chaque coup. Mais ça ne me dérangeait pas non plus d'appuyer sur la gâchette, hein, pas de problème.

Notre arme de base, c'était le SIR, *standard infantry rifle*, fusil d'infanterie standard. Avec sa crosse en bois, on aurait dit une arme de la Seconde Guerre mondiale – j'imagine que les matériaux composites étaient devenus trop difficiles à produire à l'échelle industrielle. Je ne sais pas d'où il sortait, le SIR, d'ailleurs. On m'a dit qu'il s'agissait d'une copie modifiée d'un AK. Ou d'une version allégée du XM8, le fusil d'assaut que l'armée considérait comme une arme nouvelle génération. J'ai même entendu dire qu'il avait été inventé et testé pour la première fois pendant le siège de Hero City et qu'on avait transféré ses plans à

1. La composition chimique de l'uniforme de combat militaire est classée secret défense.

Honolulu. Honnêtement, je n'en sais rien et je m'en fous. OK, son recul était du genre violent, et il ne fonctionnait qu'en mode semi-auto, mais je peux vous assurer qu'il ne s'enrayait jamais. Jamais. On pouvait le traîner dans la boue tant qu'on voulait, le planter dans le sable, le foutre à l'eau et le laisser mijoter pendant trois jours. Ce bébé encaissait tout. Et il ne nous a jamais laissés tomber. Sa seule coquetterie, c'était un kit d'accessoires, des pièces de rechange, une crosse de secours et des canons de tailles différentes. Sniper, moyenne portée, carabine de close-combat, un vrai couteau suisse, et toujours à portée de main. Et la baïonnette, aussi, très chouette, cette baïonnette. Vingt-cinq centimètres d'acier dont on pouvait toujours se servir si jamais notre Lobo n'était pas immédiatement accessible. On n'arrêtait pas de déconner, « Fais gaffe, tu vas éborgner quelqu'un, avec ce truc ! », ça oui, on en a éborgné plus d'un. Le SIR faisait une assez bonne arme de close-combat, même sans la baïonnette, et une fois qu'on a fait le compte de toutes les petites choses qui le rendent si précieux, vous comprenez mieux pourquoi on l'a toujours respectueusement appelé « Sir [1] ».

Nos munitions de base, c'était des NATO 5.56 « Cherry Pies [2] ». PIE pour *pyrotechnically initiated explosive*, explosif pyrotechnique. Du matos de première. Il s'éparpillait en mille morceaux en pénétrant dans la tête de Zack et lui cramait la cervelle direct. Aucun risque de projection de matière contaminée et plus la peine de faire des feux de joie avec les corps. Pendant les tournées NCB [3], on n'avait même plus

1. « Monsieur ». *(N.d.T.)*
2. « Tartes aux cerises ». *(N.d.T.)*
3. Nettoyage de champ de bataille.

besoin de les décapiter avant de les enterrer. Il suffisait de creuser un trou et de les faire basculer dedans.

Ouais, c'était vraiment une armée d'un genre nouveau. Même les militaires avaient changé. Les méthodes de recrutement n'étaient plus les mêmes, et les soldats de base n'avaient plus rien à voir avec ceux d'avant. Oui, OK, certains trucs ne changeaient pas – condition physique, mental d'acier, motivation, discipline, histoire de gérer sereinement des conditions extrêmes – mais tout ça, c'était de la gnognotte à côté du Trauma-Z. J'ai plein de copains qui n'ont pas supporté la pression. Certains se sont évanouis, comme ça, certains ont retourné leur arme contre eux, voire contre leurs potes… Ça n'avait rien à voir avec le courage, la bravoure, toutes ces conneries. Un jour, j'ai lu un guide de survie pour les SAS anglais. Ça parlait de la « mentalité du guerrier », de sa personnalité, de la nécessité d'avoir une famille stable et financièrement à l'aise, de ne pas être attiré par les jeunes filles… **[Il ricane.]** Les guides de survie… **[Il agite le poignet et mime une masturbation.]**

Quant aux nouvelles recrues, on pouvait vraiment tomber sur n'importe qui. Un voisin, une tante, votre ancien prof un peu taré, ce gros con au DMV [1]. De l'agent d'assurances à Michael Stipe… Je suis sûr que c'était lui, même s'il ne me l'a jamais confirmé. Mais bon, tout était parfaitement normal. Ces types étaient déjà des survivants, ils en avaient vu d'autres, c'était des vétérans, en fait. Tenez, ma coéquipière, par exemple. Sœur Montoya. Cinquante-deux ans. Ex-nonne. Elle l'était encore, si ça se trouve. Un mètre cinquante à tout casser. Eh bien elle avait protégé ses

1. Department of motor vehicles, l'organisme chargé de la délivrance des papiers des véhicules.

élèves à elle toute seule avec un simple chandelier en fer. Je ne sais même pas comment elle arrivait à trimballer son barda, mais elle le faisait, et sans jamais se plaindre. Depuis notre zone de rassemblement à Needles jusqu'au champ de bataille de Hope, au Nouveau-Mexique.

Hope, sérieux, cette ville s'appelait vraiment Hope [1]. Apparemment, les grosses légumes l'avaient choisie à cause du terrain. Plat, net, entièrement à découvert, avec le désert en face et les montagnes juste derrière. Parfait, ils disaient. Parfait pour un combat direct, et le nom… Bah, le nom, c'était juste une coïncidence. OK, d'accord.

Nos galonnés, je peux vous dire qu'ils avaient sacrément intérêt à ce que tout se passe nickel. C'était la première bataille rangée depuis Yonkers. Et pas mal de choses dépendraient de l'issue du combat.

Le moment décisif, en quelque sorte.

Voilà, oui. Toutes ces nouvelles recrues, ce matériel nouveau, ces nouveaux plans, tout cela devait se combiner au mieux pour nous permettre de leur botter enfin le cul, aux zombies.

On en avait rencontré quelques dizaines, en arrivant. Les chiens les sentaient à l'avance et des éclaireurs les descendaient au silencieux. On ne voulait pas les attirer avant d'être en place. Non, ce qu'on voulait, c'était jouer selon nos propres règles.

On a commencé par se faire un joli petit « jardin ». Des périmètres de sécurité avec des bandes orange fluo tous les dix mètres – nos repères de tir, histoire de ne pas se louper au moment d'ouvrir le feu. On a aussi

1. « Espoir ». *(N.d.T.)*

chargé plusieurs équipes de nettoyer quelques buissons et de mettre en place les réserves de munitions.

Les autres n'avaient rien à faire de particulier. Attendre, encore et encore. Manger un morceau, se griller une Camel, dormir même, pour ceux qui y arrivaient. On avait retenu la leçon de Yonkers. Les généraux voulaient qu'on soit tous au top de notre forme. Le hic, c'est que ça nous laissait trop de temps pour penser.

Vous avez vu ce film, celui qu'Elliot a fait sur nous ? Les feux de camp, avec tous ces biffins qui blablatent sur leurs rêves, l'avenir, tout ça ? Y a même un mec avec un harmonica. N'importe quoi. On était en plein milieu de la journée, d'abord, il n'y avait pas de feux de camp et pas d'harmonica sous les étoiles. Tout le monde était super-calme. Et vous savez à quoi on pensait, tous ? *Nom de Dieu, qu'est-ce qu'on fout là ?* On était en plein territoire zombie et on n'avait qu'à le lui laisser, après tout. Ça, on en avait causé, du « futur », de « l'avenir », de « l'esprit humain », on avait vu le discours du Président je ne sais combien de fois, mais il n'était pas là, avec nous, Mister President. Merde, on n'était pas si mal, derrière les Rocheuses, alors qu'est-ce qu'on foutait là, hein ?

Vers treize heures, les radios ont commencé à grésiller. Nos éclaireurs. Les chiens avaient repéré nos premiers clients. On a tous vérifié nos chargeurs et on s'est installé sur la ligne de tir. C'était ça, notre nouvelle technique de combat. Retour au Moyen Âge, comme pour le reste. Une seule ligne droite, deux rangs. Un actif, l'autre en réserve. Dès qu'un type devait recharger en première ligne, la réserve le remplaçait, histoire d'éviter toute baisse de rythme. Théoriquement, avec une ligne de tir continue pendant que les autres rechargeaient, on tiendrait autant de temps que dureraient nos munitions.

On a entendu des aboiements. Les clebs les attiraient vers nous. Puis les premiers G sont apparus à l'horizon. Des centaines. J'ai commencé à trembler. Pourtant, j'en avais bouffé du zombie depuis Yonkers. J'avais participé à plusieurs opérations de nettoyage à LA et je donnais de ma personne dans les cols des Rocheuses quand l'été revenait et que la neige fondait. Mais à chaque fois, je tremblais comme un dingue.

On a rappelé les chiens, puis on est passé à la mise en condition. Chaque armée a sa méthode. Les Anglais, c'est la cornemuse. Les Chinois, le clairon. Les Sud-Af, ils frappent leur fusil contre leur *assegai* [1] et ils entonnent un chant de guerre zoulou. Nous, c'était du Iron Maiden, à fond. Moi, perso, je n'ai jamais été fan de hard. Mon truc, c'est le rock traditionnel. J'en suis resté à « Driving South » de Hendrix. Mais je dois admettre que se retrouver là, dans le désert, le vent dans les cheveux, avec la ligne de basse de « The Trooper » dans le bide, ça le faisait. Iron Maiden, c'était pas pour faire plaisir à Zack, hein, c'était pour nous gonfler à bloc, nous faire « pisser un bon coup », comme disent les Anglais. Au moment où Dickinson s'est mis à beugler *« As you plunge to a certain death »*, j'étais à fond. Le SIR chargé, prêt à tout, les yeux fixés sur cette horde, là, en face, « Allez, Zack, vas-y, fais-moi plaisir ! », vous voyez le genre.

Juste avant qu'ils atteignent le premier repère de tir, la musique a commencé à faiblir. Les sergents ont gueulé « Premier rang, prêt ! » et le premier rang s'est agenouillé. Ensuite, « Épaulez arme ! » et après, alors

1. Instrument métallique multi-usages qui rappelle la lance traditionnelle zouloue.

qu'on retenait tous notre souffle et que la musique s'est arrêtée, « FEU ! ».

La première ligne a vaguement oscillé, faisant plus de boucan qu'une mitrailleuse SAW en mode automatique. Ils ont descendu tous les G qui franchissaient le premier repère. Nos ordres étaient stricts, sur ce point : seulement ceux qui franchissent la ligne. Attendre les autres. Ça faisait des mois qu'on s'entraînait pour ça. On fonctionnait par instinct. Sœur Montoya a levé son arme pour signaler que son chargeur était vide. On a échangé nos positions, j'ai viré la sécurité et j'ai visé ma cible. C'était une *noob* [1], elle avait dû y passer un an avant, grand maximum. Elle avait les cheveux d'un blond sale qui retombaient en mèches poisseuses sur sa peau craquelée. Son ventre gonflé tendait un vieux tee-shirt *G for GANGSTA*. J'ai posé mon viseur entre ses yeux d'un bleu laiteux… En fait, si leurs yeux ont cet aspect, c'est à cause des petites égratignures. Les zombies n'ont pas de larmes. Ce beau brin de fille me regardait fixement au moment où j'ai appuyé sur la gâchette. La balle l'a fait basculer en arrière, un trou fumant en plein front. J'ai repris ma respiration, visé la cible suivante, et voilà, j'y étais. J'y étais pour de bon.

On nous avait dit un tir toutes les secondes. Lentement. Tranquillement. Mécaniquement.

[Il commence à claquer des doigts.]

Au champ de tir, on s'entraînait avec un métronome. Les instructeurs nous martelaient : « Ils ont tout le temps, vous aussi. » C'était une manière de rester calme, de se détendre au maximum. Il fallait qu'on se

---

1. *Noob*, pour *newbies*, les bleus, les zombies réanimés après la Grande Panique.

montre aussi lents et mécaniques qu'eux. « G après G », ils disaient.

[Il continue à claquer des doigts, en rythme.]

Tirer, changer, recharger, prendre une taf de Camel, prendre le chargeur que vous tendaient les sandlers [1].

Les sandlers ?

Ouais, les équipes de recharge, les unités de réserve. Ils s'assuraient que personne ne se retrouve à sec, rien d'autre. On n'avait qu'un nombre limité de chargeurs sur nous, et ça aurait pris trop de temps de les recharger tous d'un coup. Les sandlers couraient derrière nous, récupéraient les chargeurs vides, les rechargeaient et les tendaient à ceux qui en avaient besoin. Quand l'armée a commencé l'entraînement avec les RT, un des mecs a commencé à se la jouer Adam Sandler, vous savez, « Water Boy » – « Ammo Boy ». Les officiers n'étaient pas fans, mais les équipes de recharge ont adoré. Les sandlers sauvaient des vies, ils dansaient comme dans un ballet. Ce jour-là – et cette nuit-là –, je ne crois pas que quiconque ait jamais manqué de balles.

Cette nuit-là ?

Ils n'arrêtaient pas de venir, une vraie fourmilière.

C'était une attaque à grande échelle ?

1. D'après l'acteur Adam Sandler. *(N.d.T.)*

Plus que ça. Un G vous voit. Il s'approche et il gémit. Un kilomètre plus loin, un autre G l'entend, il s'approche et il gémit à son tour. Un kilomètre plus loin un autre G l'entend, s'approche, etc., etc. Je vous jure, si la zone est suffisamment dense et que la chaîne ne se rompt jamais, qui sait jusqu'où on peut remonter ? Et là, on parle seulement d'un zombie, hein. Comptez-en dix par kilomètre, cent, mille…

Ils ont commencé à s'empiler jusqu'à former une sorte de mur de cadavres au niveau du premier repère, un mur qui s'épaississait à vue d'œil. En fait, on était carrément en train de construire des fortifications de zombies, et dès qu'une tête dépassait de la masse, il suffisait de l'aligner. Les grosses légumes avaient prévu le coup. Ils nous avaient filé un truc, là, un périscope [1], qui permettait aux officiers de regarder ce qui se passait de l'autre côté du mur. Ils disposaient aussi d'un relais satellite en temps réel et de quelques drones de reconnaissance, mais nous, les troufions, on ne savait pas ce qu'ils voyaient. L'époque du Land Warrior, c'était vraiment terminé, tout ce qu'on avait à faire, c'était nous occuper de ce qui venait en face.

Les zombies ont fini par arriver d'un peu partout, directement devant, parfois sur les côtés, et même derrière nous. Là encore, l'état-major avait prévu le coup et a donné l'ordre de former un carré.

Le fameux carré romain.

Oui, ou encore le « Raj-Singh », d'après le nom du mec qui l'a remis au goût du jour, j'imagine. On a formé un carré serré, toujours sur deux rangs, les véhicules et le reste au milieu. Plutôt risqué comme pari…

1. Kit d'observation de combat M43.

nous couper du monde, comme ça. Bon, OK, je sais que ça n'avait pas marché la première fois qu'on avait fait l'essai, en Inde, mais c'était uniquement à cause du manque de munitions. Rien ne nous permettait d'affirmer que ça ne nous arriverait pas non plus, après tout. Et si nos généraux avaient merdé, et s'ils n'avaient pas prévu assez de cartouches, et s'ils avaient sous-estimé le nombre de Zack, ce jour-là ? Ça pouvait très bien tourner au cauchemar et finir en deuxième Yonkers. Pire encore, parce que cette fois personne n'en sortirait vivant.

Mais vous aviez assez de munitions.

Plus qu'assez. Les véhicules étaient bourrés jusqu'à la gueule. On avait de l'eau, on avait des remplaçants. Si on avait besoin d'un break, il suffisait de lever son flingue et un sandler se pointait de suite pour prendre la place vacante, dans le rang. On mangeait un morceau de Ration-I [1], on se passait le visage sous l'eau, on s'étirait, on pissait un coup… Personne n'avait vraiment envie de faire une petite pause, mais il y avait des équipes de psys K-O qui surveillaient les performances de tout le monde. Ils nous suivaient depuis le début, au champ de tir, ils nous connaissaient tous, et ils savaient, ne me demandez pas comment, mais ils savaient *exactement* à partir de quand le stress réduisait notre efficacité. Moi, perso, je n'en avais aucune idée. Arrivait un moment où je loupais ma cible une ou deux fois, ou bien je tirais toutes les demi-secondes au lieu d'une seule. Quelqu'un me tapait tout de suite sur l'épaule et je prenais l'air cinq minutes. Ça marchait

1. Ration-I : ration intelligente, conçue pour un apport nutritionnel maximal.

vraiment. Avant même de m'en rendre compte, j'étais de retour sur ma ligne, la vessie vide, l'estomac rempli, le corps moins noué et avec moins de crampes. Ça faisait une sacrée différence, et s'il y a des sceptiques ils feraient mieux d'essayer de tirer sur une cible mobile toutes les secondes pendant quinze heures d'affilée. J'aimerais bien voir ça.

Et la nuit ?

On s'est servi des phares des véhicules. Des lampes puissantes, recouvertes de peinture rouge pour préserver notre vision nocturne. Le seul truc un peu flippant avec le combat de nuit, en plus des lumières rouges, je veux dire, c'est la petite lumière de l'impact quand la balle pénètre le crâne d'un zombie. C'est pour ça qu'on les appelait « Cherry PIES », au pluriel, parce que si la composition chimique de la balle n'était pas parfaitement dosée, elle brûlait avec tellement d'intensité que ça leur faisait des yeux rouge vif. Un vrai laxatif, ce truc, surtout plus tard, pendant les patrouilles de nuit, quand un mort jaillissait des ténèbres. Ces yeux rouges brillants, gelés le temps que le G s'écroule… **[Il frissonne.]**

Et comment avez-vous su que la bataille était terminée ?

Quand on a cessé de tirer ? **[Il rit.]** Non, bonne question, en fait. Vers quelle heure, je ne sais pas, quatre heures du matin peut-être, ça a commencé à faiblir. Il y avait de moins en moins de têtes au-dessus de la muraille de cadavres. Et les gémissements faiblissaient. Les officiers n'ont rien dit, mais ils n'arrêtaient pas de regarder dans leurs périscopes et de parler à la radio. On voyait bien qu'ils étaient soulagés. Je crois que le dernier coup de feu a été tiré peu avant l'aube. Ensuite, on a attendu que le soleil se lève.

Ça avait un côté sinistre, vous savez, de voir le soleil se lever sur cette montagne de cadavres. On était complètement encerclé, les « murs » faisaient bien six mètres de haut et au moins trente mètres d'épaisseur. Je ne sais pas combien on en a tué, au juste, les stats varient toujours d'une source à l'autre.

Les Humvees bulldozers ont dû se frayer un chemin dans la masse pour qu'on puisse en sortir. Il y avait encore quelques G en bon état, les éternels lambins qui se pointaient en retard à la soirée ou ceux qui essayaient d'escalader leurs copains morts sans jamais y arriver. Ils se sont agités un peu plus quand on a commencé à enterrer les corps. Merci, señor Lobo, sur ce coup-là…

Au moins, on n'avait pas à faire de NCB. Il y avait une autre unité pour le nettoyage. Les galonnés devaient estimer qu'on en avait assez fait pour la journée, j'imagine. On a marché quinze kilomètres vers l'est avant d'installer un campement avec des miradors et des murs en Concertainer [1]. J'étais raide, putain. Je ne me rappelle ni la douche chimique, ni la désinfection de l'équipement, ni l'inspection des armes. Jamais aucune ne s'est enrayée, pas une seule fois dans toute l'unité. Je ne me rappelle pas non plus m'être glissé dans mon sac de couchage.

Ils nous ont laissé dormir autant qu'on voulait le lendemain matin. C'était gentil de leur part. Les conversations ont fini par me réveiller ; tout le monde discutait, tout le monde rigolait, tout le monde se racontait des

1. Barrière creuse en préfabriqué, avec une structure en Kevlar remplie de terre et/ou de débris divers.

trucs. L'ambiance avait radicalement changé par rapport aux deux jours précédents. Je n'arrivais pas vraiment à définir ce que je ressentais, peut-être qu'il pensait à ça, le Président, quand il parlait de « reconquérir notre avenir ». Mais je me sentais bien, ça je peux vous le dire, mieux que jamais depuis le début de toute cette foutue guerre. Je savais que ça ne faisait que commencer et que ça n'aurait rien d'une partie de plaisir. On n'en était qu'au début, OK, mais vous savez quoi, ce jour-là, le Président a déclaré que c'était le début de la fin.

AINSWORTH, NEBRASKA, ÉTATS-UNIS

[Darnell Hackworth est un homme timide à la voix douce. Lui et sa femme gèrent une ferme de repos pour les vétérans à quatre pattes des unités K-9. Dix ans plus tôt, il existait des fermes de ce genre dans chaque État de l'Union. Aujourd'hui, il ne reste plus que celle-ci.]

Ils ont toujours manqué d'argent, je crois. Vous avez lu l'histoire de *Dax*, un conte pour enfants joli comme tout, mais assez simpliste. L'histoire d'un dalmatien qui aide un gamin à trouver un refuge. « Dax » n'était même pas dans l'armée ; dans cette guerre, les chiens ne se sont pas contentés d'aider les gamins perdus, non, ils ont fait beaucoup plus que ça.

On les a d'abord utilisés pour faire le tri entre les infectés et les autres. La plupart des pays ont copié la méthode israélienne qui consistait à faire passer les gens devant des cages. Il fallait toujours garder les chiens en cage, sans quoi ils auraient pu attaquer la personne, se battre entre eux ou même s'en prendre à leur maître. Ça se faisait beaucoup, au début de la guerre, des chiens qui servaient d'armes, en fait. Policiers ou militaires, peu importe, d'ailleurs. C'est un truc instinctif, une terreur involontaire, presque génétique. Attaque ou enfuis-toi, et ces chiens étaient dressés pour l'attaque. Beaucoup de maîtres ont perdu une main, parfois un bras, et parfois même la vie, la gorge déchiquetée. Difficile d'en vouloir aux chiens. C'est précisément sur cet instinct-là que les Israéliens comptaient, et ça a probablement sauvé des millions de vies.

Un super-programme d'entraînement, mais seuls quelques chiens s'avéraient capables de le suivre. Là où les Israéliens – et beaucoup d'autres pays après eux – essayaient d'exploiter cette terreur instinctive, nous avons décidé de l'intégrer au dressage standard. Pourquoi pas, après tout ? Nous aussi, on a fait pareil, et on n'est pas une espèce si évoluée que ça en fin de compte.

Tout dépendait du dressage, en fait. Il fallait commencer jeune. Même les plus disciplinés des vétérans d'avant-guerre risquaient de se transformer en loups-garous à tout moment. Les chiots nés après la crise sont sortis du ventre de leur mère en sentant d'entrée de jeu les morts-vivants. L'odeur planait dans l'atmosphère, trop ténue pour qu'on la remarque, juste quelques molécules, presque au niveau inconscient. Attention, ça ne faisait pas automatiquement d'eux des guerriers. L'amorce initiale était la phase la plus importante. On prenait un groupe de chiots, au hasard, parfois même toute une portée, et on les plaçait dans une pièce séparée en deux par une barrière de barbelés. Les chiens d'un côté, et Zack de l'autre. Leur réaction ne se faisait pas attendre. On éliminait d'abord le groupe B, ceux qui commençaient par gémir et hurler à la mort. Ils avaient perdu. Rien à voir avec les A. Ceux-là, ils ne lâchaient pas Zack des yeux. C'était ça, la clé. Ils se plantaient fermement sur leurs pattes, ils montraient les dents et se mettaient à grogner, un grognement sourd qui signifiait : « Recule, fils de pute, sinon... » Ils parvenaient à se contrôler, et c'est sur cette aptitude qu'on a construit notre programme.

Seul souci, si eux arrivaient à se contrôler, nous avions du mal à les contrôler, eux. Le dressage de base ressemblait beaucoup à ce qui se faisait avant la guerre. Supportaient-ils l'EP [1] ? Obéissaient-ils aux ordres ? Est-ce qu'ils étaient suffisamment intelligents et disciplinés pour faire de bons soldats ? Ce n'était pas une partie de plaisir, et on avait un taux d'échecs de 60 %. Bien souvent, les candidats en sortaient salement blessés, voire morts. Certains considéreront ça comme inhumain, même s'ils ne se préoccupent pas autant des maîtres-chiens. Eh oui, nous aussi, il fallait qu'on supporte tout ça, aux côtés des chiens, du premier jour du programme de dressage aux longs DIA [2]. C'était un entraînement très dur, surtout les exercices à cobaye réel. Vous savez, on a été les premiers à se servir de Zack dans nos centres de dressage, bien avant l'infanterie, bien avant les Forces spéciales et les gars de Willow Creek. C'était la seule façon de savoir si on pouvait tenir le choc, individuellement et en équipe.

Sinon, comment s'assurer de l'efficacité des chiens lors de leurs futures missions ? Il y avait d'abord les appâts, comme ceux que la bataille de Hope a rendus célèbres. Un truc assez simple. Votre coéquipier part à la chasse aux zombies et vous les sert sur un plateau, en plein dans votre ligne de mire. Lors des premières missions, les K étaient du genre rapides. Ils filaient dans les broussailles, aboyaient comme des dingues et revenaient aussi vite que possible vers le champ de tir. Ils se sont un peu calmés, par la suite. Ils ont appris à maintenir une distance de quelques mètres et à reculer

1. Entraînement physique.
2. Dressages individuels avancés.

doucement, histoire d'en rameuter un maximum. Beaucoup plus efficace, comme méthode.

On se servait aussi des chiens comme leurres. Quand vous vous aménagiez un chouette champ de tir, mieux valait que Zack ne se montre pas tout de suite. Votre coéquipier partait en promenade et se mettait à aboyer le plus loin possible. Ça marchait très bien, et ça nous a donné l'idée de la « méthode Lemming ».

Pendant l'offensive de Denver, environ deux cents réfugiés s'étaient involontairement enfermés dans une tour avec quelques personnes contaminées. Il fallait désormais compter avec deux cents zombies en parfait état de conservation. Avant que nos gars fassent sauter l'entrée, l'un des K a eu l'idée de grimper en haut du toit d'un immeuble voisin et d'aboyer aussi fort que possible pour attirer Zack vers les étages supérieurs. Ça a marché à merveille. Les G sont tous arrivés sur le toit, ils ont repéré leur proie, ont foncé droit sur elle… et ont basculé dans le vide les uns après les autres. Après Denver, la méthode Lemming a immédiatement été ajoutée au programme. Même l'infanterie s'en est servie alors qu'ils n'avaient pas de chiens. On voyait souvent un biffin en haut d'un immeuble, qui hurlait comme un fou pour attirer l'attention des zombies enfermés dans le bâtiment d'en face.

Mais la mission la plus fréquente des équipes K, c'était la reconnaissance, aussi bien en NT qu'en PLD. NT pour « nettoyage de terrain », en équipe avec une unité standard, la routine, quoi. C'est là qu'on mesurait l'efficacité de leur entraînement. Non seulement ils sentaient Zack plusieurs kilomètres avant nous, mais les bruits qu'ils faisaient nous renseignaient sur ce à quoi il fallait s'attendre. On devinait tout rien qu'en écoutant la façon dont ils grognaient ou aboyaient. Parfois, quand le silence était de mise, leur gestuelle corporelle suffisait. S'ils faisaient le gros dos, si leurs poils se hérissaient, pas besoin d'en savoir plus... Après quelques missions, n'importe quel maître-chien compétent – et on était *tous* compétents – finissait par tout connaître de son coéquipier. Les éclaireurs qui débusquaient les goules immergées dans la boue ou rampant dans les hautes herbes ont sauvé beaucoup de vies. Je ne me rappelle même plus le nombre de fois où les soldats nous ont remerciés personnellement pour avoir repéré un G caché qui leur aurait certainement bouffé un pied.

PLD, c'est la patrouille longue distance, quand un coéquipier s'éloigne largement des premières lignes et qu'il voyage parfois plusieurs jours pour reconnaître toute une zone contaminée. Les chiens portaient un harnais spécial équipé d'une caméra vidéo à relais satellite et un GPS qui nous donnaient une vision claire de la situation en un point donné. Nombre et position des cibles, etc. J'imagine que d'un point de vue technique ça doit vous sembler incroyable. Une retransmission d'images en direct, comme au bon vieux temps. L'état-major adorait. Pas moi. J'étais beaucoup trop inquiet pour ma coéquipière. Je ne saurais même pas vous décrire le stress et l'angoisse qu'on peut ressentir. Être là, comme ça, dans une pièce remplie d'ordinateurs, avec la clim, en sécurité, tranquille, et totalement impuissant. Par la suite, on a rajouté une radio sur le harnais, pour que les maîtres-chiens puissent relayer un ordre, ou annuler une mission. Moi, je ne m'en suis jamais servi. Les équipes devaient être entraînées pour ça depuis le début. On ne pouvait pas revenir en arrière et recommencer de zéro. C'est très difficile d'apprendre de nouveaux trucs à un vieux chien. On n'apprend pas à un vieux chien à faire des grimaces, pas vrai ? Désolé, mauvaise blague. J'en ai entendu, des mauvaises blagues, de la part de tous ces geeks des services de renseignement, tous ces types qui se paluchent devant leur ordinateur en s'émerveillant des formidables avantages de leur tout nouveau « système d'acquisition de données ». Ils avaient l'impression d'être les maîtres du monde. Tout ça pour finir dans un sac, super, merci pour nous.

[Il secoue la tête.]

Et moi j'étais là, le cul au chaud à regarder les images transmises par ma coéquipière alors qu'elle filait dans les fourrés, les marais ou même les villes. Les villes, c'était ça, le plus dur. C'était notre spécialité, Hound Town [1], vous connaissez ?

L'école K-9 en environnement urbain ?

C'est ça, une véritable ville, rien que pour nous. Mitchell, dans l'Oregon. Entièrement bouclée, abandonnée à elle-même et encore remplie de G en parfait état. Hound Town. On aurait dû la baptiser « Terry Town », vu que la plupart des chiots qu'on y dressait étaient des petits terriers. Des cairns et des norwichs, excellents dans les décombres et les boyaux. Moi, personnellement, le chien de Hound Town me convenait très bien. Je travaillais avec un teckel. C'était eux, les guerriers urbains suprêmes, et de loin. Résistants, intelligents, et parfaitement à l'aise en environnement confiné, surtout les petits. En fait, c'est exactement pour ça qu'on avait créé cette race, à l'origine. « Chien-blaireau », *Dachshund*, « teckel », en allemand. Voilà pourquoi ils ressemblent à des saucisses,

1. « Chien-Ville », littéralement. *(N.d.T.)*

pour pouvoir chasser dans les terriers des blaireaux. Vous comprenez, maintenant, pourquoi cette race s'adaptait parfaitement à toutes ces conduites qu'on trouve en ville ? Passer dans une canalisation, dans un système d'aération, entre les murs, n'importe où, tout ça sans jamais perdre son calme, avec un taux de survie exceptionnel.

[Quelqu'un nous interrompt. Une chienne boitille vers Darnell. Elle est vieille, le museau tout blanc, les oreilles et la queue parcheminées.]

[Au chien :] Salut, Miss.

[Darnell la hisse délicatement sur ses genoux. Elle est toute petite, pas plus de quatre ou cinq kilos. Elle ressemble à un teckel à poils longs, mais elle a le dos un peu plus court que les teckels traditionnels.]

[Au chien :] Ça va, Miss ? Comment tu te sens ? **[À moi :]** C'est Maisey, mais on ne l'appelle jamais comme ça. « Miss », ça lui va bien, vous ne trouvez pas ?

[Il lui caresse les jambes et le cou. Elle relève la tête et le regarde avec des yeux laiteux, puis lui lèche la paume de la main.]

Les chiens de race foiraient à tous les coups. Des vrais névrosés, trop de problèmes de santé, exactement ce à quoi on peut s'attendre de la part d'animaux élevés uniquement pour leurs qualités esthétiques. Les nouvelles générations sont toujours le résultat d'un savant mélange **[il désigne la chienne sur ses**

genoux], ça améliore leur condition physique et leur santé mentale.

[La chienne s'endort, Darnell baisse la voix.]

De vrais durs, beaucoup d'entraînement ; et pas seulement en solo, non, ils travaillaient en groupe pour les PLD. C'était toujours extrêmement risqué, les PLD, surtout en territoire hostile. Pas seulement à cause de Zack, mais aussi des chiens sauvages. Vous vous souvenez comme ils étaient mauvais ? Toutes ces bestioles qui chassaient en meutes… C'était un vrai problème, ça, surtout dans les zones de transition à faible taux de contamination, ils cherchaient toujours quelque chose à bouffer. Beaucoup de PLD ont avorté avant même qu'on déploie les gardes du corps.

[Il montre la chienne endormie.]

Elle avait deux gardes du corps. Pongo, un mélange de pit et de rott, et Perdy… Je n'ai jamais vraiment su son pedigree, à Perdy, moitié berger, moitié stégosaure… Jamais je ne l'aurais laissé s'approcher d'eux si je n'avais pas fait mes classes avec leurs maîtres. Au final, Pongo et Perdy formaient une équipe de gardes du corps incroyable. À eux seuls, ils ont mis en fuite quatorze meutes de chiens sauvages. Et deux fois, ça a vraiment chauffé. Sur l'écran, j'ai vu Perdy choper le crâne d'un mastiff de cent kilos dans sa gueule… Et grâce au micro monté sur le harnais, on l'a distinctement entendu craquer.

La partie la plus délicate, pour moi, c'était de m'assurer que Miss s'en tenait à la mission. Elle voulait toujours se joindre aux réjouissances. **[Il sourit en regardant le teckel endormi.]** Deux super-gardes du corps, vraiment, ils se débrouillaient toujours pour que Miss atteigne son objectif. Ensuite, ils la ramenaient à la maison. Et ils se tapaient toujours un ou deux G, comme ça, en passant.

Mais la chair des Z est toxique, non ?

Oui, bien sûr… Mais non, non, non, ils ne mordaient jamais. Ça les aurait tués. On voyait beaucoup de K morts, au début de la guerre, sans blessures apparentes, ils avaient dû bouffer de la chair infectée. Voilà pourquoi, entre autres, l'entraînement est aussi important. Ils devaient savoir comment se défendre. Zack est un sérieux client, mais il manque d'équilibre. Les plus gros K pouvaient le frapper entre les omoplates ou au bas du dos et le faire tomber face contre terre. Les petits pouvaient toujours le faire trébucher ou se jeter contre son creux poplité. C'était le truc préféré de Miss, ça, les faire tomber sur le dos.

[La chienne remue un peu.]

[À Miss :] Pardon, Miss. **[Il lui caresse doucement la nuque.]**

[À moi :] Le temps que Zack se relève, on gagnait cinq, parfois dix, quinze secondes.

Mais nous avions des pertes, aussi. Certains K chutaient et se rompaient le cou, d'autres se cassaient une patte. Si ça arrivait à proximité de nos lignes, leur maître pouvait les récupérer assez facilement et les ramener en sécurité. La plupart reprenaient du service une fois soignés.

Et dans les autres cas ?

En cas de mission-leurre ou de PLD… trop loin pour qu'on les récupère ou trop près de Zack… On avait fait une demande officielle pour obtenir un système efficace… Des petites charges explosives disposées tout autour du harnais qu'on pouvait déclencher à distance s'il n'y avait plus rien à faire. On n'a jamais rien obtenu. « Inutile. » Fils de putes. Mettre un terme aux souffrances d'un soldat agonisant, c'était inutile, mais les transformer en pièges vivants, ça, ça leur plaisait.

Pardon ?

« Piège vivant. » C'était le nom officieux d'un programme qui a failli, *failli* voir le jour. Un connard de bureaucrate avait dû lire quelque part que les Russes s'étaient servis de « chiens-mines » pendant la Seconde Guerre mondiale. On leur attachait des explosifs sur le dos et on les entraînait à foncer sous les tanks nazis. Les rouges ont arrêté les frais pour les mêmes raisons que nous : la situation n'était tout simplement plus aussi désespérée qu'avant. Vous vous rendez compte ? À quel point il faut être désespéré pour faire un truc pareil, bordel ?

Ils ne l'admettront jamais en public, mais je crois qu'ils ne voulaient pas d'un autre incident Eckhart. Ça les a vraiment secoués, ça. Vous connaissez l'histoire, non ? Le sergent Eckhart, Dieu la bénisse. Elle était maître-chien, officier supérieur, elle bossait avec les gars de la CDN [1]. Je ne l'ai jamais rencontrée. Son coéquipier était en mission-leurre, vers Little Rock. Il est tombé dans un fossé et s'est cassé une patte. Tout ça avec Zack juste à côté. Eckhart a empoigné son fusil et a voulu aller le chercher elle-même. Évidemment, un

1. Compagnie du Nord.

officier lui a barré la route. Il lui a gueulé je ne sais quelles conneries sur le règlement et les ordres, tout ça… Elle lui a vidé la moitié de son chargeur dans la bouche. Les MP l'ont chopée aussi sec et l'ont immobilisée. Elle a tout entendu quand les zombies ont débusqué son coéquipier.

Et qu'est-ce qui s'est passé ?

On l'a pendue. Exécution publique, pour l'exemple. Honnêtement, je les comprends. La discipline, la loi, c'est tout ce qui nous reste, pas vrai ? Mais il y a eu pas mal de changements, après ça, vous pouvez me croire. Les maîtres-chiens ont reçu l'autorisation officielle de récupérer leurs coéquipiers, même au péril de leur vie. Nous n'étions plus considérés comme une « ressource », désormais, mais comme des « demi-ressources ». Enfin, l'armée nous considérait comme une équipe à part entière, un tandem, et les chiens n'étaient plus des machines qu'il suffisait de « remplacer » quand elles se cassaient. Ils ont commencé à prendre en compte les statistiques des maîtres-chiens qui pétaient les plombs après la mort de leur coéquipier. Vous savez quelle unité avait le plus haut taux de suicide, dans l'armée ? La nôtre. Plus que les Forces spéciales, plus que les fossoyeurs, et encore plus que tous ces tarés, à China Lake [1]. À Hound Town, j'ai rencontré des maîtres-chiens de treize nationalités différentes. Et tous sur la même longueur d'onde. Peu importe d'où on venait, peu importe notre environnement culturel ou notre histoire personnelle, on pensait tous exactement de la même façon. Qui pouvait encaisser la perte d'un être cher et s'en sortir en un seul

1. Centre d'expérimentation et d'armement de China Lake.

morceau ? Ceux qui y arrivent ne deviennent pas maîtres-chiens. C'est ce qui nous caractérise, nous autres : la capacité de nous lier avec une autre espèce. Celle-là même qui poussait mes potes à s'en mettre une dans la tête, et qui faisait de nous l'unité la plus efficace de toute l'armée américaine.

L'armée a vu que j'avais ça dans le sang, un jour, en bordure du désert vers les Rocheuses, dans le Colorado. Je marchais depuis que j'avais quitté mon appartement d'Atlanta. Trois mois de fuite, de planques, de pillages. J'avais la fièvre, je commençais à souffrir de malnutrition et je pesais moins de cinquante kilos. Je suis tombé nez à nez avec ces deux types, là, installés sous un arbre. Ils faisaient un feu. Derrière eux, il y avait un tout petit clebs, les pattes et le museau attachés avec des lacets. Et du sang séché sur la tête. Il était couché, comme ça, les yeux brillants, à gémir doucement.

Et qu'est-ce qui s'est passé ?

Honnêtement, je ne m'en souviens plus. J'ai dû en cogner un avec ma batte. On l'a retrouvée brisée contre son épaule. Moi, on m'a retrouvé assis sur l'autre mec, à le cogner, encore et encore. Cinquante kilos, à moitié mort, et j'ai tellement frappé ce type qu'il a vraiment failli y passer. Les gardes ont dû me traîner de force, ils m'ont collé contre le capot de leur voiture et m'ont filé une ou deux baffes avant que je reprenne mes esprits. Ça, je m'en souviens très bien. Un des mecs que j'avais attaqués se tenait le bras et l'autre était inconscient. « Calme-toi, putain, calme-toi ! me répétait le lieutenant. Qu'est-ce qui te prend, bordel ? Pourquoi tu t'en es pris à tes potes ? » « Mais on le connaît même pas ! a crié celui qui se tenait le bras. Il est dingue, ce type ! » Et moi qui répétais comme un fou furieux « Touchez pas au chien ! Touchez pas au chien ! » Je me rappelle que les gardes se sont marrés en entendant ça. « Nom de Dieu », a soupiré l'un d'eux en regardant les deux types, à terre. Le lieutenant a hoché la tête et il s'est approché de moi. « Eh bien mon pote, je crois qu'on a un boulot pour toi. » Et c'est comme ça qu'on m'a recruté. Parfois, on trouve son chemin, parfois c'est lui qui vous trouve.

[Darnell caresse Miss. Elle entrouvre un œil et agite la queue.]

Et le chien ? Comment il allait ?

J'aurais bien aimé pouvoir vous raconter un happy end à la Disney, du genre « c'est devenu mon coéquipier et il a sauvé tout un orphelinat à lui tout seul »... Ils l'avaient frappé à coups de pierre pour le sonner. Il a eu un épanchement de lymphe dans l'oreille interne et il est devenu sourd d'une oreille. Mais son flair fonctionnait encore très bien, et il a fait un très bon ratier quand je lui ai trouvé un foyer. Il a suffisamment chassé de vermine pour nourrir toute la famille pendant tout l'hiver. Mais bon, c'est quand même un happy end à la Disney, non ? Du Disney avec du ragoût de Mickey... **[Il rit doucement.]** Vous savez quoi ? Avant, je détestais les chiens.

Vraiment ?

Je les haïssais, tous ces clébards. Des sacs à puces crades et serviles, des vraies saloperies qui se branlent sur votre jambe et qui pissent sur le tapis. Putain, qu'est-ce que j'aimais pas ça. Moi, dans les dîners mondains, j'étais toujours celui qui refuse de caresser le chien. Je me foutais toujours de la gueule de ceux qui exposent des photos de leur clebs sur leur bureau. Le genre de mec qui menace ses voisins d'appeler les services vétérinaires d'urgence parce que Youki aboie toute la nuit, d'après vous, c'était qui ?

[Il se montre du doigt.]

J'habitais à cent mètres d'une animalerie. Je passais devant tous les jours pour aller bosser. Et je n'arrivais vraiment pas à comprendre pourquoi tous ces abrutis confits dans leur sentimentalisme à la con dépensaient autant de fric pour élever ce que je considérais comme des hamsters géants. Pendant la Grande Panique, les morts-vivants se sont agglutinés autour du magasin. J'ignore ce qu'était devenu le propriétaire. Il avait baissé son rideau de fer, mais les animaux étaient encore à l'intérieur. Je les entendais de ma fenêtre. Tous les jours, toutes les nuits. Des chiots, vraiment petits, ils avaient quoi ? Une semaine ? Des bébés effrayés qui appelaient leur maman, n'importe qui, quelqu'un qui puisse les sauver, pitié pitié pitié…

Je les ai entendus mourir, aussi, l'un après l'autre, une fois leur bol d'eau à sec. Les morts-vivants n'ont jamais réussi à pénétrer à l'intérieur. Ils étaient toujours collés à la grille quand je me suis enfui. J'ai filé aussi vite que possible sans regarder derrière moi. Qu'est-ce que j'aurais pu faire, de toute façon ? Je n'avais pas d'arme, je ne connaissais rien à rien… Je n'aurais pas su m'occuper d'eux. Déjà que je n'arrivais pas à m'occuper de moi-même. Qu'est-ce que j'aurais pu faire, hein ? Quelque chose, sans doute…

[Miss soupire dans son sommeil. Darnell la caresse doucement.]

J'aurais pu faire quelque chose.

SIBÉRIE, SAINT EMPIRE RUSSE

[Les habitants du bidonville vivent dans des conditions extrêmement précaires. Il n'y a ni eau ni électricité. Les cabanes sont toutes regroupées derrière une palissade en rondins récupérés dans la forêt voisine. Le plus petit des taudis appartient au père Sergei Ryzhkov. C'est un vrai miracle que le vieux curé puisse encore marcher. Sa démarche trahit à elle seule ses nombreuses blessures de guerre – et d'après-guerre. Sa poignée de main révèle ses doigts brisés. Et quand il tente un sourire, on constate que ses rares dents saines lui ont été arrachées il y a bien longtemps.]

Pour comprendre pourquoi nous sommes devenus un État théocratique, et pourquoi cet État a commencé avec moi, il vous faut d'abord comprendre la nature même de notre combat contre les morts-vivants.

Chaque tentative d'invasion de notre territoire l'a démontré ; le général Hiver reste notre meilleur allié. Et cette guerre n'a pas dérogé à la règle. Un froid mordant, rallongé et renforcé par le ciel désormais obscur de notre planète, un froid glacial qui nous a donné tout le temps nécessaire pour préparer la libération… Contrairement aux États-Unis, nous nous battions sur deux fronts. La barrière de l'Oural à l'ouest et les hordes asiatiques au sud-est. La Sibérie avait enfin fini par retrouver un peu de stabilité, sans pour autant être totalement pacifiée. Et puis nous avions tellement de réfugiés venus d'Inde et de Chine, tellement de goules gelées qui réapparaissaient au printemps – nous en avons encore chaque année, d'ailleurs. La Russie avait réellement besoin de l'hiver pour se réorganiser, améliorer la gestion de sa population, faire l'inventaire des ressources disponibles et répartir correctement son vaste potentiel militaire.

Mais nous n'avions pas la même économie de guerre que les autres pays. Aucun ministère des ressources militaires. Aucune industrie, rien. Trouver assez de nourriture pour nourrir la population demandait déjà suffisamment de temps. Par contre, nous pouvions quand même tirer parti des restes de notre appareil d'État militaro-industriel. Je sais que vous autres, Occidentaux, vous vous êtes toujours moqués de cette « folie ». « Ivan le Parano », voilà comment vous nous appeliez, pas vrai ? « Produire des tanks et des armes alors que le peuple a besoin de voitures et de beurre. » Oui, l'Union soviétique était archaïque et inefficace, et oui, nos monstrueuses dépenses militaires minaient notre économie, mais quand la patrie en a eu besoin, ces monstrueuses dépenses militaires nous ont bien servi. C'est grâce à elles que les enfants de Russie sont encore vivants aujourd'hui.

[Il désigne l'affiche délavée collée au mur, derrière lui. Elle montre l'image fantomatique d'un vieux soldat soviétique dont la main tombe du ciel pour offrir une poignée de fusils-mitrailleurs à un jeune Russe reconnaissant. *« Dyedooshka, spaciba »* (« Merci, grand-père »), lit-on juste en dessous.]

J'étais aumônier militaire dans la 32e division de fusiliers. Une unité de catégorie D. Équipement de troisième classe, le plus vétuste de notre arsenal. On ressemblait à des figurants dans un film historique sur la Grande Guerre, avec nos fusils-mitrailleurs PPSH et nos fusils à levier Mosin-Nagant. Nous, on n'avait pas vos magnifiques uniformes de combat ; on portait les tuniques de nos grands-pères : de la laine brute, moisie, rigide, qui protégeait à peine du froid et qui n'était d'aucune utilité contre les engelures.

Nos pertes étaient énormes, surtout lors des combats urbains. Et surtout à cause des munitions défectueuses. Ces balles étaient plus vieilles que nous, certaines moisissaient dans des caisses ouvertes aux quatre vents depuis que Staline avait décidé de lâcher la rampe. On ne savait jamais quand le « Cugov » viendrait, ni quand notre arme ferait un très joli « clic » juste devant un zombie. Ça arrivait très souvent, dans la 32e division de fusiliers.

Nous n'étions pas aussi propres et organisés que votre armée, on n'avait pas vos petits carrés Raj-Singh, ni votre doctrine de combat « une balle, un mort ». Nos batailles à nous, c'était chaotique, sanglant. On pilonnait l'ennemi à la mitrailleuse lourde DShK, on le cramait au lance-flammes, on le bombardait à la roquette Katioucha et on l'écrasait sous les chenilles de nos tanks T-34 antédiluviens. C'était aussi grotesque qu'inefficace, et au bout du compte, ça faisait trop de morts inutiles.

La bataille d'Ufa a été notre première offensive majeure. Après ça, nous avons cessé d'investir les villes et commencé à les murer pendant l'hiver. On a beaucoup appris, les premiers mois, à charger tête baissée au milieu des décombres après des heures de pilonnage à l'artillerie lourde, à se battre quartier par quartier, maison par maison, pièce par pièce. Il y avait toujours trop de zombies, trop de balles perdues, et trop de gamins mordus.

Il faut dire qu'on n'avait pas de pilules L [1], nous. La seule façon d'en finir avec la maladie, c'étaient les balles. Mais qui devait appuyer sur la détente, hein, qui ? Certainement pas les autres soldats. Tuer son camarade, même contaminé, ça nous rappelait trop l'époque des décimations. Quelle ironie, n'est-ce pas ? Les décimations avaient rétabli la discipline. Les soldats obéissaient à n'importe quel ordre, sauf celui-là. Demander à un soldat d'en abattre un autre, c'était beaucoup trop risqué, et ça aurait entraîné de nouvelles mutineries.

Au début, cela relevait de la responsabilité des gradés, des officiers ou des chefs de section. La pire décision possible. Comment les regarder en face, après, tous ces mômes dont vous êtes responsable, avec lesquels vous vous êtes battus, avec lesquels vous avez partagé vos repas, vos couvertures, auxquels vous avez parfois sauvé la vie, qui vous l'ont sauvée à vous, peut-être ? Qui serait capable de porter le fardeau du commandement après ça ?

Peu à peu, nous avons constaté une dégradation progressive du comportement de nos hommes sur le terrain. Abandons de poste, alcoolisme, suicides – surtout les suicides, une véritable épidémie chez les officiers supérieurs. Notre propre division a perdu quatre gradés expérimentés, trois lieutenants et un major, tout ça en une semaine, pendant notre toute première campagne. Deux des lieutenants se sont tiré une balle dans la tête, le premier immédiatement après avoir fait son devoir,

1. Pilule L(étale) : capsule de poison que les combattants américains infectés pouvaient choisir d'ingérer pendant la Guerre des Zombies.

l'autre le soir même. Le troisième, lui, a choisi la méthode passive, le « suicide au combat ». Il s'est systématiquement porté volontaire pour toutes les missions à haut risque, se comportant davantage en fou furieux qu'en officier responsable. Il est mort en essayant de tuer douze goules, tout seul, à la baïonnette.

Quant au major Kovpak, il a simplement disparu. Personne ne sait exactement quand. Ça ne pouvait pas être les zombies. La zone n'était pas totalement nettoyée, et personne, rigoureusement personne, ne quittait le camp sans une escorte armée. On connaissait tous la vérité. Le colonel Savichev a rédigé un rapport officiel dans lequel il expliquait que le major avait été envoyé en mission de reconnaissance et qu'il n'était jamais revenu. Il a même demandé officiellement à ce qu'on lui accorde la médaille de l'ordre de Rodina, à titre posthume. On n'arrête pas les rumeurs, et rien n'est pire pour une unité que la désertion d'un officier. Je ne pouvais pas l'en blâmer, d'ailleurs, et encore aujourd'hui, je ne lui en veux pas le moins du monde. Kovpak était un type bien, et un bon officier. Avant la crise, il avait passé trois ans en Tchétchénie et un an au Daghestan. Quand les morts-vivants sont apparus, non seulement il a empêché son unité de se révolter, mais il les a tous conduits en lieu sûr, avec les blessés et le matériel, en marchant de Curta, dans les monts Salib, jusqu'à la mer Caspienne, à Manaskent. Soixante-cinq jours, trente-sept accrochages. Trente-sept ! Il aurait pu devenir instructeur, après ça, il l'avait largement mérité – la Stavka le lui avait demandé, d'ailleurs, en raison de sa très longue expérience du combat. Mais non, il a exigé qu'on le renvoie immédiatement en mission. Et voilà qu'il désertait. Ils ont appelé ça la « Seconde Décimation », le fait qu'un officier sur dix se suicide, une décimation qui a failli porter un coup fatal à notre effort de guerre.

La seule alternative logique, c'était de laisser les hommes se charger eux-mêmes du boulot. Je n'oublierai jamais leurs visages, sales et boutonneux, leurs yeux rouges et exorbités, quand ils s'enfonçaient le canon dans la bouche. Qu'est-ce qu'on pouvait faire d'autre ? On n'a pas attendu longtemps avant qu'ils se suicident par petits groupes. Tous ceux qui avaient été mordus se rassemblaient à l'infirmerie et synchronisaient leur mort en appuyant tous au même moment sur la gâchette. J'imagine que ça les réconfortait de savoir qu'ils ne mouraient pas seuls. C'était sans doute le seul réconfort qu'ils pouvaient espérer. En tout cas, je ne leur ai jamais offert le mien.

J'étais un homme très croyant dans un pays qui avait perdu la foi. Plusieurs décennies de joug communiste remplacé par une démocratie matérialiste avaient laissé toute une génération de Russes sans connaissance ni besoin d'« opium du peuple ». En tant qu'aumônier, mon travail consistait à récupérer les lettres que les condamnés écrivaient à leur famille et à leur fournir autant de vodka que possible. Je menais une existence presque inutile, je m'en rendais bien compte, et vu la façon dont notre pays était dirigé, je ne voyais pas pourquoi ça changerait.

C'était juste après la bataille de Kostroma, quelques semaines avant l'assaut officiel sur Moscou. J'étais dans un hôpital de campagne pour administrer les derniers sacrements aux infectés. On les avait mis à l'écart, certains étaient salement blessés, d'autres encore en bonne santé et très lucides. Le premier ne devait pas avoir plus de dix-sept ans. Il n'avait même pas été mordu, non, ça aurait été trop simple. Le zombie avait eu les avant-bras arrachés par une roquette SU-152. Ça lui avait laissé deux moignons hérissés d'esquilles d'os, coupantes et acérées, qu'il avait enfoncées dans la poitrine du gosse. Ce dernier était étendu sur un matelas, tout tremblant, la poitrine ensanglantée, le visage cendreux et le fusil à la main. À côté de lui, il y avait cinq autres soldats contaminés. Je m'apprêtais à leur dire que je prierais pour le salut de leur âme, mais ils ont tous haussé les épaules et poliment refusé. J'ai donc récupéré leurs lettres, comme toujours, je leur ai offert à boire et je leur ai même donné les cigarettes que m'avait confiées leur officier. J'avais vécu cette situation des dizaines de fois, mais là, je me sentais différent. Quelque chose me gênait, une vague sensation persistante qui me grattait l'intérieur des poumons et du cœur. Je tremblais de tous mes membres quand les soldats se sont collé le canon du fusil sous le menton. « À trois, a dit le plus vieux. Un… Deux… » Ils n'ont pas eu le temps d'aller plus loin. Le gamin de dix-sept ans a basculé en arrière et s'est écroulé au sol. Médusés, les autres ont regardé le trou fumant au milieu de son front, puis ils m'ont regardé moi, et le pistolet que je tenais encore à la main.

Dieu m'avait parlé, à moi. J'entendais encore ses mots résonner dans ma tête : « Assez de péchés, disait-il, assez d'âmes condamnées à l'enfer. » C'était si simple, si transparent. Les officiers qui achevaient les soldats nous coûtaient trop cher, et les soldats qui s'en chargeaient eux-mêmes coûtaient trop d'âmes justes au Seigneur. Le suicide restait un péché, et nous, ses serviteurs, ceux qu'Il avait choisis pour servir de berger aux troupeaux disséminés sur la terre, nous étions les *seuls* à devoir porter cette croix : délivrer leur âme de leur corps infecté ! Voilà ce que j'ai dit au commandant de l'unité quand il a pris connaissance des faits. Il a fait passer le mot à tous les aumôniers sur le terrain et à chaque prêtre à travers toute la Mère Russie.

Par la suite, on l'a baptisé « l'acte de purification finale », mais ce n'était que le premier pas d'une ferveur religieuse qui surpasserait même la révolution islamique iranienne des années 80. Dieu savait bien que ses enfants étaient privés de Son amour depuis trop longtemps. Ils avaient besoin d'un but, de courage, d'espoir ! C'est clairement grâce à cela que nous sommes sortis de la guerre drapés d'une foi nationale toute neuve. Nous avons continué à reconstruire notre État sur les bases mêmes de cette foi.

Que répondez-vous aux personnes qui insinuent que la foi a été pervertie par la politique ?

[Il ne répond pas immédiatement.] Je ne comprends pas.

Le président s'est autoproclamé chef de l'Église…

Un président a bien le droit d'aimer Dieu, après tout.

Oui, mais que penser des prêtres qui s'organisent en escadrons de la mort et qui assassinent des gens en invoquant de vagues motifs « purificateurs » ?

[Il garde le silence quelques secondes.] Je ne vois pas de quoi vous voulez parler.

C'est pour ça qu'on vous a éloigné de Moscou, n'est-ce pas ? C'est pour ça que vous êtes ici ?

[Long silence. On entend des bruits de pas qui s'approchent. Quelqu'un frappe à la porte. Le père Sergei l'ouvre sur un enfant en haillons. Son visage pâle et effrayé est maculé de boue. Il est très agité et s'exprime dans un dialecte local, en criant et en montrant la route du doigt. Le vieux prêtre acquiesce solennellement, pose sa main sur l'épaule du gamin et se tourne vers moi.]

Merci d'être venu. Voulez-vous m'excuser ?

[Alors que je me lève pour partir, il ouvre le grand coffre au pied de son lit et en sort une bible ainsi qu'un pistolet datant de la Seconde Guerre mondiale.]

À BORD DE L'*USS HOLO KAI*, AU LARGE D'HAWAII

[Le *Deep Glider 7* ressemble plus à un avion à triple fuselage qu'à un mini-sous-marin. Je suis couché sur le ventre dans la coque tribord et j'observe l'extérieur à travers l'épaisseur du nez transparent. Le pilote, le premier-maître Michael Choi, me fait signe depuis la coque centrale. Choi est un « vieux de la vieille », sans doute le plongeur le plus expérimenté de l'UASM, l'Unité d'assaut sous-marine de la *Navy*. Ses tempes grisonnantes et ses pattes-d'oie contrastent violemment avec son enthousiasme presque adolescent. Alors que le navire d'assistance nous descend vers les eaux agitées du Pacifique, je décèle une légère trace de phrasé à la surfeur-tu-vois-mec dans la façon de parler de Choi, malgré son apparente neutralité.]

Ma guerre à moi, elle n'est pas terminée. Pire, elle s'intensifie. Tous les mois, on étend un peu plus nos opérations, on améliore le matériel et on recrute du personnel. On dit qu'il reste encore entre vingt et trente millions de zombies sur terre… Certains échouent sur les plages, d'autres sont pris dans les filets des pêcheurs. Impossible de bosser sur un puits offshore ou sur un câble transatlantique sans tomber sur un nid.

C'est pour ça qu'on plonge. On les traque, on les repère, on les suit, et on prévoit leurs mouvements pour donner l'alerte.

[Nous heurtons la surface avec une certaine violence. Choi sourit, vérifie ses instruments et change de canal radio pour échanger quelques mots avec le navire d'assistance. L'écume donne à l'eau une coloration blanchâtre devant mon dôme d'observation, puis laisse la place à un bleu profond à mesure que nous nous enfonçons.]

J'espère que vous n'allez pas me poser de questions sur l'équipement de plongée, ni sur les combinaisons antirequins et toutes ces conneries, hein, parce que ça, ça n'a vraiment rien à voir avec ma guerre. Les fusils-harpons, les pétards de rappel et les filets à zombies… Là, je ne peux rien pour vous. Si vous voulez du civil, parlez aux civils.

Mais les militaires ont utilisé ces méthodes.

Seulement dans des eaux où la visibilité était nulle, et presque exclusivement avec des troufions. Personnellement, jamais je ne porterai une combi en mailles ou en Néoprène… Enfin… Pas pour un combat sous-marin. Ma guerre à moi, c'est exclusivement PA, pression atmosphérique, et au sec. Un peu comme si on croisait un scaphandre spatial avec une armure. Cette technologie remonte à deux cents ans, quand un type [1] a inventé une sorte de tonneau avec un hublot et des trous pour les bras.

1. John Lethbridge, vers 1715.

Après ça, il y a eu d'autres trucs, le Tritonia et le Neufeldt-Kuhnke, par exemple. Ils ressemblaient à ces robots qu'on voit dans les vieux films de S-F des années 50, vous savez, *Robby le robot*, toutes ces conneries. Mais tout ça, c'est devenu obsolète quand on a inventé le… Ça vous intéresse vraiment, ce que je raconte, là ?

Oui oui, continuez.

Bon, OK, alors tout ce matériel est devenu obsolète quand on a inventé le scaphandre autonome. Mais il a fait son come-back quand il a fallu descendre très profond, *vraiment* très profond, sur des plates-formes pétrolières… En fait… la pression augmente proportionnellement à la profondeur. Et plus la pression augmente, plus la plongée en scaphandre autonome devient dangereuse, à l'air ou aux mélanges. Il faut passer plusieurs jours, parfois des semaines entières en cloche de décompression, et si pour une raison ou pour une autre on remonte trop vite en surface, c'est parti pour les bends, les moutons, les bulles d'azote dans la circulation et le cerveau… Et je ne vous parle pas des maladies de décompression à long terme, les nécroses osseuses, toutes ces saloperies qui saturent votre organisme parce que la nature n'en avait jamais prévu autant.

[Il s'arrête de parler pour vérifier ses instruments.]

Non, la façon la plus sûre de plonger, d'aller profond et d'y rester longtemps, c'est d'enfermer le plongeur dans une coquille à pression atmosphérique.

[Il désigne l'engin dans lequel nous nous trouvons.]

Comme ici, quoi, en sécurité, tranquille, exactement comme à la surface, du moins pour notre organisme. C'est ça, un SPA, et seuls l'air, la nourriture et la résistance de la coquille limitent sa profondeur et son temps de plongée.

Comme un sous-marin personnel, en quelque sorte.

« Submersible. » Un sous-marin, ça peut rester des années en plongée, en recyclant son air et en produisant sa propre énergie. Le submersible, par contre, n'effectue que des plongées courtes, comme pendant la Seconde Guerre mondiale, ou comme maintenant, là.

[Dehors, la lumière décroît et l'eau prend une coloration d'un bleu beaucoup plus profond.]

La nature même du SPA en fait une arme idéale pour les combats en eau profonde et en eau trouble. C'est une sorte d'armure, après tout. Attention, hein, ça n'enlève rien aux combinaisons traditionnelles, les combis antirequins, les mailles, tout ça… Elles sont beaucoup plus confortables, et le plongeur se déplace beaucoup plus facilement. En fait, il gagne énormément en agilité, mais ce n'est valable qu'à faible profondeur, et si pour une raison ou pour une autre un de ces enfoirés réussit à vous choper… J'ai vu plusieurs plongeurs en combinaison maillée avec un bras ou une jambe cassés. Et trois fois avec le cou brisé. Sans parler des risques de noyade, si le détendeur est bousillé ou si ces salauds arrachent un flexible. Et même avec un masque facial et une combinaison maillée, il leur suffit de vous maintenir au fond et d'attendre bien sagement que votre bouteille se vide… Vous voyez le topo. J'ai vu trop de mecs finir comme ça, sans parler de ceux qui remontent à la surface comme des ballons et qui laissent un bel ADD [1] finir le boulot de Zack.

Ça arrivait souvent ?

Parfois, surtout au début, mais pas à *nous*. On ne courait aucun risque physique. Dites-vous bien que notre corps est enfermé avec sa réserve d'air dans une coque en aluminium ou en matériau composite extrêmement résistant. Peu importe la façon dont Zack vous tord le bras, en supposant qu'il y arrive, ce qui n'a rien d'évident vu le manque de prise, ça lui est physiquement impossible de casser quoi que ce soit. Et si on doit absolument remonter à la surface, il suffit d'enclencher le ballast ou utiliser le parachute d'urgence, si on en a un… Tous ces scaphandres ont une flottabilité positive. Ils remontent comme des bouchons. Le seul danger, c'est qu'un Zack s'accroche à vous pendant l'ascension. C'est arrivé à plusieurs copains. Ils sont remontés à la surface avec un ou deux passagers clandestins agrippés à la combi comme si leur vie en dépendait. Enfin, leur mort, plutôt, leur non-vie, quoi, vous voyez. **[Il rigole.]**

Les remontées-ballon, ça n'arrivait quasiment jamais pendant un accrochage. La plupart des modèles de SPA ont une autonomie de quarante-huit heures. Peu importe le nombre de zombies qui nous épinglent au fond, peu importe si on se retrouve coincé dans une épave ou pris dans un vieux filet, pas de panique. Il

1. Accident de décompression.

suffit de s'allonger tranquille et d'attendre la cavalerie. On ne plonge jamais seul, et je ne crois pas qu'un plongeur SPA se soit jamais enquillé plus de six heures d'affilée au fond. Par contre, il arrivait très souvent qu'un de nos gars se fasse coincer quelque part, le signale aux autres et finisse par dire qu'il ne courait aucun danger pour le moment et qu'il était préférable de terminer la mission avant de lui porter assistance.

Vous avez parlé de différents modèles de SPA. Il y en avait plusieurs ?

Un paquet. Du matériel civil, militaire, du vieux, du neuf... Enfin, neuf... *relativement* neuf, disons. Impossible d'en construire de nouveaux, alors on a dû faire avec ce qu'on avait. Certains dataient des années 70, les JIM et les SAM. Je m'estime heureux de ne pas avoir dû bosser avec. Ils ont des hublots, et pas des dômes, du moins sur les premières séries, et puis des joints pour étanchéifier les articulations, rien d'autre. J'ai connu un mec, un Anglais du SBS, le Special boat service[1]. Il avait des cloques de sang partout sur l'intérieur des cuisses, là où les joints du JIM lui écrasaient la peau. Des sacrés plongeurs, les gars du SBS, mais je n'aimerais pas être à leur place.

Nous, on avait les trois modèles de l'US Navy. Le Hardsuit 1 200, le 2 000 et le Mark I Exosuit. Celui-là, c'était mon préféré, l'Exo. On parlait de S-F tout à l'heure, ce scaphandre a un look d'armure antitermites mutantes d'outre-espace. Il était beaucoup plus fin que les deux autres modèles et tellement léger qu'on pouvait même nager avec. C'était ça, le plus gros avantage, surtout par rapport aux Hardsuits, et à tous les

1. L'équivalent anglais des nageurs de combat. *(N.d.T.)*

autres SPA. La possibilité d'opérer au-dessus de l'ennemi, sans propulseur, compensait largement le fait qu'on ne puisse plus se gratter. Les Hardsuits étaient si gros qu'on parvenait à se dégager les bras dans la cavité centrale pour prendre du matériel. Mais là, non.

Quel genre de matériel ?

Lampe, caméra vidéo, sonar portatif... Les Hardsuits étaient parfaitement autonomes, alors que les Exo se présentaient comme une version light. On n'avait pas à se préoccuper des écrans ou de la bonne marche du système de navigation, avec les Exo. Et puis on n'était pas distrait par tous ces bitoniaux et ces témoins. Les Exo, c'est propre et simple. On se concentre sur l'arme et sur ce qu'il y a devant soi.

Et quel genre d'armes utilisiez-vous ?

Au début, on avait des M-9, une sorte d'APS russe modifié, en plus cheap. Je dis « modifié », parce que aucun SPA ne possède quelque chose qui ressemble à une main. On avait soit des griffes à quatre doigts, soit des pinces industrielles. Ça marchait très bien, d'ailleurs – attraper une tête de G et appuyer –, mais on ne pouvait absolument pas s'en servir pour tenir un fusil. On nous les avait fixés sur l'avant-bras et on tirait en appuyant sur un bouton. Il y avait un pointeur laser pour nous simplifier la visée, et des cartouches à air comprimé qui tiraient des tiges en acier de douze centimètres. Petit problème, ça ne marchait bien qu'à faible profondeur. Là où on évoluait, nous, ils implosaient comme des œufs. Un an plus tard, on a eu un modèle beaucoup plus efficace, le M-11, conçu par le même mec qui avait inventé le Hardsuit et l'Exo. J'espère qu'il a ramassé une pelletée de médailles, celui-là, parce qu'il nous aura sacrément simplifié la vie. Seul souci, le DeStRes estimait que ça coûtait trop cher à produire. Ils répétaient sans arrêt que nos pinces et nos outils coupants suffisaient largement pour s'occuper de la majorité des zombies, et qu'on verrait ensuite.

Et qu'est-ce qui les a fait changer d'avis ?

Troll. On était en mer du Nord, on réparait une plate-forme norvégienne d'extraction de gaz, et tout d'un coup, ils étaient là… On s'attendait bien à une attaque, le bruit et la lumière des sites industriels en attirent toujours au moins une poignée, mais on ignorait qu'il y en avait autant dans les parages. Une de nos sentinelles a donné l'alerte, on s'est tous précipités vers lui et là, on s'est fait submerger. Littéralement. C'est vraiment horrible, un corps à corps sous-marin. La vase se soulève d'un coup et la visi tombe à zéro en deux secondes, c'est comme si on se battait dans un verre de lait. Les zombies ne se contentent pas de mourir quand on les touche, ils se désintègrent… Vous imaginez… Des fragments d'os, des bouts de viande, des dents, des organes, de la cervelle, tout ça mélangé dans la vase et qui tourbillonne autour de vous… Dire que les gamins, maintenant, ils… Et merde, voilà que je me mets à parler comme mes vieux ! Mais c'est vrai, quand même, tous ces mômes, la nouvelle génération de plongeurs SPA, ils ont des Mark 3 et 4, avec le SDeZeV intégré – Système de détection zéro visibilité –, un sonar à fausses couleurs et des objectifs à intensification de lumière. L'image est transmise sur l'écran tête-haute directement sur le dôme, exactement comme dans un zinc. Ajoutez-y une paire d'écouteurs stéréo et vous avez un sacré avantage sensoriel sur Zack. Nous, on n'avait *vraiment* pas autant de raffinement, à l'époque où on plongeait en Exo. On voyait que dalle, on entendait que dalle... Et quand un G essayait de nous choper par-derrière, on ne s'en rendait même pas compte.

Pourquoi ça ?

Parce que l'un des principaux problèmes du SPA, c'est la totale absence de sensation de toucher. *Hard-suit*, coque rigide. On ne sent rien à l'extérieur, même si un G s'accroche à vous. Tant que Zack ne tire pas de toutes ses forces et qu'il n'essaie pas de vous faire tomber, il y a peu de chances que vous vous en rendiez compte, sauf s'il passe directement devant vous. Cette nuit-là, à Troll... Nos lampes frontales ont empiré la situation en n'éclairant rien d'autre que des mains ou des têtes de zombies. C'est la seule fois où j'ai vraiment été surpris... Pas effrayé, non, surpris, vous comprenez, avancer à tâtons dans cette bouillasse blanchâtre, voir un visage complètement pourri apparaître d'un coup et se coller à mon hublot...

Les scaphandriers, les civils, ceux qui bossaient au fond, sur le puits, ils ont refusé tout net de retourner travailler si nous, les militaires, on ne déployait pas les grands moyens. Les menaces de représailles ne les ont pas fait changer d'avis. Ils avaient déjà subi trop de pertes, trop de gars perdus s'étaient fait attaquer dans les ténèbres. Je préfère ne pas penser à ce qu'on ressent, dans ces cas-là. Vous êtes là, dans votre combi étanche, à travailler dans le noir quasi complet, les yeux qui piquent à cause de la lumière du chalumeau, le corps gelé par les eaux glacées ou carrément cuit par le système de chauffage. Et là, soudain, vous sentez des dents, des doigts, des griffes. Vous tentez de vous dégager, d'appeler à l'aide, de vous battre ou même de nager alors qu'en surface, ils essaient de vous remonter… Des morceaux, voilà ce qu'ils remontent, parfois un bout de tuyau crevé. C'est pour ça que le DSCC est devenu un véritable organisme officiel. Nos premières missions consistaient justement à protéger les scaphandriers, au fond, sur les puits, pour que le pétrole continue à couler. Ensuite, seulement ensuite, on est passé au nettoyage des amphibies et à la sécurisation des ports.

Le nettoyage des amphibies ?

Oui, en clair, ça veut dire filer un coup de main aux Marines quand ils débarquent. Lors du débarquement aux Bermudes, on s'est rendu compte que les soldats subissaient des attaques constantes de la part des zombies sous-marins. Il a fallu établir un périmètre, un filet semi-circulaire autour du site proprement dit, suffisamment profond pour que les bateaux passent sans l'endommager, mais suffisamment haut pour empêcher Zack de nous rendre visite.

C'est là qu'on entrait en scène. Deux semaines avant le débarquement, un bateau mouillait à quelques kilomètres au large et lançait son sonar actif. Pour attirer Zack loin de la plage.

Mais ça ne risquait pas d'attirer les zombies des eaux profondes ?

L'état-major parlait de « risque acceptable ». Je crois surtout qu'il n'y avait rien d'autre à faire. C'est bien pour ça qu'il leur fallait des SPA, c'était trop risqué pour de simples plongeurs, même avec leurs combis maillées. On savait qu'il y en avait des milliers, là en bas, et qu'une fois le sonar silencieux, on ferait une cible particulièrement brillante. Mais au final, c'était du gâteau. La fréquence des attaques n'était pas si élevée, et une fois les filets tendus, ça a marché comme sur des roulettes. Tout ce qu'il fallait, c'était quelques sentinelles pour monter la garde et descendre les occasionnels G qui essayaient d'escalader la barrière. On ne servait pas à grand-chose, honnêtement. Après trois débarquements, ils sont repassés aux plongeurs à combis maillées.

Et le nettoyage des ports ?

Ça, par contre, c'était *vraiment* pas de la tarte. C'était vers la fin de la guerre, quand les têtes de ponts ne suffisaient plus et qu'il fallait impérativement rouvrir les ports pour que les porte-containers puissent accoster. C'était des opérations importantes : plongeurs-bouteilles, unités SPA et même des civils bénévoles avec seulement une bouteille, un détendeur et un fusil-harpon. J'ai participé au nettoyage de Charleston, de Norfolk, de Boston – flippant, Boston – et puis l'horreur absolue, un vrai cauchemar sous-marin, Hero City. Je sais que les troufions adorent se la raconter en décrivant les combats pour libérer les villes, mais imaginez une ville engloutie, une ville d'épaves de bateaux, de carcasses de voitures, constellée de tous les débris possibles et imaginables… Pendant l'évacuation, alors que beaucoup de porte-containers essayaient de dégager autant de place que possible, la plupart ont balancé leur cargaison pardessus bord. Canapés, fours micro-ondes, et des vêtements, des montagnes de vêtements… Les écrans télé plasma se cassaient d'un coup sec quand on marchait dessus, je me suis toujours dit que c'était comme piétiner des squelettes. Et puis je voyais Zack derrière chaque sèche-linge, chaque climatiseur rouillé… Parfois, c'était juste mon imagination, mais parfois non… Le pire… Le pire, c'était quand on devait nettoyer une épave. Il y en avait toujours une ou deux dans les eaux du port. Et certaines, comme celle du *Franck Cable*, s'étaient plantées juste à l'entrée. Avant qu'on la renfloue, il a d'abord fallu la nettoyer compartiment par compartiment. C'est la seule fois où je me suis senti lourd et maladroit en Exo. J'ai dû me cogner la tête sur chaque écoutille. La plupart étaient bloquées par des débris. On y allait au chalumeau, soit dans la porte elle-même, soit carrément entre les ponts et les coursives. La plupart étaient bouffées par la corrosion, d'ailleurs. Je découpais une cloison juste au-dessus de la salle des machines du *Cable* quand le pont s'est effondré d'un coup juste derrière moi. Avant que je réalise quoi que ce soit, ils étaient partout. Il y en avait des centaines, partout dans la salle des machines. J'ai été totalement englouti, noyé parmi les bras, les jambes et les morceaux de viande. Si je devais avoir un cauchemar récurrent – je n'en ai pas, hein, je dis ça comme ça –, mais si je devais en avoir un, je peux vous dire que ça serait exactement la même situation, à poil… Vous voyez le topo…

[Je suis étonné par la rapidité avec laquelle nous atteignons le fond. Ça ressemble à un désert rocailleux, baigné d'une lueur blanchâtre et fantomatique. J'aperçois des branches de corail brisées et piétinées par les morts-vivants.]

Les voilà.

[Je repère un premier groupe en tendant le cou. Une soixantaine d'individus, qui hantent ce désert de ténèbres.]

Et c'est parti.

[Choi manœuvre le sous-marin pour se placer juste au-dessus d'eux. Ils lèvent tous la tête vers nos projecteurs, les yeux écarquillés et la mâchoire béante. Je distingue brièvement le faible rayon rouge du laser pointé sur la première cible. Un instant plus tard, une courte flèche se plante dans sa poitrine.]

Et de un…

[Choi pointe le laser sur une deuxième cible.]

Et de deux…

[Il continue sa besogne et les épingle les uns après les autres avec une flèche non létale.]

Franchement, ça me tue de ne pas les tuer. Je veux dire, je sais que le but, c'est d'étudier leurs déplacements pour établir un réseau de surveillance optimal, mais quand même… Si seulement on avait les moyens de tous les éliminer…

[Il tire pour la sixième fois. Le zombie ne se rend même pas compte du petit trou qui apparaît dans son sternum.]

Comment ils font ? Comment ils font pour tenir le coup ? Rien n'est plus corrosif que l'eau salée.

Ces G-là, ça fait longtemps qu'ils auraient dû se dissoudre complètement. C'est ce qui est arrivé à leurs fringues, d'ailleurs, tout ce qui est organique, les fringues, le cuir…

[Les silhouettes en contrebas sont toutes quasi nues.]

Et si leurs fringues disparaissent, pourquoi pas eux, bordel ? À quoi c'est dû ? À la température qui règne à cette profondeur ? À la pression ? À cette profondeur, le système nerveux humain est réduit en purée, en principe. Ils ne devraient même pas pouvoir tenir debout, sans même parler de marcher ou de « penser », quelle que soit la façon dont ils pensent. Comment ils font ? Je suis sûr qu'un mec haut placé connaît la réponse. Et s'il la ferme, c'est que…

[Une petite lumière clignote brusquement sur son écran de contrôle et interrompt son discours.]

Tiens tiens tiens… Regardez-moi ça.

[Je regarde mon propre écran. Les signaux sont incompréhensibles.]

Il y en a un très très chaud, si vous voyez ce que je veux dire… Regardez le compteur de rad. Il doit venir de l'océan Indien, un Iranien ou un Paki, ou peut-être même de cette corvette ChiCom qui a coulé à pic vers Manihi. Qu'est-ce que vous en dites ?

[Il tire une nouvelle fléchette.]

Vous avez de la chance. C'est l'une de nos dernières plongées de reconnaissance en pilotage manuel. Le mois prochain, on passe tous au ROV, 100 % *remotely operated vehicles*[1].

Ça a créé une belle polémique, non, l'usage des ROV pour les combats sous-marins ?

Ça n'est jamais arrivé. La Sturge[2] avait bien trop d'influence. Jamais elle n'aurait laissé le Congrès nous transformer en robots.

Mais certains de leurs arguments étaient valables, n'est-ce pas ?

Quoi ? Des robots plus efficaces que les plongeurs SPA ? Mon cul, oui. Toutes leurs conneries, là, « limiter les pertes humaines », n'importe quoi. On n'a jamais perdu qui que ce soit en plongée, jamais ! Et le mec dont ils parlent sans arrêt, là, Chernov, il a été tué *après* la guerre, sur la terre ferme. Il était blessé et il s'est évanoui sur les rails du tram. Enfoirés de politicards.

Peut-être que les ROV coûtent moins cher, mais je peux vous assurer qu'ils ne sont pas *meilleurs* que nous. Et je ne parle pas d'intelligence artificielle, hein, je vous parle d'instinct, d'estomac, d'initiative, tout ce qui fait de nous des êtres humains à part entière. C'est bien pour ça que je suis toujours là, moi, pareil pour le Sturge et pour tous les autres vétérans qui plongeaient pendant la guerre. Nous autres, on continue parce qu'il

1. Sous-marins télécommandés. *(N.d.T.)*
2. « Sturgeon General », vieux surnom civil du commandant actuel du DSCC.

le faut bien. Ils n'ont pas encore trouvé la bonne puce et le bon disque optique pour nous remplacer. Mais le jour où ils y arrivent, putain, j'arrête la Navy de suite et je me mets en alpha november alpha à plein temps.

En quoi ?

Action in the North Atlantic [1], vous savez, ce vieux film de guerre en noir et blanc, avec Bogart. Il y a un mec dedans [2], le père de l'acteur qui jouait le skipper, dans *Gilligan's Island* [3]… Vous voyez ? Il dit un truc, à un moment… « J'emmène une rame avec moi et je fonce vers l'arrière-pays. Dès qu'un mec me demande "C'est quoi ce truc ?" je pose mes bagages et je m'installe pour de bon. »

1. Film de Lloyd Bacon sorti en 1943, en français *Convoi vers la Russie. (N.d.T.)*
2. Alan Hale Senior.
3. Série américaine diffusée entre 1964 et 1967, en français *L'Île aux naufragés. (N.d.T.)*

QUÉBEC, CANADA

[Aucune enceinte ne protège la petite ferme. Pas de barres aux fenêtres ni de verrou sur la porte. Quand je demande au propriétaire s'il ne se sent pas un peu trop vulnérable, il ricane et continue son repas. André Renard, le frère du célèbre Émile Renard, m'a expressément demandé de ne pas divulguer le lieu de sa retraite. « Je me contrefous des morts, déclare-t-il sans sourciller, et encore plus des vivants. » Ce Français s'est installé ici juste après l'arrêt des hostilités en Europe de l'Ouest. Et malgré les invitations répétées du gouvernement français, il n'est jamais rentré au pays.]

Tous les autres sont des menteurs, tous ceux qui vous disent en pleurnichant que leur petite campagne a été « la plus dure de toute la guerre ». Des petits coqs, qui bombent le torse et agitent leurs plumes en essayant de vous impressionner avec leurs « combats en montagne », leurs « combats en jungle » ou leurs « combats urbains ». Ah, les villes ! Qu'est-ce qu'ils aiment se vanter à propos des villes ! « Rien n'est plus terrifiant qu'un corps à corps dans une ville ! » Ah ouais ? Jetez un œil en dessous, vous verrez.

Vous savez pourquoi il n'y a pas de gratte-ciel dans Paris intra-muros ? Je vous parle du Paris d'avant-guerre, hein, le *vrai* Paris. Vous savez pourquoi on a rassemblé toutes ces saloperies en verre et en béton à La Défense ? Bien sûr, c'est très esthétique, il y a une vraie continuité, et puis ça fait sérieux... Pas comme cette architecture bâtarde, à Londres. Non, la vraie raison, la seule et unique raison qui empêche Paris de ressembler aux cités monolithiques américaines, c'est que le sous-sol parisien est un vrai gruyère.

Il y a les tombes romaines, les carrières – qui ont fourni les pierres avec lesquelles on a construit quelques-uns des plus beaux édifices de la ville, d'ailleurs –, les bunkers de la Seconde Guerre mondiale utilisés par la Résistance, eh *oui*, il y a *bien eu* une Résistance ! Et puis il y a le métro, les lignes téléphoniques, toutes les canalisations, le gaz, l'eau... Sans oublier les catacombes, histoire de simplifier. Environ six millions de corps y sont enterrés, tous en provenance des cimetières d'avant la Révolution, quand on se contentait de les balancer pêle-mêle dans un grand trou, comme des ordures. Les catacombes abritent des murs entiers de crânes et d'os artistiquement présentés en motifs macabres. Certains ont même une vraie utilité, les murs d'os empêchent les salles de déborder. J'ai toujours eu l'impression que les crânes se moquaient de moi.

Honnêtement, je ne blâme pas ceux qui ont essayé de se cacher dans ce monde souterrain. À l'époque, le guide de survie n'existait pas encore et il n'y avait même pas Radio Free Earth. C'était la Grande Panique. Quelques habitués des tunnels ont dû se dire « Allons-y, on verra bien ». D'autres ont suivi. Et d'autres encore. L'information a circulé. « On ne craint rien, là-dessous. » Deux cent cinquante mille, au total, c'est le chiffre qu'on a avancé. Deux cent cinquante mille réfugiés. Peut-être que s'ils avaient réussi à s'organiser, s'ils avaient apporté de la nourriture, des outils, ou s'ils avaient simplement pensé à sceller les entrées et à vérifier que personne n'était déjà infecté parmi les nouveaux arrivants…

Franchement, qui oserait affirmer avoir vu pire que nous ? Les ténèbres, la puanteur… On n'avait quasiment pas de jumelles à vision nocturne. Une paire par section, pour les plus chanceux. Parfois même pour un régiment entier. Réservé au pointeur. Ça tranchait le noir d'un bref rayon rouge.

L'atmosphère était viciée. Eaux usées, produits chimiques, cadavres… Et nos masques à gaz, quelle blague ! Leur filtre avait perdu toute efficacité depuis longtemps. On utilisait tout ce qu'on avait sous la main, des vieux modèles militaires, des casques de pompiers qui englobaient toute la tête… Ça nous faisait suer comme des porcs, on n'entendait plus rien et on ne voyait rien non plus… On ne savait jamais où on était, avec ce foutu viseur tout embué, avec les voix étouffées des collègues et les parasites de la radio.

Il fallait des systèmes filaires – vous savez sans doute que les ondes radio passent très mal sous terre. On utilisait du fil de téléphone, en cuivre, pas de la fibre optique. On déroulait ça dans les galeries en trimballant d'énormes rouleaux pour étendre notre rayon d'action. C'était la seule façon de rester en contact les uns avec les autres, et la plupart du temps, c'était aussi la seule façon de ne pas se perdre.

C'était si facile, de se perdre. Nos cartes dataient toutes d'avant la guerre et n'indiquaient aucune des modifications faites par les réfugiés. Toutes ces galeries supplémentaires, les alcôves, les niches, les renfoncements, et tous ces trous à même le sol qu'on voyait au dernier moment. On se perdait au moins une fois par jour, parfois plus. Et dans ces cas-là, on n'avait plus qu'à revenir sur nos pas en suivant le fil de la radio. On vérifiait sur nos cartes, on essayait de voir *où* on avait déconné, tout ça prenait plusieurs minutes, parfois des heures, des jours, même.

Quand une équipe était attaquée, on entendait les cris à la radio ou l'écho du combat directement dans les galeries. L'acoustique était terrible, une vraie torture. Les hurlements et les gémissements venaient de partout à la fois. Mais on ne savait *jamais* d'où, précisément. Au moins, avec la radio, on pouvait essayer, juste essayer, de faire le point sur la position exacte de nos camarades. S'ils n'avaient pas paniqué, s'ils savaient où ils étaient, si *nous*, on savait où on était…

Ensuite, il fallait y aller. En courant. On se cognait contre les murs, on se pétait la tête contre le plafond, on rampait dans la boue, tout en priant la Vierge et tous ses saints pour qu'ils tiennent le coup. Quand on atteignait enfin leur position, on se rendait compte une fois sur deux qu'on s'était planté. Une pièce vide, et les appels à l'aide de nos potes qui continuaient à résonner dans des galeries sombres.

Et quand on finissait par arriver, on ne retrouvait parfois que du sang et des os. Avec un peu de chance, il y avait encore quelques zombies, on pouvait se venger… Mais si on avait trop tardé à venir, la vengeance s'abattait sur nos *propres copains* réanimés. Du corps à corps. De très *très* près… Comme ça…

[Il se penche par-dessus la table et colle son visage à quelques centimètres du mien.]

Pas d'équipement standard. On choisissait ce qu'on voulait, tout ce qui pouvait nous être utile. Et pas d'armes à feu, bien sûr, vous comprenez… Les gaz, l'atmosphère, c'était beaucoup trop inflammable, on ne prenait aucun risque.

[Il fait un bruit d'explosion.]

On avait quand même des Beretta-Grechio, une carabine italienne à air comprimé. C'était le modèle adulte d'une carabine à plombs pour gamins. On avait quoi, cinq coups ? Six ou sept à bout portant. Une excellente arme, mais on en manquait cruellement. Et il fallait faire extrêmement attention ! Si on loupait son coup, si la balle ricochait contre une pierre, s'il y avait la moindre étincelle… Des galeries entières ont explosé, comme ça, ensevelissant les hommes sous des mètres cubes de débris. Parfois, c'était une boule de feu qui les brûlait sur pied et leur incrustait le masque sur le visage… Non, le corps à corps, c'était plus sûr… Beaucoup plus sûr. Tenez…

[Il se lève et me montre quelque chose accroché à la cheminée. Le manche de l'arme est encastré dans une boule semi-circulaire en acier. De cette boule saillent huit tiges acérées d'au moins vingt centimètres de long, disposées à angle droit.]

Vous pigez mieux pourquoi, pas vrai ? Pas assez de place pour porter correctement un coup de lame. Du rapide. Dans l'œil ou juste au-dessus du crâne.

[Il exécute un rapide enchaînement coup et pointe.]

C'est moi qui l'ai fabriquée. Une version améliorée de celle de mon grand-père, à Verdun, pas mal, hein ? Vous connaissez Verdun ? *On ne passe pas*[1] !

[Il recommence à manger.]

Aucun espace, aucun avertissement, et tout d'un coup, ils nous tombaient dessus, juste sous notre nez, comme ça, ou bien ils nous agrippaient depuis un renfoncement dont on ignorait jusqu'à l'existence. On se protégeait tous comme on pouvait... Des cottes de mailles, ou du cuir épais... Et bien sûr, c'était toujours trop lourd ou trop étouffant... Nos vestes en cuir trempées, nos pantalons, nos chemises en mailles d'acier. On était déjà crevé avant même de se défendre. Certains arrachaient leur masque pour pouvoir respirer et inhalaient l'air vicié. La plupart mouraient avant qu'on puisse les ramener à la surface.

Moi, j'avais des jambières, des protections ici **[il montre ses coudes]**, des gants en cuir et en mailles de fer, facile à enlever pendant les pauses. Je les avais fabriqués moi-même. On ne portait pas vos chouettes uniformes de combat, mais on avait quand même les mêmes bottes de marais que vous. Vous savez, ces très hautes bottes étanches avec des fibres antimorsures cousues à même le plastique. Ça, on en avait salement besoin.

Le niveau de l'eau avait beaucoup monté cet été-là. Il avait plu sans arrêt et la Seine s'était transformée en torrent. Tout était trempé, et nous avec. On avait de la moisissure entre les doigts de pied, sous les ongles, entre les jambes. Et de l'eau jusqu'aux chevilles quasiment tout le temps, parfois jusqu'aux genoux ou à la

1. En français dans le texte. *(N.d.T.)*

poitrine. On n'y échappait jamais. On marchait, ou on rampait dans la boue, et tout d'un coup, il fallait à moitié nager dans cette espèce de fluide puant qui nous léchait jusqu'aux coudes. Et là, le sol se dérobait sous nos pas et on coulait à pic dans un trou pas encore référencé. Dans ces cas-là, on n'avait que quelques secondes avant que le masque soit totalement inondé. On se débattait, on essayait tant bien que mal de se rétablir, jusqu'à ce que nos collègues nous attrapent et nous ramènent sur la terre ferme. Mais nous noyer, franchement, c'était vraiment le cadet de nos soucis. Parfois, un homme trébuchait dans l'eau, luttait pour se maintenir à la surface, et soudain, ses yeux s'écarquillaient d'un coup et il se mettait à hurler. On sentait le moment où ils attaquaient. Un coup sec ou une sensation d'arrachement et on basculait en arrière avec le pauvre gars dans les bras. S'il ne portait pas de protection particulière… Un pied en moins. La jambe, parfois… S'il tombait la tête la première… Parfois il n'avait même plus de visage.

De temps en temps, il fallait qu'on se retranche dans une position défensive pour attendre les Cousteau, les plongeurs entraînés pour travailler et se battre dans ce genre de galeries inondées. Ces types-là, ils n'avaient qu'une lampe, une combinaison antirequins, et encore, pas à tous les coups, et seulement deux heures d'autonomie, au mieux. Ils étaient censés dérouler un fil d'Ariane, mais la plupart refusaient tout net. Ces filins avaient tendance à se coincer dans les anfractuosités et à ralentir leur progression. Leurs chances de survie étaient de une sur vingt, le ratio le plus bas de l'armée. Je me fous de ce que disent *les autres* [1]. Ça vous étonne

1. Le plus haut pourcentage de pertes des unités alliées est encore aujourd'hui âprement débattu.

qu'ils aient tous automatiquement reçu la Légion d'honneur ?

Et tout ça pour quoi, au fait ? Quinze mille morts ou disparus. Et pas seulement les Cousteau, nous aussi, nous tous, tout le monde. Quinze mille morts en trois mois. Quinze mille morts alors que la guerre se terminait partout ailleurs. « Allez-y ! Allez-y ! Battez-vous ! » Ça n'aurait jamais dû se passer comme ça. Combien ils ont mis de temps, les Anglais, pour nettoyer Londres, hein ? Cinq ans. Trois ans après la fin officielle des hostilités. Ils y sont allés tranquillement, quartier par quartier, doucement, sans s'énerver, avec un minimum de pertes. Doucement, mais sûrement, ça s'est passé comme ça pour toutes les grandes villes du monde. Mais nous, non. Pas pour nous. Vous savez ce qu'il a dit, le général anglais, là ? Il a dit qu'on avait assez de héros morts pour tenir jusqu'à la fin du monde…

Des « héros », c'est exactement ce qu'ils étaient, c'est exactement ce dont le gouvernement avait besoin, c'est exactement ce que voulaient nos chers concitoyens. Après tout ce qui s'est passé, et pas seulement pendant cette guerre-là, hein, avant, aussi. L'Algérie, l'Indochine, les nazis… Vous voyez ce que je veux dire… Vous comprenez, *Le Chagrin et la Pitié.* Nous, on a bien compris le discours de votre Président, « reconquérir la confiance », tout ça. On l'a beaucoup mieux compris que les autres. On avait besoin de héros, de noms nouveaux et de nous racheter une fierté.

L'Ossuaire, les carrières de Port-Mahon, l'Hôpital… Notre plus remarquable succès… L'Hôpital. Les nazis l'avaient construit pour y enfermer les malades mentaux, voilà ce que dit la légende ; ils les ont emmurés vivants et les ont laissés crever de faim. Pendant la Guerre des Zombies, on s'en est servi comme infirmerie pour les gens qui venaient juste de se faire mordre. Plus tard, alors qu'on comptait de plus en plus de réanimés et que le nombre de survivants déclinait aussi vite que la lumière de leurs torches électriques, ils ont commencé à y balancer à peu près tout le monde, dans ce puits à morts-vivants… Les infectés et qui sait quoi d'autre encore ? Une équipe de reconnaissance y a pénétré sans savoir ce qu'il y avait à l'intérieur… Oh, ils auraient eu le temps de se tirer de là. Ils auraient pu faire sauter l'accès et les enfermer à nouveau… Mais non, ils sont restés. Un seul escadron contre trois cents zombies. Un seul escadron, commandé par mon petit frère. La dernière chose qu'on a entendue, à la radio, c'était sa voix. Et ses derniers mots. *« On ne passe pas ! »*

DENVER, COLORADO, ÉTATS-UNIS

[Il fait un temps idéal pour l'habituel pique-nique de quartier, au Victory Park. Aucun mort-vivant n'a été signalé depuis le début du printemps, une raison supplémentaire de faire la fête. Les pieds plantés sur le terrain de base-ball, Todd Wainio attend la balle en cloche qui, dit-il, « ne viendra jamais ». Et comme ma présence à ses côtés ne semble déranger personne, force est de constater qu'il a sans doute raison.]

Ils ont appelé ça la « route vers New York », et c'était long, long, *très* long, comme route. On avait trois armées principales : Nord, Centre et Sud. La stratégie générale, c'était d'avancer ensemble à travers les Grandes Plaines, traverser le Midwest et nous séparer aux Appalaches. Ensuite, deux ailes se dirigeaient au sud et au nord vers le Maine et la Floride, puis longeaient la côte pour retrouver le Centre au pied des montagnes. Ça nous a pris trois ans.

Pourquoi autant de temps ?

Raye la mention inutile, mon pote : marche à pied, nature du terrain, météo, ennemis, choix stratégiques… Le plan, d'ailleurs, c'était d'avancer sur deux lignes continues, l'une derrière l'autre, du Canada à l'Aztlan… Euh, non, au Mexique, c'était pas encore l'Aztlan. Vous savez, quand un avion se crashe quelque part, il y a toujours une ligne de pompiers ou de flics qui marchent les uns à côté des autres à la recherche du moindre indice ou du moindre morceau d'aluminium fondu. Et tout le monde avance en même temps, vraiment lentement, histoire de passer chaque centimètre carré au peigne fin. Eh bien, c'était nous. On a retourné chaque caillou des Rocheuses à l'Atlantique. Dès qu'on repérait Zack, soit en groupe, soit tout seul, une unité RDA s'arrêtait et…

RDA ?

Réponse et défense appropriée. On ne pouvait pas tous s'arrêter pour un ou deux zombies, pas l'armée tout entière. Beaucoup de vieux G, ceux qui avaient été contaminés au tout début de la guerre, ils commençaient vraiment à craindre, tout dégonflés, comme ça, avec le crâne qui apparaissait par endroits et les os qui perçaient à travers la peau. Certains n'étaient même plus capables de tenir debout, et ceux-là, il fallait les avoir à l'œil. Ils rampaient sur le ventre vers nous, ou bien ils se contentaient de gigoter, face contre terre. Une section faisait halte, un peloton, parfois toute une unité, ça dépendait du nombre de zombies, suffisamment pour tous les abattre et assainir la zone d'engagement, en tout cas. On comblait immédiatement le trou laissé par l'unité RDA dans la ligne principale par le même nombre de soldats de la deuxième ligne, un kilomètre et demi en arrière. Comme ça, la ligne ne se brisait jamais. On a joué à saute-mouton à travers tout le pays. Et ça marchait, d'ailleurs, pas de problème, mais putain que c'était lent. La nuit aussi nous ralentissait.

Dès que le soleil se couchait, peu importe comment on se sentait ou la nature du terrain, rideau. Jusqu'à l'aube.

Et puis il y avait le brouillard. Je ne savais pas que le brouillard pouvait être aussi épais, à la campagne. J'ai toujours voulu demander pourquoi à un climatologue, un type dans le genre. On s'asseyait par terre, visibilité zéro, et puis de temps en temps, les chiens se mettaient à aboyer ou un homme plus bas sur la ligne criait « Contact ! ». On entendait les gémissements et puis les silhouettes apparaissaient. C'est pas évident, de rester calme et concentré en attendant qu'ils arrivent. J'ai vu un film, une fois, vous savez, ce documentaire [1] de la BBC, la voix off disait que l'armée britannique n'en finirait jamais de nettoyer l'Angleterre à cause du brouillard. Il y a un moment où on voit un accrochage, enfin, on voit… Juste des éclairs qui jaillissent des flingues et quelques vagues silhouettes qui s'écroulent. Franchement, ils n'avaient même pas besoin de rajouter cette musique flippante [2], là. Moi, j'étais tout blanc rien qu'à regarder.

Ça nous a aussi pas mal ralentis de devoir nous aligner avec les autres pays, les Mexicains et les Canucks. Aucune de ces armées n'avait assez de main-d'œuvre pour assainir intégralement leur pays. Le deal, c'était qu'ils nettoient leurs frontières pendant qu'on s'occupait de l'intérieur de notre propre pays. Dès que les États-Unis seraient pacifiés, on leur procurerait tout ce dont ils auraient besoin. Ça a été le point de départ de l'armée internationale de l'ONU, mais moi, on m'avait démobilisé depuis longtemps, à ce moment-là. Tout ce

1. *Lion's Roar*, produit par Foreman Films pour la BBC.

2. Reprise instrumentale de *How soon is now*, composée à l'origine par Morissey et Johnny Marr et enregistrée par les Smiths.

que je connaissais, c'était « dépêche-toi, attends, rampe », tout ça sur du terrain difficile ou dans des zones urbaines. Ah tiens, si vous voulez parler des moments les plus chauds, dans votre rapport, essayez les combats urbains.

La stratégie était toujours la même : encercler la zone cible. On installait des défenses semi-permanentes, on se renseignait au maximum avec les satellites et les unités K. Ensuite, on faisait tout notre possible pour attirer Zack. On y allait quand on était absolument *certain* que personne d'autre n'allait sortir. Intelligent, sûr et plutôt facile. Mais oui, bien sûr !

La « zone cible »... Quelqu'un peut m'expliquer où elle commence, en fait ? Les villes n'avaient plus de limites, vous savez, elles grandissaient et s'étalaient en un gigantesque réseau urbain. Mme Ruiz, une de nos médecins, elle appelait ça le « remplissage ». Avant la guerre, elle bossait comme agent immobilier. Elle nous a expliqué que les propriétés les plus intéressantes étaient situées entre deux villes. Saloperie de « remplissage », on a appris à les haïr, ces zones, ça oui. Pour nous, ça voulait dire nettoyer Banlieue-Land, rue par rue, avant même de pouvoir envisager d'établir un périmètre de sécurité. Des fast-foods, des drive-in, des centres commerciaux, et des kilomètres d'entrepôts pourris, de zones artisanales à la con... À perte de vue.

Même en hiver, impossible de se la couler douce. Moi, j'étais dans l'armée Nord. Au début, on s'est dit qu'on était verni. Six mois par an, on ne croiserait aucun G actif, huit mois, même, étant donné le climat, à l'époque. Je me disais super, dès que la température passera sous zéro, on jouera les éboueurs, point barre : on les trouve, un petit coup de Lobo, on les marque pour le nettoyage de la zone au printemps, pas de problème. C'est à moi qu'on aurait dû flanquer un bon coup de Lobo. Et dire que je croyais que le seul méchant, c'était Zack…

Il y avait des quislings, comme les vrais, mais actifs en hiver. Du coup, on avait des unités de Vérification humaine avec nous, un genre de brigade animalière améliorée. Ils faisaient de leur mieux pour tirer une fléchette sur tous les quislings qu'on croisait, avant de les attacher et de les envoyer en HP. À l'époque, on croyait encore qu'on pouvait les guérir.

Les sauvages, ça, par contre, c'était beaucoup plus problématique. Beaucoup d'entre eux n'étaient plus des gamins, désormais, mais des ados, des adultes parfois. Ils étaient rapides, malins, et s'ils décidaient de se battre au lieu de foutre le camp, ça vous foutait la journée en l'air. Les VH essayaient de les calmer à coups de fléchettes, mais évidemment, ça ne marchait pas chaque fois. Quand un sauvage de cent kilos vous charge comme un malade, quelques gouttes de tranquillisant ne vont pas l'arrêter net avant qu'il vous tombe sur la gueule. Pas mal de VH ont sévèrement morflé ; certains sont rentrés chez eux dans un sac en plastique. L'état-major a dû intervenir et assigner une escorte de fantassins pour chaque VH. Si la fléchette ne suffisait pas à le calmer, nous on y arrivait. C'est dingue le boucan que ça peut faire, un sauvage, avec une balle PIE dans le bide. Les bleus des VH avaient du mal avec ça, mais il faut dire que c'était tous des bénévoles, tous accrocs à la vie humaine, vous savez, toute vie mérite qu'on la sauve, etc. Mais l'histoire leur a donné raison, finalement, quand on voit le nombre de mecs qu'ils ont réussi à plus ou moins guérir, tous ceux sur lesquels on n'avait pas tiré à vue. S'ils en avaient eu les moyens, ils se seraient mis à sauver la faune par-dessus le marché.

Mais le pire, mon pote, c'était les meutes d'*animaux* sauvages, ça, c'était vraiment flippant. Et je ne parle pas que des chiens, hein, au moins les chiens, on sait comment gérer. Leurs attaques se déroulent toujours selon le même schéma. Non, là je parle des frelions [1]. Moitié chat, moitié saloperie de tigre à dents de sabre. Qu'est-ce que j'en sais ? Putain, peut-être que c'étaient juste des lions des montagnes, ou les descendants des chats domestiques qui en avaient salement bavé pour survivre. On m'a dit qu'ils étaient encore plus gros dans le Grand Nord, une histoire de loi de l'évolution [2]. Tous ces trucs sur l'écologie, moi, je pige pas. J'ai entendu dire que c'était parce que les rats avaient eux aussi pris du galon. Rapides et suffisamment malins pour échapper à Zack, se nourrir de corps, se reproduire par millions, et devenir encore plus féroces pour s'adapter et survivre. Du coup, n'importe quel animal suffisamment balèze pour les bouffer se devait d'être *encore plus* féroce. C'est ça, le frelion, un machin deux fois plus gros que nos mignonnes boules de poils d'avant-guerre, tout en dents et en griffes, et assoiffé de sang, bordel de merde, *assoiffé* de sang.

Ça devait poser beaucoup de problèmes pour les chiens des unités K.

Vous déconnez ? Ils adoraient ça, même les teckels, ça leur donnait l'impression de se transformer en vrais chiens. Non, je parle de nous, là. Ils nous sautaient dessus depuis les toits, les arbres. Ils ne chargeaient pas

1. En référence à leur manière de s'abattre sur leur proie qui évoque un vol.

2. Les données manquent pour valider la loi de Bergmann pendant la guerre.

comme les clebs sauvages, non non, ils la jouaient tranquille, ils attendaient le bon moment ; on n'avait même pas le temps d'attraper notre arme.

Un jour, pas loin de Minneapolis, mon unité nettoyait un centre commercial. J'étais juste devant la vitrine d'un Starbuck et tout d'un coup, il y en a trois qui m'ont sauté dessus depuis le comptoir. J'ai basculé en arrière et ils m'ont bouffé le bras. Et mon visage… qui m'a fait ça, à votre avis ?

[Il me montre la cicatrice, sur sa joue.]

La seule véritable victime, ce jour-là, ça a été mon pantalon. Entre l'uniforme antimorsures et l'armure qu'on portait tous, la veste, le casque… Ça faisait si longtemps que je n'en avais pas mis… C'est dingue comme on oublie à quel point c'est inconfortable quand on n'a plus l'habitude.

Et les sauvages, je veux dire les* humains *sauvages, ils avaient parfois des armes à feu ?

Ils n'avaient plus grand-chose d'humain, en fait, c'est pour ça qu'on les a baptisés les « sauvages ». Mais non, l'armure, c'était pour nous protéger des gens normaux qu'on croisait de temps en temps. Je ne parle pas des rebelles organisés, hein, plutôt des DeHoSuT, dernier homme sur terre. Il y en avait toujours un ou deux par ville, un mec ou une nana qui avait réussi à survivre. Surtout aux États-Unis, d'après ce que j'ai lu, rapport à notre sens de l'individualisme à ce qu'il paraît. Ça faisait tellement longtemps qu'ils n'avaient pas vu d'êtres humains qu'ils nous tiraient dessus par réflexe. La plupart du temps, on arrivait à les raisonner, du moins ceux qu'on appelait les « RC » – « Robinson Crusoé » –, le terme poli pour désigner les plus cool.

Par contre, les DeHoSuT, ceux-là, ils avaient un peu trop pris l'habitude de régner en maîtres sur leur territoire. Les maîtres de quoi, d'ailleurs ? Des G, des quislings et des sauvages ? Mais bon, je suppose que dans leur tête tout allait bien, la belle vie, même, et voilà qu'on débarquait et qu'on foutait tout par terre. C'est pour ça que j'ai pris une balle.

On s'approchait de la Sears Tower, à Chicago. J'ai assez de cauchemars en réserve pour au moins trois vies, rien qu'avec cette ville. On était en plein hiver, le vent soufflait si fort sur le lac qu'on arrivait à peine à tenir debout, et soudain, j'ai eu l'impression que le marteau de Thor venait de m'éclater la tête. Une balle de fusil de chasse à haute vélocité. Après ça, je ne me suis plus jamais plaint d'avoir à porter un casque. Toute une bande, là-haut, dans la tour… Ils régnaient sur leur petit royaume, et ils ne le lâcheraient pour rien au monde. On a dû sortir l'artillerie lourde : mitrailleuses SAW, grenades, c'est à partir de là que les Bradleys ont fait leur come-back.

Après Chicago, l'état-major savait parfaitement qu'on évoluait désormais dans un environnement salement hostile. On est tous revenus à l'armure corporelle et au casque, même en plein cœur de l'été. Merci, la Ville du Vent. Chaque escouade a reçu un exemplaire du manuel de hiérarchisation des dangers.

Tout était classé en fonction des probabilités, pas en dangerosité. Zack tout en bas, puis les animaux sauvages, les humains sauvages, les quislings et tout en haut, les DeHoSuT. Je sais que plein de mecs de l'armée Sud adorent se la jouer en racontant à quel point ils en ont bavé alors que nous, on n'avait rien à faire. L'hiver s'occupait de Zack à notre place. C'est ça, ouais, et l'hiver, c'était pas un problème en soi, peut-être ?

Qu'est-ce qu'ils ont annoncé, déjà, sur la baisse des températures, à l'époque ? Dix degrés, quinze dans certaines zones, non [1] ? Ouais, tu m'étonnes qu'on se la coulait douce, avec de la neige jusqu'aux couilles, sachant que pour chaque trou à Zack découvert on en aurait cinq de plus au dégel. Au moins, au sud, quand ils nettoyaient une zone, c'était pour de bon. Pas de problèmes d'attaques à revers, pour eux. Nous, on devait tout nettoyer au moins trois fois. On utilisait tout ce qu'on pouvait, des baguettes antiavalanches aux chiens renifleurs en passant par les sondes électroniques. Encore et encore, et tout ça au pire de l'hiver. On a perdu plus de gars avec le gel qu'avec tout le reste. Et pourtant, chaque printemps, on le savait très bien, tu m'étonnes qu'on le savait, c'était « coucou, me revoilà ! ». Mais même maintenant... Je veux dire, avec tous ces nettoyages succcssifs et ces brigades de bénévoles, le printemps ressemble à ce qu'était l'hiver, avant... La nature nous rappelle que ça y est, les gars, réveillez-vous : le confort, c'est du passé.

Parlez-moi de la libération des zones isolées.

Pas simple, vraiment pas simple. N'oubliez pas que ces zones étaient techniquement encore en état de siège. Des centaines de zombies, des milliers parfois. Les gens qui s'étaient enfermés dans les forts jumeaux de Comeria Park et Ford Field, ils ont tenu face à quoi ? au moins un million de G ? Quand on s'est pointé, ça a tapé sévère pendant trois jours, un vrai feu

1. Les schémas climatiques pendant la guerre ne sont pas encore officiellement validés.

d'artifice, de quoi faire passer Hope pour une escarmouche. Là, j'ai vraiment cru qu'on allait se faire déborder. Des montagnes de cadavres, au point qu'on craignait de se faire enterrer vivants. Des batailles comme ça, ça vous cuit à un point… On en sort totalement épuisé, physiquement et mentalement. Tout ce qu'on veut, après ça, c'est dormir. Même pas manger, encore moins tirer un coup, non non, dormir, point barre. On veut s'allonger dans un coin bien au chaud et tout oublier.

Et les réactions des gens que vous avez libérés ?

Mitigées. Dans les zones militaires, ça restait discret. Pas mal de cérémonies formelles et quelques levers de drapeau : « Je vous remets le commandement, monsieur… À vos ordres, monsieur… » Ce genre de conneries, quoi. Ils ont fait pas mal de simagrées, aussi, du style « mais on n'a rien demandé, on n'avait besoin de personne ». C'est de bonne guerre. Chez les fantassins, on préfère toujours être celui qui prend la colline que celui qui tient le fortin. Mais oui mon pote, bien sûr, tu n'avais pas besoin d'aide, tu m'en diras tant.

Parfois, c'était vrai, quand même. Comme avec ces pilotes dans la banlieue d'Omaha. C'était un point stratégique pour les parachutages, avec des vols réguliers quasiment toutes les heures. En fait, ils vivaient carrément mieux que nous… Produits frais, eau chaude, lits moelleux. On aurait dit que c'était *nous*, les réfugiés. Mais bon, d'un autre côté, il y avait les troufions de Rock Island. Ils n'arrêtaient pas de nous bassiner avec ce qu'ils avaient vécu, à quel point ils avaient morflé… Pas de problème, en ce qui me concerne. C'est vrai qu'ils en ont bavé, alors on pouvait bien les laisser se la péter, un peu. Je n'en ai jamais rencontré, personnellement, mais j'ai entendu pas mal de trucs à leur sujet.

Et les zones civiles ?

Là, ça n'avait plus rien à voir. On était des héros, bordel ! Tout le monde criait et applaudissait sur notre passage. Ça ressemblait exactement à ces vieux films en noir et blanc, genre la libération de Paris. Putain, on était de vraies stars. Je me suis fait des quantités de… Enfin, bref… S'il y a des gamins qui me ressemblent un peu partout entre ici et Hero City… **[Il rit.]**

Mais il y a eu des exceptions, non ?

Ouais, sans doute. Pas tout le temps, mais parfois. On croisait un mec qui faisait la gueule, ou un autre qui nous insultait au beau milieu de la foule : « Putain, vous avez pris votre temps, hein, bande de cons ! » « Mon mari est mort il y a deux jours ! » « Ma mère est morte en vous attendant ! » « On a perdu la moitié de la population l'été dernier ! » « Où vous étiez, bordel, quand on avait besoin de vous ? » Des gens qui nous tendaient des photos, des portraits. Quand on a libéré Janesville, dans le Wisconsin, quelqu'un brandissait une pancarte avec la photo d'une petite fille. Dessus, il y avait écrit « Mieux vaut tard que jamais ? » Les gens à côté de lui l'ont roué de coups ; merde, ils n'auraient pas dû. On voyait souvent ce genre de trucs… Ça… Ça maintient éveillé, même quand on n'a pas dormi depuis une semaine.

En fait, on est rarement rentré dans les zones où on n'était clairement pas les bienvenus. À Valley City, par exemple, dans le Dakota du Nord, on nous a servi du

« dehors, les militaires ! Allez vous faire foutre ! Vous nous avez laissés tomber, on n'a pas besoin de vous ! ».

C'était une zone sécessionniste ?

Même pas. D'ailleurs, eux au moins, ils nous ont laissés rentrer. Non, les rebelles, ils nous accueillaient à coups de fusil. Personnellement, je ne les ai jamais vraiment approchés. L'état-major avait des unités spéciales, pour les rebelles. Je les ai croisées sur la route, une fois, elles se dirigeaient vers les Black Hills. C'était la première fois que je voyais des chars, depuis le début de l'offensive. Je n'étais pas super à l'aise, franchement… On savait tous comment ça finirait.

On raconte beaucoup de choses sur les différentes méthodes de survie, disons douteuses, choisies par certains habitants des zones isolées.

Ah ouais ? Demandez-leur à eux.

Vous en avez été témoin ?

Que dalle, et je n'en avais pas envie. Quelques personnes ont essayé de m'en parler, des gens qu'on venait de libérer. Ils étaient tellement bousillés à l'intérieur qu'il fallait que ça sorte, vous comprenez. Et vous savez ce qu'on leur disait ? « Gardez ça pour vous, la guerre est finie. » Franchement, moi, j'avais déjà mon sac à porter, hein, et c'était suffisamment lourd.

Et après ? Vous n'en avez jamais parlé avec eux ?

Si. Et j'ai lu pas mal de trucs sur les procès.

Et qu'en pensez-vous ?

Et merde, j'en sais rien, moi. Qui je suis, moi, pour les juger, ces gens ? Je n'étais pas là. Je n'ai jamais eu à gérer ce genre de truc. Tout ce qu'on se raconte, là, maintenant, « et si ? et si ? », dites-vous bien qu'à l'époque, on n'avait pas le temps, on avait un boulot à terminer.

Je sais que les historiens adorent raconter partout que les pertes américaines ont été extrêmement faibles pendant l'offensive. Faibles, comparées aux autres pays, la Chine ou les Russkofs. Faibles, si on ne compte que les victimes de Zack. Mais il y avait au moins un million de raisons d'y passer, en cours de route, croyez-moi, et pour les deux tiers, on n'en parlait même pas dans le manuel.

Les maladies, par exemple. Celles qui sont censées avoir disparu, genre Moyen Âge, vous voyez ? Oui, OK, on prenait des médocs tous les jours, pilules et injections, on mangeait bien, on faisait des check-up réguliers, mais il y avait tellement de saloperies partout, dans la boue, dans l'eau, la pluie, l'air qu'on respirait. Chaque fois qu'on entrait dans une ville, il y avait toujours au moins un mec qui dégageait. Soit mort, soit placé en quarantaine. À Detroit, on a perdu toute une section à cause de la grippe espagnole. Là, l'état-major a vraiment flippé. Ils ont collé tout le bataillon en quarantaine pendant deux semaines.

Les mines, aussi. Et les pièges. Des modèles civils ou bien ceux qu'on avait laissés derrière nous pendant la grande débandade vers l'ouest. À l'époque, ça nous semblait super, comme idée. On sème sur des kilomètres et des kilomètres et on attend que Zack saute dessus tout seul comme un grand. Le hic, c'est que les mines, ça ne marche pas comme ça. Ça ne fait pas *sauter* la totalité du corps… Une jambe, un pied ou les bijoux de famille. Elles sont conçues pour ça, ne *pas* tuer les gens, je veux dire, mais les blesser suffisamment pour que l'armée ennemie perde du temps et dépense beaucoup d'énergie à les maintenir en vie. Comme ça, quand ils rentrent chez eux en chaise roulante, maman et papa les ont sur le dos toute la journée et ils finissent par se poser des questions, comme quoi la guerre, c'est peut-être pas une super-idée. Mais Zack, lui, il s'en fout. Il n'a pas de maison et papa et maman ne l'attendent pas. Toutes ces mines conventionnelles, elles n'ont servi qu'à fabriquer des goules handicapées à la chaîne. Et ça nous a vraiment compliqué la tâche. C'est beaucoup plus *facile* quand elles tiennent debout. On les repère plus facilement, elles ne rampent pas dans les hautes herbes en attendant qu'on leur marche dessus… Comme une mine, tiens. En plus, on n'avait aucun moyen de savoir où elles étaient disséminées, leurs foutues mines. Soit les unités qui les avaient laissées derrière elles pendant la retraite ne les avaient pas correctement marquées, soit elles avaient perdu leurs coordonnées exactes, soit elles n'étaient plus là pour vous le dire… Et puis on avait droit à toutes ces saloperies installées par les DeHoSuT, les fosses à pieux et les cartouches de fusil de chasse couplées à des détonateurs sans fil.

Un pote à moi y est passé, comme ça, dans un Wall-Mart à Rochester. Il était né au Salvador, mais il avait passé toute sa vie en Californie. Vous avez déjà entendu parler des Boyle Heights Boyz ? Des danseurs de rue clandestins qu'on avait renvoyés au Salvador. Mon copain s'est retrouvé coincé là-bas, juste avant le début de la guerre. Il a réussi à traverser le Mexique au pire de la Grande Panique, tout ça à pied avec une simple machette. Il n'avait plus de famille, plus d'amis, plus rien, rien d'autre que son pays adoptif. Et il l'aimait tellement, son pays. Ça m'a rappelé mon grand-père, vous savez, tous ces trucs d'immigrants. Tout ça pour finir avec une balle de calibre 12 en pleine face, probablement posée là par un DeHoSuT mort depuis des années. Saloperies de pièges.

Et les accidents, tiens, ne pas oublier les accidents. La plupart des immeubles avaient été salement endommagés pendant les combats. Plusieurs années sans le moindre entretien, les chutes de neige incessantes… Les toits s'écroulaient fréquemment, tout d'un coup, sans prévenir… Parfois, c'était des bâtiments entiers. J'ai perdu une copine comme ça. Elle venait de repérer un mouvement suspect dans un garage abandonné. Un sauvage s'est jeté sur elle. Elle n'a tiré qu'une seule fois. Et ça a suffi. Je ne sais pas combien de tonnes de neige il y avait là-haut pour que le toit s'écroule. Elle était… On était… on était proche, vous voyez. Ça nous convenait très bien comme ça, on ne voulait rien d'officiel. En fait, je pense surtout qu'on voulait se simplifier la vie, au cas où il nous arriverait quelque chose.

[Il regarde vers les gradins et sourit à sa femme.]

Ça n'a pas marché.

[Il se tait quelques instants et pousse un long soupir.]

Sans oublier les victimes psychologiques. Surtout pas. Des fois, on pénétrait dans des quartiers entièrement barricadés et on ne trouvait que des squelettes rongés par les rats. Ceux-là, ils n'avaient pas eu la chance de se faire déborder par le nombre. Ils sont morts de faim ou de maladie. Peut-être même qu'ils se sont dit que ça ne valait plus le coup. Un jour, on est entré dans une église au Kansas où les adultes avaient manifestement tué les enfants en premier. On avait un mec dans notre unité, un amish, il a lu toutes leurs lettres d'adieux et s'est infligé une petite coupure pour chaque victime, une toute petite coupure de quoi, cinq millimètres ? Partout sur son corps, pour qu'il n'oublie « jamais ». Ce taré s'est tailladé des pieds à la tête. Quand le lieutenant l'a su, il l'a foutu dehors, direct. Section 8, allez hop !

D'ailleurs, c'est plutôt vers la fin de la guerre que la plupart des mecs ont craqué. Pas à cause du stress, non, à cause du *manque* de stress, je dirais… On savait tous que ça se terminerait bientôt, et pas mal de gens – qui tenaient pourtant le coup depuis longtemps – se sont mis à entendre une petite voix leur chuchoter : « Hé, mon pote, c'est bon, maintenant, tu peux te laisser aller. »

Je connaissais un mec, un vrai monstre, il était lutteur professionnel avant la guerre. On marchait sur l'autoroute, vers Pulaski, dans l'État de New York, quand le vent nous a charrié l'odeur d'un camion-citerne retourné. Bourré de parfum, rien de luxueux, non, du parfum bon marché, celui qu'on diffuse dans les boutiques des centres commerciaux. Ça l'a bloqué tout net, il s'est mis à brailler comme un gamin. Impossible de l'arrêter. Merde, ce mec était un vrai dinosaure, une armoire à glace… Un jour, il avait chopé un G par les pieds et s'en était servi comme batte pour éclater les autres. On s'est mis à quatre pour le faire grimper sur la civière et l'évacuer. J'en sais rien, j'imagine que l'odeur du parfum devait lui rappeler quelque chose. Ou quelqu'un. On n'a jamais su.

Il y avait un autre gars, rien de spécial, la bonne quarantaine, légèrement dégarni, un début de brioche, comme tout le monde, quoi, le genre de type qu'on croisait tous les jours au supermarché, avant la guerre. On patrouillait à Hammond, dans l'Indiana, en reconnaissance. Il a repéré une maison tout au bout d'une rue déserte. Parfaitement intacte, excepté les fenêtres barricadées et la porte d'entrée enfoncée. Il a fait une de ces têtes, tout sourire… Putain, on aurait dû réagir avant même qu'il rompe la formation, avant qu'on entende le coup de feu. Il s'était assis dans la salle à manger, sur une vieille chaise toute cabossée, le SIR entre les genoux, le sourire figé. J'ai regardé les photos qui trônaient sur la cheminée. C'était sa maison.

Bon, ce sont deux exemples extrêmes. Ceux-là, même moi, j'aurais pu deviner. Mais les autres… On n'a jamais su pourquoi. Moi, je surveillais surtout ceux qui ne craquaient pas. Vous voyez ce que je veux dire ?

Unc nuit, à Portland, dans le Maine, on était à Deering Oaks Park, on nettoyait des tas d'ossements blanchis qui dataient de la Grande Panique. Et là, deux troufions s'emparent d'un crâne et commencent à faire un sketch avec, celui des deux bébés, *Free to be, You and Me.* Je l'ai reconnu uniquement parce que mon grand frère avait le disque, moi j'étais un tout petit peu trop jeune. Les plus vieux fantassins, les Xers [1], ils ont adoré. Une petite foule s'est rassemblée, tout le monde rigolait avec les deux crânes. « Bonjour bonjour, je suis un bébé. – Et moi, je suis quoi moi, moi ? Un pain au chocolat ? » Une fois le sketch terminé, tout le monde s'est mis à chanter : *« There's a land that I see… »* en jouant du banjo avec des fémurs. J'ai

1. Terme désignant la Génération X américaine : les citoyens nés entre 1959 et 1981. *(N.d.T.)*

cherché du regard un des psys de la compagnie. Je n'ai jamais réussi à prononcer correctement son nom. Docteur Chandra-quelque-chose [1]. Quand j'ai fini par le repérer, on s'est regardé quelques secondes. Je lui ai fait le coup du « Alors toubib, ils ont tous pété les plombs, pas vrai ? ». Il a dû saisir ce que mes yeux lui demandaient, parce qu'il a souri et il a hoché la tête. Ça, ça m'a perturbé. Je veux dire, si ceux qui débloquent ne sont pas vraiment fous, comment on fait pour repérer ceux qui le sont vraiment ?

Notre sergent, vous la reconnaîtriez sans problème. Elle était dans *La Bataille des cinq universités.* Vous vous rappelez cette grande nana, l'amazone avec le cimeterre qui chantait cette chanson, là ? Elle ne ressemblait plus du tout à son personnage dans le film. Ses rondeurs avaient toutes disparu et elle avait rasé ses cheveux noirs. C'était un bon sergent, le « sergent Avalon ». Un jour, on est tombé sur une tortue dans un champ. À l'époque, les tortues, c'était aussi rare que les licornes, on n'en croisait jamais. Les yeux d'Avalon ont pétillé, comme ça, comme ceux d'une gamine. Elle a souri. Elle ne souriait jamais. Je l'ai entendue murmurer quelque chose à la tortue, du vrai charabia : *« Mitayke Oyasin. »* J'ai appris par la suite que ça voulait dire « toute ma famille », en lakota. Je ne savais même pas qu'elle avait du sang sioux. Elle n'en parlait jamais, elle ne parlait jamais d'elle. Et là, d'un coup, le docteur Chandra a débarqué, il lui a passé le bras autour des épaules comme il faisait à chaque fois et il lui a dit d'une voix douce : « Venez, sergent, on va prendre un café. » C'était le jour où le Président est mort. Lui aussi, il a dû entendre une petite voix lui dire : « Allez, mec, laisse tomber, maintenant, tout va

1. Major Ted Chandrasekhar.

bien. » Ça a foutu un sacré bordel, personne ne pouvait le remplacer. Pas un mec comme ça. Ça m'a fait de la peine, d'autant que j'étais un peu dans la même situation désormais. Avalon HS, c'était moi, le sergent.

Et même si on s'approchait de la fin des hostilités, il restait tellement de batailles à livrer sur la route, tellement de gens sympas à qui dire au revoir… Le temps qu'on atteigne Yonkers, j'étais le dernier à avoir fait Hope. Le dernier. Je ne sais pas trop ce que j'ai ressenti, comme ça, à croiser toutes ces vieilles carcasses rouillées : les tanks abandonnés, les camionnettes écrabouillées, les restes humains. Je ne sais même pas si j'ai ressenti quoi que ce soit, en fait. On n'a pas le temps de penser, quand on est sergent, trop de nouvelles têtes à surveiller. Je sentais presque les yeux du docteur Chandra me sonder. Il n'est jamais intervenu, il ne m'a jamais fait sentir que quelque chose ne tournait pas rond. Quand on a embarqué sur les quais de l'Hudson, on a quand même réussi à se regarder quelques secondes. Il a juste souri et il a hoché la tête. J'y étais arrivé, finalement.

Adieux

BURLINGTON, VERMONT

[La neige tombe doucement. Le Cinglé revient vers sa maison à contrecœur.]

Vous avez déjà entendu parler de Clement Attlee ? Non ? Non, évidemment, bien sûr que non. Un vrai loser, ce type, un médiocre de troisième zone dont l'histoire n'a retenu le nom que parce qu'il a pris la place de Churchill avant que la Seconde Guerre mondiale se termine officiellement. La guerre était bel et bien finie en Europe, les gens en avaient assez, mais Churchill, lui, il maintenait la pression pour aider les États-Unis contre le Japon. Il disait que la guerre ne serait pas complètement finie tant que des combats perdureraient quelque part. Et voilà ce qui lui est arrivé, au Vieux Lion. Et nous, on ne veut surtout pas que ça arrive à notre gouvernement. C'est bien pour ça qu'on a officiellement proclamé la victoire dès que le territoire américain a été entièrement sécurisé.

Tout le monde savait très bien que la guerre n'était pas vraiment terminée. On devait encore venir en aide à nos alliés et nettoyer certaines zones totalement saturées de morts-vivants. Il nous restait tellement de trucs à faire… Mais comme la maison était bien rangée, désormais, il fallait qu'on laisse les gens rentrer chez eux. C'est là que la force multinationale de l'ONU a été créée. Le nombre de volontaires que nous avons reçus la première semaine nous a surpris. Dans le bon sens. On a même refusé du monde, avant de lister les réservistes et de les affecter dans des camps d'entraînement destinés aux jeunes générations, celles qui avaient loupé le début. Et moi, on m'a descendu en flammes parce que le gouvernement agissait sous l'égide de l'ONU. Notre croisade n'était pas 100 % américaine, comme au bon vieux temps. Mais franchement, je m'en foutais. L'Amérique est un pays honnête, le peuple n'en attend pas moins de son gouvernement. Quand le deal se termine et que les bottes de nos soldats piétinent les plages de l'Atlantique, on leur serre la main, on les paye et on laisse ceux qui le désirent reprendre le cours de leur existence.

Peut-être que ça a ralenti les campagnes outre-mer. Nos alliés ont fini par s'en sortir, mais il reste encore pas mal d'endroits à nettoyer : chaînes de montagnes, îles arctiques et antarctiques, le fond des océans… Et l'Islande. Ça ne va pas être une partie de plaisir, l'Islande. J'aimerais bien qu'Ivan nous laisse lui filer un coup de main en Sibérie, mais bon, c'est Ivan, pas vrai ? On ne va pas le changer du jour au lendemain. Et puis même chez nous, on a encore quelques attaques. Chaque printemps, c'est la même chose. Sans parler des incidents occasionnels près des lacs et des plages. Leur nombre diminue année après année, Dieu merci, mais ça ne veut pas dire pour autant que les gens doivent baisser la garde. Nous sommes encore en guerre, techniquement parlant, et tant qu'il reste une trace de virus quelque part, tant que tout ne sera pas entièrement « nettoyé, purgé, et – si nécessaire – éradiqué de la face de la terre », tout le monde doit s'y coller. Il faut bien finir le boulot.

[Nous nous arrêtons près d'un vieux chêne. Mon interlocuteur le regarde de bas en haut et le tapote légèrement avec sa canne. Il s'adresse à l'arbre…]

Bon boulot, toi, continue.

KHUZHIR, ÎLE D'OLKHON, LAC BAÏKAL, SAINT EMPIRE RUSSE

[Une infirmière nous interrompt pour s'assurer que Maria Zhuganova prend bien ses vitamines. Maria en est à son quatrième mois de grossesse. Elle attend son huitième enfant.]

Mon seul regret, c'est de ne pas être restée dans l'armée pour participer à la « libération » des anciennes Républiques. Nous avions nettoyé notre Mère Patrie de la souillure zombie et il était temps d'étendre la guerre au-delà de nos frontières. J'aurais bien aimé participer, surtout le jour où nous avons officiellement réintégré la Biélorussie au sein de l'Empire. On dit que ça va bientôt être au tour de l'Ukraine. Et après l'Ukraine, qui sait ? J'aurais vraiment aimé être là, mais je devais faire « mon devoir ».

[Elle se caresse doucement le ventre.]

Je ne sais pas combien il y a de cliniques comme celle-ci, à Rodina. Certainement pas assez. Nous sommes si peu nombreuses, désormais, nous, les jeunes femmes en âge de procréer… Celles qui ne sont pas mortes d'overdose, du sida où à cause des morts-vivants. Vous savez ce qu'a déclaré notre Président ?

Que l'arme la plus efficace de la femme russe, c'était son utérus. Si ça signifie ne pas connaître le père de mes enfants, ou…

[Elle regarde le sol quelques secondes.]

… mes propres enfants, eh bien tant pis. Je sers mon pays, et je le sers de tout mon cœur.

[Elle me regarde dans les yeux.]

Vous vous demandez comment cette « existence » peut être compatible avec notre nouvel État fondamentaliste, hein ? Ne cherchez pas, c'est impossible. Tous ces trucs religieux, le dogme, tout ça, c'est pour le peuple. Qu'on leur donne leur opium quotidien et qu'ils se tiennent tranquilles. Je ne crois pas que quiconque au gouvernement ou dans les hautes sphères de l'Église y croit réellement. Un seul, peut-être, le père Ryzhkov, enfin, avant qu'on l'exile à l'intérieur des terres. Lui, il n'avait rien à offrir, moi si. Je peux donner encore quelques enfants à la patrie. Voilà pourquoi on me traite bien, pourquoi on m'autorise à parler librement.

[Maria jette un œil au miroir sans tain derrière moi.]

Qu'est-ce qu'ils vont faire de moi, à la fin ? Quand je ne leur serai plus d'aucune utilité ? J'aurai déjà vécu plus longtemps que la moyenne, de toute façon.

[Elle fait un geste du doigt extrêmement grossier vers le miroir.]

En plus, ils *veulent* que vous entendiez ça. C'est pour ça qu'ils vous ont laissé entrer dans notre pays, pour écouter ce qu'on avait à raconter, pour poser vos questions. Vous aussi, on vous utilise, vous savez. Votre mission, c'est de raconter notre monde… Au reste du monde. Pour bien lui faire comprendre ce qui va se passer si quelqu'un essaie de nous entuber. La guerre nous a rendu nos racines. La guerre nous a rappelé qu'on était russe avant tout. Et ça ne signifie qu'une chose : nous sommes *à nouveau* en sécurité ! Pour la première fois depuis presque cent ans, nous pouvons enfin nous réfugier dans le giron d'un César, et je parie que vous savez comment on dit César, en russe.

PORT DE BRIDGETOWN, LA BARBADE, FÉDÉRATION DES INDES DE L'OUEST

[Le bar est presque vide. La plupart des clients sont sortis par leurs propres moyens ou avec « l'aide » de la police. L'équipe de nuit nettoie les chaises cassées, les éclats de verre et les flaques de sang sur le sol. Dans un coin, un Sud-Africain chante une version larmoyante et passablement alcoolisée de la vieille chanson de Johnny Clegg, *Asimbonanga*. T. Sean Collins sifflote quelques notes d'un air absent, puis retourne à son verre de rhum avant d'en commander précipitamment un autre.]

Je suis accroc au meurtre, je ne vois pas comment le dire autrement. Oh, vous avez le droit de penser que c'est faux, techniquement, du moins, qu'on ne tue pas des gens qui sont déjà morts… Mes couilles, oui, c'est un meurtre, point barre, et il n'y a rien de plus jouissif au monde. Ouais ouais, je peux bien me foutre de leur gueule, à tous ces tarés, là, les mercenaires, les vétérans du Vietnam, les Hell's Angels, mais je suis exactement comme eux. Comme ces broussards qui ne reviennent jamais vraiment chez eux, ou ces vieux cons de la Seconde Guerre mondiale qui traversent le pays en moto. On vit sur une autre planète, toujours à cent à l'heure, toujours au contact du danger… Quand on s'arrête, on se fait chier à mourir.

J'ai essayé, moi, de me poser, de m'installer quelque part, de me faire des amis, de trouver du boulot et de m'atteler à la reconstruction de l'Amérique. Non seulement je m'emmerdais, mais en plus, je ne pensais qu'à tuer. Tuer, tuer, tuer. J'ai commencé à observer attentivement le cou des gens, leur tête, tout ça… Et là, je me disais : « Hmmm, ce mec doit avoir un lobe frontal particulièrement épais, il va falloir que je passe par l'œil. » Ou encore : « Un bon coup sur l'occiput de cette fille, là, et c'est réglé. » C'était l'époque du nouveau Président, le Cinglé – putain, mais qui je suis, moi, pour l'appeler comme ça ? Chaque fois que je l'entendais faire un discours, je réfléchissais à au moins cinquante façons différentes de le descendre. Là, j'ai vraiment lâché l'affaire. Ça valait mieux pour tout le monde. Je savais très bien qu'un jour, je finirais par péter les plombs. Je boirais un coup de trop, je me bagarrerais et ça irait trop loin. Quand je commence, moi, je ne sais plus m'arrêter, alors j'ai dit « Salut tout le monde » et je me suis engagé dans l'Impisi, qui a repris le nom des Forces spéciales sud-africaines. *« Impisi »*, ça veut dire « hyène », en zoulou, l'animal qui nettoie les carcasses des morts.

Nous, on appartient à une armée privée. Pas de règles, pas de bureaucrates, voilà pourquoi je suis ici et pas avec la Force internationale de l'ONU. On choisit nous-mêmes nos horaires et nos armes.

[Il me montre ce qui ressemble à une sorte de pagaie en acier, à côté de lui.]

Une *pouwhenua*. C'est un pote maori qui me l'a filée. Il jouait dans les All Blacks, avant la guerre. Des sacrés enfoirés, ces Maoris. La bataille de One Tree Hill, vous imaginez ? Cinq cents mecs contre la moitié d'Auckland réanimée. La *pouwhenua*, c'est pas franchement facile à manier, même si celle-là est en acier, et pas en bois. Mais c'est un des avantages du métier. Qui se fait encore plaisir en appuyant sur la gâchette, de nos jours ? Il faut que ce soit dur, dangereux, et plus on dégomme de G, meilleur c'est. Un jour ou l'autre, il n'en restera plus un seul. Et quand ça arrivera…

[À cet instant précis, la sirène de l'*Imfingo* rappelle l'équipage à son bord.]

Il faut que j'y aille.

[T. Sean fait un signe au serveur et dépose quelques pièces d'argent sur la table.]

J'ai bon espoir. Ça a l'air dingue, je m'en rends compte, mais on ne sait jamais. C'est pour ça que je fais des économies au lieu de tout claquer en conneries. C'est possible, vous savez, on peut décrocher, on peut y arriver. Un de mes potes canadiens, « Mackee » MacDonald, il a décidé qu'il en avait marre juste après le nettoyage de l'île de Baffin. J'ai entendu dire qu'il s'était installé en Grèce, dans un monastère, quelque part. C'est possible. Il y a peut-être une vie quelque part, pour moi, qui m'attend. On a le droit de rêver, pas vrai ? Mais bon, si ça ne se passe pas comme ça, si je suis encore accro le jour où le dernier Zack passe à la casserole…

[Il se lève pour partir et ramasse son arme.]

Alors j'éclaterai un crâne. Un dernier. Le mien.

PARC NATIONAL DE SAND LAKE, PROVINCIAL MANITOBA, CANADA

[Jesika Hendricks charge les « prises » du jour dans le traîneau. Quinze cadavres et de nombreux morceaux.]

J'essaie de refouler ma colère, de ne pas être amère face à toute cette injustice. J'aimerais bien que tout ceci ait un sens. Un jour, j'ai rencontré un ex-pilote iranien qui voyageait au Canada pour trouver un endroit où s'installer. Il m'a dit que les Américains étaient les seuls à pouvoir accepter que le malheur s'abatte sur des innocents. Il a peut-être raison. La semaine dernière, j'écoutais **[nom supprimé pour des raisons légales]** à la radio. Il faisait son numéro habituel, des histoires de cul, des insultes, des blagues merdiques – et je me suis dit : « Ce type a survécu et mes parents sont morts. » J'essaie de ne pas être trop amère. J'essaie.

TROIE, MONTANA, ÉTATS-UNIS

[Mme Miller et moi prenons l'air sur le balcon, juste au-dessus des enfants qui jouent dans la cour centrale.]

On peut en vouloir aux politiciens, aux hommes d'affaires, aux généraux, on peut en vouloir au « système », mais honnêtement, si vous voulez engueuler quelqu'un, engueulez-moi. C'est moi, le système, c'est moi, « les gens ». C'est ça, vivre en démocratie. On est tous responsables. Je comprends pourquoi il a fallu autant de temps pour que les Chinois s'y mettent, à la démocratie ; et je comprends que les Russes lui disent merde et lui préfèrent leur ancien système, là, peu importe comment ils l'appellent. C'est bien joli de dire : « Attendez, non mais dites donc, c'est pas de ma faute, quand même ! » Si. C'est ma faute. C'est la faute de tout le monde, de toute ma génération.

[Elle regarde les enfants.]

Je me demande ce qu'ils diront de nous, plus tard. Mes grands-parents ont connu la crise de 1929, la Seconde Guerre mondiale, et ils ont fini par donner naissance à la plus grande classe moyenne de l'histoire. Dieu sait qu'ils n'étaient pas parfaits, mais ce sont eux qui incarnaient le rêve américain à mes yeux. Et puis la génération de mes parents est arrivée et ils ont tout bousillé. Les baby-boomers, la génération du « moi ». Et puis il y a nous, maintenant. Oui, OK, on a mis un terme à la menace zombie, mais qui l'a déclenchée, cette menace ? Bon, au moins, on nettoie notre propre bordel, et ça sera peut-être notre épitaphe.

« Génération Z. Ils ont fait le ménage derrière eux. »

CHONGQING, CHINE

[Kwang Jingshu effectue sa dernière visite à domicile de la journée, un petit garçon qui souffre de problèmes respiratoires. Sa mère craint qu'il ne s'agisse d'un nouveau cas de tuberculose. Elle reprend des couleurs quand le docteur la rassure en mentionnant une banale bronchite. En larmes et folle de gratitude, elle nous raccompagne jusque dans la rue.]

C'est rassurant de voir à nouveau des enfants, je veux dire, des enfants nés après la guerre, qui auront toujours connu les morts-vivants. Ils savent déjà qu'il ne faut pas jouer près de l'eau et ne jamais sortir seul le soir au printemps ou en été. Mais ils n'ont pas peur, non, cette situation leur semble normale. Ça, c'est précieux. C'est la chose la plus précieuse qu'on leur lègue.

Je repense parfois à cette vieille femme, à Dachang, tout ce qu'elle avait traversé, tous ces bouleversements qui semblaient ne jamais avoir de fin, tout ce qui définit sa génération. Moi aussi, maintenant, j'ai vu mon propre pays éclater en mille morceaux et tomber en ruine. Et pourtant, à chaque fois, nous avons réussi à nous relever et à reconstruire notre nation. Et nous recommencerons, la Chine – et le monde. Je ne crois pas en une quelconque forme de vie après la mort

– révolutionnaire jusqu'au bout –, mais s'il y a quelque chose après, alors j'aimerais bien entendre mon vieil ami Gu Wei éclater de rire quand je lui dirai que tout ira bien, maintenant. Vraiment, tout ira bien.

WENATCHEE, ÉTAT DE WASHINGTON, ÉTATS-UNIS

[Joe Muhammad vient tout juste de terminer son dernier chef-d'œuvre, une statuette d'une quarantaine de centimètres représentant un homme de taille moyenne aux yeux vides, qui tient entre ses mains un porte-bébé déchiré.]

Je ne dis pas que la guerre a été une bonne chose. Non, je n'ai pas encore complètement pété les plombs, mais il faut quand même admettre que ça a rapproché les gens. Mes parents n'ont jamais cessé de se plaindre ici, le sens communautaire pakistanais leur manquait tellement… Ils ne parlaient jamais à leurs voisins américains, ils ne les invitaient jamais, ils connaissaient à peine leur nom et ils ne leur adressaient la parole que pour se plaindre du bruit ou du chien qui aboyait. Ça ne ressemble pas vraiment au monde dans lequel on vit maintenant, pas vrai ? Et ça ne concerne pas que les voisins, hein, ni même le pays… C'est mondial, comme truc. Où que vous soyez, quelle que soit la personne que vous ayez en face de vous, on partage tous la même expérience, le même vécu. J'ai fait une croisière, il y a deux ans, la ligne Pacifique interîles. Les gens venaient d'un peu partout, et même si les détails variaient en fonction des histoires de chacun, c'était toujours la même chose. Je sais, je sais, je suis sans doute trop optimiste. Dès que les choses reviendront à la « normale », dès que nos enfants et nos petits-enfants auront grandi dans un monde sûr et confortable, ils deviendront aussi bornés, aussi étroits d'esprit et aussi cons que nous. Mais merde, tout ce qu'on a vécu, vous croyez vraiment que ça peut disparaître complètement, comme ça ? Un proverbe africain dit : « Impossible de traverser une rivière sans se mouiller. » Ça me plaît, comme idée.

Ne vous méprenez pas, hein, pas mal de choses me manquent, quand même. Des objets, principalement, des trucs que j'avais ou que j'espérais avoir un jour.

La semaine dernière, on a fait une soirée célibataires pour un des jeunes du quartier. On a emprunté le seul lecteur DVD encore en marche et quelques films d'avant-guerre. Il y a une scène ou Lusty Canyon se fait prendre par trois mecs sur le capot d'une BMW Z4 décapotable gris perle… En voyant ça, je n'ai pas pu m'empêcher de penser : *La vache, on n'en fait plus, des bagnoles comme ça.*

TAOS, NOUVEAU-MEXIQUE, ÉTATS-UNIS

[Les steaks sont presque prêts. Arthur Sinclair retourne les pavés grésillant et libère un peu de fumée.]

De tous les boulots que j'ai pu faire, c'est vraiment la brigade financière que je préfère. Quand le nouveau Président m'a demandé de reprendre mon rôle de patron du SEC, j'ai failli l'embrasser. Même chose pour le DeStRes, j'en suis sûr. J'avais le poste parce que personne n'en voulait. Il nous reste tellement de défis à relever, tant de gens qui bouffent du navet tous les jours. Abandonner le troc et réintroduire le bon vieux dollar… Pas simple, hein ? C'est le pesos cubain qui mène la danse, maintenant, et beaucoup de nos concitoyens influents ont un compte à La Havane.

Rien que le surplus des liquidités, c'était déjà beaucoup pour n'importe quel gouvernement. On a ramassé l'argent à la pelle, après la guerre, abandonné dans des coffres, dans les maisons, sur les cadavres. Comment faire la différence entre les pillards et les honnêtes travailleurs qui ont économisé sou par sou, surtout quand les preuves administratives sont aussi rares que le pétrole ? Voilà pourquoi la brigade financière était si importante. Plus que tout le reste. Il fallait qu'on épingle les salauds qui empêchaient l'économie américaine de retrouver confiance en elle, pas seulement les pillards de base, hein, non, il nous fallait aussi les gros poissons, tous ces pourris qui ont essayé de racheter des maisons avant que leurs propriétaires légitimes ne puissent les réclamer, ou ces mecs qui font du lobbying pour déréguler le marché agroalimentaire… Et cette ordure de Breckinridge Scott, oui oui, le roi du Phalanx, bien planqué dans sa forteresse, là-bas, en Antarctique, au trou du cul du monde. Il ne le sait pas encore, mais on est en discussion avec Ivan pour ne pas lui renouveler son bail. Il y a pas mal de gens qui l'attendent avec impatience, ici, surtout l'IRS.

[Il sourit et se frotte les mains.]

La confiance, c'est ça, le carburant dont a besoin la machine capitaliste. Notre économie ne fonctionne que si les gens y croient. FDR[1] a dit : « La seule chose dont on ait peur, c'est la peur. » Mon père avait écrit ça pour lui. Enfin, c'est ce qu'il dit.

Les choses redémarrent, en tout cas, doucement mais sûrement. Tous les jours, les gens ouvrent de nouveaux comptes bancaires en Amérique. À chaque fois qu'un homme d'affaires s'y met, le Dow-Jones prend quelques points. C'est un peu comme la météo, en fait. Chaque année, l'été dure un peu plus longtemps, le ciel est un peu plus bleu. En tout cas, ça va mieux. On verra.

[Il ouvre une glacière et en sort deux bouteilles.]

Une petite bière ?

1. Franklin Delano Roosevelt.

KYOTO, JAPON

[C'est un jour historique pour la Société du Bouclier. Le gouvernement vient de la reconnaître officiellement comme une branche indépendante des Forces d'autodéfense japonaises. Son rôle consistera à enseigner aux citoyens japonais les différentes façons de se protéger des zombies. Elle aura aussi pour tâche d'étudier les diverses techniques étrangères et de contribuer à leur diffusion dans le monde entier. Le message antiarmes à feu et internationaliste de la Société lui a déjà valu un immense succès public, attirant journalistes et dignitaires de presque tous les États membres de l'ONU.

Tout sourire, Tomonaga Ijiro se tient au premier rang du comité d'accueil et s'incline devant ses invités. Kondo Tatsumi sourit lui aussi tout en regardant son vieux maître de l'autre côté de la pièce.]

Vous savez, en ce qui me concerne, je n'ai jamais vraiment cru à tout ce bazar spirituel. Pour moi, Tomonaga n'est qu'un vieil *hibakusha* un peu timbré, mais grâce à lui, il se passe quelque chose de merveilleux, quelque chose de vital pour l'avenir du Japon tout entier. Sa génération a voulu dominer le monde, la mienne était contente que le monde – je veux dire votre pays, à vous – la domine. Et ces deux voies ont bien failli annihiler notre patrie tout entière. Il doit bien exister une autre issue quelque part, un chemin différent où nous prendrons nos propres responsabilités pour nous protéger, mais dans une juste mesure, pour ne pas inquiéter ni effrayer les autres nations amies. J'ignore s'il s'agit de la route à suivre. L'avenir est bien trop montagneux pour qu'on distingue l'horizon. Mais je suivrai la voie du *sensei* Tomonaga, moi et ceux qui nous rejoignent tous les jours. Seuls les « dieux » savent ce qui nous attend, tout au bout.

ARMAGH, IRLANDE

[Philip Adler termine son verre et se lève pour partir.]

On a perdu bien plus que des gens quand on les a abandonnés aux zombies. C'est tout ce que j'ai à dire.

TEL-AVIV, ISRAËL

[Nous finissons notre déjeuner. Jurgen m'arrache littéralement l'addition des mains.]

Dites, c'est moi qui choisis la nourriture, c'est moi qui paye. Avant, je détestais ce truc, je trouvais que ça ressemblait à un grand plat de vomi. Mes collègues ont littéralement dû me traîner ici une après-midi. Ah, ces jeunes Sabras, avec leurs goûts exotiques. « Allez, essaye, vieux *yekke.* » C'est comme ça qu'ils m'appelaient, « *yekke* ». Ça veut dire « cul serré », mais ça désigne surtout un Juif allemand. Ils avaient raison sur toute la ligne.

J'étais dans le *« Kindertransport »*, la dernière chance de faire sortir les enfants juifs d'Allemagne. C'est la dernière fois que j'ai vu ma famille. Il y a un étang, dans une petite ville en Pologne, où ils jetaient la cendre tous les jours. Il est encore gris, cet étang, presque un demi-siècle plus tard. Un jour, j'ai entendu quelqu'un dire que la Shoah n'avait épargné personne. Ceux qui en ont réchappé sont tellement marqués que leur esprit, leur âme, leur personnalité ont disparu à jamais. Je me plais à penser que ce n'est pas vrai. Sinon, ça signifie que tout le monde est mort, pendant cette guerre.

À BORD DE l'*USS TRACY BOWDEN*

[Michael Choi s'appuie sur le bastingage et regarde l'horizon.]

Vous voulez savoir qui a perdu la Guerre des Zombies ? Qui l'a *vraiment* perdue, je veux dire ? Les baleines. Elles n'avaient aucune chance. Pas avec plusieurs *millions* de boat people remplis à ras bord de gens affamés... Pas avec la moitié de la flotte mondiale transformée en bateaux de pêche. Il suffit de pas grand-chose, vous savez, une simple torpille air-mer, même trop loin pour leur infliger des dommages physiques, ça les sonne complètement. Elles n'apercevaient le navire-usine qu'au dernier moment. On les entendait à des kilomètres. L'explosion, les cris. Le son se propage extrêmement bien, sous l'eau.

C'est une vraie catastrophe, pas besoin d'être un hippy shooté au patchouli avec un cerveau rempli de yaourt pour s'en rendre compte. Mon père bossait au Scripps, pas l'école de filles de Claremont, non, l'Institut océanographique de San Diego. Voilà pourquoi je me suis engagé dans la marine, ça m'a fait aimer l'océan. Les baleines grises de Californie, on en croisait tous les jours. Des animaux magnifiques, majestueux... Elles avaient réussi à s'en sortir, finalement, et elles revenaient en force après avoir pratiquement disparu. Elles n'avaient plus peur de nous, et parfois, on pouvait s'en approcher suffisamment pour les toucher. Elles auraient pu nous tuer à tout moment. Un simple coup de queue – leur queue atteignait presque quatre mètres, quand même – ou un seul petit saut – un corps de plus de trente tonnes – et hop, au revoir. Les baleiniers les appelaient les « poissons du diable » parce qu'elles se défendaient farouchement quand on les acculait. Elles savaient qu'on ne leur voulait aucun mal. Elles nous laissaient même les caresser. Si elles avaient un petit avec elles, elles nous poussaient délicatement. C'était un animal si puissant, si grand, un potentiel de destruction si effrayant. Des créatures extraordinaires, les baleines grises de Californie, et maintenant, terminé, il n'en reste plus une seule. Pareil pour les baleines bleues, les baleines à bosse, les rorquals, etc. J'ai entendu dire qu'on apercevait encore quelques rares belugas et quelques narvals près de la banquise, au pôle Nord, mais il ne doit pas en rester assez pour qu'ils puissent se reproduire convenablement. Je sais qu'il reste encore pas mal d'orques, mais avec le niveau de pollution actuel et la désertification des océans, je ne suis pas super-optimiste. Et même si Mère Nature est sympa avec eux comme elle l'a été avec certains dinosaures et les laisse s'adapter, les gentils géants ont complètement disparu. C'est un peu comme dans ce film, là, *Oh God*, où le Tout-Puissant met l'Homme au défi de créer un maquereau à partir de rien. « Impossible », dit-il. À moins qu'un généticien de génie arrive juste avant les torpilles, on n'arrivera pas non plus à créer une baleine grise à partir de rien.

[Le soleil disparaît sous l'horizon. Michael soupire.]

Alors la prochaine fois qu'un mec vous raconte que la plus grande perte de cette guerre, c'est « l'innocence », notre « part d'humanité »…

[Il crache dans l'eau.]

Mais oui, mon garçon, raconte ça aux baleines.

DENVER, COLORADO, ÉTATS-UNIS

[Todd Wainio me raccompagne à la gare en savourant les cigarettes cubaines garanties 100 % tabac que je lui ai offertes en guise de cadeau d'adieu.]

Ouais, je perds pied, parfois quelques minutes, parfois une heure. Le docteur Chandra m'a dit que c'était normal. Il travaille ici, au VA. Un jour, il m'a affirmé que c'était un signe de bonne santé, un peu comme ces minitremblements de terre qui soulagent un peu les failles. D'après lui, ce sont plutôt ceux qui n'expriment pas ce genre de trucs qu'il faut surveiller.

Il suffit de pas grand-chose pour me filer la chair de poule, maintenant. Des fois, je sens un truc, ou j'entends une voix familière… Le mois dernier, au dîner, la radio passait cette chanson, là, je ne suis pas sûr qu'elle ait un rapport avec cette guerre, elle n'est même pas américaine, je crois. L'accent, certains mots… c'était très différent, mais le refrain… *« God help me, I was only nineteen. »*

[La sirène annonce le départ du train. Tout autour de nous, les gens embarquent précipitamment.]

C'est marrant, mais mon souvenir le plus vivace, ça reste cette icône, là, le symbole de notre victoire.

[Il montre la peinture murale derrière nous.]

C'était nous. On était sur les berges de la Jersey à regarder le soleil se lever sur New York. On venait juste de proclamer le VA Day. Personne n'a fait la fête, personne n'a hurlé de joie. Ça nous paraissait tellement irréel. La paix ? Merde, ça voulait dire quoi, la paix ? Ça faisait si longtemps que j'avais peur, si longtemps que je me battais, que je tuais, que je m'attendais à mourir, je crois que j'avais fini par m'habituer. Je pensais que ça durerait jusqu'à la fin de mes jours. J'ai cru que c'était un rêve… Parfois, je crois toujours que c'en est un. Je me rappelle ce matin-là, l'aube au-dessus de Hero City.

REMERCIEMENTS

Un grand merci à Michelle, ma femme, pour son aide et son affection.

À Ed Victor qui est à l'origine de tout.

À Steve Ross, Luke Dempsey et toute l'équipe des Éditions Crown.

À T.M. qui m'a épaulé.

À Brad Graham du *Washington Post* ; aux docteurs Cohen, Whiteman et Hayward ; aux professeurs Greenberger et Tongun ; à Rabbi Andy ; au père Fraser ; au STS2SS Bordeaux (USN fmr) ; à « B » et « E » ; à Jim ; Jon ; Julie ; Jessie ; Gregg ; Honupo ; et mon père, pour le « facteur humain ».

Et un grand merci aux trois hommes qui m'ont inspiré ce livre : Studs Terkel, l'ancien général Sir John Hackett et, bien sûr, l'effrayant et génial George A. Romero.

Je t'aime, maman.

Du même auteur
aux éditions Calmann-Lévy :

WORLD WAR Z, 2009
GUIDE DE SURVIE EN TERRITOIRE ZOMBIE, 2009
ATTAQUES RÉPERTORIÉES, 2010

PAPIER À BASE DE FIBRES CERTIFIÉES

Le Livre de Poche s'engage pour l'environnement en réduisant l'empreinte carbone de ses livres. Celle de cet exemplaire est de :
700 g éq. CO_2
Rendez-vous sur www.livredepoche-durable.fr

Composition réalisée par FACOMPO (Lisieux)

Achevé d'imprimer en août 2013 en France par
BLACK PRINT CPI IBERICA
Sant Andreu de la Barca (Barcelona)
Dépôt légal 1re publication : novembre 2010
Édition 3 Coffret : août 2013
LIBRAIRIE GÉNÉRALE FRANÇAISE – 31, rue de Fleurus – 75278 Paris Cedex 06

31/2990/5